「겐지이야기源氏物語 병풍도」

德川家康

3부
천하통일

27
낙뢰

도쿠가와 이에야스

야마오카 소하치 대하소설 이길진 옮김

德川家康

3부 천하통일

27 낙뢰

도쿠가와 이에야스

솔

『도쿠가와 이에야스』를 바로 읽기 위해

1. 본문 중 °표시가 된 용어는 용어 사전에서 풀이하였다.

2. 본문 중 ˙표시가 된 용어는 용어 사전 외에 부록 및 지도 등에서 설명하였다(다른 권 포함).

3. 인명과 지명은 원음 표기를 원칙으로 하며, 된소리를 피하고 거센소리로 표기하였다. 단 도쿠가와와 도요토미만은 원음과 차이가 있지만 일반인에게 익숙한 이름이기에 외래어 표기법에 따랐다. 장음은 생략하였다.

4. 인명, 지명 및 고유명사는 처음 나올 때 원어를 병기함을 원칙으로 하였으며, 강과 산, 고개, 골짜기 등과 같은 지명 역시 현지 음대로 강=카와(가와), 산=야마(잔, 산), 고개=사카(자카), 골짜기=타니(다니) 등으로 표기하였다.

5. 성과 이름 중간에 나오는 것은 대부분 관직명과 서열을 나타내는 것인데, 그 당시의 관습에 따라 이름과 혼용하여 쓰이는 경우도 있다. 각 관청 및 관직에 대해서는 부록에서 설명하였다.

    ex) 히라테 나카츠카사노타유 마사히데 → 히라테 마사히데(이름) + 나카츠카사노타유(나카츠카사의 장관), 아마노 아키노카미 카게츠라 → 아마노 카게츠라(이름) + 아키노카미(아키 지방의 장관)

6. 시간과 도량형은 에도 시대에 쓰던 것을 그대로 따랐으며, 역시 부록에서 설명하였다.

차례

《 킨키 지방 주요 지도 》

키노메토게
카네가사키
쿠니요시   츠루가
야나가세
요고 호
카이즈   시즈가타케
오바마   스가우라   오타니
아네가와   요코야마
와카사   치쿠부시마   나가하마
쿠치카   오   비   미   사와야마
호소노   와
호
탄   바   야   아즈치 성
소노베   엔랴쿠 사   미사쿠
카메야마   쿄토   사카모토   야시마   칸온지   나마즈에
군다구치   우사야마   야스   이마호리
오츠   아시베   히노
마   세타   미나쿠치
시   와다   츠치야마
야마자키   요도   츠게
타카츠키   로   세키
셋   이바라키   이치노미야   나가노
츠   코리야마   우에노
타몬잔   이   가   세
칸시야마 혼간 사   나라
와카에   츠츠이   오노키
사카이   시기야마   하시오   나바리
카   후타카미야마   쿠로다
와   타카야   야 마 토
치   마츠야마   타키   오코우치
타카토리   미세츠

미   노
세키
후나키   이나바야마(기후)
오가키   카노
세키가하라   이와쿠라   이누야마
오   코마키야마
나   가   쿠   테
오케하자마   키요스   톤다   나고야   아츠타
쿠와나   나루미
리   오케하자마
카리야
노마
키즈쿠리
마츠가시마
마츠자카
오미나토
타마루

키노메토게

미나이토
타마루
미세츠

화성과 목성

1

케이쵸慶長 15년(1610)은 이에야스家康˚에게나 오사카 성大坂城의 히데요리秀賴 모자에게도 실로 평온무사한 해였다.

히데요리 모자는 쿄토京都에 있는 호코 사方廣寺 대불전 재건에 힘을 기울이고 있었다. 이에야스는 그가 염원하던 상경의 뜻은 이루지 못했으나 나고야名古屋 축성의 진행을 지켜보면서 점점 늘어나는 교역선의 수를 자신감과 만족감 속에서 헤아리며 지낼 수 있었다.

평화로운 시대에 국가발전을 도모하는 길은 해외진출밖에 없다. 해외진출은 교역의 이익뿐만 아니라, 정치면에서도 다음과 같은 직접적인 세 가지의 큰 효과가 있었다.

그 첫째는, 살상을 일삼는 난폭하기 짝이 없는 무사들의 관습인 난세의 무법無法에서부터 사람들의 사고방식을 순화할 수 있다. 인간이 인간답게 살아가는 길을 위해 수신제가修身齊家 등 유교를 통한 방향으로 생활수단을 바꾸도록 한다. 그러기 위해서는 사람들의 눈을 넓은 세계로 향하게 하는 것이 가장 큰 효과가 있다.

둘째는, 분로쿠文祿(1592~1596) 연간에 처음 출항시켰던 9척의 배(슈인센朱印船°)가 지금은 150척이나 되어 패기만만한 떠돌이무사들 가운데서 해외로 나가는 자들이 현저하게 늘어났다. 그들은 아직 센고쿠戰國 시대의 난폭한 버릇을 버리지 못하여 때때로 그들이 나간 곳에서 비난의 소리가 일기도 했다. 그렇다 하더라도 수많은 무력 제일주의자인 실업자들에게 활로를 암시해준 효과는 결코 작은 것이 아니었다.

셋째는, 교역을 통한 문화의 발달이 널리 인심에 미치는 바람직한 영향이었다. 지智와 부富는 어떤 경우에도 화평의 바람을 불게 한다. 그리고 그 화평에서 각각 분수에 알맞은 희망과 꿈이 솟아난다.

이에야스도 그 꿈과 희망을 추구하는 개척자의 한 사람이었다. 그는 호코지 쇼타이豊光寺承兌나 콘치인 스덴金地院崇傳을 내세워 열심히 새로운 교역의 길을 개척하고 있었다.

오랫동안 부활되기를 바라던 명明나라 광동廣東 상인에게 허가장을 주어 무역을 허락한 것도 이해였고, 샴(태국) 국왕에게 서한을 보내 친교의 길을 연 것도 이해였다.

안남安南(베트남)에서 파견된 사신을 사츠마薩摩에 맞아들인 것도, 사츠마의 시마즈 이에히사島津家久가 류큐琉球의 왕 쇼네이尚寧를 데리고 슨푸駿府에서 에도江戶로 온 것도, 또 일본에서 처음 만든 범선으로 태평양을 건너 멕시코를 향한 항해에 성공한 것도, 명나라 복건성福建城 총독과 칸고勘合° 부활을 꾀한 것도 모두 이해에 이루어진 일이었다. 이러한 연이은 조처들로 이에야스의 정치는 확실하게 그 초석이 다져졌다.

노부나가信長의 천하포무天下布武 시대로부터 히데요시秀吉의 군국주의 시대의 모습을 생각하면 격세지감隔世之感이 있었다. 이로써 이에야스에 이르러 유교로써 교학敎學의 근본을 삼은 평화로운 봉건국가가 이룩되었다.

키요마사淸正가 이에야스에게 했던, 일본이 세계 제일의 나라라는 말에는 다소 과장이 있었다. 그러나 당시 일본에 와 있는 선교사나 선원들이 자기 나라에 보내는 보고를 통해 일본과 이에야스를 크게 칭찬하고 있다는 점만은 틀림없는 사실이었다.

다만 오란다(네덜란드) 국왕의 국서 중에는 에스파냐와 포르투갈 두 나라를 경계하라는 말이 있었고, 아리마 하루노부有馬晴信의 포르투갈 선박 소각 사건이 일말의 불안을 느끼게 했다. 그 외에는 완전히 순풍에 돛을 단 듯한 일본의 모습이라고 할 수 있었다.

이러한 일본의 융성을 상징하듯이 마침내 나고야 성은 토카이도東海道에 그 위용을 드러냈다. 그리고 전국 다이묘大名°들은 앞 다투어 에도에 그 처자를 옮기고 있었다.

2

나고야 축성에는 계산을 떠난 카토 키요마사加藤淸正°의 협력이 가장 두드러졌다.

키요마사에게는 명령받은 부역의 의무를 소극적으로 실행하는 듯한 태도는 전혀 없었다. 그는 자진해서 성읍의 언덕을 허물고 도시를 건설하기 위해 토지를 확장해나갔다.

키요마사는 또한 문제의 초석을 옮기는 '돌 운반'에는 실로 천하를 깜짝 놀라게 할 만큼 멋을 부렸다.

전에 타이코太閤°의 말구종이었던 하라 사부로자에몬原三郎左衛門과 하야시 마타이치로林又一郎에게 명하여 로쿠죠六條에서 엄선한 연예인 백수십 명을 동원시켰다. 그들을 따라온 미녀들까지 합하면 그 수는 무려 400명이 넘어 이들이 나고야 땅에 때아닌 백화만발百花滿發의

꽃밭을 만들었다.

당시의 연예인이란 단지 술자리를 즐겁게 하는 존재만이 아니었다. 온나가부키女歌舞伎° 배우의 스승이기도 했다. 케이쵸 8년(1603), 이즈모出雲의 오쿠니阿國가 가부키 춤을 시작하면서부터 유곽의 여자들에게 점점 깊이 받아들여졌다. 마침내 그녀들은 시죠四條 강변에 가설극장을 꾸며 낮에는 무대에서 요염한 모습을 보여주고, 밤이면 손님들을 끌어들이곤 했다. 이러한 여자들이 한꺼번에 나고야에 몰려왔으니 그 뒤를 따라온 구경꾼의 수만 해도 대단했다.

그러한 여자들이 남장男裝을 하고 테코마이手古舞°를 추면서 아츠타熱田에서 실어온 돌을 끌었다. 그 선두에는 조선朝鮮에까지 용맹을 떨친 카토 키요마사가 그의 자랑인 수염을 바람에 나부끼며 붉은 비단옷에 넓은 머리띠를 동여매고 돌 위에 올라 노래를 선창했다. 그야말로 전대미문의 화려한 광경이었음이 분명했다.

"이로써 천하는 미동도 하지 않는다."

"에도와 오사카가 화목하지 못하다……는 소문은 거짓말이다. 카토 키요마사까지 저렇게 즐겁게 일하고 있는데."

사실 키요마사의 이날 행위는 나고야에 모여 있는 몇 만이나 되는 토자마外樣° 다이묘의 일꾼들에게까지도 큰 영향을 주었다.

그뿐 아니라 이 키요마사가 세우는 텐슈카쿠天守閣°에 장식될 황금 샤치鯱°…… 이는 '태평' 시대의 도래를 고하는 의미에서 뒷날의 쇼와昭和 시대° 올림픽에 못지않은 효과를 나타낼 것이 분명했다.

물론 다른 각도에서 이 일을 보는 자도 없지는 않았다.

구경하러 온 사나다 유키무라眞田幸村 같은 사람은——

"카토 히고노카미加藤肥後守도 대단하군. 여승과 같은 화려한 차림으로 돌이 작은 것을 숨기다니……"

오사카 성 석축의 돌에 비해 나고야 성 석축에 사용되는 돌은 상당히 작았다. 그 작은 것을 느끼지 못하도록 하기 위해 화려하게 차려입은 여자들을 내세워 눈을 속이고 있다고 했다.

과연 카토 키요마사가 그런 생각까지 했던 것일까?

"아니, 그렇지 않아. 히데요리 님이 소중하다는 일념으로 사심을 버리고 오고쇼大御所°의 비위를 맞추고 있는 슬픈 모습이야."

당연히 이렇게 해석하며 안쓰러워하는 자도 있었다. 또한 짓궂게 헐뜯는 자도 없지 않았다.

"키요마사 역시 자기 몸을 생각하고 있는 거야. 오고쇼에게 주목받지 않으려고 어처구니없게 로쿠죠 유곽의 계집들 같은 마음을 갖다니."

이러한 비난의 소리는 당시의 대세에 가려 세상을 뒤흔들 만한 바람은 되지 않았다.

일본 전국은 역시 백성들에게 안도감을 가져다주는 평화의 기운으로 가득 차 있었다.

3

카토 키요마사는 태평을 원하는 백성들의 기쁨 속에서 도요토미豊臣 가문 역시 번영하며 남아 있기를 바라는 지극한 마음뿐이었다. 그리고 또 한 가지, 실은 나고야 땅은 그 자신이 아버지라고도 형이라고도 생각하는 타이코의 출생지와 가까웠다. 그 근처에 어린 키요마사의 꿈이 자란 곳도 있었던 게 아닐까……

인간에게서 인정을 완전히 제거할 수는 없다. 그렇게 본다면 나고야 축성이 키요마사로서는 그 땅에 잠들어 있는 조상의 영혼에 비단옷을 입히는 공양의 뜻이 있다고 생각해도 좋을 터였다……

이에야스도 물론 그런 미묘한 인간의 심리를 깨닫지 못하는 사람이 아니었다. 따라서 카토 키요마사가 만든 명성名城에 황금 샤치를 장식하여 새로운 일본의 완성을 축하하는 것은 당연하다고 생각했다.

그 황금으로 된 샤치 암수 한 쌍에는 약 2,000개의 금 비늘이 있고, 여기에 소요되는 황금은 금화로 약 1만 7,975냥이나 되었다. 이 말에 백성들은 모두 깜짝 놀랄 터였다. 이 사실을 전혀 놀라워하지 않는 인간 가운데는 한 번 병으로 쓰러졌으면서도 불사신처럼 재기하여 다시 곳곳의 광산에 도전하고 있는 오쿠보 이와미노카미 나가야스大久保石見守長安 가 있었다.

오쿠보 나가야스는 이 황금의 샤치 따위는

"작아, 너무 작아."

이렇게 비웃었다고 한다.

새로 이루어진 일본은 지금 세계에서 으뜸가는 나라. 에스파냐, 포르투갈 두 나라를 비롯하여 멕시코, 필리핀까지 차지한 펠리페 3세도 지금은 서서히 조락의 길을 걷고 있다. 따라서 이에야스와 히데타다秀忠 를 받들고 이룩한 일본이 그들을 능가할 날도 멀지 않았다…… 이렇게 호언장담하여, 황금섬 발견을 위해 일본에 온 세바스찬 비스카이노 장군을 어리둥절하게 만들었다고.

비스카이노 장군은 앞에서도 말했듯이, 전 필리핀 태수 돈 로드리고와 표류한 그의 일행 350명을 이에야스가 멕시코로 보내준 답례가 그 명분이었다. 그러나 실은 답례를 구실삼아 마르코폴로의 『동방견문록』에 기록된 일본의 황금섬을 찾으러 왔다. 세계의 바다에 대한 야심을 가진 나가야스는 황금에 미친 그에게 황금으로 된 성城을 보여주어 놀라게 해주고 싶었을지도 모른다.

"아직도 일본인의 생각은 너무 좁아. 소견이 좁아서 이 나가야스가 캐내는 황금을 잘 쓰지 못한단 말이야."

이런 나가야스의 장담은 좀 지나친 면이 있었다. 실제로 그 황금 샤치에 대한 소문이 도요토미 가문의 대불전 재건에까지 더욱 사치의 바람을 불게 한 것은 부정할 수 없었다.

지금 오사카에서는 바쿠후幕府°나 이에야스를 적대시할 생각은 거의 가지고 있지 않았다. 그러나 이 일에서도 인간으로부터 인정을 떼어버릴 수는 없었다.

"아무튼 돌아가신 타이코 님을 욕되게 하지 않을 정도의 규모로 세워야 한다……"

후에 이러한 생각이 비극의 초점이 되었기 때문에 이 무렵부터 무언가 음산한 그림자가 드리워지기 시작한 것처럼 해석하기 쉽다. 그러나 그런 말들은 뒷날의 견강부회牽強附會한 설에 지나지 않는다.

이렇듯 케이쵸 15년(1610)은 신흥 일본의 봄바람이 따뜻하게 전국을 감싼 생기발랄한 해였다고 해도 좋았다.

이러한 상황에서 다만 한 가지 예외가 있었다. 그 예외의 일은 태평을 구가하는 백성들과는 좀 떨어진 곳에서 일어나고 있었다. 다름 아닌 궁중의 풍파였다.

4

노부나가가 처음 상경했을 때 궁궐이 있는 도성의 황폐가 어떠했는가는 이미 기록한 바 있다.

공경의 가문 거의 모두가 낙향해버린 도성 ── 난세의 잇따른 전화戰火로 불타버린 저택 터에는 잡초만 우거져 있었다. 그리고 그 속에 버려진 채 치워지지 못한 시체가 풍기는 악취로 코를 들 수도 없었다……
궁궐도 물론 예외가 아니어서 천황의 끼니를 건너는 날이 이어질 정도로 비참한 처지였다.

그런 상황에서 노부나가는 3,000석 정도의 어용지御用地를 확보했다. 이어 히데요시는 어용지를 6,000석 정도로까지 늘렸다.

노부나가와 히데요시의 이러한 보살핌을 궁전과 이를 둘러싼 공경들이 얼마나 감사히 여겼는지, 그리고 얼마나 반갑게 다시 도성으로 돌아왔는가는 상상할 수도 없었다.

이에야스는 그 어용지를 다시 1만 석으로 늘렸다.

그 무렵부터 오히려 궁전 안에서는 공경들의 풍기문란이 눈에 띄어 천황을 괴롭히고 있었다. 세상에서 흔히 말하듯 목구멍만 넘기면 뜨거움을 잊는다는 비유의 싹이 이곳에도 있었다. 간신히 살아남아 쿄토로 돌아온 공경들이 생활면에서 걱정을 하지 않게 되면서부터 당연히 다음 욕망에 눈을 떴던 것. 그런 점에서는 궁전이라 해서 결코 일반 세속과 다를 바 없었다.

극소수밖에 남지 않았던 궁중 사람들의 수가 늘어나면서 새로운 규율이 필요했다. 오랫동안 여러 곳에 흩어져 살던 사람들의 손발이 그리 쉽게 맞을 리 없었다.

궁전의 어려움이 표면화된 것은 케이쵸 12년(1607) 공경 청년들과 여관女官의 추행사건으로 나타났다.

사람들은 극한상황에는 우선 먹을 것을 찾는다. 일단 먹을 것이 충족되면 다음에는 이성異性으로 눈을 돌린다…… 이런 당연한 일이 법도를 벗어나 방종으로 치닫게 되면, 인간 사이의 감정은 뒤죽박죽이 되어버린다.

고요제이後陽成 천황은 궁전 안의 풍기문란에 격분했다. 이에 대한 처분을 천황은 실력자인 이에야스에게 하문했다. 언뜻 권위가 실추되는 처사였으나, 난세가 계속된 뒤였기 때문에 천황으로서도 어떻게 조치해야 할지 적당한 방법이 없었다. 공경들 자신이 궁전의 존엄성이나 체면 유지에 대한 견식과 교양 없이 자란 결과였다.

이에야스는 그들 공경을 엄벌에 처함으로써 풍기를 바로잡아야 한다고 회답했다. 그 결과 카잔인 타다나가花山院忠長, 아스카이 마사카타飛鳥井雅賢, 오이미카도 요리쿠니大炊御門賴國, 나카미카도 무네노부中御門宗信 등이 유배되었다.

이때의 일은 천황 스스로 바쿠후에 궁정을 간섭할 길을 터놓은 셈이되었다. 따라서 당연히 풍기 문제와는 전혀 다른 권위 문제로서 궁전내부에 대립의 씨를 뿌리게 되었다.

케이쵸 15년(1610) 초 고요제이 천황이 퇴위를 자청한 것은 그 때문이었다. 물론 이에야스는 퇴위를 연기하도록 상주했다. 그러나 이 문제는 그냥 넘어갈 수 없게 되어 있었다. 나고야 성이 거의 완성된 그해 말 천황의 퇴위는 결정되었다.

천황이 코토히토政仁 친왕(고미즈노오後水尾 천황)에게 정식으로 양위한 것은 이듬해 3월 27일. 그 때문에 이에야스는 그해에 이루지 못한 상경을 케이쵸 16년 봄에야 비로소 실현할 수 있었다……

5

"고요제이 천황의 퇴위는 유감스러운 일, 하지만 새로운 천황의 즉위는 경사스러운 일……"

당연히 당대의 정치를 맡고 있는 쇼군將軍° 히데타다가 상경해야 할 일이었지만, 이에야스가 이를 대신하게 되었다.

이미 건강이 좋지 않다는 소문 속에서도 자신의 공적을 키요마사에게까지 칭송받으면서 보기 드문 장수長壽로 축복받는 '고희古稀'를 맞은 이에야스. 새로운 천황에 대한 양위는 3월 27일, 즉위식은 4월 12일이었다. 이에 맞추어 마지막 상경에 노후의 모든 즐거움을 재확인할 심정인 이에야스였다. 오랜 고난의 고개를 오른 인간으로서 극히 자연스러운 소망이었다.

이때 벌써 이에야스는 염불 6만 번의 비원을 일과로 삼아 매일 이를 실행하고 있었다.

"하루를 더 살면, 그 하루를 감사한다."

이는 공을 이루고 이름을 떨친 인간이 도달하는 충실한 정적靜寂의 경지라고 해도 좋았다.

히데요시는 스스로 초래한 조선과의 전쟁 때문에 그 경지를 맛보지 못하고 세상을 떠났다. 아니, 오히려 그 종말을 확인하지 못하는 초조감에서 오는 마음의 고뇌와 비탄을 감추려고 요시노吉野 여행, 다이고醍醐 꽃놀이 등으로 마음에도 없는 사치로운 행사 속에서 몸부림을 치며 죽어갔다.

지금 이에야스는 히데요시보다 7년을 더 장수하고 있었다. 그리고 이를 감사하기 위해서 매일 붓을 들어 '나무아미타불南無阿彌陀佛' 여섯 자를 계속 쓰고 있었다.

"살아 있는 동안에 육만 번, 과연 이 모두를 쓸 수 있을까……?"

그 계산은 사람으로서는 할 수 없는 일.

여섯 자밖에 안 되는 문자라도 6만 번이라면 36만 자가 되는 방대한 양…… 200자 원고지로도 1,800매에 해당한다. 기원하는 마음으로 죄의 소멸과 공양의 기도를 곁들여 가는 붓으로 일일이 정서하고 있었다. 보통사람이라면 처음부터 그 양에 압도되어 계획조차 못했을지도 모른다.

이에야스는 70세까지 살게 된 감사의 표시로 감히 이 일에 도전했다. 한 자에 한 번씩만 염불을 외워도 이 또한 문자의 수와 같이 36만 번이 된다.

마음을 다하여 쓰고 있는 동안 25세 때 전사한 할아버지가 보이고, 24세에 살해된 아버지의 얼굴이 나타났다. 아니, 불행한 아내였던 츠키야마築山 부인도, 그 아들인 노부야스信康도, 이마가와 요시모토今川義元도, 오다 노부나가織田信長도, 아케치 미츠히데明智光秀도, 히데요시도, 카츠요리勝賴도, 우지나오氏直도…… 모두가 슬픈 시대의 가없은 망령으로 이에야스의 눈앞에 나타났다. 부득이하여 죽인 무수한 적…… 아무 의미도 없이 싸우다 죽어간 많은 백성들…… 이 사람들은 그를 위해 기꺼이 목숨을 버린 많은 가신들 이상으로 가여운 시대의 희생자들이라고 이에야스는 생각했다.

"나무아미타불…… 나무아미타불……"

이에야스가 70세까지 장수하여 이처럼 많은 영혼들에게 공양할 수 있는 것은 결코 자신의 힘이나 공로만은 아니었다.

"자, 이 공양을 받아주오."

이에야스가 잠시 붓을 놓고 마지막 상경을 위해 슨푸를 떠난 것은 케이쵸 16년 3월 6일.

이에야스로서는 무엇보다 도중에 완성된 나고야 성을 보는 것이 기쁨이었다. 17일 쿄토에 도착해 니죠 성二條城에 들어선 이에야스, 당장 만나고 싶은 것은 히데요리였다. 이에야스는 오다 우라쿠사이織田有樂齋를 통해 그 뜻을 히데요리에게 전했다.

6

세상에서는 니죠 성에서 행한 이에야스와 히데요리의 회담을 저마다의 교양으로 윤색하여 어린아이 장난과도 같은 소문을 퍼뜨렸다.

우선 가장 그럴 듯한 설명은—

"오고쇼는 도쿠가와德川와 도요토미 두 집안의 지위가 바뀌었음을 천하의 모든 영주들에게 시위하려는 것."

이러한 내용이었다. 그러나 새삼스럽게 시위할 필요조차 없는 일. 나고야 축성이 이미 그러한 사실을 증명하고도 남음이 있었다.

또 어떤 이는 이에야스가 히데요리를 니죠 성으로 불러 독살하려는 것이 틀림없다. 따라서 요도淀 부인*이 맹렬히 반대하고 있다. 그러나 이미 천하가 움직일 방향을 알고 있는 카토 키요마사나 아사노 요시나가淺野幸長 등의 권유로 부득이 승낙할 수밖에 없었다……고 하는 등 아주 그럴 듯한 소문도 퍼졌다.

지금 요구를 거절하고 히데요리가 상경에 불응한다면 이에야스는 당장 군사를 오사카 성에 보낸다. 그래서 이에야스를 지지하는 코다이사高臺寺의 키타노만도코로北の政所나 이에야스와 은밀히 통하고 있는 오다 우라쿠사이, 카타기리 카츠모토片桐且元 등의 책동도 있어서 요도 부인을 꼼짝 못하게 했다고.

세상사람들에게는 항간에 떠도는 그런 소문이 화제로는 더 재미 있었을 터였다. 그러나 실제 상황은 이와는 달랐다.

이에야스가 얼마나 히데요리를 만나고 싶어하는가는 이미 2대 쇼군 히데타다의 부인이 쿄고쿠京極 가문의 미망인 죠코인常高院과 마츠노마루松の丸 부인을 통해 요도 부인에게 알린 바 있었다. 그래서 요도 부인 쪽에서도 고대하고 있다고 보아도 좋을 회담이었다. 다만 요도 부인이 우려하는 것은 이에야스가 아니라 도쿠가와 가문 가신들의 감정이었다.

오사카 성에는 아직 이에야스를 천하의 찬탈자로 여겨 증오하는 미츠나리三成 식의 완고한 자들이 많았다…… 마찬가지로 도쿠가와 가문 내부에도 도요토미 가문을 아직껏 세키가하라關ヶ原 전투의 적으로 생각하고 증오하는 자가 있지 않을까 하는 위구심이었다.

이에야스로부터 명을 받은 오다 우라쿠사이는 그 뜻을 히데요리에게 전하고, 곧바로 요도 부인에게도 알렸다. 이때 요도 부인이 맨 먼저 물은 것은 단 한마디였다.

"이번에도 코다이인高臺院(키타노만도코로)이 도련님의 상경을 입밖에 내셨나요?"

"아니, 코다이인 님은 아무 말씀도 없었어요. 오고쇼 님이 친히…… 사자는 잘 아시는 이타쿠라板倉였지요."

"그래요? 그렇다면 나도 상경하면 어떨까요?"

우라쿠는 일부러 진지한 표정으로 고개를 저었다.

"내막은 어떻든지, 새로운 천황의 즉위를 위한 상경, 이번에는 사양하는 것이 좋겠어요."

"그러니까…… 여자가 나설 부대가 아니란 말이군요."

"우선은 그렇지요…… 여기에는 카토 키요마사, 아사노 요시나가, 후쿠시마 마사노리福島正則, 이케다 테루마사池田輝政 등 도요토미 가문의 옛 가신들을 따르게 하여 먼저 쇼군 가문과 우다이진右大臣° 가문의 대면에 어울리는 위엄을 갖추고 회담하는 것이 도련님의 장래를 위하는 길이라 생각합니다."

그 말을 듣고 요도 부인은 웃으면서 고개를 끄덕였다.

"그렇군요. 이제 도련님도 훌륭한 어른이 되었어요. 이치노카미市正와 상의해보세요."

7

요도 부인은 내심 이에야스를 만나고 싶어한다……고 우라쿠는 내다보았다. 그러나 중요한 궁정 행사로 상경한 이에야스에게 개인적인

정을 보이는 방문은 삼가야 한다는 생각이었다.

우라쿠는 다시 한마디 덧붙였다.

"보통 들놀이와는 다릅니다. 게다가 오고쇼는 그렇다 해도 도쿠가와 가신들 중에는 오사카에 좋지 않은 감정을 품은 자도 있지요. 그러니 역시 엄히 행렬을 갖추고 가야 할 것입니다."

카타기리 카츠모토를 비롯하여 키요마사와 아사노 요시나가가 참석한 다른 자리에서는 당연히 불상사가 발생할 경우에 대비하는 방책이 마련되었다.

키요마사가 염려한 것은 불상사의 발생이었다. 우선 세키가하라 전투 때 후시미 성伏見城에서 쓰러진 도쿠가와 가신들이 적지않다. 그런 자들이 아직까지 엉뚱한 원한을 가슴에 불태우고 있다면——

"지금 히데요리를 쓰러뜨리는 것이 도쿠가와 가문을 위한 일."

이렇게 생각하고 문제를 일으킬 자가 없다고는 할 수 없다. 그럴 경우에는 자신도 요시나가도 목숨을 걸고 히데요리를 지켜야 한다.

"우리는 도보로 갑시다."

이러한 이유로 배에서 내린 다음부터는 걸어가기로 결정했다.

이는 당시 무장에게는 당연한 마음가짐, 특별히 비장한 각오가 필요하지도 않았다. 그 증거로 후쿠시마 마사노리는 카토, 후쿠시마, 아사노, 이케다 등 모두 가면 수행자가 너무 어마어마하다고 해서——

"나는 가지 않겠소. 그러는 편이 좋겠소."

이렇게 말하며 물러섰다. 이를 보고 세상에서는 또 묘한 소문을 퍼뜨렸다. 니죠 성에서 일이 벌어지면 이에야스는 즉시 군사를 이끌고 오사카 성을 공격한다. 그때 후쿠시마 마사노리가 혼자 오사카에 남았다가 밀어닥치는 대군을 가로막기 위해서라고……

이에야스는 그런 상태가 아니었다. 케이쵸 14년(1609)에 이미——

"요즘 슨푸의 오고쇼는 맥박이 고르지 않고 눈이 흐려졌다."

『당대기當代記』에 이러한 기록이 있듯, 나무아미타불을 정서하는 것이 가장 어울리는 상태에서 히데요리의 상경을 학수고대하고 있었다…… 그러나 이러한 사태는『삼국지三國志』취향의 군담軍談에는 어울리지 않았다.

일이 벌어지기를 바라는 떠돌이무사들은 소문 자체를 즐기기 위해 제멋대로 키요마사의 심정을 비장하게 추측하기도 하고, 게으른 후쿠시마 마사노리를 쿠스노키楠나 중국의 공명孔明과 같은 생각이 깊은 사람으로 상상하기도 했다.

그런 가운데 코다이인이 아사노 요시나가에게 케이쥰니慶順尼를 사자로 보내 한 가지 희망을 말해온 것은 사실이었다. 히데요리가 상경했을 때 아버지 히데요시의 혼령을 모신 코다이 사에 들러 자기에게도 얼굴을 보여줄 수 없겠는가 하는 희망이었다.

"코다이인 님으로서는 실로 무리가 없는 청이긴 하오만, 거절하지 않으면 안 될 것이오."

아사노 요시나가가 상의했을 때 우라쿠는 이렇게 대답했다.

코다이인의 이름이 나오면 지금도 요도 부인은 감정적으로 대처하려 할지 모른다. 요도 부인의 상경을 막고 나서 코다이 사에 들르게 한다……면, 예사로 끝날 수 있는 일이 아니었다.

8

히데요리가 상경하여 이에야스와 회담할 날짜는 3월 28일. 이는 이에야스로서는 보기 드물게 순서를 뒤바꾼 결정이었다.

이미 즉위식은 4월 12일로 정해져 있었다. 즉위식에 참석하기 위한 상경이므로 당연히 식이 끝난 후 개인적인 대면을 해야 했다. 그런데도 미리 대면하겠다는 것은 역시 노인의 조급함에서일 터.

이에야스는 이때 새 나고야 성의 성주인 도쿠가와 요시나오德川義直와 그 동생 요리노부賴宣 두 사람을 데리고 왔다. 요시나오는 이때 열두 살, 요리노부는 열 살의 소년이었다. 이에야스가 기억하고 있는 히데요리는 꼭 이 형제들 또래였다.

'그 히데요리가 열아홉이 되었다. 과연 어떤 청년으로 자랐을까.'

두 소년과 히데요리에 대한 기대가 겹쳐 마음이 설레었다.

그런 이에야스에게 아사노 요시나가는 코다이인도 히데요리를 만나고 싶다는 뜻을 전했으나 거절하지 않을 수 없었던 사정을 말했다. 그 대신 니죠 성에서 회담할 때 코다이인을 동석시켜 히데요리를 만나게 하면 어떻겠느냐고 했다. 이에야스는 두말없이 승낙했다. 이번에 코다이인을 통해 히데요리에게 상경을 촉구하지 않았던 것은 요도 부인의 심정을 고려해서였는데, 그 배려마저 잊고 있는 듯했다.

히데요리는 3월 27일 배로 오사카를 떠났다.

"할아버님께 안부를 전해주십시오."

센히메千姫는 히데요리나 요도 부인만큼은 할아버지에 대한 그리움을 나타내지 않았다. 이미 어릴 때의 기억이 희미해졌기 때문인 듯.

히데요리를 수행한 사람은 카타기리 카츠모토, 오노 하루나가大野治長˚, 하야미 카이速水甲斐 등 일곱 장수에 카토 키요마사, 아사노 요시나가 이하 30여 명이었다. 이들 일행은 배를 타고 후시미에 도착하여 카토 키요마사의 저택에서 하룻밤을 묵었다. 그리고 이튿날인 28일 니죠 성으로 갔다.

키요마사가 병력 500을 길목에 배치하여 경비케 하고, 그 이외에는 이에야스의 녕을 받은 이타쿠라 카츠시게板倉勝重가 만반의 태세를 강구했다.

여기서도 세상의 소문은 가지각색으로 꽃을 피웠다.

병을 핑계로 오사카에 남은 후쿠시마 마사노리가 군사 1만을 모아 만약의 사태에 대비하고 있다고 했다. 1만의 군사가 시중에 배치되었다면 오사카 시민은 깜짝 놀라 피란을 서둘렀을 터였다. 따라서 이는 태평의 바람을 탄 재미있는 소문에 지나지 않았다.

히데요리를 니죠 성에서 맞은 이에야스는 그런 소문과는 동떨어진 화기애애한 표정으로——

"오오, 이게 정말 히데요리인가……"

당황하며 안경을 집어들었다.

그때의 히데요리는 키가 여섯 자 한 치. 그 키는 안내해온 키요마사보다도 훨씬 컸다. 그리고 당당한 체구는 타다테루忠輝°를 조금 더 살쪄 보이게 했다.

"이거, 놀라지 않을 수 없군. 히고노카미가 작아 보인다니까. 자, 이리로, 좀더 가까이!"

니죠 성 큰 접견실 상단의 자기 자리 바로 앞에 방석을 깔게 하고 만면에 웃음을 띤 이에야스의 얼굴, 키요마사조차 가슴까지 드리워진 수염을 쓸어내리는 것도 잊을 만큼 환하게 웃었다.

9

히데요리 역시 그리움이 북받쳤다. 전에 에도 할아버지, 에도 할아버지 하고 부르며 응석을 부릴 때의 이에야스는 머리나 눈썹이 검었다. 그것이 지금은 거의 허옇게 변해 있었다. 눈언저리에 둥글게 새겨진 주름살이 오고쇼라는 거창한 호칭과는 반대로 친해지기 쉬운 부드러움으로 보였다. 턱밑의 주름도 이중으로 늘어져 살찐 노파처럼 보이기도 했다.

"오고쇼께서 별로 건강이 안 좋으시다는 말을 듣고 남몰래 걱정하고 있었는데, 건강하신 모습을 뵙게 되어 무엇보다도 기쁩니다."

그러면서도 히데요리는 역시 에도 할아버지라고 부르지 않는 것은 자기 감정에 맞지 않는다는 기분이었다.

"허어……"

이에야스는 기성을 발했다. 히데요리가 인사하는 품이 한층 더 세월의 흐름을 느끼게 했기 때문에.

"보십시오!"

이에야스는 울먹이는 듯한 목소리로 코다이인을 돌아보았다.

"타이코 님을 대신하여 잘 보십시오…… 이것 참, 우리는 이미 늙었어요."

이 말을 듣고 비로소 히데요리는 이에야스의 뒤에 있는 코다이인과 두 소년을 깨달았다. 소년은 요시나오와 요리노부였는데, 히데요리는 그들이 누구인지 전혀 알지 못했다.

"오오, 어머님!"

히데요리는 당황해하면서 코다이인에게 말을 걸었다.

"건강하신 모습을 뵈오니 이 히데요리는 무엇보다 기쁘옵니다."

코다이인은 그 말에 정중하게 머리를 숙였으나 말이 나오지 않았다. 그 대신 두건 안에서 눈동자가 크게 젖어 빛났다.

큰 접견실에는 이에야스의 근시들과 요시나오, 요리노부의 가신 및 히데요리의 시종들이 즐비하게 앉아 있었다. 그들이 웅성거리기 시작한 것은 요시나오와 요리노부가 히데요리에게 인사를 하고 나서였다.

"자, 잔을 가져오너라. 이제 여한이 없다. 일부러 쿄토까지 온 보람이 있있어. 참, 히데요리도 내가 오타카 성大高城에 군량을 가져갔을 때와 같은 나이가 되었군."

이에야스가 버릇대로 히데요리의 인물 시험에 착수한 것은 그 이후

였다. 그때까지는 이에야스 역시 노인의 감회가 앞서서 그만 제정신이
아니었다.

"그런데 병법은 무엇을 공부했지?"

"예, 활을 조금 쏩니다."

"그거 좋은 일이지. 매일 활터에서 연습을 하나?"

"매일 아침 서른 발씩. 그리고 말을 탄 뒤 센히메 곁에서 아침을 듭니
다."

"센히메 곁에서?"

이에야스는 크게 고개를 끄덕였다. 너무 얄미운 대답이었다.

'내가 센히메에 대한 말을 물으려 한다는 것을 눈치채고 있군.'

"그럼, 책은 지금 무엇을 읽고 있지?"

"예,『정관정요貞觀政要』°입니다."

"오오, 그것 참 좋은 책이지. 그런데 스승은 누구를 모셨지?"

"묘쥬인妙壽院 스님이 오시고 있습니다."

"그래, 도련님은 어려서부터 글 쓰기를 좋아했지……"

이에야스는 연이어 질문을 던지다가 당황하며 고개를 저었다. 벌써
술상이 나와 있었다.

10

키요마사가 견디다못해 주먹을 눈에 갖다댄 것은 이에야스와 히데
요리가 예법에 따라 석 잔의 술을 나누고 이에야스가 의치義齒 이야기
를 시작했을 때였다.

술상에 놓인 도미찜을 이에야스가 자기 접시에 덜어 먼저 그것을 입에
넣고 히데요리에게 권했다. 독이 들었는지 시식을 했으니 먹어라……고

하는 대신—

"어떤가 히데요리, 나는 이처럼 또 이가 났어."

입을 가리키며 씩 웃어 보였다.

"이가 다시 나셨다……는 말씀입니까?"

이런 반문이 나올 거라 예상했던지—

"하하하…… 실은 산에 나 있던 것을 내 것으로 만들었네."

"무슨 말씀인지요? 산에 나 있던 것이라니요……?"

"회양목이지. 빗의 재료로 쓰는 바로 그 회양목으로 만든 이란 말이야. 나가사키長崎에 있는 챠야 시로지로茶屋四郎次郞가 지난해 류큐의 왕이 슨푸에 올 때 토사쿠東作라는 의치 기술자를 딸려보내 석 달 걸려 만들어준 이일세. 그리고 이 안경…… 이것은 홍모紅毛°에서 건너온 옥으로, 세공은 역시 나가사키의 별갑鼈甲 기술자…… 태평한 세상에서는 별별 것을 다 만든다니까."

이에야스가 일부러 입을 크게 벌려 의치를 손가락으로 두들겨 보였다. 히데요리는 저도 모르게 그것을 들여다보게 되었다. 그 우스운 광경이 결국 키요마사의 웃음과 눈물을 함께 자아내게 만들었다.

세키가하라 전투 이후 도요토미 가문의 옛 가신들 사이에서는 언제 이에야스가 히데요리 모자에게 어려운 문제를 제기할 것인가 하는 불안에 사로잡혀 있었다.

무리가 아니었다. 그들이 살아온 시대에는 강자가 약자를 쳐서 그 영지와 재물을 약탈하는 것이 상식이었다.

그러기 위해서는 어떠한 농간과 책략도 뛰어난 전략으로 허용되어 있었다. 노부나가도 그러했고, 히데요시와 미츠나리도…… 아니, 같은 큐슈 땅에서도 쿠로다 죠스이黑田如水 같은 사람은 죽을 때까지 그것밖에 생각하지 않은 사나이였다.

그런데 지금은 그때와는 전혀 다른 시대가 되려 하고 있었다……

이런 생각을 하고 있을 때 이에야스가 일부러 요시나오를 불러 자기 안경을 히데요리의 손에 건네게 했다.

"그것으로 손금을 보게. 망원경과 같은 원리로 손금이 훨씬 크게 보인다네. 나도 눈이 가물가물하여 작은 글자를 쓸 수 없어 이제는 이 눈으로 읽고 쓰기는 하지 못하게 됐구나…… 생각했는데 그걸 쓰니 아주 잘 보이더군. 그래서 부지런히 작은 글씨로 육만 번의 염불을 정서하고 있네."

설명을 듣고 히데요리는 우선 자기 손금을 보았다. 그리고 안경을 자기 눈에 써보고 얼른 벗어버렸다. 어지럽고 희미하여 아무도 안 보여 놀랐기 때문이다.

"허허허……"

이에야스는 웃었다.

"히데요리 님의 나이에는 안경을 쓰려 해도 무리…… 역시 나 같은 나이가 되어야 쓸 수 있는 것이지."

히데요리는 공손히 고개를 숙인 뒤 안경을 요시나오의 손에 들려주고 자못 감탄한 듯이 키요마사에게 말했다.

"노인장은 아직 안경이 필요치 않소? 이는 튼튼한 것 같지만."

키요마사는 가슴을 두드리고 수염을 쓰다듬었다. 그의 생애에 가장 환한 표정을 지은 순간이었다.

11

키요마사는 오늘의 이 광경을 어딘가에서 히데요시의 영혼이 보고 있을 것 같았다. 아니, 그가 여태껏 목숨을 걸고 염불하던 『법화경法華經』의 공덕이 그대로 눈앞에 나타난 것 같은 느낌이었다. 그가 어머니나 누님으로 생각해온 코다이인과, 타이코의 외아들인 히데요리가 이렇게 이에야스와 화목해지다니……

'잘 보십시오. 이렇게 되었습니다……'

키요마사는 이날을 위해 이에야스의 비위를 맞추었고, 후쿠시마 마사노리나 아사노 요시나가를 설득하기도 했다. 그가 자랑으로 여기는 수염만 하더라도 도쿠가와 가문의 후다이譜代°가신들에 대한 시위가 아니었다고는 할 수 없었다. 그러나 단지 이에야스의 무력에 대한 경계와 두려움……에서 나온 생각만은 아니었다.

이에야스는 키요마사 자신도 아직 경험하지 못한 '태평한 세상'을 창조하려 하고 있었다.

'전혀 불가능한 일이 아닐지도 모른다……'

『법화경』에도 그런 생각의 근거가 있고, 역사에도 그런 시대가 있었던 것으로 전해온다.

'그렇다면 일단 이에야스의 노력을 믿고 협력하는 것이 참된 무사의 의리……'

그 의리를 다하지 않고 도요토미 가문의 번영만을 바란다면 신앙과 양심이 허락하지 않을 것이다…… 이렇게 생각하고 노력해왔는데, 드디어 그 결과가 틀림없다는 실증을 얻은 느낌이었다……

이에야스와 히데요리의 잔은 다섯 번 주고받은 것으로 끝났다.

그리고 이번에는 히데요리의 시종들이 이에야스의 측근으로부터 별실에서 각각 대접을 받게 되었다.

이에야스는 아직 히데요리를 놓아주고 싶지 않은 모양이었다. 아니, 키요마사 자신도 같은 생각이었다. 코다이인과 히데요리, 이에야스와 자기만이 환담할 수 있는 기회…… 그런 일은 두 번 다시 이 세상에서 없을 것 같았다.

그러한 생각에 키요마사는 별실에서의 접대를 사양하고 자기만 그

자리에 남았다.

쌍방의 무장은 앞서거니 뒤서거니 접견실을 나가고 그 대신 여러 명의 시녀들이 다시 상을 들고 들어왔다.

요시나오와 요리노부는 아직 어리기 때문에 별실로 보냈다. 항상 이에야스 곁에 있던 혼다 마사노부本多正信와 마사즈미正純˙부자도 이때만큼은 동석하지 않았다. 키요마사와 마사노부의 사이가 별로 안 좋음을 알고 이에야스가 일부러 멀리했는지도 모른다.

상이 차려지자 다시 술잔이 돌았다.

이번에는 키요마사 앞에도 시녀가 술병을 들고 왔으나 원래 술이 약한 키요마사는 따르게만 하고 이에야스에게로 향했다.

"오늘은 키요마사의 생애에 다시는 없을 좋은 날이었습니다. 진심으로 감사 드립니다."

입을 열 때마다 이 맹장은 자세부터 위엄을 보였는데, 오늘은 그 대신 두 눈 가득히 눈물이 맺혀 있었다.

"나도 그래요. 정말 다행이야. 그렇지 않은가요, 도련님?"

지금까지 가만히 있던 코다이인이 키요마사의 눈물에 감격한 듯 입을 열었다. 이것이 후에 큰 불행의 원인이 될 줄은 아무도 몰랐다.

12

코다이인은 가슴 뿌듯한 기쁨을 꾹 참고 지금껏 삼가고 있었을 터. 그러나 일단 입을 여는 순간 목소리마저 흥분에 들떠 있었다.

"도련님은 이 여승이 얼마나 염려하고 있었는지 알 거예요. 도요토미 가문은 어떻게 될 것인가……? 세상은 날로 태평해지고 있는데 도련님에게 만일의 경우라도 생긴다면…… 그러나 이제는 완전히 안심했어요. 참으로 훌륭하게 성장한 모습. 앞으로도 오고쇼 님과 쇼군의 호의를 잊지 말도록 하세요."

히데요리는 몇 번이나 고개를 끄덕였다. 그는 결코 코다이인이 싫지 않았다. 히데요리가 태어날 무렵 일부러 이세伊勢 신사에 기원을 드린 일도, 천연두를 앓았을 때의 정성을 다한 배려도 들어 알고 있었다. 아니, 그 이상으로 히데요리가 잊어서 안 될 일은 코다이인이 자신의 정모正母라는 사실이었다. 타이코의 정실인 키타노만도코로는 남편의 외아들로 히데요리가 태어나자 곧 아들로 삼았다. 이 경우 양자라 하지 않고 궁정의 예를 본떠 정모라 하는데, 지금까지 엄격히 지켜왔다. 따라서 히데요리의 감정도 다른 사람을 대할 때와는 다른 면을 내포하고 있었다.

"어머님의 말씀, 결코 소홀히 생각하지 않겠습니다. 히데요리도 어머님을 뵙게 되어 기쁩니다."

"모두가 오고쇼 님이 배려하신 탓이에요…… 이렇게 만나게 되었으니 일부러 코다이 사까지 올 것은 없어요. 이 여승이 아버님 영전에 오늘 일을 잘 보고하겠어요."

"그러시면 어머님은 저를 코다이 사로……?"

그 말을 듣고 비로소 코다이인은 섬뜩했다. 아사노 요시나가를 통해 청한 그녀의 희망이 히데요리의 귀에는 들어가지 않았음을 금방 깨달았기 때문이다. 그렇다면 요도 부인이 가로막았다는 말.

"호호호…… 아니, 만일 키요마사나 요시나가가 승낙한다면 하고 생각했어요. 어쨌든 좋아요. 이렇게 믿음직한 모습을 대했으니까."

코다이인은 자연스럽게 화제를 돌렸다.

"참, 아직 센히메에게서는 아기 소식이 없나요? 이 여승도 첫손자를 보았으면 더 이상 기쁜 일이 없겠는데."

히데요리는 흘끗 이에야스를 쳐다보며 얼굴을 붉혔다.

"예, 아직…… 아직 없습니다."

이에야스도 놀랐다. 히데요리의 부끄러움이 젊은 부부의 사랑을 표현하고도 남는 것처럼 보였기 때문이다.

"히데요리, 센히메에게 훌륭한 아내가 되도록…… 이에야스가 이르더라고 전하게."

"예."

"그리고 또 하나, 이것은 중요한 일이니 코다이인 님과 히고 님 앞에서 마음에 새겨두었으면 싶어."

"예, 무슨 일입니까?"

"다름 아니라, 사람이 사람을 볼 때 천성이 선하다고 보는 견해와 나쁘다고 보는 두 가지 견해가 있다는 것일세. 그렇지 않소, 히고 님?"

키요마사는 갑자기 질문을 받고 다시 상체를 똑바로 세웠다.

'또 시작되는군, 설교하는 버릇이……'

그러나 솔직히 이 말이 나오지 않고 헤어진다면 이번 대면의 가치는 반감…… 다행이라고 키요마사는 생각했다.

"물론 말씀하신 대로 두 가지 견해가 있습니다."

13

히데요리는 진지한 표정으로 이에야스를 쳐다보았다. 호의를 솔직히 받아들이려는 자못 젊은이다운 긴장이었다.

"히데요리, 이에야스가 칠십 년의 긴 생애를 되돌아보고 이것저것 생각을 거듭한 끝에 도달한 인생의 해답일세."

"예."

"인간이란 태어날 때는 선인도 악인도 아닌 것 같아. 따라서 자기 눈으로 선악을 판단하면 큰 잘못을 초래하는 근원이 되는 거야."

이에야스는 이렇게 말하고 또 키요마사를 흘끗 보았다.

키요마사도 가슴을 펴고 고개를 끄덕였다. 그로서는 이에야스가 이 손자사위에게 무엇을 선사하려는지 알 수 있을 것 같았다.

"악인이니 선인이니 하고 단정할 때는 반드시 그 바닥에 편견이 깔려 있는 거야. 곧 자신에게 도움이 될 경우에는 선인이라 하고, 불리할 때는 악인으로 단정하게 되는 것이지……"

"그러합니다…… 분명히……"

히데요리는 대답하면서 잔을 놓았다.

"그런 편견을 버리고 나면 인간은 모두 백지가 되는 것 같아. 그것이 상대하는 사람, 놓여진 장소, 자기 욕망의 많고 적음에 의해 여러 가지로 채색되지. 가난한 상태로 버려두면 도둑질을 하게 되고, 여자들 가운데 풀어놓으면 색욕에 빠지게 되는 거야. 불우한 가운데도 재주가 뛰어나면 모반을 꾀하게 되고, 역량이 있으면서도 때를 얻지 못하면 난을 일으키게 되는 것이야. 알겠나?"

"예."

"요컨대 구 할 구 푼까지는 천성적인 것이 아니라 후천적인 성장과 이해에 관계돼…… 물론 그렇다고 해서 인연의 영향이 전무하다는 것은 아니지만……"

키요마사는 자세를 바로 하고 있었으나 웃음이 나오려 했다. 진지하게 듣는 히데요리의 태도는 물론이고 이에야스의 얼굴에 떠오른 만족스러운 빛이 웃음을 자아내게 했다.

이에야스는 즐거워 못 견디겠다는 듯 눈을 빛내기도 하고 주먹에 힘을 주기도 한다. 어쩌면 이것이 70세에 도달한 사람이 살아 있는 참된 보람인지도 모른다.

"그래서 나는 이런 말을 남겨놓고 싶어. 알겠나, 히데요리 님의 신변이나 가문에 만약 악인이 많아 보이면 그것은 히데요리 님의 잘못인 게야. 히데요리 님이 처음 백지에 좋은 색칠을 해두지 않았던 결과라고 생각하는 게 좋아."

"예…… 예."

"그리고 또 한 가지, 이것은 몸을 위해서도 좋은 일이지…… 히데요리 님은 우다이진. 앞으로 칸파쿠關白°가 되기도 할 거야. 그러나 단순한 공경이라 생각하면 안 돼. 자기 영지를 가진 다이묘이기도 해."

"그렇습니다."

"그러므로 종종 매사냥을 하는 것이 좋아. 절대로 무용한 살생이 목적은 아니야. 사냥하러 가는 도중에 영내 백성들이 영주에게 어떤 인사를 하는지 살펴보기 위해서인 거야."

"아, 그렇겠습니다……"

"알겠나? 하하하. 그렇다면 나도 안심이군. 백성들이 인사하는 모습을 보면 자신의 정치가 올바로 시행되고 있는지 알 수 있지. 백성들이 자랑스럽게 여기는 영주가 아니어서는 명군名君이라 할 수 없어."

"예."

"됐어, 이제 더 이상 말할 것은 없어. 모쪼록 아까 인사를 나눈 요시나오나 요리노부…… 그리고 타다테루 등과 명군이 되기 위한 경쟁을 벌이기 바라겠어, 알겠지?"

14

"더 이상 말할 것이 없다."

이렇게 말하고도 이에야스는 회식이 끝날 때까지 네댓 가지 설교를 덧붙였다. 그때마다 코다이인이 옆에서 즐거운 듯 맞장구를 쳤다.

이 모습을 보면서 키요마사는 가슴이 뜨거워지며, 고개를 끄덕였다. 이에야스의 교훈은 그 대부분이 태평한 시대를 사는 인간의 처세술로, 이에야스 자신의 생활 경험에 근원을 둔 살아 있는 흐름이었다.

성안의 풍기를 다스리는 법.

오사카 시민을 통치하는 법.

건강법에서부터 잠을 자는 일까지…… 상대방이 들을 마음이 없다면 꽤나 귀찮게 들리는 노파심이라 해도 좋았다. 그런데도 키요마사는 그때마다 눈물이 나올 것 같았다.

'도련님이…… 도련님이 이처럼 뜨거운 사나이의 애정을 접해본 일이 있었을까……?'

히데요시 생전에야 어떻든 그 사후에는 불가사의한 고독의 밀림 속에 내던져져 있었던 것이 아닐까……?

이 회견은 키요마사가 볼 때도 더 이상 바랄 것 없는 대성공이었다. 이에야스가 노인의 성격을 그대로 드러내 대했다는 것은 히데요리가 예상 이상으로 그의 마음에 들었다는 말이기도 했다. 이로써 두 가문 사이에는 큼직한 말뚝이 박힌 느낌이었다.

이에야스는 히데요리가 물러가려 할 때—

"공경들이 꽤나 시기하고 있을 것이야. 오늘 방문한 답방으로 요시나오와 요리노부를 오사카에 보낼 테니, 예의를 바르게 하여…… 공경들에게 분명히 보여주어야 할 것이야."

이 한마디에 정치적인 냄새가 풍겼을 뿐, 그 밖에는 모두가 눈에 넣어도 아프지 않을 손자사위와 조부 간이라는 느낌이었다.

키요마사는 이 말에 농담으로 응했다.

"알겠습니다. 그러나 연소한 두 분을 오사카에 보내면 걱정되시지 않겠습니까?"

"무슨 걱정이지……? 걱정할 이유가 없는데."

"그렇지만 오사카에는 후쿠시마 마사노리가 군사 일만으로 성을 지키며 도쿠가와 쪽의 침입에 대비하고 있다던데요?"

"하하하……"

이에야스는 의치를 빼고 입을 오므리며 웃었다.

"후쿠시마 마사노리에게 이렇게 전하시오. 이쪽은 열두 살인 요시나오와 열 살인 요리노부가 총대장, 일만이나 이만의 군사로는 대항할 수 없을 것이라고."

그런 뒤 이에야스는 목소리를 낮추었다.

"그런데 사에몬노다이부左衛門大夫(후쿠시마 마사노리)가 또 전쟁놀이를 하고 싶어 민치民治를 게을리 하고 있지는 않겠지요?"

이에야스가 진심으로 하는 걱정인 것 같았다.

키요마사는 또 농담을 했다.

"그런 마사노리에게 오십만 석이나 되는 큰 녹을 주시다니, 오고쇼는 마음을 놓을 수 없는 이상한 분입니다."

"원 이런, 묘한 소릴 하시는군, 히고 님은."

"전쟁놀이를 좋아하는 난폭한 자라서 얼마 못 가 다스리지 못하고 내던질 것이다, 그때까지 잠시 맡겨놓자는 속셈……"

이 농담에서는 완전히 키요마사가 이겼다. 이에야스는 깜짝 놀란 듯 주름 속에서 눈을 두리번거리며 침묵하고 말았다.

15

이에야스와 히데요리의 대면은 화기애애한 가운데 진행되었다. 그러나 수행자의 접대는 대접을 받는 쪽과 대접하는 쪽의 면모에 따라 반드시 화기애애한 것이라고는 할 수 없었다.

이타쿠라 카츠시게의 접대를 받은 카타기리 카츠모토는 서로 마음을 잘 알고 있는 사이여서 별로 문제가 없었다. 그러나 아사노 요시나가와 오노 하루나가를 접대한 혼다 코즈케노스케 마사즈미本多上野介正純 등의 좌석은 꽤나 험악한 공기가 감돌았다. 혼다 마사즈미가 성질 내키는 대로 아사노 요시나가의 남만창南蠻瘡(성병)을, 그리고 요시나가가 하루나가와 요도 부인 사이를 비꼬았기 때문이다.

"아사노 님은 너무 기녀를 좋아하셔서 그러다가는 여자 때문에 목숨을 잃을는지 모른다는 소문이 있다니 참으로 부럽습니다."

그 말에 실제로 요즘 병으로 고생하고 있는 요시나가는 눈을 부릅뜨고 대꾸했다.

"원 이런, 오고쇼 님의 오른팔이신 마사즈미 님답지 않은 말씀을 하시는군요. 오고쇼 님은 아직 정력이 왕성하셔서 때때로 슨푸 유곽에서 기녀들을 불러들이신다는데 사실입니까?"

"당치도 않습니다…… 이미 그런 일은……"

"숨길 것 없지 않습니까. 나는 아직 이처럼 코도 떨어지지 않았고 사지도 멀쩡…… 오고쇼 님은 코가 떨어져 죽은 에치젠越前의 친아버님이니 아직도 내가 멀리 미치지 못하오."

그 말이 너무 과격했기 때문에 하루나가는 실소했다. 이 경우 실소는 거센 성질인 요시나가에게는 용서할 수 없는 무례로 받아들여졌다.

"왜 웃소?"

이렇게 묻는 대신 요시나가는 잔뜩 비꼬아—

"하루나가 님은 좋겠소. 따로 좋은 상대가 있어 병에 걸릴 염려가 없으니까."

그 상대는 말할 나위도 없이 요도 부인을 가리키는 것.

하루나가도 가만히 있을 수 없었다. 아니, 이미 술이 들어갔기 때문에 감정이 격해졌다고도 할 수 있다.

"말씀이 지나치지 않소? 병이 안 걸릴 상대라니 누구란 말이오?"

"아니, 누구……라고 일부러 반문할 것까지는 없지요. 이미 당당하게 천하에 알려진 정사가 아니오?"

이렇게 정면으로 말하는 바람에 하루나가도 그만 침묵하는 수밖에 없었다.

'이처럼 싸움을 걸어 그것을 구실로 암살하려는 게 아닐까……'

이런 험악한 분위기도 있었으나 칼을 뽑을 정도는 아니었다.

일행이 니죠 성을 나온 것은 해가 저물 무렵…… 다시 후시미에서 배를 탔을 때는 반짝반짝 별이 빛나고 있었다.

"자, 곧 배를 띄워라. 요도 부인이 기다리고 계신다."

기쁜 소식을 빨리 보고하고 싶어 키요마사는 곧 배를 출발시켰다. 지금부터 요도 강을 내려가면 날이 샐 무렵에는 오사카에 도착한다.

키요마사는 배가 움직이기 시작하자 직접 배 안을 점검한 뒤 히데요리 곁으로 왔다. 히데요리는 아직 니죠 성에서 들은 이에야스의 말을 되새기고 있는지, 별과 물결과 노 젓는 소리 속에 조용히 앉아 있었다. 그 모습을 바라보는 키요마사는 계속 눈물을 흘리고 있었다.

"이 늙은이는…… 이 늙은이는…… 이제 죽어도 여한이 없습니다."

히데요리는 깜짝 놀라 키요마사에게 시선을 못박았다. 배는 조용히 물을 가르며 내려가고 있었다.

 경칩

1

요도 부인은 29일 새벽녘이 되어서야 깊은 잠에 빠져들었다. 지난밤 센히메를 불러놓고 남아 있는 여자들과 늦게까지 이야기를 나누었기 때문이다.

모두들 돌아간 뒤 왠지 잠이 오지 않아 새벽녘이 다 되어서야 요도 부인은 잠이 들었다. 이렇게 잠이 오지 않는 것은 결코 올해만의 일이 아니었다. 해마다 이맘때면 언제나 잠이 오지 않아 힘들곤 했다.

세상에서는 이때를 새싹이 움트는 계절이라고들 한다. 나쁜 병이 있으면 이 계절에는 병의 뿌리마저도 머리를 쳐든다고 한다……

'나는 병이 아니다……'

해마다 겨울이 되면 조용히 그대로 시들 것만 같던 젊음, 새싹이 움트는 계절을 맞아 그러한 젊음이 다시 꿈틀꿈틀 지각 위로 얼굴을 내미는…… 무르익은 젊음의 불면증이었다.

그 대신 일단 잠이 들면 눈을 뜨기가 아쉬웠다. 꿈과 생시의 경계가 감미로운 춘면春眠의 맛…… 그 경계에서 노곤해져 있을 때 어디서 왁

자지껄하게 떠드는 소리를 들은 것 같았다.

'아, 도련님이 무사히 돌아왔구나……'

현실로 느끼면서도 요도 부인은 일어나려 하지 않았다. 물론 이번 상경에 대해 전혀 걱정하고 있지 않았기 때문이기도 했다.

'내가 서둘러 마중 나가기보다 센히메가 맞이하는 게 좋아……'

그런 생각도 어딘가에 있었다.

사실 지난밤에는 늦게까지 붙들어놓고 이것저것 이야기를 나누었는데 역시 센히메는 그녀에게는 사랑스러운 육친이었다.

센히메에게는 요도 부인이나 생모인 오에요阿江與 부인과 같은 거센 기질은 없었다. 그러나 얼굴은 깜짝 놀랄 만큼 외할머니인 오이치お市 부인을 닮았다. 가만히 눈을 깔고 남의 말에 귀를 기울이는 센히메 —— 그 모습이 요도 부인에게는 불행한 어머니로서 자신을 억제하며 살다가 떠난 에치젠 키타노쇼北の庄에서의 어머니가 다시 이 세상에 태어난 느낌을 갖게 했다.

요도 부인은 농담을 했다. 지금까지는 나이가 들어 죽게 되는 것이 즐거움의 하나였는데 그 즐거움이 사라졌다고……

"어머, 누가 없앴을까요?"

"그야 뻔한 일. 센히메가 없애주었어. 지금까지는 저승에 가면 어머니를 만날 수 있다……고 생각했는데 어머니가 센히메로 환생했어. 그렇다면 어머니는 저승에 안 계실 테니 말이야……"

그 말에 센히메는 긴 눈썹 속의 시선으로 요도 부인을 빤히 쳐다보면서 잠시 무언가 생각하는 것 같았다. 그 얼굴도 눈도 입술도 남의 것은 하나도 없었다……

그런데 나는 어째서 그녀를 좀더 다정하게 대해주지 못했던가……
그런 생각을 하고 있을 때 센히메가 겁먹은 듯 살며시 두 손을 무릎에 내려놓았다.

"어머님, 용서하세요. 그 대신 제 곁에서 언제까지나 살아주세요."

와락 달려들어 꼭 껴안아주고 싶은 사랑을 느꼈다.

'그렇다, 히데요리는 더 이상 어미의 것이 아니다. 센히메에게 넘겨
주어야지……'

꿈과 생시 사이에서 그런 일을 생각하다가…… 그로부터 얼마나 시
간이 흘렀는지 문득 눈을 떴을 때 침실 입구를 등지고 누군가 앉아 있
다는 것을 깨달았다.

정신을 차리고 바라보니 오노 하루나가였다.

2

하루나가가 왔다는 것을 알면서도 요도 부인은 다시 눈을 감았다.

이상하게도 하루나가의 얼굴이 희게 보였다. 경칩인 계절 탓인지도
모른다고 생각했다. 아니, 그보다 자기 침소에 자유롭게 출입할 수 있
는 유일한 이성인 하루나가가 황송하게 잠이 깨기를 기다리고 있는 모
습이 우스웠다.

'좀더 가만히 있으면 어떻게 할까……'

문득 이런 장난스러운 생각을 했을 때.

"생모님, 깨셨으면 그대로 들어주셔도 좋습니다."

나직한 목소리로 하루나가가 입을 열었다.

"내가 깨어 있는 줄 알고 있었나요?"

하루나가는 쓸쓸히 웃었다. 그 웃는 얼굴은 상대방을 너무 잘 알고
있는 두 사람만이 통하는 쓴웃음이었다.

"니죠 성에서 면담은…… 잘되었겠지요?"

하루나가는 그 말에 대해서는 대답하지 않았다.

"이틀 후 도련님의 방문에 대한 답방으로 오고쇼의 일곱째아들인 나고야의 요시나오 님과 여덟째아들인 요리노부 님이 함께 오사카로 오십니다."

요도 부인이 이불 속에서 뒤척였다.

"그 어린것 둘을…… 일부러 오사카에 보내신다는 말이오?"

이에야스가 히데요리의 방문을 얼마나 기뻐했는지를 말해주는 증거…… 이런 생각 때문에 요도 부인은 누운 채로 있을 수 없다는 느낌이 들었다.

"예. 그런데 좀 곤란한 일이 있습니다."

"곤란한 일이라니? 아무것도 곤란할 건 없어요. 나와 센히메가 잘 데리고 놀다 보내겠어요."

오노 하루나가는 일부러 시선을 돌린 채 불쑥 말했다.

"그 둘을 살려서 돌려보내지 말라……고 말하는 자가 있습니다."

요도 부인도 이 말에는 완전히 일어났다.

"그것은…… 그것은…… 도대체 누가 그런 소리를……?"

당황하여 말하고 무릎의 옷섶을 여몄다.

"그렇다면 도련님이 혹시 니죠 성에서 모욕을 당하기라도……?"

하루나가는 천천히 고개를 저었으나 낯빛은 여전히 어두웠다.

"일곱 장수는 이번 대면도 오고쇼의 본심에서가 아니라, 코다이인 님 계획이었다고 보는 모양인지…… 사실 이번에 수행했던 사람들은 카토, 아사노, 카타기리 등 모두 코다이인 님과 절친한 사람들뿐…… 게다가 코다이인 님은 처음부터 오고쇼 님 곁에 앉아 계셨지요."

"코다이인이……?"

"그 일에 대해서는 나중에 도련님이 말씀 드릴 것입니다. 아무튼 도련님과 오고쇼, 히고노카미와 코다이인, 이렇게 네 사람이 일 각(2시간) 남짓한 동안 환담…… 저희들은 물러가 별실에서 술을…… 마님,

그 자리에서 이 슈리修理는 아사노 님으로부터 큰 모욕을 당했습니다."

"그대가 모욕을……?"

"아사노 님은 코다이인의 조카사위, 일부러 생모님의 은총을 술자리에서 입에 올려 모욕을 주다니…… 이 슈리도 사나이, 이래서는 충성도 바칠 수 없습니다."

하루나가는 이렇게 말하고 다시 싸늘한 미소를 떠올리며 고개를 돌렸다. 하루나가는 자기의 말이 요도 부인의 마음에 어떤 풍파를 일으킬지 그 반응을 확인할 생각이었을 것이다.

요도 부인은 잠시 묵묵히 하루나가를 바라보았다.

3

하루나가는 고개를 돌린 채 독백처럼 중얼거렸다.

"일곱 장수들은, 사정은 이미 알았다, 모든 것이 코다이인의 지시…… 도련님을 코다이인에게 접근시켜놓고 생모님을 이 성에서 쫓아낼 생각임이 분명하다고……"

"……"

"우선 생모님과 도련님을 떼어놓고 나서 도련님을 농락하여 이 오사카 성을 바쿠후의 수중에 넣는다…… 코다이인은 오사카 성과 교환조건으로 도요토미 가문을 존속시켰다고 자랑하고 싶은 것이다. 모든 것은 이를 위한 거래임이 틀림없다……고 말합니다."

"……"

"저는 물론 충고했지요. 비록 그렇다 해도 상관없지 않은가, 생모님이 그리 쉽게 도련님 곁을 떠나실 리 만무하다…… 하지만 그들은 그렇게 생각하지 않는 것 같습니다."

44

"그럼…… 어떻게…… 생각하고 있다는 말인가요?"

요도 부인은 견디다못해 입을 열었다.

"누가 뭐라 하건 내게는 나의 생각이 있어요. 그러나 이야기만은 들어보겠어요, 그들이 뭐라고 말하는지."

"아까 말씀 드린 대로 답방하러 오시는 요시나오 님과 요리노부 님을 무사히 돌려보내지 말라, 그러면 대번에 일의 진상을 알게 될 것이라고 고집을 부리고 있습니다."

"무사히 돌려보내지 말라니…… 어린것들을 죽이기라도 하겠다는 말인가요?"

"그런 것은 아닙니다. 다만 붙들어놓으면 저절로 일이 진행된다…… 코다이인이 타협을 하러 오거나 아니면, 처음부터 도쿠가와 군이 밀려오거나……"

"그래서 슈리 님은 뭐라고 했나요?"

"제가 말하기에 앞서 그들이 자기네 주장을 좀더 들어보라고…… 결국 오고쇼나 코다이인이 오사카 성을 접수할 생각이 있다면 우리 쪽에서도 대비를 해야 할 것이 아닌가…… 이런 말을 하더군요."

"얼빠진 소리! 지금의 오사카 쪽 인원으로 어떻게 에도를 상대할 수 있다는 말이오?"

"예, 바로 그것입니다."

하루나가는 더욱 냉정하게 목소리를 낮추었다.

"모든 일을 생모님이나 도련님 몰래 꾸미는 것으로 하고, 우선 두 소년을 인질로 잡는다, 그러면 센히메와 함께 인질은 세 명…… 이 인질을 단단히 붙들어놓고 있으면 그 교섭은 결코 이쪽에 불리하지는 않을 것이라고 합니다."

"어머나……"

"그들 생각으로는 그렇게 해놓고 최대한 이쪽 조건을 받아들이게 하고 돌려보내도 손해는 없다, 인질을 셋이나 잡았으니 저쪽에서 먼저 공격은…… 엄두도 내지 못한다고."

"……"

"그렇게 하면 상대의 속셈은 저절로 알게 된다, 코다이인이 나오는가, 아니면 군사가 나오는가……? 언젠가 일전을 벌여야 한다면 이쯤에서 슬쩍 부딪쳐보자, 생모님이나 도련님이 하시는 일이 아니다, 우리가 하는 일…… 이렇게 주장하며 물러서지 않습니다."

하루나가는 탄식하듯 말한 뒤 비로소 시선을 요도 부인에게로 돌렸다. 요도 부인은 어느 틈에 와들와들 떨고 있었다.

4

사람에게는 누구나 맹점이 있게 마련이었다. 오노 하루나가에게 가장 아픈 상처는 요도 부인의 총애를 받으면서 히데요리 측근에 있다는 사실이었다.

이런 사례가 세상에 없지는 않았다. 남편이 죽은 후 일단 머리를 깎고 여승이 되었던 주군의 미망인이 젊은 무사에게 잠자리 상대를 명한다. 남편이 생존했을 때라면 몰라도, 사후에는 그다지 부정하다거나 불륜이라고는 생각하지 않는 시대였다. 다만 이 경우 그 남자는 결코 중신의 반열에 올라 정치나 군사 일에는 입을 열 수 없었다. 봉사의 상대가 주군의 미망인이어서 한 단계 낮은, 필요성을 인정받은 그늘에 있는 존재로서 화려하게 차려입으나, 마음속으로는 모두에게 사내대장부로서는 있을 수 없는 일로 경시당했다.

오노 하루나가의 경우는 처음부터 그렇지 않았다. 히데요리의 측근으로 다이묘와 동등한 자격으로 일을 보다가 요도 부인의 총애를 받는 몸이 되었다…… 따라서 지금 오사카 성에서는 발언권 있는 중신인 동시에 모르는 사람이 없는 요도 부인의 정부였다.

하루나가는 스스로 마음에 걸려 그 일에 대해 말하는 자가 있으면 사람이 달라진 것처럼 신경을 쓰고는 했다. 아사노 요시나가가 니죠 성 술자리에서 던진 야유는 지금 그의 상처에 뜨겁게 단 인두를 갖다댄 것과 같았다. 이 분노가 이번에는 요도 부인의 맹점을 찌르고 있었다.

요도 부인 앞에서는 '코다이인'이란 말은 꺼내서는 안 되는 금기 사항이었다.

자기는 타이코 소실, 세상 관습에 따르면 소실은 봉사하는 사람…… 비록 그 배로 낳은 자식이라도 정실과 연고가 맺어지면 내 자식이 아니라 주인 쪽 사람이 되는 게 관습이었다. 이 관습은 아직껏 제후의 가정에서는 엄하게 지켜지고 있었다. 그런데도 도요토미 가문만은 코다이인이 공양을 위해 성을 나간 것을 기화로 소실이 그대로 생모로 들어앉아 있었다…… 누가 말하지 않더라도 하나의 이단異端이란 사실을 요도 부인 자신이 가장 잘 알고 있었다.

그러한 사실을 잘 알고 있는 하루나가는 이번 상경도 실은 코다이인의 간섭이었다고 했다. 아니, 그 이상으로 요도 부인을 쫓아내고 코다이인이 성으로 돌아올 생각이 있는 것처럼 말했다……

요도 부인은 한동안 와들와들 떨고 있었다.

'그럴 리가 없다…… 모두 이에야스의 생각에서 나왔고, 오에요 부인과 코다이인이 중재한 결과일 것이다……'

이렇게 생각해보았으나, 그 장소에 정모正母인 체하는 코다이인이 있었다는 말을 떠올리는 순간 피가 거꾸로 흐르는 것 같았다.

'무엇 때문에 그 여자가……'

이러한 생각은 하루나가의 선동에 질투심과 약점이 얽혀 차차 그녀를 협박해오는 감정의 불길이었다.

"슈리 님, 그 말에 과장은 없겠지요?"

"그게 무슨 말씀입니까. 아사노 님이 저를 모욕했다는 것까지……
무엇 때문에 말씀 드릴 필요가 있겠습니까?"

"알겠어요…… 그럼, 카토나 아사노도 모두 코다이인 편인가요?"

봄이 되면 옛 상처의 감정도 다시 서서히 구멍에서 기어나오는 법.

5

오노 하루나가는 자기의 분노 때문에 전혀 근거도 없는 말을 하는 것
은 아니었다. 돌아오는 배에서 분명히 일곱 장수는 그런 말들을 하고
있었다.

그들은 모두 요도 부인이 얼마나 코다이인을 싫어하는지 잘 알고 있
었다. 그들에게도 이에야스와 함께 코다이인이 니죠 성의 상석에 나와
있었다는 것은 분명히 뜻밖의 놀라움이었다. 그들 모두 쇼군 히데타다
가 상경할 때 코다이인으로부터 히데요리에게 초청이 있었기 때문에
도리어 일이 이루어지지 않았음을 잘 알고 있었다.

거기다 또 한 가지 그들을 놀라게 한 것은 이에야스가 태연히 어린
요시나오와 요리노부를 답례로 오사카에 보내겠다고 한 말이었다. 어
떤 자는 이에야스의 노망이 아닌가 의심하고, 또 어떤 자는 오사카를
아주 깔보는 대담성이라고도 했다.

"이제 오사카는 일개 다이묘로 전락했다고 생각하고 있는 거요. 그
큰 너구리가 노망날 리는 없지."

"그렇지만 만에 하나 두 사람을 그대로 오사카에 억류시킨다면 어떻
게 되겠소?"

"바로 그게 문제요. 그런 대담한 수를 쓸 사람은 하나도 없어요……

그것이 오고쇼 눈에 비친 오사카의 지금 모습이 아니겠소."

"그러니까 카타기리 님이나 우라쿠 님도 완전히 도쿠가와 가문의 앞잡이가 됐다…… 자기 집처럼 굴어도 별일 없으리라 보았을까요?"

그런 뒤 갑자기 만약에 두 사람을 돌려보내지 않으면 어떻게 되는가하는 상상으로 화제를 돌린 것은 하야미 카이였다. 그 상상은 지루한밤의 선박여행에는 아주 좋은 화제였다.

"두 사람을 포로로 잡으면 센히메 님을 합쳐 세 사람이 되는군."

"그렇소. 한두 사람이라면 두말없이 쳐들어오겠지만, 셋이나 되면아무리 오고쇼라도 그리 간단히 단념할 수는 없겠지."

"그 세 사람을 붙잡아놓고 무슨 교섭을 한다는 말이오……?"

이런 말을 한 것도 하야미 카이였다.

"그 문제는 한번 깊이 생각해볼 일이오."

와타나베 쿠라노스케渡邊內藏助가 몸을 앞으로 내밀었다. 그때부터좌석에는 살기와도 같은 긴장감이 감돌기 시작했다.

"우선 여하한 일이 있더라도 돌아가신 타이코 전하가 축성하신 오사카 성은 내놓지 않는다."

"으음, 그 다음에는?"

"둘째는 히데요리 님을 삼 대 쇼군으로 삼는다."

"그것은 좀 무리일지도 몰라요. 그러나 대대로 쇼군 직은 도요토미가문과 도쿠가와 가문이 한 번씩 교대로 한다는 제도를 마련한다……고 하면 싫다고는 할 수 없을 텐데."

이때였다. 갑자기 하야미 카이가 목소리를 죽이고 말했다.

"여러분, 그보다 세 사람을 죽일 각오를 하고 대군을 끌고 와서 포위하면 어떻게 하겠소?"

순간 모두 입을 다물고 얼굴을 마주보았다. 이에야스가 어쩌면 그 정도의 결단은 내릴지도 모른다는 생각에서였다.

"그때는 일전을 벌일 수밖에."

쿠라노스케가 대답했다.

"방법은 여러 가지가 있소. 카이 님, 우선 전국 천주교 다이묘들에게 격문을 돌리고, 또 일본에 있는 선교사 모두를 오사카 성에서 보호하자는 것이오."

6

배 안에서는 무료한 가운데 갖가지 예상과 방안이 쏟아져나왔다.

우선 답례하기 위해 오는 요시나오와 요리노부를 포로로 잡고 천주교 다이묘와 전국의 떠돌이무사를 불러모은다.

"그래도 승산이 없다고 생각되거든 차라리 펠리페 대왕에게 원군을 청하면?"

이런 말을 꺼낸 것은 와타나베 쿠라노스케였다. 물론 즉석에서 생각한 것이 분명했다. 그러나 이 말은 호리 츠시마堀對馬와 이토 무사시伊藤武藏마저 깜짝 놀라게 할 만큼 큰 흥분을 불러일으켰다. 일본인의 생각에 유럽의 주권자까지 등장하게 된 데 대한 놀라움이었다.

"그렇소! 결코 불가능한 일만은 아니오."

하야미 카이는 눈을 번뜩였다.

"주선해줄 신부와 선교사는 얼마든지 있소. 그들을 개입시켜, 이대로 있으면 오란다(네덜란드)와 이기리스(영국) 양국 때문에 일본의 천주교는 근절되고 만다…… 즉각 원조 바란다고 하면 전함 다섯 척이나 일곱 척은……"

듣고 있는 동안 오노 하루나가는 겁이 나서 귀를 막고 싶었다. 그들의 공상과 자신의 불만이 이런 데서 하나가 되면 그야말로 손을 쓸 수 없는 큰 불이 될지도 모른다.

과연 이 말을 계기로 배 안의 화제는 더욱 크게 불이 붙었다. 에도를 가상의 적으로 단정하고, 이 적을 타도하기 위해서는 어떤 수단이 있는가에 대해 온갖 공상이 난무했다.

우선 펠리페 3세의 군함이 제공될 가능성이 있을 때는 이를 계기로 공작할 대상은 역시 세키가하라 전투 때 아군인 모리毛利와 시마즈島津…… 그리고 토호쿠東北 지방에서는 우에스기上杉보다 다테伊達를 움직여야 한다는 말이 나왔다.

다테 마사무네伊達政宗˙는 마츠다이라 카즈사노스케 타다테루松平上總介忠輝의 장인, 타다테루는 요즘 마사무네와 부인의 영향을 받아 천주교도가 되려 하고 있었다. 그러므로 마츠다이라 타다테루를 끌어넣어 형을 대신하여 쇼군 직에 앉힐 것처럼 해보이면, 도쿠가와 가문도 또한 양분되어 뜻밖의 약점을 노출할 터.

"그것 참 재미있군!"

모두들 이구동성으로 말했다.

"그 무렵에는 오고쇼도 아마 살아 있지 않을 테지. 그렇게 되면 세키가하라의 재판이 될 거요."

하지만 그들도 밤이 밝고 배가 오사카 성의 수로에 접어들 무렵에는 입을 다물고 꾸벅꾸벅 졸기 시작했다. 공상은 역시 공상 외에 아무것도 아니었다. 날이 새고 성안의 흙을 밟았을 때는 꿈과 함께 잊혀질 것이 틀림없다.

그러한 사실을 알면서도 오노 하루나가는 도리어 이 모두를 요도 부인에게 고할 생각이 들었다.

어째서 그런 마음이 들었을까?

그의 마음 어딘가에 요도 부인을 괴롭혀주지 않고는 못 견딜 이상한 심리적 충동이 똬리를 틀고 있었는지도 모른다.

요도 부인이 손뼉을 쳐 옆방에 대기하고 있는 시녀를 불렀다.

"게 누구 없느냐, 세숫물 가져오너라."

그리고는 흥분한 모습으로 거울을 세우게 하여 웃옷을 벗고 아침 화장을 시작했다.

7

요도 부인으로서는 자신이 사양한 이번 상경에 코다이인이 끼었다는 사실에 불쾌함과 함께 도저히 용납할 수 없다는 생각이 들었다.

만일 처음부터 자신이 모르는 가운데 계획된 것이라면……?

'그 점만은 확실히 짚고 넘어가야 한다……'

"슈리 님은 물러가 쉬도록 하세요. 나는 우라쿠 님과 이치노카미를 만나야겠어요."

경대에 비친 하루나가에게 이렇게 말했다. 이때 요도 부인에게는 그 하루나가마저도 가증스럽게 생각되었다.

니죠 성에서 남만창에 걸린 아사노 요시나가에게 모욕을 당했다고 한다…… 그렇다면 왜 그 자리에서 죽이지 못했는가…… 물론 하루나가로서는 무리다. 완력에서는 천군만마千軍萬馬 사이를 왕래한 아사노 요시나가, 그는 하루나가보다 훨씬 뛰어난 사람이었다.

아사노 요시나가가 만일 둘도 없는 히데요리 편이 아니었다면 요도 부인도 벌써 그를 성에 얼씬도 하지 못하게 했을지도 모른다. 아니, 사실은 히데요리에 대한 그 충성도 수상하다. 혹시 코다이인의 첩자인지도……

"슈리 님, 물러가도 좋다는 말이 안 들리나요?"

수면부족인 자기 얼굴에 언제까지나 겹쳐 보이는 음울한 하루나가의 모습이 견딜 수 없어 드디어 신경질적으로 소리질렀다.

"답례하러 온 사자를 어떻게 다룰지…… 그것은 히데요리가 할 일. 도련님도 이제는 어린아이가 아니에요."

하루나가는 잠깐 쓴웃음을 떠올리고 그대로 거울 속에서 사라졌다. 그 쓴웃음도 총애를 믿고 그녀를 경시하는 속셈인 것 같아 요도 부인의 불쾌감을 더욱 부추겼다.

"아에바饗庭, 아에바 부인."

시녀에게 머리를 빗기도록 하면서 요도 부인은 다시 성마르게 불렀다. 그 목소리가 심상치 않다고 생각한 아에바 부인과 우쿄노다이부右京太夫 부인이 당황하며 침소로 들어왔다.

"오, 왔군요. 아에바는 우라쿠사이 님을…… 우쿄는 이치노카미를 불러오세요."

이번에도 거울을 통한 명령이었다.

두 사람은 그대로 황급히 복도로 달려나갔다.

마루의 덧문이 열리는 바람에 요도 부인은 그제서야 정원의 흙을 적시는 빗줄기를 깨달았다. 이미 시각은 다섯 점(오전 8시)이 지났을 듯. 정원에서는 아침의 새소리도 들리지 않았다.

요도 부인은 완전히 화장을 끝내고 옷을 갈아입을 때까지 한마디도 하지 않았다. 심부름 간 두 사람도 좀처럼 돌아오지 않았다. 모두 히데요리 앞에 모여 요시나오와 요리노부를 어떻게 맞이할 것인지 상의하기 시작했는지도 모른다.

'이 성에서 나를 쫓아낸다……?'

이에야스가 그 때문에 코다이인과 이마를 맞대고 의논했다면 어떻게 할 것인가?

몸단장이 끝났다. 그러나 아직 두 사람은 돌아오지 않았다.

"거기 누구 없느냐?"

다시 요도 부인은 큰 소리로 부르면서 거실로 갔다. 그곳에 쇼에이니 正榮尼가 환한 표정인 키요마사를 안내해왔다.

"생모님, 도련님의 상경이 무사히 끝나 우선 축하 드립니다."

키요마사는 요도 부인에게 이렇게 말하면서 자리에 앉아 천천히 수염을 쓰다듬었다.

8

"오오, 키요마사 님, 수고하셨어요."

요도 부인은 즉시 키요마사에게 질문의 화살을 던졌다.

"니죠 성에서 그대와 도련님은 오고쇼와 코다이인으로부터 접대를 받았다지요?"

"예. 오고쇼 님도 코다이인 님도 몹시 기분이 좋아서 크게 성장하신 도련님을 보고 깜짝 놀라셨습니다."

"키요마사 님!"

"예."

"단지 그것뿐인가요, 그대가 할말은⋯⋯?"

키요마사는 약간 고개를 갸웃했다.

"아니, 그 밖에도 여러 가지 이야기가 나왔습니다. 그 말씀을 드리려고 이렇게⋯⋯"

"키요마사 님, 코다이인 님이 그대에게 무슨 청이 있다고는 하지 않던가요?"

"그야, 뵐 때마다 말씀하시지요. 도련님을 부탁한다, 도요토미 가문을 부탁한다고."

"그 도요토미 가문이란 말이 수상해요. 어째서 코다이인은 그대와 도련님만을 남기고 다른 사람들은 물러가게 했다고 생각하나요? 뭔가 비밀 이야기가 있었겠지요. 그 이야기가 어떤 것이었는지 솔직하게 내게 말할 수 없을까요?"

키요마사의 얼굴에서 웃음이 사라졌다. 요도 부인의 질문에 엉뚱한 억측이 들어 있음을 깨달은 표정이었다.

"이상한 말씀을 하시는군요…… 저희들만 대접받은 것은 코다이인 님의 지시가 아니었습니다. 오랜만에 허물없이 환담하고 싶다고 생각하신 오고쇼 님의 지시였습니다."

"그래요……? 그럴 테죠, 표면적으로는…… 하지만 그 허물없는 환담에 어째서 코다이인 님만을 특별히 참가시켰는지…… 여기에 대해 그대는 어떻게 생각하세요?"

"생모님, 저는 질문하시는 뜻을 잘 모르겠습니다. 코다이인 님은 처음 도련님에게 코다이 사까지 오셨으면 하고 희망하셨습니다."

"뭐라구요, 일부러 코다이 사까지……?"

"예. 그 뜻을 아사노 요시나가를 통해 전했습니다. 하지만 그 일은 이 키요마사가 거절했습니다."

"아니, 그대가 거절하다니…… 그 이유는?"

"그 이유는…… 오고쇼와 중신들은 모두 화목하나 두 가문 중에는 아직 오사카와 에도는 숙적……이라 생각하는 자들이 적지 않습니다. 그래서 저나 저쪽 쇼시다이所司代°의 경비가 번거로워진다고 생각했기 때문입니다."

이렇게 말하고 키요마사는 다시 두 가지 이유를 덧붙였다.

"그 밖에도 이유가 있습니다. 코다이인에게 들르신다……고 하면 오랜만에 상경하시는 오고쇼 님을 맞이하는 이 대면이 다른 일들을 겸한 듯한 인상을 주어 가볍게 여겨집니다. 또 그 정도로 여유가 있는 상경이라면 궁정에서 즉위식이 끝날 때까지 체류하는 것이 당연하다……

는 공경들의 비판도 나오지 않는다고 할 수 없습니다. 그런 생각으로 거절했습니다마는, 코다이인 님은 자신도 도련님이 보고 싶다고 오고 쇼 님에게 부탁하신 것 같습니다. 그래서 동석을 허락받은 것입니다…… 코다이인 님은 기뻐하시기는 했으나, 특별히 비밀 이야기 같은 것은 나누지 않았습니다."

요도 부인은 똑바로 키요마사를 쏘아보는 듯한 자세로 듣고 있다가 획 고개를 돌렸다. 뺨과 이마에서도 핏기가 가시고 입술의 근육이 경련하고 있었다.

9

요도 부인으로서는 키요마사의 조리 있는 대답이 오히려 수상하게 받아들여졌다.

"그래요……? 아사노는 거절당했다, 하지만 코다이인은 어엿이 동석을 허락받았다…… 모든 것이 잘되어갔군요."

"예, 그렇습니다."

키요마사 역시 독실한 니치렌日蓮° 신자. 일단 성실하게 설명은 한다. 그러나 통하지 않는다는 것을 알면 오히려 완고해진다. 그 완고한 면은 혼아미 코에츠本阿彌光悅와 일맥 상통하는 데가 있었다. 이러한 그의 성품은 때로는 도전적이기조차 했다.

이시다 미츠나리石田三成와의 사이가 평생 동안 멀어졌던 것도 이러한 성격 탓이었다……

"생모님, 어째서 이 키요마사의 조치에 불만을 품으십니까?"

"뭐라구요……? 내가 언제 그렇다고 했나요?"

"키요마사는 사실을 말씀 드리면 이처럼……"

그는 얼굴을 붉히면서 손을 품속에 넣어 금박으로 오동잎을 찍은 단검 한 자루를 꺼냈다.

"이번 도련님 모시는 일을 내 삶의 마지막 충성으로 생각하고, 타이코 전하가 시즈가타케賤ヶ岳 전투 때 주신 이 단검을 품속 깊이 간직하고 갔습니다."

그러면서 단검을 무릎 앞에 놓고 오만하게 수염을 쓰다듬었다.

"그 단검을…… 무엇 때문에 가져갔지요?"

"만일 오고쇼 님에게 도요토미 가문을 폐하려는 속셈이 있다면, 그때는 이것으로 찌르고 저도 죽을 각오였습니다."

"……"

"충성을 과시할 생각은 추호도 없습니다. 키요마사의 이 수염도 실은 쇠약해진 이 몸을 숨기고, 도요토미 가문의 위풍을 보이려는 위장…… 이미 가슴을 좀먹는 병마에는 이길 수 없습니다…… 마지막 충성이라고 마음으로 결심했습니다…… 그런데 이 키요마사의 눈에 비친 오고쇼 님은 과연 타이코 전하께서 천하를 맡기실 만한 기량을 가진 분이어서 도요토미 가문을 적으로 생각하는 따위의 좁은 소견은 추호도 없었습니다…… 코다이인 님의 간절한 소원을 잘 이해하시고 어떻게 하면 전하의 후손을 자랑스럽게 존속시킬 수 있을지…… 자기 일처럼 염려하고 계신다는 것을 알았습니다…… 생모님, 키요마사는 이 봉사를 끝으로 지금부터는 영지로 돌아가 조용히 요양하고 싶습니다. 그래서 감히 말씀 드립니다! 만약 도요토미 가문을 쓰러뜨리는 자가 있다면, 그것은 도쿠가와 가문이 아니라 도요토미 가문 내부에 있습니다. 이 뜻을 키요마사의 마지막 말로 아시고 깊이 마음에 새겨주시면 감사하겠습니다."

말하는 쪽도 좀 지나쳤다고 할 수 있다.

요도 부인의 기분이 좋았을 때였다면 키요마사의 성의가 그대로 가슴에 흘러들었을 터였다. 그러나 오늘 요도 부인은 전혀 그럴 상태가 아니었다. 아니, 오히려 그와는 반대였다. 키요마사의 말에 조리가 있으면 있을수록 코다이인과 코다이인 편인 키요마사 사이에 뭔가 큰 모략이 이루어졌을 것이라는 착각에 빠졌다.

"키요마사 님, 내게 할말은 그뿐인가요? 좋아요, 수고했어요."

10

"수고했다고……?"

너무 심한 말을 듣고 키요마사는 요도 부인의 말을 그대로 반복하면서 아연히 상대를 바라보았다.

"수고했다……고 한 말이 마땅치 않은가요, 키요마사 님?"

요도 부인도 전혀 물러서는 기색이 없었다.

"타이코 전하의 유품인 단검을 가슴에 품고 호위를 했다기에 그런 말을 했어요. 달리 말할 방법이 있다면 가르쳐주세요."

갑자기 키요마사는 머리를 숙였다. 어깨가 심하게 떨리고 똑바로 앉은 무릎 위에 뚝뚝 눈물이 떨어졌다.

'후쿠시마 마사노리처럼 내가 나고야 축성에 열성을 보인 데 대한 불만인지도 모른다……'

키요마사는 이러한 태도가 코다이인에 대한 질투에서 나왔음을 깨닫지 못했다. 깨달았더라면 코다이인의 간절한 희망으로……라는 등 일부러 상대의 상처에 손톱을 세우는 말은 하지 않았을 것이다.

"생모님, 분별을 잃었습니다. 용서해주십시오."

"……"

"실은 이번으로 이 키요마사가 오사카 성을 마지막 본다……는 생각이 들어 그만 앞뒤를 잊었습니다."

"아니, 키요마사 님. 그렇다면 오사카 성은 머지않아 멸망해 없어진다는 말인가요?"

"무슨 말씀을 하십니까! 이 키요마사의 여생이 얼마 남지 않았다는 의미로……"

"호호호…… 그만 됐어요. 나도 말이 좀 심했던 것 같군요. 아무튼 이번 일에는 수고가 많았어요. 영지로 돌아가시거든 아무쪼록 잘 요양하도록 하세요."

"그럼, 이만…… 저는 떠나겠습니다."

요도 부인을 찾아올 때는 키요마사 쪽에서 이별의 잔을 청하고 이것저것 뒷날의 일을 이야기할 생각이었다. 그런데 다툼으로까지는 번지지 않았으나, 마음이 소통되지 않는 서먹서먹한 이별이 될 줄이야……

요도 부인도 그 점에서는 마찬가지였다.

원래 키요마사는 직언으로 유명한 사람, 아첨 따위는 못하는 사나이…… 잘 알면서도 감정이 내키는 대로 지나치게 흥분했다.

'그렇지만 달리 방법이 없지 않은가.'

그처럼 귀신 같은 얼굴로 오사카 성을 마지막으로 보느니, 여생이 얼마 남지 않았느니 하며 대담한……

키요마사는 아직도 눈물이 마르지 않은 얼굴로 타이코의 유품인 단검을 도로 품속에 넣고 조용히 절을 하고 사라졌다. 순간 묘한 슬픔과 적적함이 가슴에 차올랐다.

'혹시 정말로 병이 중한 게 아닐까……'

아니, 그럴 리 없다.

"이것이 마지막 충성……"

그 말 가운데는 분명히 다른 뜻이 있을 것이다……

키요마사가 나가고, 그를 안내해왔던 쇼에이니 역시 뜻하지 않은 일의 진행에 놀라 뒤따라 나갔다.

혼자 남은 요도 부인은 한동안 조용히 처마 끝의 빗소리에 귀를 기울였다. 순간 갑자기 우스운 생각이 들었다.

"히고도 히고지만, 나도 어지간하군."

아무도 없는 방 가득히 웃음을 뿌리다가 깜짝 놀랐다.

11

요도 부인은 자기 감정이 때로는 스스로도 제어할 수 없게 된다는 사실을 잘 알고 있었다.

'세상에선 이처럼 미쳐 날뛰는 경향을 생리적 현상이라 한다……'

이런 것까지 알면서도 요도 부인은 일부러 그 미칠 듯한 물결 속에서 놀아나려 하는 버릇이 있었다. 타이코가 살아 있을 때부터 자각한 자신의 일면으로, 자극이 없는 따분한 환경에 대한 젊음의 모반……이라는 점도 어렴풋이 느끼고 있었다.

'그 버릇이 또 나오는 모양이다……'

그러나 지금은 그렇게 되어도 좋다……고 하는 비뚤어진 마음을 그냥 내버려두어도 된다고는 생각지 않았다. 이에야스가 마음으로부터 자기와 히데요리를 염려해주건, 키요마사와 코다이인이 마음을 합해 오사카 성에서 자신을 몰아내려 책동하고 있건…… 이번 사태는 그녀 자신의 운명을 좌우할 정도의 거센 바람임에는 틀림이 없다.

"그렇다, 이렇게 비뚤어져 웃고 있을 일이 아니다…… 비뚤어진 사람은 우라쿠 한 사람으로 충분하다."

소리내어 중얼거리고 나서 사방침을 자기 앞에 고쳐놓았다.

심각하게 생각하지 않으면 안 될 큰일이 바로 눈앞에서 불꽃을 튀기

고 있는데도, 그 불길이 나무에 옮겨붙지 않는 데 대한 초조함──

이에야스는 무엇 때문에 우라쿠나 슈리를 멀리하고 코다이인과 히데요리 두 사람만을 만나게 했을까?

이 경우 키요마사와 이에야스는 두 사람의 이야기를 들은 증인…… 그 증인의 한 사람인 키요마사가 어째서 오사카 성을 마지막으로 본다고 했을까……?

아니, 그보다 코다이인의 조카인 아사노 요시나가가 일부러 오노 슈리를 모욕한 속셈은 무엇이었을까……?

인간은 생각하는 능력을 부여받은 생물. 그러나 그와 동시에 지나치게 생각하는 능력도 가지고 있어 자신을 스스로 불행하게 만드는 생물이기도 하다.

사방침에 턱을 괴고 생각하는 동안 요도 부인의 전신은 땀으로 흠뻑 젖었다.

계절 탓만은 아니었다. 조화를 잃은 피와 살 속의 열기가 이성理性을 녹이고 살갗 위로 스며나오는 것 같은 불쾌한 온기……를 느끼고 요도 부인은 섬뜩하여 온몸에 소름이 끼쳤다. 아무 관련도 없이 섬돌 밑에서 기어나오는 시커먼 뱀의 머리를 본 듯한 느낌이었다.

"그렇다!"

요도 부인은 몸을 일으켰다.

"내가 한번 이에야스 님을 만나야겠다!"

이유는 얼마든지 댈 수 있다. 요시나오와 요리노부를 전송하기 위해서라고 해도 되고, 호코 사 대불전의 공사를 보러 왔다고 해도 된다. 아니, 그 밖에도 이유는 얼마든지 있다. 절이나 신사참배를 핑계로 삼기에 부족한 쿄토는 아니었다.

"그렇다, 내가 직접 만나보자…… 누구에게 물어볼 것도 없어."

다시 소리내어 중얼거리고 얼른 탁자 위에 놓인 방울을 울렸다.

그때는 이미 부름을 받은 오다 우라쿠와 카타기리 카츠모토가 히데요리의 거실에서 큐히 오고 있는 중…… 두 사람의 얼굴은 무사히 돌아온 것을 축하하는 주연으로 벌겋게 되어 있었다.

요도 부인의 거실에서 다시 성급한 방울소리가 울렸다.

12

한 시녀가 우라쿠사이와 이치노카미를 빨리 불러오라는 말을 다시 듣고 있을 때 두 사람이 들어왔다.

"여기 왔어요, 왔다니까요."

우라쿠는 장난스러운 몸짓으로 시녀보다 먼저 대답하고 안으로 들어왔다.

"이치노카미, 여기서도 한잔 마셔야 하지 않겠나. 아무튼 기쁜 일이었으니까."

그러면서 불쑥 고개를 들어 요도 부인을 바라보았다.

"아니, 이상하군. 생모님의 얼굴이 창백해."

우라쿠가 말한 것과 요도 부인이 대답한 것은 동시의 일이었다.

"또 생리통……이라고 하고 싶겠죠?"

"아니, 아니."

우라쿠는 딴청을 부렸다.

"열은 없습니까? 감기 시초인 것 같은데……?"

"그런 걱정은 마세요…… 그보다 우라쿠 님, 이치노카미도 잘 들으세요. 이번에는 내가 상경하겠어요."

"상경……이라니요?"

카타기리 카츠모토가 깜짝 놀라 물었다.

"궁정 예식이라도 보실 생각입니까?"

"아니에요, 오고쇼를 만나기 위해서예요."

"오고쇼를? 그것은 또 왜? 용무가 계시면 제가……"

요도 부인은 끝까지 듣지도 않았다.

"이치노카미!"

그 부르는 소리가 심상치 않았다.

우라쿠도 망연히 입을 벌리고 요도 부인을 바라보고 있었다.

"두 사람은 니죠 성에서 접대를 받으면서도 도련님과 코다이인의 자리에 동석을 허락받지 못했다는데 사실인가요?"

"예…… 그런데 그것이 무슨 잘못이라도 됩니까?"

"그럼 코다이인과 히고노카미 사이에 무슨 말이 있었는지 모르겠군요, 그렇지요?"

이치노카미는 살짝 우라쿠를 돌아보았다.

우라쿠가 히죽히죽 웃기 시작했다.

"무슨 말이 나올까 했더니…… 그런 꾸중이었군요. 알 리가 없지요. 자리에 없었으니까 들을 수 없었지요. 그럼, 그 자리에서 예사롭지 않은 말이라도 나왔단 말입니까?"

"우라쿠 님!"

"예."

"실없는 말은 삼가세요. 지금 나이가 몇인가요?"

"이거, 죄송합니다. 그런데 나이가 어떻게 되었습니까?"

"가령……"

요도 부인은 말하고 나서 다시 반성했다. 흥분해서는 안 된다, 흥분하여 떠들어대면 통할 이야기도 얽히게 된다…… 이렇게 생각은 하면서도 일단 흥분한 목소리는 가라앉지 않았다.

"가령…… 코다이인과 키요마사가 사전에 미리 상의하고 그대들의 눈이 미치지 않는 곳에서 도련님을 협박했다……고 하면, 그대들은 어떻게 하겠어요?"

이번에는 우라쿠가 배를 움켜쥐고 웃었다.

"이치노카미, 이 얼마나 황송한 이야기인가. 코다이인과 키요마사가 도련님을……"

그리고는 얼른 엄한 표정을 지었다.

"생모님, 말을 삼가십시오. 코다이인은 도련님의 어머님, 히고는 현재 도련님께 가장 충성스러운 사람입니다."

13

우라쿠가 나무라는 뒤를 이어 카타기리 카츠모토가 중재하려고 입을 열었다.

"그 일이라면 안심하시기 바랍니다…… 지금 도련님 앞에서 키요마사 이야기를 하다가 모두 눈물을 흘렸습니다."

"그럼, 타이코 전하가 주신 단검을 그대들도 보았겠군요?"

요도 부인은 입술을 일그러뜨리고 혀를 찼다.

"그 단검이 내게는 연극처럼 보여 견딜 수 없어요."

"아니오, 배에서 단검을 보신 것은 도련님…… 도련님은 그때 자신도 모르게 키요마사의 손을 꼭 잡으셨다고 합니다. 그랬는데 손이 대단히 뜨거웠다고…… 키요마사가 코다이인과 짜고 도련님을 협박하다니요…… 그런 일은 있을 수 없습니다. 도련님에게 여쭈어보면 잘 아실 일…… 오고쇼가 기뻐하신 건 물론이고, 코다이인 님도 근래에 없는 즐거운 한때를……"

이때 우라쿠가 손을 들어 카츠모토를 제지했다.

"우선 기다리게, 이치노카미…… 이쪽 이야기만으로 끝날 일이 아닌 것 같네. 생모님이 무엇 때문에 상경하겠다고 하시는지 그 까닭부터 알아보는 게 중요해."

그리고는 예의 심술궂은 저자세로 요도 부인 쪽으로 향했다.

"아까 생모님은 오고쇼를 만나기 위해 상경하시겠다고 했지요?"

"그렇게 말했어요. 내가 직접 만나보지 않고는 안심할 수 없어요."

"이치노카미, 들었겠지…… 우리 말을 믿지 않으시는 것 같네…… 그럼, 참고로 물어보겠습니다. 무엇이 불안해서 상경하시렵니까?"

요도 부인은 말문이 막혔다. 중신들을 제치고 그 자신이 직접 상경한다…… 이런 일은 세상의 관습상 있을 수 없었다. 그런 사실을 잘 알고 있는 요도 부인이었다.

"그러니까…… 반대한다는 말인가요?"

"이런, 무슨 말씀을 하십니까. 반대나 찬성보다 아직 그 불안의 원인을 어느 한 가지도 듣지 못했습니다. 그렇지, 이치노카미?"

우라쿠는 이런 경우 요도 부인의 방자함을 억제하는 것이 숙부인 자신의 의무라고 생각했다.

"그렇습니다. 무엇이 생모님을 불안하게 했는지 말씀해주십시오."

카츠모토는 될 수 있는 한 상대를 격분시키지 않으려고 정중하게 머리를 숙였다.

요도 부인은 더더욱 할말이 궁했다. 우라쿠의 강경함, 카츠모토의 부드러움…… 묘하게도 하나가 되어 자기 입을 솜뭉치처럼 틀어막는 기분이었다.

"허허허……"

우라쿠는 웃었다. 도전하는 듯한 냉소였다.

"아시겠소, 생모님. 나는 맑은 날씨가 좋아 될 수 있으면 비바람은 피하고 싶은데 말이오……"

"······."

"그러면 인생이 너무 지루하다······고 생각되거든 마음대로 하시오. 말리지 않겠으니 상경하시오. 그 대신 무사히 이 성에 돌아올 수 있다고는 생각지 마시오······ 이 성에는 답례하러 오는 요시나오, 요리노부 두 사람을 포로로 잡겠다는 위험한 생각을 하는 자도 있으므로 인질교환이 될 테니까요."

14

우라쿠의 독설은 언제나 상대의 입을 한마디로 봉해버리는 힘을 가지고 있었다. 그러나 그의 신랄한 말도 그가 마음속으로부터 사랑하는 조카딸에게는 통할 때도 있고 통하지 않을 때도 있었다. 물론 예민하지 못해 통하지 않는 게 아니었다. 처음부터 들을 생각이 없는 강렬한 자아가 모든 것을 거부해 근접시키지 않는 경우도 있었다.

요도 부인의 눈이 이글이글 불타기 시작했다. 그 눈빛이 붉게 보일 때는 그대로 괜찮았으나 오늘은 새파랗게 되어 있었다.

"허어, 눈빛이 파랗게 되었군요. 한동안 동면하고 있던 악귀의 기질이 슬슬 구멍에서 기어나온 증거요. 봄이니까······ 그것도 좋겠지."

"그것도 좋겠지······?"

아니나 다를까 요도 부인이 당장 대들었다.

"그것도 좋겠지······라니, 내가 성에 돌아오지 못해도······ 좋다는 말인가요."

"그래요. 사람에겐 태어날 때 가지고 나온 업業이란 것이 있어요. 이 업에는 누구도 이길 수 없소."

"우라쿠 님!"

"왜 그러시오?"

"그렇다면…… 이유는 들을 필요가 없다, 마음대로 상경해도 좋다는 것인가요?"

"허허, 억지는 부리지 마세요. 나는 아직도 찬반에 대해 질문을 받은 기억이 없소."

"그럼, 묻겠어요. 상경해도 좋다고 생각하나요……?"

미처 말이 끝나기 전에 우라쿠가 일갈했다.

"동의하지 않겠소!"

요도 부인은 흠칫 놀라 어깨를 들먹이며 입을 다물었다.

"도대체 도련님의 이번 상경을 어떻게 생각하고 있나요……? 오고쇼의 간절한 소원으로 쇼군 부인을 비롯하여 쿄고쿠의 미망인과 마츠노마루까지도 그토록 마음을 쓰신 회견…… 생모님도 잊지 않고 있을 것이오."

"……"

"게다가 히고노카미를 비롯하여 도련님을 위하는 사람들이 만일의 경우에 대비하여 일부러 경호를 자청했소…… 이 회견이 원만하게 끝난 마당에 어째서 생모님 혼자 그토록 초조하게 여긴단 말이오? 그런 사람과는 이 우라쿠는 물론 이치노카미도 아예 상대를 하지 않겠소…… 다만 그런 것이 아니다, 그래도 아직 냉정히 생각해보니 약간의 불안이 남는다……는 생각이 계신다면 상경하겠다고 고집을 부리기 전에 당연히 중신들과 상의를 하셔야 하오. 이미 도련님은 어엿한 성인…… 후견인이 필요 없는 이 성의 주인이시오…… 도련님의 허락도 없이 아무리 생모님이라 해도 함부로 출타하실 수 있으리라고 생각하시오……? 고집을 부려도 분수가 있어야 한다는 것은 이런 일을 두고 하는 말이오."

현재 이런 말을 할 수 있는 사람은 오사카에는 오다 우라쿠사이밖에 없었다. 이처럼 엄하게 나무라는 우라쿠에게도 한 가지 결함이 없지는 않았다. 무서운 독설 속에 다시없는 애정을 감추고 있다는 사실이었다. 이 애정이 엄한 독설 속에서 금세 부드러움을 내보였다. 이를 상대의 마음속에 있는 악귀는 빤히 알고 있었다.

요도 부인은 갑자기 자세를 무너뜨리고 흐느껴 울기 시작했다.

15

"아니, 묘한 풀피리소리가 들리는군."

우라쿠는 입으로는 조소했다…… 그러나 이 울음소리만큼 우라쿠 자신을 혼란스럽게 하는 것도 없었다. 그 가운데는 난세가 빼앗아간 아사이淺井 가문과 오다 가문의 비애가 응결되어 있는 느낌이었다.

'가련한 조카……'

남보다 강한 자아를 가지고 태어났으면서도 어디에도 그것을 발산하지 못하고 젊은 몸으로 미망인이 된 챠챠히메茶茶姬…… 이 여자가 나쁜 것이 아니다. 이 여자 위에 온갖 숙연宿緣의 저주와 원한이 새까만 까마귀가 되어 떼를 지어 달라붙어 있다……

이런 생각을 하면 우라쿠는 더 이상 요도 부인을 먼 거리에서 바라볼 수 없었다.

"적당히 화를 가라앉히세요. 그 초조감을 모르는 바 아니오. 알고 있으면서도 어쩔 수 없는 일이 세상에는 얼마든지 있소."

"아니…… 아니에요. 아무도 알아주려 하지 않아요. 모두가 나만을 꾸짖고 억압하여 일을 끝내려 하는 거예요."

요도 부인은 더욱 격렬하게 울부짖었다.

우라쿠는 잔뜩 얼굴을 긴장시키고 일어서려 했다.

'이런 때는 그냥 내버려두어야 한다……'

분명히 알고 있으면서도 내버려두고 갈 수 없었다. 우라쿠의 입에서 세차게 혀 차는 소리가 새나왔다.

"생모님은…… 직접 오고쇼로부터 언질을 받아두고 싶겠지요. 생모님과 히데요리 님을 떼어놓지 않겠다는…… 부질없는 일이오. 처음부터 상대에게는 그럴 생각이 없는데 일부러 이쪽에서 말을 꺼내 어떻게 하겠다는 거요? 그렇게까지 헤어져 살기가 무서웠던가…… 하고 상대에게 생각할 여지를 준다는 사실을 깨닫지 못한다는 말이오? 그보다 이런 것은 당연한 일로 여기고 조용히 요시나오 님과 요리노부 님을 환대해서 돌려보내는 것이 어른의 사려일 것이오."

이런 경우 비위를 맞춰 울음을 그치게 하는 것은 결코 요도 부인을 위하는 일이 아니었다. 더욱 방자함을 조장할 뿐이었다…… 잘 알면서도 결국은 말이 부드러워지는 것이 안타까웠다.

아니나 다를까 요도 부인은 고개를 들고 우라쿠에게 대들었다.

"그냥 들어넘길 수 없는 말을 하는군요! 그럼, 우라쿠 님이나 이치노카미는 오고쇼에게 서약서라도 받아가지고 왔다는 말인가요? 성도 안전하고 나도 안전하다고 오고쇼가 직접 쓴 서약서…… 자, 그것을 어디 내놓아보세요!"

"그런 서약서 같은 것은……"

"그래서 내가 염려한다는 것을 모르겠어요? 오고쇼가 앞으로 몇 년을 더 살 것이라 생각하세요? 구두로 한 약속이 오고쇼 사후에도 지켜지리라 생각하세요? 코다이인 앞에서 히데요리 님이 무어라 서약했는지 말해보세요…… 우라쿠 님과 이치노카미는 그런 분위기를 짐작하고 별실로 물러갔어요…… 그대들은 그렇게도 별실의 술이 마시고 싶었던가요? 그러고도 나의 상경이 무리란 말인가요……?"

이번에는 우라쿠가 고개를 숙이고 울기 시작했다. 이런 경우의 우라

쿠는 더 이상 독설가도 냉정하게 충고하는 사람도 아니었다. 요도 부인
과 마찬가지로 저주스러운 난세의 그림자에 조종되는 하나의 평범한
인간에 지나지 않았다.

"그것 보세요! 역시 걸리는 데가 있어 말을 못하고 우는 거예요."

우라쿠의 말대로 다시 지상에 기어나온 요도 부인의 마음속에 있는
악귀는 어쩔 수가 없는 모양이었다……

떠돌이 성자聖者

1

슨푸의 거리는 이미 봄기운이 완연했다.

후지산富士山의 눈도 한결 더 꼭대기와 가까워졌다. 부교奉行°이자 금광의 총감독인 오쿠보 나가야스의 저택에는 그가 자랑하는 등나무가 보랏빛 꽃망울을 맺고 있었다.

이즈伊豆의 나와지繩地 금광에서 옮긴 등나무였다. 나가야스는 이 나무에 '코고小督'라는 이름을 붙이고 사방 두 간 반의 시렁을 만들어 줄기를 올려주는 등 아끼고 있었다. 모든 것을 미화하지 않고는 못 견디는 나가야스는 이 보랏빛 등꽃에서 헤이안平安 시대에 궁정에 있던 여관들의 환상이라도 그리고 있는지 모른다.

지금 나가야스는 그 코고라는 등나무 그늘의 평상에서 우울하게 앉아 사람을 기다리고 있었다. 거실에서의 대면은 삼가야 할 무언가 불쾌한 용건이 그를 기다리고 있음이 분명했다.

나가야스는 가지고 나온 호리병에서 파란 조개술잔에 술을 가득 따라 연거푸 두 잔을 들이켰다. 그러나 석 잔째는 술을 따라 양탄자 위에

놓은 채 잊어버린 듯 허공을 노려보고 있었다.

이에야스가 없는 동안 잠시 이곳에 머물고 있는 그에게는 2, 3일 사이에 별의별 손님이 다 찾아왔다.

에도의 아사쿠사淺草 병원에서 일부러 찾아온 루이 소텔…… 소텔은 그에게 가장 불쾌한 말을 고하고 돌아갔다. 쇼군 히데타다가 나가야스를 주목하기 시작했다고. 그 가장 큰 원인은 지금 일본에 머물면서 곳곳을 측량하고 다니는 에스파냐의 비스카이노 장군이라고 했다. 그가 온 목적을 나가야스는 너무나 잘 알고 있었다.

겉으로는 지난해 멕시코로 돌려보낸 돈 로드리고 등 350여 명의 표류자에 대한 감사의 뜻……이라고 하나 실은 보물을 찾을 목적으로 온 사람. 이러한 비스카이노 장군은 아직도 일본 근해에 마르코폴로의 『동방견문록』에 씌어 있는 황금섬이 발견되지 않은 상태로 있는 줄 믿고 있었다. 그는 이 섬을 발견하여 막대한 재화를 손에 쥘 때까지 일본을 떠나지 않을 것……이라고 소텔은 말했다.

지난 가을 슨푸에 와서 이에야스를 만난 비스카이노 장군은 그 후 에도로 가 쇼군 히데타다에게 인사를 하고 지금은 우라가浦賀에 있었다. 소텔은 그 비스카이노에게 불려가서 그의 황당한 야심을 확인하고 온 모양이었다.

"그냥 내버려두면 큰일입니다."

소텔은 말했다.

"비스카이노는 저를 협박했습니다. 저더러 우라가에서 멕시코로 가는 배를 타라고 했어요. 저는 물론 탈 생각입니다. 그 배를 타고 멕시코에 가서 저쪽과 통상의 길을 터놓으라고 오고쇼 님과 쇼군 님으로부터 명령을 받았기 때문입니다."

이러한 사정 역시 나가야스는 손바닥 들여다보듯 잘 알고 있었다. 소텔에게 그 무역로를 개척하게 하도록 이에야스에게 진언한 자가 바로 오쿠보 나가야스였다.

비스카이노 장군은 바로 그 소텔에게 배가 우라가를 떠나면 사카이에 도착하기 전에 난파시킬 테니, 오고쇼나 히데타다에게는——

"정말 어쩔 수 없었던 불가항력……"

이렇게 설명하여 당분간 출항할 수 없게 하라고 강요했다고……

그 강요의 뜻도 나가야스는 너무 잘 알고 있었다……

2

"비스카이노 장군은 멕시코로 돌아갈 생각이 추호도 없습니다."

소텔은 말했다.

"배를 난파시켜 불가항력으로 보이고, 그가 새로 설계한 배가 완성될 때까지…… 체류기간을 연장하여 그동안 황금섬을 찾으면서 일본 근해를 모조리 측량할 작정입니다. 저로서는 신이 용서치 않을 악한 일로 여겨집니다."

소텔에게 이 정도로 이야기를 들은 나가야스는 모든 사정을 파악할 수 있었다. 소텔도 처음에는 분명히 여러 가지 의혹의 구름에 가려진 수상한 인물이었다. 그러나 지금은 그의 속셈을 나가야스가 소상히 알고 있었다. 소텔의 희망은 자신이 일본을 포함한 동양의 대사교大司敎가 되는 일이었다. 일본만큼 그의 꿈을 부풀게 하는 데 알맞은 땅이 지상에는 없었기 때문이다.

"흥, 신이 용서치 않는다고……? 그렇다면 다테 님에게 파란 눈의 여자를 바쳐 일부러 다처多妻를 강요한 일에 대해서는 신도 눈감아준다는 거요?"

나가야스가 웃으면서 야유했다.

소텔은 갑자기 태도를 바꾸었다.

"이와미노카미 님 신변에도 미치는 위험한 불씨입니다. 쇼군 님은 안도 나오츠구安藤直次 님이나 혼다 마사즈미 님에게 지시하여 귀하를 경계하고 있습니다."

"이것 참, 놀라운 성자聖者시군. 그래, 박애병원의 성자님은 이 나가야스더러 어떻게 하라는 말이오?"

다그쳐 묻는 나가야스에게 소텔은 얼굴빛도 변하지 않고 '두 가지 요구 사항'을 제시했다.

첫째는, 지금 당장 혼다 마사즈미를 매장시키라는 것이었다.

안도 나오츠구는 머지않아 요리노부의 중신이 되어 측근에서 멀어진다. 그러나 혼다 마사즈미는 이에야스가 반드시 히데타다의 측근에 있게 하여 계속 위세를 떨칠 것이 분명하다. 그렇게 되면 소텔이나 나가야스는 언젠가는 실각할 수밖에 없다. 그러니 정적政敵은 되도록 빨리 제거해야 한다고.

"그리고 둘째는?"

"저는 비스카이노 장군의 협박을 거절할 수 없는 입장입니다. 배를 난파시켜 그의 측량이 계속되게 해야 하는데, 난파의 비밀이 누설되었을 때 어떻게 하면 좋을까, 그 타개책을 가르쳐주십시오."

이 말을 들었을 때는 나가야스도 그만 질리고 말았다. 가르쳐달라는 것을 요구하는 형식으로 말하는 관습이 일본에는 없었다. 가만히 생각해보면 이도 하나의 협박이었다. 가르쳐주지 않으면 자기도 나가야스를 불리하게 만들겠다는……

지금 루이 소텔은 누가 뭐라고 해도 '에도의 성자'였다. 그가 아사쿠사에 세운 병원은 처음에는 빈민과 천민만이 모여드는 일종의 자선병원이었다. 그러나 차차 남만南蠻°의학과 의약의 효과가 인정되어 지금은 다이묘들의 내전에도 여러모로 손길을 뻗치고 있었다.

이제 소텔은 그가 어디서 어떤 정보를 얻고 있는가에 따라 충분히 경계를 요하는 괴한이 되고 말았다.

"좋소. 그럼, 난파에 관한 일이 발각되었을 때 어떻게 해야 할지 그 지혜만은 가르쳐주겠소."

나가야스는 선뜻 대답했다.

3

"역시 이와미 님은 지혜로운 분입니다. 재상의 그릇입니다."

소텔은 다시 손바닥을 뒤집듯 나가야스의 비위를 맞췄다. 그러나 나가야스는 웃지도 않았다.

"에스파냐 배가 난파된 일이 발각되면 다테 마사무네의 품으로 뛰어들면 됩니다…… 내가 체포되면 마츠다이라 카즈사노스케松平上總介 님의 부인에게까지 누가 미칩니다, 부디 중재를 해주시오…… 그렇군, 그 전에 부인의 알선으로 마사무네에게 고마우신 천주님 이야기나 한번 들려주시오…… 그렇게 되면 마사무네는 반드시 쇼군에게 그대의 구명을 청할 것이오."

"으음."

"그렇게 되면 그대는 에도에는 있을 수 없소. 아마 다테 가문에 맡겨지는…… 형식이 될 것이오. 그러면 센다이仙臺에서 한동안 포교나 하고 있을 수밖에 없겠지요. 물론 걱정할 필요는 없겠지. 쓰러져도 그냥은 일어나지 않을 성자님이니 말이오, 그대는……"

소텔은 그 말을 납득한 모양인지 가져왔던 빵과 그 제법에 대한 기록을 선물로 주고 에도로 돌아갔다.

그때부터였다──

'어떻게 하면 혼다 마사즈미를 실각시킬 수 있을까……'

이러한 생각이 나가야스의 머리에서 떠나지 않는 하나의 망집이 된 것은……

천하가 태평해져도 적은 없어지지 않는다. 전쟁터에서 서로 죽이는 대신 정적이라는 묘한 모습으로 서서히 신변을 위협한다…… 지금 중신들 중에서는 혼다 사도本多佐渡와 오쿠보 타다치카大久保忠隣가 대립하는 관계로 알려져 있다. 그리고 사도의 아들인 마사즈미와, 타다치카에게 발탁되어 출세한 나가야스는 당연히 양쪽의 뜻을 이어 서로 싸우지 않으면 안 될 것으로 소문이 나 있었다.

그런 소문을 퍼뜨리는 자가 있다……는 자체가 괴이한 일. 그렇다면 소텔이 말한 바와 같이 얼른 상대를 매장할 방법을 강구하지 않으면 안 된다……고 나가야스는 생각했다.

나가야스 자신에게도 꺼림칙한 점이 전혀 없지는 않았다. 분명히 유망한 광맥을 금은이 나오지 않는다고 하여 이미 봉해버린 곳도 있었고, 산출된 분량을 그대로 솔직히 보고했다고도 할 수 없었다.

'매장시킬 단서를 찾는다면 지금이 절호의 기회……'

마사즈미는 이에야스를 따라 상경하여 때마침 슨푸를 비워놓은 상태. 이때 마사즈미 아래 있는 하급관리 한 사람이 마치 그의 뱃속을 꿰뚫어보기라도 하려는 듯 그를 찾아왔다.

이름은 마츠오 마츠쥬로松尾松十郎. 그는 마사즈미와 자신의 동료 오카모토 다이하치岡本大八가 가공할 음모를 꾸미고 있는데, 그 비밀을 황금 열 장으로 사지 않겠느냐고 한 적이 있었다. 물론 나가야스는 꾸짖어 쫓아보냈다. 상대가 판 함정……이라고 경계한 처사였다. 그런데 이 마츠쥬로가 오늘 다시 찾아오겠다고 했다.

황금 열 장을 달라고 노골적으로 말할 정도의 인물이니 다섯 장으로 낮추겠다고 할 셈인지도 모른다. 아니면 무언가 덧붙이기라도 할 셈인

지…… 좌우간 마음에 걸리는 상대여서 이 등나무 그늘에서 만나보기
로 한 나가야스였다.

"흥, 나타났군."

쓸쓸한 얼굴로 나가야스는 다시 잔을 들었다.

그의 집 젊은 무사에게 안내되어, 옛날에는 코슈甲州 무사였다는 광
대뼈가 튀어나온 마츠오 마츠쥬로가 연못가를 돌아왔다……

4

마츠오 마츠쥬로라는 사나이는 몹시 안색이 나빴다. 얼굴빛은 그 정
신상태와 결코 무관하지 않다.

'별로 건강하지 않은 모양이다……'

나가야스는 판단했다.

"오쿠보 님, 불쾌하시지요? 제 인상은 악상惡相이랍니다. 저를 가까
이 대하면 소름이 끼친다……고 대놓고 말하는 자도 있습니다."

마츠쥬로는 주근깨가 많고 턱이 모난 푸르죽죽한 얼굴을 나가야스
에게 밀어대듯이 하면서 평상에 걸터앉았다.

"불쾌한 일은 빨리 해결하는 것이 서로를 위하는 길이죠…… 어떻습
니까, 혼다 마사즈미 님의 가신 오카모토 다이하치의 범죄를 황금 열
장으로……?"

"대답은 하나뿐이야. 나로서는 그런 것이 필요 없으니, 다른 데나 가
보시도록."

"흥."

상대는 코끝으로 비웃었다.

"오카모토 다이하치의 사건을 내버려두면 오쿠보 님의 목에도 오랏

줄이 걸릴 수 있다……고 생각되는 점이 있습니다마는."

"허어, 그렇다면 그 오랏줄만 사겠네. 정말 그대의 인상은 기분이 나쁠 정도군."

나가야스는 품속에서 다른 잔 하나를 꺼내 상대 앞에 놓고 묵묵히 술을 따랐다. 상대는 고개를 꾸벅하고 잔을 받았다.

"귀하는 오고쇼 님이나 쇼군 님이 허락하시지 않은 물건들을 실어내어 남만국에 팔려고 하셨지요?"

"그랬던가? 자, 우선 한잔 쭉 들게."

"예…… 들겠습니다. 그것이 칼과 황금이었다는 사실을 오카모토 다이하치는 알고 있습니다."

"하하하…… 알고 있다 한들 그게 무슨 상관인가. 그것은 벌써 먼 곳에서 바닷속에 가라앉아버렸어. 다이하치 따위가 무어라 지껄이건 증거가 없어."

상대는 잔 너머로 눈을 치켜세우고 히죽히죽 웃었다.

"무엇이 우스운가? 그대는 그 정도를 황금 열 장의 값어치가 있다고 생각하나?"

"다이하치가 그 일을 가지고 돈을 뜯으러 왔던가요? 올 턱이 없지요. 녀석은 귀하를 찾아오지 않고 다른 데로 갔습니다."

"뭐, 다른 데……라니 누구 말인가?"

"귀하도 잘 아시는 아리마 님…… 그 편이 빨리 돈이 되니까요."

"으음."

나가야스는 비로소 상대의 얼굴을 정면으로 바라보았다. 아리마 하루노부는 버젓이 교역의 허가를 받고 있었다. 그 배에 칼과 황금을 싣고 가서 반응을 보려고 한 것은 나가야스였다. 그 배가 마카오 근처에서 포르투갈 배의 습격을 받아 짐을 빼앗기고 불에 탔을 뿐 아니라, 승무원들은 모두 바다에 빠져죽고 말았다.

아리마 하루노부는 그 원한을 풀기 위해 포르투갈 배가 나가사키에 들어오기를 기다렸다가 싸움을 도발했다…… 선동한 것은 다름 아닌 나가야스. 포르투갈 배가 뺏은 짐을 그대로 싣고 있을 우려가 있다고 생각했기 때문이다. 그런데 아리마 하루노부가 습격하기 전에 포르투갈 배는 스스로 불을 질러 가라앉고 말았다. 포르투갈 배가 그러한 조처를 취했다는 것은 남방 여러 나라에서 갈망하는 일본의 칼과 황금이 실려 있었다는 증거였다.

"오카모토 다이하치는 아리마 님을 협박하는 대신 칭찬했습니다. 칭찬을 하고 돈을 듬뿍 손에 넣었지요. 으흐흐흐…… 나쁜 놈입니다, 다이하치는……"

5

"뭣이, 오카모토 다이하치가 아리마 님을 칭찬했다……고, 그게 무슨 말인가?"

오카모토 다이하치는 태생이 별로 좋지 않은 혼다 마사즈미의 가신이었다. 그런 그가 어떤 비밀을 냄새맡고 아리마 하루노부를 협박했다고 한다면, 별로 이상할 것이 없었다. 그러나 칭찬을 하고 돈을 뜯었다……고 하면 나가야스로서도 묻지 않을 수 없었다.

"그렇습니다. 녀석은 저보다 머리가 좋은지 모릅니다. 해적 행위를 한 포르투갈 배를 그 자리에서 불태운 것은 아주 훌륭한 일…… 이로써 일본 체면이 섰다, 곧 오고쇼 님으로부터 포상이 있을 것이다, 참으로 기쁜 일이라고 칭찬을 했다 합니다."

나가야스는 잔을 손에 든 채 잠시 망연해 있었다.

"모르시겠습니까, 그 아부가 어떻게 막대한 돈이 되었나를?"

상대는 다시 히죽히죽 웃으면서 눈을 치켜떴다.

"저는 그 칭찬이 멋있다고 감탄했지요. 곧 포상이 있다……는 말을 들으면 아리마 님이 아니더라도 누구에게 그 말을 들었느냐고 반문할 것 아닙니까……"

"으음."

"다이하치가 노린 점은 바로 그것. 그자는 물론 혼다 코즈케노스케 마사즈미 님에게 들었다……고, 그리고 혼다 님이 아리마 님께서 영지 같은 것을 더 바라는지 물었다고 했답니다."

갑자기 나가야스의 눈이 빛났다.

"그건 지나치게 나쁘군."

"당연히 그런 생각을 하시겠지요. 아리마 님은 지금 나베시마鍋島의 영지로 되어 있는 후지츠藤津, 소노기彼杵, 키시마杵島 세 곳은 대대로 내려오는 아리마 가문의 영지, 이것을 돌려주시도록 그대가 마사즈미 님에게 잘 중재해달라고, 스스로 그물에 걸려들었습니다. 여기서부터 입니다, 다이하치를 용서할 수 없는 것은…… 다이하치는 에도의 관리 와 부교들에게 뇌물을 주어야 한다고 괴상한 문서를 아리마 님에게 건 네고 은 육천 냥을 받았다고 합니다."

"뭐, 육천 냥……?"

드디어 나가야스는 웃음을 터뜨리고 말았다. 아무리 아리마 하루노 부가 어리석다고 해도 다이하치 따위의 말에 넘어가 그런 막대한 은을 내놓을 리 없다고 생각했기 때문이다.

마츠쥬로는 이번에도 히죽히죽 웃으면서 ─

"참으로 거짓말 같은 이야기라서……"

조금도 동요하는 기색이 없었다.

"결국 오카모토 다이하치는 말입니다, 이 일을 아리마 님이 오고쇼 나 코즈케노스케에게 고할 기색이 보이면 다음과 같이 말하여 위협할 작정일 것입니다."

"어떻게, 어떻게 말이냐?"

"오쿠보 님과 짜고 금지되어 있는 칼과 황금을 밀반출하여 한몫 잡으려 한 것은 어디의 누구였습니까…… 이렇게. 아니, 그뿐이라면 두려워할 것도 없지요. 아리마 님이 분하지만, 단념한다면…… 그런데 아리마 님은 오고쇼 님 상경 때 그 포상에 대해 따질 모양이랍니다…… 이래도 황금 열 장의 가치가 없다고 하시겠습니까?"

순간 오쿠보 나가야스는 소름이 끼쳤다. 황금 열 장 정도의 문제가 아니었다. 사실이라면 자기 목이 달아나거나 혼다 마사즈미의 목이 날아가는 문제였다……

6

"어떻습니까? 아직 이해되시지 않는 점이 있으면 뭐든지, 그럼 대답해드리겠습니다마는……"

나가야스는 마츠쥬로의 얼굴이 갑자기 자기 위에 크게 덮어씌워짐을 깨달았다.

'이놈이 어디서 그런 사실을 알아냈을까……'

아니, 그보다 문제는 아리마 하루노부가 옛 영지가 탐나서 이 일을 정말 보고할는지도 모른다는 사실이었다.

이 사건이 혼다 마사즈미의 손으로 다스려진다면……?

마사즈미는 다이하치도 용서하지 않을 터. 아리마나 자기도 그의 손바닥 위에서 춤을 추며 혹독한 벌을 받을 것이 뻔하다.

'황금 열 장으로 해결할 문제가 아니다……'

"다시 묻겠는데……"

나가야스는 상대의 잔에 또 술을 따랐다.

"그럼, 내가 황금 열 장을 준다고 하세. 그러면 이 일이 어떻게 된다는 말인가? 치솟던 연기가 사라진단 말인가?"

상대는 움찔 놀라 나가야스를 똑바로 바라보았다. 아리마 하루노부가 공식적으로 상을 독촉하게 되면 이 공갈은 아무 의미도 없다……고 깨달은 모양이었다.

"그, 그것은…… 우선 알아두시면 대책을 세울 수 있으므로……"

"하하하…… 그렇다면 계산이 틀렸어. 그대는 돈 이야기를 먼저 지껄였어. 돈 같은 것 내놓지 않아도 이미 내 마음에는 대책이 서 있어, 알겠나? 돈을 내놓으면 흥정이 되므로 오히려 귀찮아진다……고 하면 어떻게 하겠나?"

"제 말씀을 들어보십시오."

"무엇인가? 자, 바람이 찬데 한 잔 더 들게."

"저는 아직 귀하의 아픈 데를 알고 있습니다만."

"그래, 그게 무엇이지?"

"쿠로카와黑川 골짜기의 광산에 대해서입니다."

"아, 그곳은 지난해 봄 떠도는 얘기를 믿고 손을 대보았어. 그런데 역시 모두 채굴된 뒤, 그래서 폐광해버렸지."

"폐광하실 때 좀 거친 일을 하셨더군요."

"허어…… 거친 일이라니…… 무엇을 했다는 말인가?"

"산에 제사를 지낼 때 곱게 단장한 여자와 집안 사람이 아닌 광부들 백칠, 팔십 명을 한꺼번에 물 속에 빠뜨리신 것 같은데요……?"

"하하하…… 무슨 소리를 하는 게야. 그대는 그 사건을 내가 저지른 나쁜 짓으로 생각하는 모양이군. 증인은 얼마든지 있어. 얽어맨 칡덩굴을 벌레들이 갉아먹어 약해져 있었던 거야…… 그 때문에 일어난 불행한 사고였어……"

"그런 핑계가 통하는 것은 집안에서만의 일. 그때 물에 빠진 오코*於こう*라는 여자의 유령이 매일 밤 나타난다고 들었는데요……"

"마츠쥬로라고 했지? 그대는 그런 소문을 믿고 협박하러 왔나?"

"예, 저도 어쨌거나 무사 출신. 귀하가 아무리 노하신다 해도 함부로 베어 죽이지는 못할 것이다…… 계산하고 왔습니다."

"으음. 고발도 하지 못하고 죽이지도 못한다, 이렇게 생각하고 왔다는 말이지?"

"그렇습니다."

"그러나 중요한 것 한 가지가 빠졌어."

나가야스는 웃으면서 다시 상대에게 술을 권했다.

7

"한 가지가 빠졌다니요?"

마츠쥬로는 여전히 푸르죽죽한 얼굴로 술만은 자못 맛있다는 듯이 들이켰다.

"그래. 작은 악당답게 이것저것 많이 주워댔지만 중요한 대목에서 한 가지가 빠졌어. 다름 아니라, 그대는 오쿠보 나가야스라는 사나이를 몰라. 나가야스는 그대가 위험하다고 해서 놀랄 사람이 아니야."

"그렇다면, 칼을 판 일도 쿠로카와 골짜기의 살인도……?"

"그래. 그 두 가지 일을 예사로 해치우는 인물…… 그런 생각을 했다면 설마 어정어정 혼자 찾아왔을 리 없어. 하하하. 세상에서는 말할 거야, 불에 뛰어드는 여름 벌레…… 하긴 계절이 좀 이르지만……"

마츠쥬로는 탁 소리를 내며 잔을 놓고 옆머리를 긁었다.

"실은 저도 그런 생각을 했기 때문에 동료에게 글을 남기고 왔지요.

내가 돌아가지 않으면 펴볼 것입니다. 수신인은 혼다 코즈케노스케 님…… 그 글이 세상에 알려지지 않게 하려면 제가 살아서 이곳을 나가야 합니다."

"허어, 그럼 빈틈이 없다는 말이군."

"예. 지렁이도 밟으면 꿈틀한다는 말이 있듯이, 벌레라고 해서 그렇게 얕보시면 안 됩니다."

"하기는 그렇군…… 하지만 그 글을 빼앗을 방법은 있어. 오카모토 다이하치에게 너의 범죄를 알고 있으니 빼앗아오라……고 하면 기꺼이 도와줄 텐데 어떤가?"

"아무래도 부교 님은 성질이 너무 거치신 것 같습니다. 세상에는 지는 게 이기는 것이라는 말도 있습니다. 차라리 이 마츠오 마츠쥬로를 이대로 포용하여 쓰실 생각은 없으십니까?"

"싫다……고 하면 어떻게 하겠나?"

"그때는 에도를 떠나겠습니다. 쿄토에 가서 이타쿠라 님에게나 써달라고 부탁해보겠습니다."

"꽤나 급히 돈이 필요한 모양이군. 좋아. 그러면 마침 다섯 장을 가진 것이 있으니 빌려주겠어. 협박 때문에 내놓는 것은 아니야, 알겠나? 이것을 가지고 곧 에도로 돌아가게."

나가야스는 결국 갓 주조한 금화 다섯 장을 품안에서 꺼내 휴지에 얹어 마츠쥬로 앞에 놓았다. 마츠쥬로는 별로 고마워하는 표정이 아니었으나 마다하지도 않았다.

"이것만으로도 우선은 어떻게 되겠지요. 그럼, 빌리겠습니다."

몇 잔을 들이켜도 전혀 붉어지지 않은 얼굴을 들고——

"아름다운 꽃이군요."

머리 위에 늘어진 등꽃 한 송이를 잘라 금화에 얹더니 그대로 품속에 넣었다.

"마츠쥬로…… 멋을 아는군. 누구에게 그 꽃 주인의 돈을 보여줄 생각인가?"

"아니, 꽃 도둑은 도둑이 아니라기에."

"그럼 됐어. 자, 한 잔 더 마시고 돌아가게."

"부교 님."

"아직 용건이 남았나?"

"아까 말씀 드린 유령 이야기, 정말입니까?"

"유령 이야기라니?"

"오코 님이라고, 아주 마음에 들어하셨던 소실이었다고요? 그 여자를 쿠로카와 골짜기의 산 제사 때 깊은 물에 떨어뜨려 죽였다는 이야기 말입니다. 분명치는 않지만 그때 시체를 하류에서 건져 묻은 곳에 검은 진달래가 피었다고 하던데요……"

이 말을 하고 마츠쥬로는 훌쩍 일어났다.

8

"잠깐 마츠쥬로……"

불러 세우려다 말고 나가야스는 고개를 저었다.

그 이상 꼬치꼬치 캐물으면 자신의 약점이 될지도 모른다. 그러나 한마디 더 물어보고 싶은 사실이 있었다.

오카모토 다이하치에게 막대한 은을 사기당한 아리마 하루노부가 이 사건을 누구에게 호소할 것인가……

대체로 일을 처리하는 데는 두 가지 방법이 있다. 수동적으로 대항하든가 아니면 선수를 치든가…… 두 가지라고 나가야스는 생각했다.

마츠쥬로는 아무래도 쿠로카와 골짜기의 일도 냄새를 맡은 모양이었다. 나가야스는 쿠로카와 골짜기의 옛 금광에서 금을 캔 것이 아니라 이미 가지고 있던 금을 그곳에 은닉했다. 따라서 그 사실을 알고 있는 자는 그대로 둘 수 없다.

'그런 일은 상식이다. 신겐信玄도 그렇게 했고, 이와미石見에서나 에치고越後에서도 그렇게 하고 있다……'

산 제사를 지낼 무대를 깊은 계곡 위에 만들고, 그 무대에서 관람석을 대번에 잘라 떨어뜨린다…… 우연히 내부 사정을 속속들이 알고 있는 오코도 섞여 있었다. 그리고 함께 죽었다는 것뿐.

이 일은 마츠쥬로가 아무리 떠들어댄다 해도 문제될 것 같지 않았다. 누가 물으면 확실히 그런 일이 있었다고 하면 그뿐이다.

"튼튼히 만들게 했는데 칡덩굴을 감은 바위가 빠지는 바람에……"

희생자의 동료들 사이에 갈등이 생겨 농간을 부린 자가 있었는지도 모른다.

"천벌은 피할 수 없는 것, 그놈도 함께 떨어져 죽은 모양이야."

남의 눈이 닿지 않는 곳에서 일어난 일, 전혀 염려할 것 없다……고 나가야스는 생각했다.

나가야스는 마츠쥬로를 돌려보내고, 이번에는 오카모토 다이하치와 아리마 하루노부의 사건……이라기보다 그 자신도 칼과 황금의 수출로 관련이 있는 포르투갈 배 소각사건 해결에 생각을 집중시켰다.

'마츠쥬로란 놈은 예상과는 다른 소리를 했는데……'

아리마 하루노부가 이 사건으로 포상을 재촉한다면 먼저 누구에게 공작을 할 것인가……?

그 대답은 뻔했다. 혼다 마사즈미에게 공작할 터. 오카모토 다이하치는 그의 부하나 다름없는 신분이다.

그럴 경우 혼다 마사즈미는 깜짝 놀랄 것이다. 설마 마사즈미가 다이하치 따위의 뇌물을 받는 짓은 했을 리 없다.

'당연히 마사즈미의 기질이 문제가 되는데······'

마사즈미는 자기 부하를 감싸며 사건을 교묘히 호도해버리려고 할 것인가, 아니면 자신의 결백을 증명하기 위해 오히려 엄하게 다이하치를 다스릴 것인가?

'마사즈미의 기질로 보아서는 후자일 듯······'

나가야스는 혼자서 크게 고개를 끄덕였다

'그렇다, 바로 이런 때 소텔을 이용해야 한다. 그 떠돌이 성자놈은 아리마와 절친한 사이가 아닌가······ 그렇다, 사람은 누구나 쓸모가 있게 마련이다······'

나가야스의 두뇌활동은 언제나 먼저 공격하게끔 되어 있었다.

악의 양심

1

나가야스의 두뇌에는 젊었을 때부터 뱀 두 마리가 살고 있었다.

그 한 마리는 아주 쾌활하고 선의에 넘치는 무해무독無害無毒의 영험한 뱀이었다. 그에게 엄청난 황금의 행운을 가져다주기도 하고 아름다운 꿈을 보여주기도 했으며, 그 꿈이 이루어질 수 있는 길을 닦아주기도 한 것은 이 뱀이었다.

다른 한 마리의 뱀은 탐욕스럽고 집념이 강하여 남의 약점에 이빨을 세우며 무서운 독을 뿜어냈다. 이 뱀은 생존경쟁⋯⋯을 위해서는 상대를 쓰러뜨리는 일에 아무 주저도 느끼지 않았다. 음흉한 눈으로 끊임없이 자신의 파멸을 바라면서 사방을 노려보는 것 같기도 했다.

지금 마츠쥬로를 돌려보낸 오쿠보 나가야스의 두뇌에서는 이 후자의 뱀이 꼿꼿이 머리를 쳐들고 있었다.

나가야스는 소텔을 통해 아리마 하루노부에게 포상을 재촉하도록 추진하는 것이 최선의 방법이라 단정했다.

아리마 하루노부는 소텔을 보기 드문 성자라 생각하고 있었다. 그러므로 소텔이 오카모토 다이하치의 사건을 아는 것으로 해 편지를 쓰게 한다. 그 편지는 다음과 같은 것이 되어야 한다……

"최근 슨푸에서 오쿠보 나가야스 님을 만나 오카모토 아무개에 대한 이야기를 들었습니다. 에도와 슨푸에서는 오카모토 아무개란 자의 평판이 별로 좋지 않습니다. 지나친 참견인 줄 압니다마는, 과연 포상에 관한 일이 사실인지 혼다 코즈케노스케 님에게 직접 문의하심이 옳으리라 생각합니다. 사실이라면 오쿠보 이와미노카미 님도 혼다 코즈케노스케 님과 함께 오고쇼 님에게 조언하실 것이니, 이 일도 일단 마음에 두시고 일을 추진시키시도록 우선 서신으로……"

이 편지는 슨푸와 나가사키 부교 사이를 왕복하는 배편을 이용하면 그다지 시간이 걸리지 않고 아리마 하루노부에게 도착한다. 하루노부는 편지를 보고 곧바로 혼다 마사즈미에게 독촉장을 보낸다.

그때는 하루노부가 오카모토 다이하치를 구하려 해도 이미 늦다. 경우에 따라서는 그가 오쿠보 나가야스에게도 만사를 잘 부탁한다고 말한 것이 되기 때문이다.

마사즈미가 쿄토에서 돌아오기를 기다렸다가ㅡ

"오카모토에 대한 일은 어떻게 처리하시겠습니까?"

나가야스는 오직 한마디, 마사즈미에게 그 말만 하면 된다. 마사즈미는 나가야스로부터 사건이 누설될 것이 두려워 즉시 이에야스에게 알려 지시를 기다린다……는 형태를 취하지 않을 수 없게 된다…… 더구나 오카모토 다이하치는 혼다 마사즈미의 부하이다. 그 이유만으로도 그는 이 문제를 다스릴 지위에 있을 수 없다……

"나가야스, 어떻게 해야 할까?"

사건이 교역의 장래에 관련된 것인 만큼 이에야스는 반드시 자기가 없는 동안 슨푸를 관할하고 있는 나가야스와 의논할 터였다.

"이 일은 여러 가지 장애가 있을지도 모릅니다. 이 나가야스가 조금 더 슨푸에 머물면서 조사를 해보면……"

이에야스는 두말없이 ——

"그래, 그게 좋겠어. 그대에게 부탁한다."

이렇게 되면 뜻밖에 혼다 마사즈미의 약점도 잡을 수 있을지 모른다…… 나가야스는 보랏빛으로 가득한 등꽃을 올려다보면서 차차 미소를 띠기 시작했다.

2

'나는 결코 악인이 아니다……'

나가야스는 자기 자신을 납득시켰다.

이번 일에서 은 6,000냥이라는 거금이 오카모토 다이하치의 사복을 채웠을 뿐만 아니라, 어느 정도 혼다 마사즈미의 주머니에 들어갔다고 해도 그 일로 마사즈미를 실각시키는 따위의 무자비한 일을 할 사나이는 아니다……

누구에게나 한두 가지 약점과 상처는 있게 마련.

"혼다 님, 염려 마십시오. 나가야스는 결코 대세를 파악하지 못하고 칼을 휘두르는 따위의 인간이 아닙니다."

될 수 있는 한 죄는 오카모토 다이하치 한 사람이 짊어지도록 한다. 오카모토 다이하치도 결국은 마츠오 마츠쥬로와 비슷한 작은 악당에 지나지 않는다. 그런 자에게는 악당에 걸맞은 처리법이 있다. 아니, 앞으로도 수많은 이런 작은 악당이 세상에 배출된다. 그들은 애당초 난세에서도 별로 사람다운 짓을 하지 않았다.

전쟁이 있을 때마다 민가에 난입해 약탈하거나 전사자들의 갑옷을 벗기며 살아가던 자들. 그들이 일자리인 전쟁터를 잃었다. 태평한 세상에서 작은 악당으로 변해 여기저기 돌아다니면서 위협이나 일삼으며 살아가려는 것은 당연하다…… 그런 자들을 다룰 줄 모르면 안 되는 것이 앞으로의 세상……이라고 나가야스는 판단하고 있었다.

다만 문제는 아리마 하루노부였다. 아무리 선조 대대로 내려오는 옛 영지에 미련을 가졌다 해도 이름난 다이묘로서는 하는 일이 좀 유치한 정도…… 원래 큰 공로라고 할 만한 것도 못 되었다. 이에야스의 허가장을 가진 배가 해상에서 격침당했다…… 그 보복을 하려고 나가사키에 들어온 포르투갈 배를 습격했다는 것뿐이 아닌가. 더구나 세상에서는 아리마가 용감하게 불태운 것으로 알고 있으나, 실은 그쪽에서 짐을 조사받지 않으려고 스스로 배를 태워 침몰시켰다.

진상을 알게 되면 이에야스는 화를 낼지도 모른다. 공로 운운하는 일은 제쳐두고, 이른바 영지를 가진 다이묘란 자가 포상을 탐내 은 6,000냥을 사기당했다……고 하면 무사답지 않은 소행이라고.

그때는 나가야스 자신이 중재하면 된다. 할복……을 명하면 구명운동을 하고, 감금……이라고 하면 하치오지의 자기 집에 일단 오게 했다가 나중에 손을 쓰는 방법도 있다.

나가야스는 등나무 밑에서 그가 자랑하는 호리병박을 흔들어보았다. 이미 술은 깨끗이 비어 있었다.

"그럼, 서서히 준비에 착수할까……"

우선 에도의 소텔에게 급히 사람을 보내 편지를 쓰게 하고 그것을 서둘러 아리마에게 보낸다. 그 뒤에는 오랜만에 푹 쉬면서 이에야스가 돌아오기를 기다린다.

'나는 아무도 미워하지 않는다. 다만 오카모토 다이하치만은 도리가 없다. 그놈은 은을 육천 냥이나…… 나쁜 놈이야……'

나가야스는 결코 자기의 악은 헤아려보려 하지도 않았다. 이것도 그의 머릿속에 사는 못된 뱀 때문……

3

나가야스는 영지에 있는 아리마 하루노부에게 소텔을 통해 서신을 보낸 뒤 얼른 에도에 연락하여 오카모토 다이하치를 슨푸로 불러오게 했다.

상경한 이에야스가 즉위식에 참석할 무렵으로, 그때부터 열흘 가량 이에야스는 쿄토에 머무르고 있었다. 궁정에서 다시는 풍기가 문란해지지 않도록 3개 조항의 법도를 정하고, 또한 킨키近畿, 츄고쿠中國, 시코쿠四國, 사이고쿠西國 등의 여러 다이묘들로부터 국내를 시끄럽게 만들어 천황을 괴롭히지 않겠다는 서약서를 받고 귀로에 오른다.

도중에는 당연히 갓 완성된 나고야 성에 들러 성주 요시나오를 나루세 마사나리成瀬正成와 히라이와 치카요시平岩親吉에게 인도하고 슨푸에 돌아오는 것은 5월 초…… 그때까지 오카모토 다이하치 사건의 처리 문제를 완전히 마무리해두려고 나가야스는 생각했다.

'이미 오카모토 다이하치는 슨푸에 불려와 조사를 받았다……고 알면 정적이라 할 수 있는 혼다 마사즈미가 어떤 표정을 지을까……?'

나가야스에게는 이것도 즐거움의 하나였다.

오카모토 다이하치는 허둥지둥 슨푸에 나타났다. 그 인물에 대한 나가야스의 예상은 들어맞은 듯.

다이하치는 나가야스의 얼굴을 보는 순간—

"그런데 감독관님, 이 오카모토 다이하치가 최근에 들은 그럴 듯한 이야기가 있습니다."

대뜸 자기 쪽에서 먼저 정보를 팔려고 했다.

"으음, 그럴 듯한 이야기라고? 자네는 요즘 매우 유복하고 교제도 넓은 모양이더군. 어떤 이야기를 알고 왔나?"

"다름이 아니라, 오고쇼 님이 쿄토에서 돌아오시면 바쿠후에도 엄청난 지진이 시작되리라는 소문입니다."

"그럼…… 혼다 부자와 오쿠보 싸움이라도 벌어진단 말인가?"

"이것 참, 놀랍습니다. 감독관님도 정보가 빠르시군요."

다이하치는 마츠오 마츠쥬로와는 전혀 닮은 데가 없는 인상이었다. 무엇보다도 밝은 동안童顔으로 목소리마저 시원스러웠다. 다만 어딘가 경솔해 보이고 이성이 결여된 느낌이 있었다. 그렇지만 악인이란 인상은 추호도 없었다.

'전혀 반성할 줄 모르는 자인 것 같다……'

나가야스는 그가 자신과 비슷한 유형이라고는 생각지 않았다.

"자네는 아무것도 모르고 온 모양인데, 실은 지금부터 당분간 감옥에 들어가 있어야만 하겠어. 그래서 부른 거야."

"아니…… 감옥에 말입니까? 제가?"

"물론이야. 전혀 잘못한 기억이 없다……는 듯한 얼굴이지만, 한 가지 피할 수 없는 혐의가 걸려 있어."

"허어…… 정말 놀랍군요. 도대체 어떤 사건입니까?"

"어떤 사건……이라는 말을 하는 것을 보니 짚이는 데가 있는 모양이로군. 좋아, 어떤 경우에든 이 오쿠보 나가야스는 약자의 편이야. 숨기지 말고 밝히는 것이 좋아. 인생도 전쟁터와 같아서 잔재주를 부리면 오히려 손해가 되는 거야. 자신을 버려야만 구함을 받을 수 있어…… 나도 많은 고생을 한 사람이야."

나가야스가 이렇게 말했다. 오카모토 다이하치는 곧 황송해하는 표정이 되었다.

아무래도 이자는 작은 악당……이라기보다 선량하고 쾌활한 악당인 모양이었다. 선과 악을 구별하지 못하고 다만 명랑하게 세상을 헤엄쳐 다니며 물을 흐리게 하는 비단잉어 같은 사내인 것 같다……고 나가야스는 판단했다.

4

오카모토 다이하치는 몸매도 훌륭했고 차림새도 사치스러웠다. 허리에 찬 칼에서부터 인로印籠°에 이르기까지 눈에 띄지 않게 돈을 들였다. 시중에 있었다면 가부키 배우처럼 화려하게 단장했을 테지만 절약과 검소가 미덕인 무사, 할 수 없이 이 정도로 자제한 듯.

"다이하치, 자네는 아리마 슈리노다이부 하루노부有馬修理大夫晴信를 어디서 알게 됐나?"

"아, 그 일이라면…… 아리마 님은 나가사키에서 알게 됐습니다. 혼다 님 명으로 포르투갈 배 소각사건을 알아보기 위해 갔을 때."

"그때 아리마 님에게 자네가 확보하고 있는 정보를 말해주었나?"

그때야 비로소 다이하치는 작은 악당다운 얼굴을 흘끗 보였다.

"감독관님."

"뭔가? 질문을 피하면 안 돼."

"감독관님은 제 편……이라고 하셨지요?"

"그래, 나는 언제나 옳은 자의 편이야."

"그러면 모든 것을 말씀 드리겠습니다. 아리마 님은 악인입니다. 용감하게 불을 질러 공격했다느니 어쩌니 하지만…… 모두 거짓말이고 배를 태운 것은 포르투갈 사람 자신입니다."

"으음, 그래서……"

"저는 악을 미워합니다! 아리마 님은 무사의 풍토에 있어서는 안 될 사람…… 그래서 저는 이런 말로 시험해보았지요. 이번의 큰공에 대해 오고쇼 님이 기뻐하셔서 아리마에게 무언가 상을 내려야겠다……고 혼다 님께 말씀하셨다고 말입니다."

나가야스는 고개를 끄덕이면서 빙긋이 웃었다. 묘한 데서 묘한 정의감이 묘한 덫에 걸렸다고 반은 감탄하는 웃음이었다.

"아리마 님이 그 상이란 무엇이냐고 캐묻기에 조롱할 생각으로, 류조지龍造寺 가문에 빼앗긴 아리마 가문의 옛 영지일 것……이라고."

"으음, 그랬더니 자네가 돌아올 때 아리마 님이 무엇을 주던가?"

이번에는 다이하치가 빙긋이 웃었다.

"벌써 다 아시는 것 같군요…… 예, 황금 석 장에 비단 한 필, 그리고 산호珊瑚 종류였습니다."

"그래서 자네는 그 맛을 보고 이번에는 협박을 했나?"

"감독관님에게는 숨길 수가 없군요."

다이하치는 자기가 정말 감옥에 들어가게 되리라고는 생각지 않는 모양이었다. 죄의식이 전혀 없었다.

"저는 악인을 협박하는 것은 협박이 아니라고 생각합니다. 아리마 님은 공격하지 않고도 한 것처럼 하여 상을 받으려는 속셈…… 그것이 더욱 못된 억지입니다. 한번 곯려주어야 합니다."

"그래, 각서 같은 걸 아리마 님에게 주었나? 자네도 보통 아니군."

"그렇습니다."

다이하치는 약간 가슴을 펴듯이 하면서 말했다.

"마사즈미 님의 가짜 각서를 주었지요. 그랬더니 내놓는 것이었어요. 그 일을 하려면 여러 곳에 뇌물이 필요할 것이라고. 하하하…… 은 육천 냥이었습니다. 세상에는 묘한 돈줄도 있는가 봅니다……"

5

오쿠보 나가야스는 손뼉을 쳐서 상을 가져오게 했다. 그는 오카모토 다이하치에게 모든 것을 실토하게 한 뒤—

"하옥시키겠다."

엄중히 죄인 취급을 할 작정이었기 때문에 약간은 사나이가 가엾어졌다. 일단 감옥에 들어가면 이 사나이는 두 번 다시 햇빛을 보지 못할지도 모른다. 그래서 오늘밤은 공양하는 셈으로 대접하고 있었다. 그러나 상대는 전혀 다른 의미로 해석하고 있었다. 정적인 혼다 마사즈미 부자를 공격하기 위한 재료가 필요해 향연을 베푸는 줄 알고 있는 모양이었다.

　'사람은 어리석게 태어나서는 안 돼……'

　자신만만한 나가야스는 마음속으로부터 사나이를 동정했다.

　"우선 한잔 들면서 이야기하세."

　상을 마주하고 잔에 술을 따라주었다.

　"이것 참, 감독관님 잔을 받다니 황송합니다. 아, 좋은 술이군요."

　"은 육천 냥, 먹고 마시는 데 쓰면 첫바다도 삼이 오를 텐데."

　"아닙니다. 저의 사치는 황금에 파묻혀 계시는 감독관님에 비하면 참으로 하잘것없는 것입니다."

　"자네는 혼다 코즈케노스케 님에게도 얼마간 상납했겠지?"

　다이하치는 잔을 입에서 떼고 의미 있는 듯한 미소를 떠올렸다.

　"감독관님, 이 점만은 제가 분명히 말씀 드려야겠습니다. 이 일에 대해 혼다 님은 전혀 모르고 계십니다."

　"허어, 참 잘한 일이야."

　"예. 이러한 일로 누를 끼친다면 사나이의 의리가 서지 않습니다."

　"만약 아리마 쪽에서 직접 코즈케노스케 님에게 문의하는 경우가 생기면 어떻게 하겠나?"

　"하하하…… 아무리 아리마 님이 뻔뻔스런 분이라 해도 설마 그런 일은…… 아니, 그런 일이 생긴다면 나는 모르는 일…… 단지 이렇게만 대답하면 끝납니다. 그런 일이 생긴다면…… 저는 혼다 님에게 매달려 그렇게 대답하시도록 부탁하겠습니다."

"으음…… 그러면 아리마는 당했다고 후회하며 가만히 침묵하고만 있을 것이란 말이지?"

"당연한 일이지요…… 일부러 그런 일을 호소하여, 불태운 것은 거짓이었다는 말로 자기 얼굴에 먹칠하는 자가 어디 있겠습니까…… 저는 또 한 가지 아리마 님의 큰 비밀을 쥐고 있습니다."

"허어, 그 밖에도 또?"

"예. 아리마 님은 저말고도 그 사건의 진상을 자세히 아는 나가사키 부교 하세가와 후지히로長谷川藤廣마저 죽이려 했습니다."

"뭐, 나가사키 부교를?"

"예. 옛 영지를 되찾는 데 방해가 된다면 상대가 오고쇼 님이 총애하시는 오나츠於奈津 부인의 오빠라 해도 죽인다…… 그런 음모가 탄로나면 어떻게 되겠습니까? 제가 고발한다……면 가문이 멸망하고 말겠지요. 은 육천 냥이 아까워 가문을 멸망시킨다…… 그렇게까지 어리석을까 생각하니 아리마 님이 약간 불쌍해집니다. 하하하……"

"으음, 과연 자네 생각도 치밀하군. 자, 어서 한 잔 더 들게."

다이하치는 거나하게 취한 얼굴로 태평스럽게 다시 잔을 비웠다.

6

나가야스는 상대의 표정이 너무 밝아 문득문득 불안해졌다.

'다이하치가 생각했던 것처럼 되는 것은 아닐까……?'

혼다 마사즈미가 없는 동안 그의 부하를 체포하여 감금했다는 이유로 마사즈미의 날카로운 반격을 받지나 않을까?

'아니, 그럴 리가 없다……'

소텔의 편지를 보면 아리마 하루노부는 반드시 마사즈미에게 물어

보려고 할 터. 그와 함께 마사즈미에게만이 아니라 그와 친숙한 나가야스에게도 편지로 뭔가 말해오지 않을 수 없을 터였다.

그 점, 손을 쓰기에 따라서는 나가야스가 오카모토 다이하치에게 당하게 된다…… 그런 일이 있어서는 안 된다. 나가야스는 정신을 바짝 차렸다.

"그렇군, 아리마 슈리노다이부는 나가사키 부교의 목숨까지 노렸군."

"사람이 욕심에 눈이 멀면 무섭습니다."

"그 점은 자네도 잘 기억해야 해. 그런데 그 정도의 비밀을 알면서도 용케 은 육천 냥으로 칼을 도로 꽂았군."

"예. 저는 이래뵈도 많은 욕심은 부리지 않습니다. 사람은 깨끗이 손을 떼는 시기가 중요합니다. 그건 그렇고, 감독관님은 혼다 부자가 무엇 때문에 정적인 오쿠보 님을 함정에 빠뜨리려 하는지 아십니까?"

"오쿠보 님이라니 사가미노카미相模守 님 말인가?"

"예, 오쿠보 사가미노카미 타다치카 님…… 그분은 혼다 님에게는 눈 위의 혹입니다."

"모르겠는데. 무슨 일로 함정에 빠뜨리려고 하는지."

"하하하…… 조심하셔야 합니다. 감독관님의 비행을 알아내어 실각시키려 하고 있습니다."

"뭐, 내 비행을 알아낸다고……?"

"아니, 비행이 있다는 말은 아닙니다. 만에 하나라도 그럴 리가 없지요. 그러나 저쪽에서는 그것을 노리고 있습니다. 감독관님의 사치가 지나치다거나 광산을 왕래하는 행렬이 너무 거창하다거나…… 계속 문제삼고 있는 게 사실입니다."

"하하하…… 그야 그럴지도 몰라. 아무튼 나는 황금 속에서 산과 싸우는 사나이. 그러나 전쟁에 비하면 행렬도 짐수레도 빈약하기 짝이 없어. 데리고 다니는 건 겨우 이삼백의 여자들이 주력이거든."

"바로 그 일입니다. 화려하게 장식한 여자들……이란 남자들의 질투를 불러일으키기 쉬우니까요. 설마 감독관님 혼자 그들 모두와 재미를 보시는 것은 아니겠지요…… 세상의 조무래기들은 그런 착각을 일으키게 마련입니다. 잘하는구나…… 하는 선망에서 나오는 질투심은, 혹시 무슨 부정을 저지르지나 않나…… 하는 터무니없는 증오로 바뀌기 쉽습니다. 아무쪼록 조심하셔야 합니다."

그 말을 듣고 있는 동안 나가야스는——

'이건 그냥 둘 수 없다.'

생각이 들었다. 어쩌면 방어본능인지도 모른다.

상대가 그럴 작정이라면 이쪽에서도 재빨리 이 다이하치 사건을 이용하여 조금이라도 우위에 서서 마사즈미와 대결한다…… 그러기 위해서는 나가야스의 이름으로 속히 아리마 하루노부를 슨푸로 불러야 한다…… 이유는 오카모토 다이하치가 부정하게 입수한 은 6,000냥에 대한 양자 대질. 마사즈미가 부재중일 때 대리인인 그에게는 당연히 이러한 권력행사도 위임되어 있지 않은가……

7

"그래, 혼다 님 부자는 그런 치졸한 생각을 하고 계셨단 말이지?"

나가야스는 다시 직접 다이하치의 잔에 술을 따랐다.

"자네가 판 정보가 사실이라고 할 때…… 이 이와미노카미는 어떻게 하면 좋을까? 혼다 부자와의 대결수단 말일세."

"제 입으로는 말씀 드릴 수 없습니다."

다이하치는 웃음을 띤 채 즐거운 듯이 대답했다.

"제가 말씀 드릴 수 있는 것은 되도록 사이좋게 지내시도록…… 이게 전부입니다…… 아무튼 코즈케노스케 님의 두뇌는 무라마사村正의 칼 이상, 당대에는 그만큼 잘 드는 칼이 없으니까요."

"하하하…… 그럼, 자네를 내세워 코즈케노스케 님에게 황금의 산이라도 선물해볼까? 그렇게 되면 자네도 은 육천 냥…… 정도가 아니지. 좋은 일거리가 생기는 거야."

"당치도 않습니다!"

그만 다이하치도 가슴이 섬뜩한 모양이었다.

"저는 그런 속셈이 있어서 말씀 드린 것이 아닙니다. 용과 호랑이가 서로 싸우면 양쪽이 다치기만 할 뿐……이라는 말도 있습니다. 그게 아니라 당대를 대표할 정도로 이재理財에 밝으신 이와미노카미 님과 코즈케노스케 님이 서로 싸우게 되면 그야말로 천하의 큰 손해……라고 생각했기 때문에 말씀 드린 것입니다."

"다이하치……"

"예…… 예."

"자네는 참으로 선량한 악인이야."

"그렇게…… 됩니까?"

"나는 말이지…… 자네 얼굴을 보고 있으니 눈물이 나올 것 같네."

"그것은…… 어째서 그렇습니까?"

"하루노부에게 은 육천 냥을 갈취할 때도 처음에는 자못 자네다운 정의감에서였을 테지?"

"예, 그렇습니다……"

"나쁜 것은 자네가 아니라 아리마 하루노부야. 그렇지?"

"물론입니다. 자기가 공격하지 않았으면서 옛 영지 세 곳을 수중에 넣겠다……는 생각을 하고 있으니까요……"

"그래, 과욕이야. 그러므로 꾸짖기만 했다면 하루노부는 평생 동안 자네에게 머리를 들 수 없었을 텐데 그 뒤가 좋지 않았어……"

"잘못을 응징하는 방법은 금은이라도 뜯어내는 수밖에. 제가 고발했다 해도 신분이 다르므로 받아들이지 않았을 것입니다."

"그래. 따라서 나는 자네가 불쌍해서 울고 싶다고 한 거야. 육천 냥을 갈취했을 때는 분명히 승리한 기분이었겠지……?"

"예. 감독관님 앞에서 이런 말씀 드리기는 거북합니다마는, 가슴에 맺혔던 것이 대번에 내려간 기분이었습니다."

"그런 생각을 하고 있기에 불쌍하다는 거야, 다이하치!"

"예…… 예."

"자네는 그 육천 냥으로 목숨을 팔게 된 거야."

"예?"

"아리마 슈리노다이부가 말이지, 이미 자네에게 어떻게 속았는지 고발했다고 생각하는 것이 좋아."

"그……그……그런 말도 안 되는 일을?"

"어쨌든 됐네. 자, 어서 그 술을 쭉 들이켜고 오늘밤은 천천히 식사를 하게. 내일부터는 감옥에 있어야 할 테니."

8

순식간에 오카모토 다이하치의 얼굴이 굳어졌다.

싹 핏기가 가신다……는 말이 있으나 그럴 여유도 없어 보였다. 술기운으로 빨갛게 되었던 얼굴이 새빨간 채 얼어붙었으니 참으로 기묘한 표정이었다. 웃는 것 같기도 하고 우는 것 같기도 하고, 어쩔 줄을 몰라하는 것 같기도 했다.

"감독관님……"

"왜 그러나, 다이하치?"

"그럼…… 제가 들어왔을 때의 말씀…… 농담이 아니셨군요."

"농담? 내가 무엇 때문에 지금 한창 세도가 당당한 혼다 코즈케노스케 님의 심복에게 농담을 하겠나? 내 손으로 이 사건을 다루지 않으면 안 되게 됐어. 그래서 자네를 에도에서 호출한 거야."

"……"

"이곳 부교에게 부탁할 수도 있었지만 그렇게 되면 자네가 불쌍하고 또 코즈케노스케 님도 난처하게 되실지 몰라. 그래서 내가 직접 조사하여 오고쇼 님에게 보고 드린다…… 이 편이 자네를 위해서나 슈리노다 이부를 위해서도 좋을 거야."

다이하치는 다시 아연한 표정으로 입을 다물어버렸다. 이렇게 된 줄도 모르고 그 자신이 먼저 사실을 지껄여버렸다.

'그것은 거짓말이었습니다!'

이렇게 말한다고 한들 이제 와서 어떻게 될 일도 아니었다.

만사 제쳐놓고 나가야스에게 매달리는 수밖에 없다…… 그러나 갑자기 그런 생각마저 나지 않았다.

어느 틈에 방 주위에는 사람들이 몰려와 있는 것 같았다. 그럴 것이었다. 두 사람만 있다가 다이하치가 살기라도 품는다면 나가야스의 생명이 위험하다…… 그런 것쯤은 세살 먹은 아이도 눈치챌 일.

"다이하치, 자네도 사나이, 각오하고 천천히 음식이나 먹어두게."

"감독관님……"

"가족에게 전할 말이나 육천 냥의 용도에 대해 뭔가 할 이야기가 있으면 해보게. 가능한 한 들어주겠어. 이 이와미노카미는 결코 자네를 미워하지 않아."

"감독관님! 이렇게 되면 저로서도 말씀 드려야 할 일이 있습니다."

"허어, 그것이 무언가?"

"그, 그 육천 냥의 용도입니다. 저 혼자 모두 쓴 것은 아닙니다."

"자네 손으로 여러 곳에 나누어주었다는 말인가?"

"예…… 저는 이 일을 실은…… 혼다 코즈케노스케 님에게도 말씀 드렸습니다."

나가야스는 일부러 웃으면서 다이하치를 나무랐다.

"다이하치…… 내가 그 일을 모르고 있는 줄 아나? 코즈케노스케 님 은 자네가 그 말을 했을 때 흥 하고 그냥 흘려버렸다면서?"

"그, 그렇습니다."

"됐어. 그러나 그렇게 한 것은 알았다는 뜻이 아니야. 들은 듯 못 들 은 듯, 아는 듯 모르는 듯하겠다는 거야. 따라서 일이 어긋났을 때는 반 드시 모른다고 할 것이야…… 내가 자네를 보고 가엾다…… 눈물이 날 것 같다고 했는데, 바로 그 때문이야. 알겠나? 혼다 님은 원래 슈리노 다이부와는 사이가 나빠…… 이걸 자네는 모르고……"

이렇게 말하고 오쿠보 나가야스는 정말 무릎에 뚝뚝 눈물을 떨어뜨 리기 시작했다……

양과 늑대

1

그날 오미츠於みつ는 오랜만에 치모리노미야乳守の宮 부근에 있는 나야納屋의 은거 저택을 나섰다. 그리고는 등대 근처까지 바다를 바라보면서 걸어갔다.

요즘 사카이堺 항에 들어오는 외국 선박의 수는 부쩍 줄었다. 히라도平戶나 나가사키, 그리고 하카타博多 부근의 번창이 오히려 이 사카이 일대를 쇠퇴케 하는 원인이 되었는지도 모른다. 일본 선박의 출입은 늘었지만 역시 외국 배의 출입이 없으면…… 이런 말이 나돌고 있을 무렵 난데없이 서양 범선 한 척이 들어왔다.

'포르투갈일까, 홍모인인 이기리스일까, 아니면 오란다일까……?'

곧 에도에서 가까운 우라가를 출발하여 멕시코를 향하고 있던 귀국선이라는 사실이 사람들에게 알려졌다. 그 배는 엔슈遠州 앞바다에서 좌초하여 노를 망가뜨리고 할 수 없이 사카이에 입항했다고 한다

배에 타고 있는 사람은 세바스찬 비스카이노 장군이라는 에스파냐 왕의 사신…… 수로안내인으로 승선해 있던 에도 박애병원의 경영자

인 프란체스칸 파의 신부 소텔이 몹시 난처해하고 있다는 소문이었다. 배를 새로 건조하지 않으면 사신을 멕시코까지 돌려보낼 수 없는데 그 책임이 자기에게 있다고……

과연 그 배는 등대섬 오른쪽에 반쯤 기운 모습으로 정박해 있었다.

그 배에 타고 있던 비스카이노 장군이나 소텔은 육로로 슨푸에 돌아갈 결심을 하고, 이미 —

"여기까지 왔으니 오사카 성 히데요리 님을 뵙겠다……"

이렇게 말하면서 사카이에서 출발했다고.

'수선해도 안 될 정도로 크게 손상되었을까……'

오미츠는 약간 고개를 갸웃거렸을 뿐 그대로 해변을 지나쳤다. 목적지는 야마토大和 다리와 가까운 찻집이었다.

그 찻집에서 오늘 혼아미 코에츠의 부탁으로 나가사키의 그 포르투갈 배 소각사건과, 하치오지八王子의 나가야스 저택에 있을 오코의 소식 등을 알아보러 간 챠야 키요츠구茶屋淸次의 첩자와 만나기로 되어 있었다. 첩자의 보고에 따라서는 그 길로 요도야의 배를 타고 쿄토의 코에츠에게 갈 작정이었다.

오미츠는 사방에 창고가 즐비한 나야 해변을 지나 야마토 다리로 나왔다. 찻집에서는 인상이 고약한 무사 한 사람이 힐끔힐끔 이쪽을 바라보며 차를 마시고 있었다.

오미츠는 태연히 그 건너편 평상에 걸터앉았다.

"여보세요 주인, 챠야의 점원이 나를 찾아오지 않았나요?"

친밀한 어조로 말을 걸었다.

"혹시 나야의 오미츠 님이 아닙니까?"

건너편에 있던 험악한 인상의 무사가 목례를 하면서 물었다.

"그럼…… 댁이 챠야 님의……?"

미리 말을 듣지는 않았으나 점원 차림의 상인일 것이라 생각하고 왔기 때문에 오미츠는 깜짝 놀랐다.

"예. 제가 챠야의…… 이런 차림을 했을 때는 마츠오 마츠쥬로라고 합니다. 전에는 나가사키 부교의 부하로 있었습니다."

"어머……"

"여기서도 괜찮겠습니까? 이야기가 다소 복잡합니다마는……"

오미츠는 흘끗 눈을 들어 다시 주인에게 말했다.

"주인장, 가게는 제가 잠시 보고 있을 테니 우리 집에 가서 배에 까는 모포를 갖다주지 않겠어요?"

2

"알겠습니다. 배에 까는 모포 말이지요?"

주인은 뭔가 밀담을 나누려는 줄 짐작하고 잠깐 사방을 훑어보더니 허리를 굽히고 나갔다.

"자, 그럼 여기서 말씀을 들을까요?"

오미츠는 떠돌이무사 차림인 사나이 앞에 담배합을 들고 와서 앉으며 말했다.

"오미츠 님, 오쿠보 나가야스 님은 대단한 분이더군요."

"대단한…… 분이라니, 역시 아리마 님의 사건과 관련이 있나요?"

"예. 그 사건의 발단이 된 일본 배에는 금지된 물품…… 아니, 아주 곤란한 물건들이 실려 있었던 모양입니다. 무기, 무구武具 등입니다. 그것들을 싣고 나가면 남쪽 나라에서 전쟁이 일어난다, 평화로운 일본에는 불필요한 물건들이지만 무기수출은 신불이 용서치 않는다, 오고쇼의 귀에라도 들어가면 큰일……이라고, 이와미노카미는 잘 알고 있었던 모양입니다."

"그래요…… 무기를 수출하면 안 된다는 말이죠."

"이 사실을 안 포르투갈 배가 마카오 앞바다에서 습격해 짐을 빼앗고 배를 침몰시켰다……"

"그 일은 저도 알고 있어요. 그 보복으로 아리마 님이 포르투갈 배에 불을 지른 것 아닌가요?"

"사람들은…… 그렇게 알고 있습니다만…… 실은 아리마 님이 습격해온다는 사실을 알고 포르투갈 배 쪽에서 먼저 자기네 배와 짐을 모두 태워버렸다……는 것이 진상입니다."

"그러면 나가사키 부교는 쇼군 님이나 오고쇼 님에게 허위보고를 한 것이 되지 않나요?"

"바로 그것입니다. 나가사키의 부교는 사건이 외국과의 문제인 만큼 너무 깊이 관여하고 싶지 않다, 그래서 사실을 알고는 있었으나 아리마 님의 보고에 이의를 제기하지 않았다……는 결과가 되었지요. 그런데 나중에 일본의 위풍을 과시한 적절한 조치라고 하여 오고쇼 님이 아리마 님을 크게 칭찬하셨다는 소문이 돌았습니다."

"아니…… 어째서 그런 소문이 났을까요?"

"그것이 아무래도…… 제 생각으로는 오쿠보 이와미노카미 님이 퍼뜨리지 않았을까…… 하고. 이와미노카미 님에게는 그 배에 실었던 짐 문제가 있으니까요."

오미츠는 아무렇지도 않은 듯 시선을 오가는 사람들에게 던진 채 고개를 끄덕였다.

그녀가 다른 데서 알아낸 바로는, 그뒤 나가사키 부교를 습격한 자객이 있었고, 그 자객은 체포당했다. 그러나 아무 말도 하지 않고 혀를 깨물어 죽었다고…… 지금 이야기를 들으니 그것도 아리마나 오쿠보의 부하일 가능성이 있었다.

"이에 대해 나가사키 부교는 어떻게 생각하고 있을까요?"

"교역으로 새로운 길을 트자는 통고이다, 교역이 이루어질 때까지 온갖 문제가 다 일어나겠지…… 이렇게 말하면서 별로 신경을 쓰지 않는 것 같습니다."

"그래요……? 수고하셨어요. 한 사건은 알 수 있을 것 같군요. 그런데…… 또 하나 혼아미 집안의 따님 일, 무슨 소식이라도……?"

"예. 그분, 곧 오코 님……은 이미 세상을 떠나신 모양입니다."

마츠오 마츠쥬로라고 자신을 소개한 떠돌이무사는 아무 감정도 나타내지 않고 하늘을 쳐다보며 말했다.

3

"오코 님이 세상을 떠났다……?"

오미츠는 목소리를 죽이면서 마츠쥬로를 바라보았다. 혼아미 코에츠가 말하던 불안과 너무나 일치되는 사태였다.

"설마 잘못 들은 것은? 그런 소식은 친정에도 알려지지 않았어요."

마츠쥬로는 무슨 생각을 했는지 시선을 오미츠에게 돌리려 하지 않은 채 말했다.

"이 눈으로 직접 돌아가시는 현장은 보지 못했습니다. 그렇다고 제가 하치오지까지 가는 수고를 게을리 한 것은 아니지요."

"그럼……?"

"하치오지에 있는 오쿠보 님의 부하들은 아시다시피 대부분이 코슈 무사들입니다. 그것을 경계했다고 하면 과장이 될지 모르나…… 지금 나고야 성의 새로운 성주이신 고로타마루五郎太丸 님의 성주 대리이며 사부로 선발된 이누야마 성犬山城의 히라이와 치카요시 님…… 밀령을 받은 자가 몇 사람 섞여 있습니다. 저는 그들 중 한 사람을 찾아가 오코

님의 집안사람인데 은밀히 만나보고 싶은 일이 있어서 쿄토에서 왔다
고 했지요."

"그 사람이 돌아가셨다고 말했군요?"

"아닙니다. 그분은, 나는 아무것도 모른다, 나는 아무것도 모르지만
하인 중에 쿠로카와 골짜기 금광에서 광부 노릇을 한 자가 있다. 어쩌
면 그가 알지 모르겠다……면서 그 하인을 불러주더군요."

"쿠로카와 골짜기의 금광에서……?"

"예. 그자의 입에서 오코 님도 산에서 제사지낼 때 기묘한 사고로 행
방불명……되었다는 말을 들었습니다. 관람석 밧줄이 끊어져 이백 명
가량이 한꺼번에 골짜기 아래 물 속으로 떨어졌는데 하류로 떠내려온
시체는 그 반도 되지 않았다……고."

"그럼, 행방을 알지 못한다는 말인가요?"

"예. 십중팔구는 죽었다…… 아니, 죽었다고 말하기가 곤란하여 행
방불명이라고…… 저는 그렇게 받아들이고 왔지요……"

오미츠는 마츠쥬로가 자기 얼굴을 보지 않고 말하는 이유를 겨우 알
았다. 마츠쥬로는 틀림없이 좀더 자세한 이야기를 듣고 온 듯. 그 증거
로 허공에 던진 시선이 이상할 정도로 담담했다.

"그랬군요. 행방을 찾아달라고 해도 방법이 없다고 하시겠군요?"

"예. 그 이상의 일은 아무도 모를 것입니다. 오쿠보 이와미노카미 님
자신도."

"이와미노카미 님도……?"

"오미츠 님, 이와미노카미 님이 관람석 밧줄을 끊게 했다……고 해
도 알 수 없습니다. 같이 골짜기 밑으로 떨어진 것은 아니니까."

"어머……"

"그래서 당시 혼령들은 저택 한구석에 따로 모신 모양입니다…… 일
부러 유족에게 알리지 않은 일은…… 만약 한 사람이라도 살아 있을 경

우, 구태여 죽었다고 단정하여 슬프게 할 것까지는 없다…… 약삭빠른 자의 자비라고나 할까요…… 아무튼 이와미노카미 님은 슨푸에 계시면서 열심히 일하고 있습니다……"

이때 찻집 주인이 모포를 안고 돌아왔다. 나야 거리의 지점에서 가져온 모양이다.

"고마워요. 그것을 배에 깔아주세요."

오미츠는 고개를 돌리고 일어났다.

4

오미츠는 키요츠구의 첩자 마츄로의 보고를 들은 뒤 배에 올라 쿄토로 향했다. 그 무렵, 혼아미 코에츠의 집에서는 코에츠를 찾아온 스미노쿠라 요이치角倉與市가 흥분한 모습으로 오사카 성에서 보고 온 이야기를 하고 있었다.

"좌우간 양과 늑대라는 느낌이었습니다."

요이치가 말했다.

요이치는 한때 야마토의 관리도 지냈고, 요즘에는 슈인센의 수효가 늘어 명실공히 신진 대실업가가 되어 있었다. 그러나 코에츠 앞에 나오면 왠지 어린아이처럼 보였다. 마음속으로 어딘가 기대는 것이 있어서 그런지도 모른다.

"히데요리 님도 일본인으로서는 보기 드물게 훌륭한 체격이지만, 비스카이노 장군과 소텔 신부 사이에 끼면 작아 보입니다. 아무래도 그 알현은 두 사람의 거리가 너무 가까웠어요. 오고쇼 님은 남만인이든 홍모인이든 결코 그렇게까지 가까이는 하시지 않는데…… 가까이 있지 않고 상단에 있으면, 사람의 눈이란 묘한 것이어서 이쪽이 크게 보입니다. 지나치게 가까이 있게 했기 때문에 양과 늑대처럼 보였습니다. 비스카이노 장군은 더더욱 거만해지고, 그리고 통역이 너무 굽실거립니다. 앞으로 외국인과 만날 기회도 많아질 텐데, 이런 경우 예법도 처음부터 마련할 필요가 있습니다."

스미노쿠라 요이치는 카와치河內의 도요토미 가문 연공미年貢米 때문에 오사카 성에 들어갔다가 마침 세바스찬 비스카이노 장군과 히데요리의 대면을 보고 와서 그 이야기를 코에츠에게 말하고 있었다.

오사카 쪽에서도 이 대면에 위엄을 보이려고 상당히 애를 쓴 모양이었다. 타이코가 자랑하던 접견실에 오사카에 체류 중인 다이묘와 그 가신들을 총동원하여 열석시켰으나, 아무튼 비스카이노와 소텔을 따라온 사카이와 쿄토, 오사카의 선교사들을 히데요리의 자리와 너무 붙여 놨다……고 요이치는 분개하고 있다.

히데요리는 체격이 컸으나 우라쿠나 카츠모토, 하루나가는 일본인으로서도 결코 큰 편이 아니었다. 그것이 여섯 자 여섯 치나 되는 거구인 비스카이노와 그를 둘러싼 남만인 선교사들의 위풍에 압도되어, 상단에 있으면서도 주눅이 들어 쩔쩔매고 있는 것처럼 보였다고.

"그렇게 되면 사람이란 미묘한 것이어서 저쪽에서는 더욱 거드름을 피우게 되지요. 그렇지 않아도 이야기까지 큰 소리로 말하는 것이 비스카이노 장군입니다. 일본으로 말한다면 카토 히고노카미 정도의 호걸인지도 모릅니다. 잔뜩 자기 나라 왕을 자랑한 다음 일본에서 천주교를 탄압하는 일이 생기면 언제든지 대함대를 이끌고 와서 단숨에 격멸시키겠다고 큰소리를 쳤어요. 원래 허풍쟁이처럼 보였으나 어쨌든 지나치게 무례했습니다."

"허어, 그런 말까지 했나?"

"그 정도……로 끝났다면 차라리 다행이겠습니다. 대면을 위해 앞으로 나오기에 앞서 누군가가 묘한 아첨을 한 모양인지 소텔까지 새파랗게 질려 말려야 할 정도였습니다."

코에츠는 조용히 차 주전자를 옮기면서도 이마에 잔뜩 힘줄을 세우고 있었다. 그의 성품으로 보아 비스카이노의 무례와 이를 허용한 오사카의 가신들에게 심한 반발을 느끼고 있음이 분명했다……

5

코에츠는 자신의 흥분이 부끄러웠다.

'나잇살이나 들어가지고 스미노쿠라나 챠야와 같은 젊은이처럼 흥분하다니……'

"그 이야기도 좋지만, 이것은 죠케이常慶가 모처럼 만들어 보낸 찻잔일세. 우선 목부터 축이고 보세."

조용히 찻잔을 요이치 앞으로 내밀었다.

"감사합니다. 과연 이 찻잔은 죠케이의 작품이군요. 모양이 한결 더 우아해졌습니다."

맛있게 마시고 나서 그냥 무릎 앞에 다시 놓았다. 그 눈은 찻잔을 감상하는 눈이 아니었다.

"듣자니 오사카에서는 타이코 전하가 돌아가신 후 계속 에도로부터 압박을 받아온 모양……"

"스미노쿠라, 그게 무슨 말인가?"

"비스카이노 장군이 한 말입니다."

"아니, 비스카이노가……?"

"예. 그 말에는 동행했던 소텔 신부도 눈이 휘둥그레졌습니다. 소텔은 어떻게 해서든지 오고쇼 님과 쇼군 님에게 접근하려는 형편이니 무리가 아니지요. 비스카이노 장군의 무릎을 쿡쿡 찌르면서 말을 조심하

제27권 낙뢰 113

라는 주의를 주더군요. 말석에서 저도 보았습니다."

"으음."

"비스카이노는 그 손을 사납게 뿌리쳤습니다. 그리고 더욱 큰 소리로 이런 말을 했습니다. 만약 에도와의 사이에 어려운 일이 생기거든 즉시 우리나라에 알리시오, 언제든지 전력을 다해 가세하겠습니다, 마음을 크게 가지시도록…… 이런 말씀을 드리는 것은 히데요리 님이 우리와 같은 신의 아들이라고 보기 때문입니다……"

"그 말을 소텔이라는 자가 통역했나?"

"아니, 소텔을 제쳐놓고 포를로 신부에게 통역시켰습니다."

"그래서 히데요리 님은 뭐라고 하셨나?"

"알았다, 알았어…… 대답하셨으나 역시 난처한 표정……"

"으음."

"그때부터입니다. 신부들이 입을 모아 오란다와 이기리스를 공격하기 시작한 것은…… 저들은 신도 인간도 용서 못할 흉악하기 짝이 없는 해적이다, 에도의 주군이 그런 자를 가까이하다니 얼마나 잘못된 생각인가, 그야말로 일본을 멸망시킬 원인이다, 그들이 이대로 일본에 남아 있다면 히데요리 님이 궐기하여 에도와 일전을 벌이는 것이 좋다, 그때는 모든 신자를 보호하기 위해 에스파냐 대왕이 즉시 대군을 파견하여 원조하는 데 인색하지 않을 것……이라고."

코에츠는 어느 틈에 무릎 위에 두 주먹을 얹고 와들와들 떨고 있었다. 이 역시 그가 두려워했던 바.

노부나가 시대처럼 히에이잔比叡山°과 니치렌 신도의 싸움이라거나 잇코一向 신도의 반란° 등은 결국 국내 문제였다. 그러나 이처럼 밖에서 들어온 천주교와의 싸움이 된다면 그 규모가 달라진다.

"비스카이노 장군인가 하는 자를 따라온 신부들은 처음부터 그런 말을 할 작정으로 히데요리 님에게 면담을 청했다는 말인가?"

"그래서 우선 노인장에게 알려드리려고 왔습니다."

"도대체 오사카 노신들은 무얼 하고 있었을까……?"

6

코에츠의 말은 단순한 한탄이 아니었다. 폐부를 도려내는 듯한 비난
이었다. 여러 사람이 각자의 입장에서 에도와 오사카의 문제를 염려하
고 있었다. 쓸데없는 일이라고 하면 그만이겠으나, 또다시 난세가 되지
않을까 하는 불안이 필요 이상으로 코에츠를 안타깝게도 하고 분노하
게도 만들었다.

그런데도 현재 입을 모아 오란다와 이기리스를 비난하고 있는 구교
의 선교사들을 다 같이 히데요리와 만나게 하다니, 이 얼마나 무신경한
노신들의 처사란 말인가.

비스카이노 장군이란 자는 꽤나 허풍이 심한 모양. 더구나 그의 목적
이 무엇인지는 일본에도 이미 알려져 있지 않은가. 돈 로드리고를 송환
한 데 대한 답례의 사절……이란 표면적인 구실, 실은 황금섬의 보물
을 찾으러 온 능구렁이 같은 군인이다. 그런 자의 허풍에 과연 얼마나
신뢰를 보낼 수 있을까……?

히라도에 오란다의 상관商館이 생기고 이기리스의 상관도 허가되었
다. 그래서 일본에 있는 구교 선교사들은 완전히 눈빛이 달라져서 이를
배격하기 시작하던 때.

'그 정도의 일도 오사카의 중신들은 몰랐단 말인가.'

그들은 이에야스가 곧 신교의 포교를 허용하여 하비에르 이래의 구
교세력을 뿌리째 일본에서 추방할 생각이 아닐까 우려하여 배수의 진
을 치려 했을 것이 틀림없다.

그런 사람들을 일부러 히데요리와 만나게 하다니…… 이것으로 코다이인이나 히데타다의 부인, 죠코인 등 여자들의 노력은 물론이고, 카토 키요마사의 고심도, 코에츠 등 상인들이 차근히 쌓아올린 방파제도 모두 크게 무너지는 상황이 되지는 않을까……?

"스미노쿠라, 그대로 내버려두어도 괜찮을까? 자네들 젊은이의 의견을 듣고 싶군."

"바로 그 일입니다, 노인장…… 저도 설마 오사카 중신들이 그 정도로 무방비하다고나 할까 무신경하리라고는 생각지 못했습니다. 아니, 무방비나 무신경이 아니라, 실은 그 모두를 뱃속으로 계산하고 있는지도 모른다……는 생각까지 해보았습니다."

"뱃속으로 계산하다니……?"

"실은 카타기리 님이나 우라쿠 님도 결국 구교 신자가 아닐까 하는 것 말입니다."

"설마 그럴 리야……"

이렇게 말하기는 했으나, 코에츠로서도 그렇지 않다고 일축해버릴 수 없는 의혹이 남았다.

"만약에 그렇다면 큰일입니다, 노인장……"

"으음."

"도요토미 가문의 은혜를 생각하여 히데요리 님에게 쇼군 직을 건네도록…… 지금은 그런 말을 하며 목숨을 걸 만한 다이묘들은 아마 없겠지요. 그러나 종교 문제가 되면 사태는 달라질 수밖에 없습니다. 오고쇼 님이 젊었을 때 도쿠가와의 후다이가 잇코 신도의 반란에 가담한 일이 있습니다…… 아시겠습니까? 천주교 신자……라 하면 우선 도쿠가와 가문의 초석인 오쿠보 사가미노카미 님. 다테 마사무네…… 그 사위 마츠다이라 타다테루…… 또 타카야마 우콘노다유高山右近大夫를 지금껏 보호하고 있는 마에다 토시나가前田利長……"

스미노쿠라 요이치가 손을 꼽아가며 이렇게 말했다. 혼아미 코에츠는 듣기 거북하다는 듯이 손을 흔들어 이를 제지했다.

7

"그만 하게! 그렇게 계산한다면 내일부터 일본은 다시 난세가 되는 거야."

코에츠는 심하게 고개를 흔들어 말을 가로막았다.

"오고쇼의 이상理想에는 역시 무리가 있었다……고나 할까."

말끝을 스미노쿠라와의 의논으로 바꾸어갔다.

"오고쇼로서는 에스파냐도 오란다도 없다…… 포르투갈도 이기리스도 없다…… 정치와 교역은 별개…… 이런 해석인데, 그렇게 해서는 안 되는 것일까?"

"그러면 노인장께서는 이제 일본도 에스파냐를 택하느냐, 아니면 오란다와 손을 잡느냐…… 어느 한쪽으로 정하지 않으면 안 된다……는 생각이십니까?"

"아니, 그렇지는 않아. 자네들의 생각, 자네들의 전망은 어떤가 하고 백지상태에서 묻는 것일세."

코에츠가 가볍게 말했다.

"저는……"

갑자기 스미노쿠라는 엄한 표정을 지었다.

"저로서는 오고쇼의 생각에 찬성합니다."

"그렇다면 역시 지금처럼 쌍방과 교역하는 편이 좋다는 것인가?"

"물론 그렇게 하는 게 이상적입니다. 그러나 지금 이대로라면 절대로 잘되지 않습니다."

"여보게, 잘되지 않는 일에 찬성……한다면 그건 앞뒤가 맞지 않는 말이 되는데……"

"그러므로 쌍방과 원활히 교역을 계속해나가기 위해서는 한 가지 결단…… 한 가지 각오가 필요하다고 생각합니다."

"한 가지 결단이라니……?"

"눈 딱 감고 히데요리 님을 오사카 성에서 내보내야 합니다."

"무……무……무슨 말을 하고 있나? 도요토미 가문과 가까운 자네 입에서 그런 말이……"

"노인장, 우선 제 말을 들어보십시오. 신앙이란 말이나 무력으로도 몰아낼 수 없는 것이어서……"

"으음."

"무리하게 탄압해도 성공하지 못한다……고 저는 봅니다. 그리고 한 쪽을 탄압한다면 탄압받은 쪽과는 국교를 계속할 수 없습니다."

"그건 이치에 맞는 말이지만……"

"따라서 쌍방과 원활한 교역을 원한다면, 쌍방 어느 쪽으로부터도 국내 소란의 원인이 될…… 거점이 될 만한 것을 일소해버려야 하지 않겠습니까?"

"허어……"

"그 점에서 오고쇼는 약간 욕심이 지나치십니다. 오사카도 귀여워해 주고 싶다, 에스파냐의 물자도 이기리스의 돈도 벌겠다…… 그렇게는 안 됩니다. 무언가 하나는 울면서라도 버려야…… 한다면, 이상을 좇기 위해서는 오사카를 버리지 않으면 안 됩니다…… 오사카라는 약점을 안은 채 쌍방과 교유를 하면 그러는 사이에 뜻하지 않은 난세의 불씨가 되지 않는다는 보장이 없지요…… 실은 오사카 성에서 이번 일을 보고 있는 동안 그 점을 절실하게 느꼈기 때문에 곧바로 노인장을 찾아왔습니다."

118

코에츠는 아직도 스미노쿠라를 똑바로 바라보고만 있었다. 스미노 쿠라 요이치의 입에서 그런 말이 나올 줄은 생각조차 하지 못했다.

'그렇군, 쌍방과 모두 국교를 유지하기 위해서는 국내 약점을 깨끗 이 정리하지 않으면……'

코에츠에게 스미노쿠라 요이치의 이러한 생각은 전혀 뜻하지 않은 하나의 새로운 시각視角이었다.

한 번뿐인 인연

1

스미노쿠라 요이치가 찾아온 목적은 단지 정보를 알리기 위해서……만은 아닌 듯했다.

스미노쿠라는 이미 한 가지 결론을 내리고 있었다. 신교국, 구교국 양쪽과 모두 국교를 유지하고 발전시키기 위해서는 더 한층 국내 일체화—體化 태세를 공고하게 해둘 필요가 있다. 그렇지 않으면 구교국 쪽은 오사카 성을 거점으로 자기들의 세력만회를 획책할 것……이라고. 아니, 그 이상의 대책을 벌써 그는 말하고 있었다. 서둘러 히데요리를 오사카 성에서 다른 곳으로 옮겨 구교국 쪽에서 꾸기 시작한 꿈을 깨뜨려놓지 않으면 안 된다고.

"그럼, 자네는 이 코에츠에게 무엇을 바란다는 말인가?"

돌아갈 무렵 용기를 내어 코에츠는 물었다. 요이치는 딴전을 부리며 큰 소리로 웃었다.

"이것 참, 노인장답습니다. 하하하…… 이 나라를 짊어진 분은 오고쇼 님이지 스미노쿠라 요이치가 아닙니다."

그 말에서 코에츠는 요이치가 무슨 생각을 하고 자기를 찾아왔는지 알 수 있을 것 같았다.

'이 녀석이 나더러 슨푸에 가서 오고쇼를 만나라고 하는구나……'

그렇지 않으면 요이치는 벌써 오사카의 중신들에게 스스로 무언가 충고를 하고 왔는지도 모른다.

코에츠는 고개를 갸웃거리며 요이치를 배웅하고 거실로 돌아와 묵묵히 죠케이가 만든 찻잔을 집어들었다. 그는 이미 찻잔 같은 것을 감상하는 표정이 아니었다. 손으로는 연신 찻잔을 어루만지면서도 시선은 허공을 노려보고 있었다.

'그러나저러나 많이 변했어……'

이전에는 쿄토, 오사카에서 사카이에 이르는 대상인은 모두 타이코 편이라 해도 과언이 아니었다. 처음부터 이에야스 쪽에서 일해온 사람은 챠야와 코에츠뿐이었다.

누구나 자신의 번영을 보장해주는 사람은 히데요시……라 믿어 조금도 의심하지 않았다. 그런데 슈인센으로 교역에 나서게 된 이후 잠깐 사이에 완전히 변하고 말았다.

난리를 싫어한다……는 것만이 이유는 아니었다. 대상인의 주판이 의리와 취향과 이익 사이에서 미묘한 변화를 나타내고 있었다. 그렇다 해도 타이코의 외아들을 오사카 성에서 내보내라는 의견이 상인 쪽에서 나오리라고는 생각조차 못했다.

너무나 잔인하게 그 정체를 드러내 보인 것 같아 약간 가증스럽기도 하고 부아가 나기도 했다.

'그렇구나…… 그런 식으로 오사카는 겨냥을 받기 시작했구나……'

코에츠는 벌떡 일어났다. 그리고 선반 위에서 다시 두 개의 찻잔 상자를 꺼내 손에 들고 있던 죠케이의 찻잔과 비교해보았다.

초대 쵸지로長次郎, 2대 죠케이, 그리고 아직 젊은 3대 논코のんこう

의 찻잔을 순서대로 나란히 놓고 조용히 눈길을 보냈다.

"과연 찻잔에도 시대의 추세는 분명히 나타나 있군……"

소박하고 중후한 쵸지로의 약간 허리가 잘록할 뿐 안정감을 주는 모습은 3대 논코의 찻잔에서는 찾아볼 수 없었다. 그 대신 산뜻하게 다듬은 솜씨와 세련된 기교의 날카로움이 빛나고 있었다.

이때 어머니 묘슈妙秀가 오미츠의 방문을 알려왔다.

2

"어머, 역시 아저씨는 풍류인…… 다회 준비라도……?"

묘슈를 뒤따라 들어온 오미츠는 세 개의 찻잔 중에서 가장 젊은 논코의 작품에 눈길을 보냈다. 그러한 오미츠도 나야 쇼안納屋蕉庵에서부터 벌써 3대째…… 3대째의 눈에는 역시 3대째의 기교가 가장 마음에 드는 모양이었다.

코에츠는 묵묵히 그 3대째 찻잔만 남기고 나머지 두 개를 상자 안에 넣었다.

"한 잔 마시겠나?"

"감사합니다. 정말 오랜만에 아저씨 솜씨를 볼 수 있게 되었군요."

"오미츠, 지금 몇 살이지?"

"호호호…… 나이는 벌써 잊었어요."

"그래? 그러고 보니 내가 잘못했어. 내가 너한테 잔인한 일을 부탁했는지도 몰라."

코에츠는 차 상자의 뚜껑을 열면서 남의 일처럼 말했다.

"내가 그런 부탁이라도 하지 않으면 너와 챠야 사이가 소원해진다……고 나는 스스로의 양심을 얼버무리고는 있지만."

"아저씨."

"그 일은 조사해왔겠지?"

"예. 아무래도 나가사키에서 일어난 포르투갈 배 소각사건은 슨푸까지 불이 번진 것 같아요."

"뭐, 슨푸까지……?"

"예. 챠야가 고용한 첩자가 모두 조사했어요. 그 사람과 저는 배로 후시미까지 같이 왔어요."

"허어."

"불을 붙이는 역할은 오쿠보 이와미노카미가 자청한 모양이에요."

"그러니까 오고쇼 님이 부재중일 때 말이지?"

코에츠는 무슨 말을 들어도 놀라지 않겠다는 침착한 태도였다.

"그래요. 이제 오고쇼 님도 슨푸로 돌아오시고, 아리마 슈리노다이부도 배로 슨푸에…… 벌써 도착했을지 몰라요."

"그렇다면 머지않아 사정이 백일하에…… 드러나게 되겠군."

"하지만 불을 붙인 자는 절대로 화상을 입지 않는다…… 그 사람의 의견이에요."

"그래?"

코에츠는 오미츠 앞에다 차를 놓고 자세를 바로 했다.

"아저씨, 한 번뿐인 인연이란 말이 있지요?"

"그래, 리큐利休 거사가 즐겨 쓰던 말이었지."

오미츠는 맛있게 차를 들고 나서 ——

"잘 마셨습니다."

가만히 고개 숙여 인사하고 결심한 듯이 대번에 말해버렸다.

"오코 님은 이미 이 세상에 계시지 않는 것 같아요."

"역시…… 그랬구나."

"그래도 이와미노카미는 화상을 입지 않았어요. 불을 지른 자는 용

의주도했어요."

"오미츠, 어머니에게나 집안 식구들에게는 이 일 비밀로, 알겠지?"

"예…… 불을 지른 자도 아직 죽었다고는 하지 않는 모양…… 높은 계곡 위에 마련한 무대의 밧줄이 끊어져 관람하던 사람들이 모두 천 길이나 되는 계곡 밑으로…… 시체를 찾지 못해 행방불명이라 발표했다고 합니다."

오미츠도 애써 태연하게 말했다.

3

"그렇구나…… 결국 그 작은 상자는 역시 오코의 유물이었군."

찻잔을 끌어당기며 망연자실했다. 오미츠는 조용히 끓는 물소리에 귀를 기울이는 모습으로 다시 화제를 돌렸다.

"한 번뿐인 인연…… 인생의 허무함은 세월이 아무리 달라져도 변하지 않는 것일까요?"

코에츠는 일부러 대답하지 않았다.

오미츠의 말이 만약 난세이건 평화로운 세상이건 인간에게는 똑같이 죽음이 기다리고 있을 뿐……이라는 뜻이라면, 쉽게 긍정해도 좋을 일이 아니었다. 인간의 일생은 분명 허무하다. 그렇다고 전쟁터의 죽음과 자연의 죽음을 혼동하는 것은 좋지 않다.

오미츠는 전혀 다른 일을 생각하고 있었던 모양인지 —

"저는 때때로 인간을 알 수 없게 되곤 해요."

침울한 목소리로 말했다.

"인간을 알 수 없기 때문에 저 자신도 알 수 없어요. 자기가 살기 위해서 남을 괴롭힌다…… 아니, 자기가 살려는 것은 어딘가에서 남을 괴롭히거나 죽이거나 하겠다는 약속이 아닐까…… 그런 생각이 들어 못 견디겠어요."

"그러면 안 돼!"

코에츠는 강하게 가로막았다.

"그렇게 되면 자기 주장이 없어져. 자신을 살리고 동시에 남도 살려 나가는…… 그 지혜가 없다면 인간이 아니야."

"아저씨는 인간에게 그런 지혜가 정말 있다고 생각하세요? 있다고 한다면 어째서 오쿠보 이와미노카미는 오코 님을……"

죽였을까요? 하려다가 온당치 못하다고 깨달은 듯…… 오미츠는 문득 말을 끊고 시선을 돌렸다.

코에츠는 울상을 지은 채 웃었다. 오미츠의 의혹이 뼈아픈 반응으로 가슴을 찔러왔기 때문이다.

"인간의 삶은 분명히 네 말처럼 어느 정도 타인의 희생 없이는 성립되지 않을지도 몰라."

"아저씨, 저는 그 희생이 너무 크다는 생각이 들어요…… 그렇기 때문에 이와미노카미를 마음속으로부터 미워할 수가 없었어요. 악인을 미워할 수 없다……면, 그렇다면 이 세상에 맑은 날이 있을 것 같지 않다고 생각하면서도……"

코에츠는 다시 한 번 서둘러 손을 저었다.

"그건 안 돼! 오미츠의 그런 생각은, 망집은…… 그렇게 되면 인간은 무간지옥無間地獄의 악귀가 되는 거야."

코에츠는 다시 자기 찻잔에 차를 따랐다. 오미츠의 말에 대답해주며 좀더 자세히 사정을 묻고 싶었다. 그렇지 않으면 코에츠 자신도 오늘 이후의 행동을 결정할 수 없기 때문이다.

'무엇 때문에 오미츠를 번거롭게 하면서까지 이 일에 대해 이것저것 조사시켰던가……'

이는 그대로 코에츠의 생활과 이어지는 중대한 일.

"오미츠, 너는 지금 올바른 신앙의 입구에 서 있어."

"어머, 망집에 사로잡혀 있는 제가……?"

"그래. 설사 이와미노카미가 오코를 죽인 극악무도한 자라 해도 미워할 수 없다……는 것은 내 몸에도 같은 죄과가 있다고 반성하는 선한 마음이 있기 때문이야……"

"어머……"

"그 반성이 없는 자는 사람의 모습을 하고 있어도 신불에게 합장할 수 없는, 인연 없는 사람…… 알겠나?

4

"오미츠는 한 번뿐인 인연이란 말을 했어…… 그래서 나도 말하지 않을 수 없게 되었어…… 이것 봐, 오미츠…… 한마디로 해서 신불은 합장하지 않는 자에게는 은총을 내리지 않아. 합장은 자기 몸의 죄를 두려워하고 내 몸의 불결을 사죄하는 마음이야."

코에츠는 쏘는 듯한 시선으로 오미츠를 바라보았다.

"내 몸의 죄를 두려워하고 내 몸의 불결을 사죄하는 마음…… 그것이 없는 자는 사람이면서도 사람이 아니야. 자기 일신의 목적만을 추구하는…… 형상은 사람이지만, 사람이라 하지 않고 악귀라고 불러. 악귀는 어떤 방법으로 목적을 달성하건, 그건 사업이 아니고 귀업鬼業이기 때문에 절대로 오래가지 않아."

오미츠는 깜짝 놀란 듯 똑바로 코에츠를 바라보고 있었다. 어쩌면 코에츠의 반응이 기대 이상으로 강해 놀랐는지 모른다.

"그렇다고 악귀를 미워하는 것만으로는 결코 퇴치할 수 없어. 신불의 가호가 없이는 말이야."

"신불의……"

"원 이런, 그런 눈으로 찾는다고 신불이 찾아지는 것은 아니야. 신불은 허공에 계시지 않아. 네 가슴 깊이…… 합장하는 마음 저편에만 계시는 거야."

"합장하는 마음 저편에……?"

"그래! 내 몸의 죄를 생각하고, 내 몸의 불결을 사죄하는 선한 마음 너머에 말이야…… 이 합장으로 인간은 참된 신앙을 가질 수 있어. 신앙을 갖는다면 반드시 몇 가지 맹세가 생기지…… 그 맹세를 실천하면서 신불의 가르침을 받들고 살아갈 때 비로소 귀신을 쫓는 힘을 얻게 되는 거야."

오미츠는 코에츠도 어떤 의미에서는 하나의 귀신이 아닌가 생각했다. 그만큼 한결같이 정의를 좇으려는 자를 아직 다른 데서는 보지 못했기 때문이다.

순간 코에츠도 그러한 자신을 깨달은 듯.

"하하하…… 아저씨도 귀신이다…… 말하고 싶어하는 눈이로군. 하지만 나는 귀신이 아니야. 나는 이미 네가 걷는 길을 걸어 신앙의 문에 들어섰어. 그리고 거기서 니치렌 대선사를 만났다고 생각해도 좋아. 대선사님을 만나니 여러 가지 지시를 내리시더군. 이것은 보살행菩薩行, 이것은 귀업鬼業, 이 일은 해도 좋고 이 일은 안 된다고…… 그러므로 너도 자신을 가지고 지금 눈앞에 있는 신앙의 문에 들어서면 되는 거야. 네가 이것이야말로 이 몸이 들어서야 할 문……이라고 생각되는 문에. 그 문을 들어서야만 비로소 한 번뿐인 인연이란 성심誠心을 저절로 맛볼 수 있어……"

"……"

"자, 그 이야기는 이 정도로 하고, 오쿠보 이와미노카미의 행적을 다시 한 번 생각해보기로 하자. 너는 이와미노카미가 포르투갈 배 소각 사건에 불을 붙였다……고 분명히 말했지?"

"예. 그리고 불을 붙인 자는 화상을 입지 않을 것이라 했습니다."

"그 의미는? 이와미노카미가 귀업, 귀행鬼行의 사람이라면 반드시 큰 화상을 입는다고 나는 말하고 있는 거야."

오미츠는 다시 얼마 동안 생각에 잠겼다. 이야기를 듣고 보니 분명히 그렇게 될 것 같았다. 그러나 오미츠가 마츠쥬로로부터 들은 보고는 전혀 달랐다.

5

"이거, 이야기가 좀 이상하게 되어가는군. 그러나 화상을 입는 자는 반드시 불을 붙인 자…… 이는 코에츠의 움직이지 않는 신념이야. 자신의 야심과 욕심 때문에 불장난을 한다…… 야심이나 욕심을 위해 흉기를 휘두르는 자와 똑같은 상처를 반드시 입는다…… 그 인과응보의 이치는 너도 곧 알게 될 날이 있을 거야. 그럼, 다시 이와미노카미 이야기로 돌아와……"

코에츠는 한마디 한마디를 씹는 듯한 어조로 세 번이나 같은 말을 반복했다.

"불을 지르는 일을 도맡았으면서도 왜 화상을 입지 않았는지…… 그 자가 말했나?"

"남보다 훨씬 더 꾀가 있기 때문이겠지요."

"허어, 그 꾀는 잔꾀라고 나는 생각한다만, 그렇다 치고…… 우선 어떤 점에서 꾀가 있다는 것이지?"

"포르투갈 배 소각사건…… 그대로 내버려두면 언젠가 불꽃이 내 몸에 옮아오게 된다……고 판단하여 재빨리 아리마 님과 아리마 님으로부터 금은을 갈취한 오카모토 다이하치라는 자를 자기 집에 가두고 재판한다는 빈틈없는 준비를 하고 있다 합니다."

"으음…… 그럼 자기가 관련된 부정만은 오고쇼 님에게 드러나지 않는다는 말이지?"

"아니, 그뿐 아니라, 그 오카모토 다이하치를 체포함으로써 반대파인 혼다 코즈케노스케 마사즈미의 입도 봉할 수 있다…… 이렇게 계산하고 일을 추진한 이와미노카미, 그의 뜻대로…… 된다고 챠야의 첩자는 말했습니다."

"뜻대로……라면 아리마 님은 어떻게 된다는 말이지?"

"무장에게는 있을 수 없는 막대한 금액의 뇌물을 준 것이므로 아마도 우선 영지를 몰수하고 감금할 것이라고……"

"그러면 금은을 갈취했다는 오카모토라는 자는……?"

"이와미노카미의 마음먹기에 따라 화형이나 책형 등 무엇이든 할 수 있다고 했어요."

"혼다 님의 약점이라 할 수 있는 것은?"

"그런 악당을 수하에 두고도 범행을 모르고 있었다…… 그것만으로도 충분히 이와미노카미에게 머리를 들 수 없게 된다……고."

"으음, 깊이 생각했지만 역시 모자라는군."

코에츠는 가볍게 고개를 흔들었다.

"귀신은 귀신이지만 미련한 귀신이야. 혼다 코즈케노스케와 오쿠보 이와미노카미의 직분상의 차이를 망각하고 있어."

"직분상의 차이……?"

"그래."

코에츠는 한마디로 딱 잘라 말했다.

"혼다 코즈케노스케는 지금 오고쇼 님을 측근에서 모시고 있지만,

오쿠보 이와미노카미는 사방으로 돌아다녀야 인정을 받는 금광 감독관이고 부교야. 귀신이 없는 동안에 혼다 님에게 당하게 될 거야. 긁어 부스럼을 만든다는 미련한 소행이란 바로 이를 두고 하는 말, 결코 다인茶人들이 좋아하지 않는 잔재주지."

"그럼, 역시 불을 붙인 자는 머지않아 화상을 입을까요?"

"내가 예언하는 게 아니야. 니치렌 대선사의 가르침 가운데 확실히 있는 일이지. 자신의 야심을 위해 일부러 적을 만든다…… 그런 어리석은 자가 번영하는 세상은 암흑 속의 암흑…… 그래…… 그렇다면 오코도 정말로 살해됐는지 모르겠군."

깨닫고 보니 붉어진 코에츠의 눈에서 눈물이 흐르고 있었다……

6

오미츠도 잠시 묵묵히 좁은 정원을 바라보고 있었다. 후시미의 부교 코보리 엔슈小堀遠州가 보냈다는 등롱에 비스듬히 햇빛이 비쳐 굴절하고 있었다.

"아저씨, 저도 오코 님이 분명히 살해당했다고 생각해요. 그런데도 오쿠보 이와미노카미를 미워할 수 없다는 말을 하다니…… 정말 죄송합니다."

코에츠는 이 말에는 대답을 않고 다시 묵묵히 찻잔을 닦았다.

지난날의 오코를 뇌리에 떠올리면서 추억에 잠긴 모양이라고 오미츠는 생각했다.

"아저씨, 차라리 제가 키요츠구 님에게 말할까요?"

"무엇을…… 챠야 님에게 말한다는 거냐?"

"스스로 악역을 맡은 오쿠보 이와미노카미의 속셈을 말이에요."

"그런 말이라면 네게 정보를 전한 첩자가 보고할 테지."

"그게 아니라, 이 사정을 일단 오고쇼 님에게 말씀 드리라고 하면 어떨까 하고……"

"안 돼."

코에츠는 즉석에서 반대했다.

"그 일을 나도 염려하고 너도 염려한다고 하면 챠야 님은 당장 오고쇼에게 말씀 드릴 거야…… 그렇게 되면 오미츠, 그 묘한 사건에 챠야까지 말려들 우려가 있어…… 도리어 소동을 확대시키는 결과가 돼. 그건 피해야지."

코에츠는 잠시 웃어 보였다. 오미츠가 너무 깊이 생각하지 않도록 하기 위해 달래는 미소인 것 같았다.

"오미츠, 역시 네 가슴에 모두 묻어놓았으면 좋겠어."

"그래도…… 괜찮을까요?"

"상의하려면 아직은 젊은 챠야보다 먼저 만날 분이 있어."

"그분은……?"

"쇼시다이 이타쿠라 님이야. 이타쿠라 님은 이 코에츠와도 절친한 사이, 이야기 끝에 슬쩍 풍길 수도 있겠지. 너는 그때까지 모르는 체해주었으면 좋겠어."

"예…… 예."

"이 일은 작은 문제가 아닌 것 같아. 이 일로 인해 오고쇼 님 진영이 둘로 갈라질지도 모르니까…… 알 수 있겠지? 오고쇼와 쇼군의 측근이 오쿠보 사가미노카미 파와 혼다 부자 파로 갈려 싸운다…… 이렇게 된다면 그야말로 천하만민天下萬民의 큰 화근이야."

"정말……"

"타이코 전하 밑에서 이시다 파와 무장 파가 서로 싸우다가 결국 세키가하라의 대란을 일으킨 것이 바로 엊그제의 교훈…… 이럴 때일수록 더욱 신중하게 생각하고 움직여야 하는 거야."

코에츠는 반은 자기에게 타이르듯 말하면서도 역시 가만히 있을 수 없는 기분이었다. 일어날 수 있는 모든 일이 필연적인 순서를 밟아 싹 트고 있는 것 같은 기분.

'나 자신이 오쿠보 이와미노카미를 만나야 할 일이 아닐까……'

아니, 먼저 이타쿠라 카츠시게를 만나는 편이 옳을지 모른다……

심각하게 생각하기 시작한 코에츠의 모습을 흘끗 본 오미츠—

"참, 아저씨, 저는 할머니와 이야기하고 오겠어요. 아직 선물도 내놓 지 않았어요."

조용히 그 자리를 떴다.

7

코에츠는 얼마 동안 두 손을 무릎 위에 놓고 생각에 잠겨들었다.

'오코가 살해되었다……'

그렇다면 작은 상자에 써서 남긴 그녀의 수기는 정신이 혼란해진 자 의 망상이 아니었다.

'오쿠보 이와미노카미는 무언가 자기 입장에 몹시 위험을 느끼고 당 황하고 있다……'

오코는 그 원인으로 수기에 세 가지 불안을 기록해놓았다.

첫째는 다른 작은 상자에 봉해넣었다는 연판장, 그리고 축적해둔 황 금의 처리와 다테 마사무네에 대한 경계심을 열거하고 있다. 마사무네 가 이와미노카미를 경계하기 시작한 원인은 오쿠보 타다치카와 혼다 마사즈미 부자의 대립에 있는 것이 아닐까……?

그렇다면 하나의 험악한 구름이 낮게 깔리기 시작한 셈. 코에츠는 무엇을 생각했는지 갑자기 일어나 방안을 한 바퀴 돌았다. 가만히 있을 수 없는, 무언가 마음에 걸리는 일에 부딪친 눈빛이었다.

코에츠는 얼른 옆방으로 들어가 불전에 향을 피웠다. 죽었으리라고 생각되는 오코에 대한 분향인 듯. 다시 거실로 돌아와 봉당에 나란히 벗어놓았던 짚신을 신고 그대로 집 밖으로 나갔다.

어떤 경우에도 반드시 가는 곳을 알리고 나가는 고지식한 코에츠로서는 보기 드문 일이었다. 코에츠는 네거리로 나오더니 가마꾼을 불러 빠른 말로 이르고 가마에 들어가 앉았다.

"호리카와堀河의 쇼시다이 관저까지."

'그렇다, 사태는 이미 내 손이 미치지 않는 데까지 진전되었는지도 모른다.'

오미츠에게 챠야의 첩자가 보고하러 왔을 때까지는 상당한 시일이 걸렸다. 그리고 이에야스가 니죠 성에서 에도로 돌아간 지 두 달 가까이 지났다.

오사카 성을 방문한 비스카이노 장군의 이야기도 이미 이타쿠라 카츠시게의 귀에 들어갔을 것이고…… 물어보고 싶은 말이 산더미처럼 있었다.

코에츠가 온몸에 땀을 흘리며 쇼시다이 저택에 다다랐을 때, 이타쿠라 카츠시게는 외출했다가 돌아와 거실에서 쉬고 있었던 모양인지 평상복 차림으로 마루에 서서 마루 아래까지 끌어들인 연못의 잉어에게 먹이를 주고 있었다.

"오오, 토쿠유사이德有齋로군. 마루 끝이 시원하니 이리 오게."

안내해온 젊은 무사에게 방석을 내게 하고, 카츠시게는 자기도 기둥을 등지고 앉았다.

"토쿠유사이라니 황송합니다. 지금까지처럼 그냥 코에츠라고 불러 주십시오."

"아니, 그렇지 않아. 자네는 내 마음의 스승, 나는 언제나 자네의 그 입정立正 정신을 어떻게 실제로 활용할까 고심하는 불초한 세사일세. 그런데 무슨 급한 용건이라도……?"

느긋한 자세로 물었다. 코에츠는 당황하여 이마의 땀을 닦았다.

"오사카 성에 비스카이노 장군인가 하는 자가 갔던 모양이지요?"

"허어, 벌써 자네 귀에도 들어갔나?"

"스미노쿠라 님이 찾아와서…… 그런데 요즘 슨푸에는 무언가 달라진 것이 없습니까?"

코에츠의 다그치는 물음에 이타쿠라 카츠시게는 문득 어두운 표정을 떠올리고 시선을 연못의 잉어에게 돌렸다.

8

"실은…… 오쿠보 이와미노카미 님을 섬기러 갔던 집안 여자로부터 너무 오랫동안 소식이 없었어요. 그래서 이쪽에서 사람을 보내 알아보았습니다."

코에츠는 평소의 기질 그대로 무언가 있구나! 하는 생각에 대들듯이 말을 진행시켰다.

"그런데 그자가 이상하게도 마음에 걸리는 말을 듣고 돌아왔습니다. 그래, 안부를 여쭐 겸 이렇게……"

"잘 왔네. 이상하게도 마음에 걸리는 일……이란?"

카츠시게는 그제야 시선을 제자리로 돌리고, 손에 쥔 흰 부채를 천천히 무릎에 세웠다.

"오쿠보 이와미노카미 님이 무슨 재판인가를 한다고 슨푸에서 매우 바쁘게 움직이신다고……"

카츠시게는 즉석에서 대답했다.

"그 사건은 결말이 났어."

"예? 결말이라니요?"

"오카모토 다이하치 사건 말이겠지? 다이하치는 몹쓸 놈이어서 아베安倍 강변에서 화형에 처해졌어."

"으음, 그렇다면 그 재판은 역시 오쿠보 이와미노카미 님이……?"

카츠시게는 고개를 끄덕였다. 그리고는 생각난 듯이 웃는 얼굴이 되어 말을 덧붙였다.

"뒷맛이 좋지 않아. 이게 원인이 되어 혼다 부자와 오쿠보 사가미노카미가 불화하지 않으면 좋겠는데……"

"그럼, 역시 이와미노카미 님으로부터 발단이?"

"사건의 발단은 아리마 슈리노다이부로부터 혼다 코즈케노스케 님에게 뜻하지 않은 문의가 있어서…… 그때 이미 빼도 박도 못하도록 이와미노카미가 오카모토 다이하치를 가두고 있었네…… 다이하치는 코즈케노스케의 부하, 살려줄 마음이 있었던 것 같으나 어쩔 수 없었겠지. 완전히 표면에 드러나 다이하치는 화형, 슈리노다이부는 이와미노카미에게 연금되는 것으로 결정됐네. 이와미노카미는 벌써 슨푸 저택에서 철수했을 것일세."

이타쿠라 카츠시게는 더 이상 그 문제는 건드리고 싶지 않은 듯—

"그런데 그 집안 여자는 건재한가?"

말머리를 돌렸다. 코에츠는 대답하지 않았다. 오코의 생사는 사사로운 일. 그가 카츠시게를 찾아온 것은 한 시민의 사명이라는 다른 목적이 있어서였다.

"쇼시다이 님, 오쿠보 이와미노카미 님은 요즘 다소 초조해하고 있다……고 생각지 않으십니까?"

"다소 초조해한다…… 그럴지도 모르지."

"저는 그 이와미노카미 님의 초조감과 비스카이노 장군인가 하는 자가 오사카 성에서 한 방자한 말이 혹시 어딘가에서 결부된다면…… 문득 이런 상상을 하는 순간 가만히 있을 수 없었습니다."

"허어……"

"이와미노카미 님은 사소한 의견 차이나 원한으로 움직이는 인물이 아니다, 자신의 출세가 방해되는 것을 좋아하지 않는다, 그 대신 남을 방해하지도 않는다, 사람들과 함께 기뻐하며 함께 번영한다…… 그리고 쾌활한 천성을 가진 사람입니다. 그런데 요즘 본래의 성품과는 다른, 마음에 걸리는 일만 하는 것은 무슨 까닭일까요?"

"본래의 성품과 다르다니?"

"어째서 일부러 혼다 님 부자를 적으로 돌리는 일을 해야 하는가? 어째서 저희 집안 여자를 행방불명으로 만들어야만 하는가? 어째서 연판장을 숨겨야만 하는가……?"

코에츠는 쏘는 듯한 눈으로 손가락을 꼽아나갔다.

9

이타쿠라 카츠시게도 말에 설득력이 있기로는 누구에게 뒤지지 않았다. 그러나 코에츠는 그 이상이었다. 그의 말에는 칼날과 같은 날카로움이 있어, 그것이 잔인할 정도로 상대의 가슴을 찔렀다.

"쇼시다이 님도 구교 선교사들에게는 높이 평가받고 있습니다. 그들이 본국에 보낸 통신에는 쿄토의 지사知事 이타쿠라 님이라고 말끝마다 보고하고 있다는군요. 그러한 분에게 설교 같은 말을 드려서 죄송합니다마는, 쇼군 님 측근에 파벌이 생겨 둘로 갈리고, 남만, 홍모의 세력 다툼이 얽힌다면 에도와 오사카를 갈라놓는 일 따위는 쉬운 일이 아닐까요? 아니, 그렇게 되면 큰일이므로, 실례의 말씀이지만 오고쇼 님께서 이타쿠라 님을 쇼시다이로 임명하여 계속 이곳에 두신 것이 아니겠습니까?"

"이것 참, 미안하군. 사실이 그러하네."

"그렇게 알고 계시다면 역시 오쿠보 이와미노카미의 이번 처사에 좀 더 마음을 쓰셔도 좋을 것 같은데 어떻습니까?"

"으음, 그럴지도 몰라. 그러나 이것은 슨푸의 사건, 나 같은 쿄토의 쇼시다이로서는 해결할 수 없는 일인지도 몰라."

"참으로 주제넘은 말씀이라 죄송하오나, 오쿠보 이와미노카미 님이 분수에 어울리지 않게…… 아니, 다소 지나친 말씀인지 모르나 분수도 모르고 혼다 부자에게 도전할 생각이 들었다…… 그 원인을 누군가가 밝히지 않으면 큰 화근이 되지 않을까 합니다. 이번 일에 혼다 부자가 가만히 있더라도 곧 보복하게 되고, 또 그 보복으로 이와미노카미가 계략을 꾸민다……고 하면 벌써 측근은 완전히 두 조각…… 게다가 불길한 말씀입니다마는, 만약 오고쇼 님께서 돌아가신다……면 누가 이 찢어진 것을 꿰맬 수 있겠습니까? 혼다 사도노카미 님은 쇼군 님의 사부와도 같은 고문, 오쿠보 사가미노카미 님은 대표적인 원로…… 오쿠보 이와미노카미 님은 쇼군 님의 아우 되시는 분의 보좌역입니다. 제각기 다른 방향으로 나간다면 둘은커녕 사분오열의 난세가 되지 않을까 생각하니 온몸에 소름이 끼칩니다."

"알겠네!"

상대가 너무나 진지하기 때문에 이타쿠라 카츠시게는 다소 질리는 모양이었다.

"그렇게까지 염려하는데 가만히 있으면 무성의한 일이 되겠지. 실은 나도 전혀 생각이 없는 것은 아닐세."

"역시…… 그러시겠지요."

"사실은 나도 염려하여 나루세, 안도 등과 상의한 끝에 이와미노카미의 신변을 남몰래 조사시키고 있어. 누가 뭐라고 해도 혼다 부지는 후다이, 이와미노카미는 오쿠보란 성은 쓰고 있으나 신참자. 양자가 격돌하는 일이 생기면 이와미노카미를 눌러야 해. 그래서 이번에는 일부러 아리마 하루노부를 이와미노카미에게 맡겼어. 사실 어떻게든 싸움을 피하기 위해 혼다 마사즈미가 자진하여 청한 것일세."

"아니, 그럼 코즈케노스케 님이?"

"그래. 후다이가 참지 않으면 결속이 무너진다, 저마다 제멋대로 나간다면 미카와三河 이래의 긍지가 손상된다…… 이제 납득되었나?"

이때 젊은 무사가 찬물에 탄 보리 미숫가루를 가져왔다.

10

두 사람은 잠시 동안 아무 말도 않고 찬물에 탄 미숫가루를 마셨다.

"토쿠유사이."

"예."

"리큐 거사가 자주 말한 한 번뿐인 인연이란 것 말인데."

또 그 말이 나오자 코에츠는 저도 모르게 눈이 휘둥그레졌다.

"한 번뿐인 인연이 어떻게 되었습니까?"

"그 말…… 생각하면 할수록 의미가 깊어."

"그렇습니다. 실은 저도 그것을 생각하고 있던 참입니다."

"그런데 그 말의 참뜻을 일상생활에 살리고 있는 사람이 과연 몇이나 있을까?"

문득 카츠시게는 말을 끊고 말았다. 나머지는 코에츠 자신에게 생각하도록 하여 음미하게 할 마음인 것 같았다.

'놀라운 분이야……'

이렇게 생각하면서 코에츠는 그러한 카츠시게가 고마웠다.

인생……이라고는 하나 그것은 순간순간의 누적에 지나지 않는다. 한 순간의 만남을 소중히 한다…… 아니, 순간의 만남에 정성을 다해 대하려는 다도茶道의 마음이야말로 인생 그 자체를 충실하게 하는 진실을 말해준다.

'여기에만 인생의 의미가 있다……'

행복도 충실도 평화도 영광도…… 아니, 때로는 그 이상 출세의 길이 없다고 가르친다고 해도 틀림이 없다.

"모두 입으로는 차를 마시지만, 그 마음은 마시지 않습니다. 한 번뿐인 인연이라는 진심을."

"나는……"

잠시 사이를 두었다가 다시 카츠시게가 말했다.

"때때로 내 주변에 있는 사람을 손꼽아 세어본다네. 현재 그 마음을 살리며 살고 있는 분은 우선 오고쇼 님, 토쿠유사이 님…… 열심히 노력하여 저절로 마음에 젖어들게 된 분도 없지는 않아. 그러나 비도 바람도 눈도 꽃도 다 알면서 이를 행하는 데 무한한 기쁨을 느끼는 분은 극히 드물어."

"어찌 저 같은 사람이……"

"그렇지가 않아. 실은 말일세, 오고쇼 님의 나날의 일과…… 잠시라도 자기 마음에서 정성의 그림자를 놓치지 않으려는 수양이라고 생각하는데, 벌써 육만 번 중에서 거의 이만 번을 넘게 쓰셨다더군. 오고쇼 님은 종이 위에 염불, 토쿠유사이 님은 땅에다 발로…… 모두 다시없는 인생에서 두 번 다시 오지 않을 시간의 흐름에 참다운 삶을 새기고 있어. 이 카츠시게는 두 분을 살아 있는 스승으로 삼고 있네. 앞으로도 생각나는 것이 있으면 가르쳐주기 바라네."

이렇게 말하고 카츠시게는 미소를 띠면서 가슴을 두드렸다.

"이와미노카미의 일에 대한 충고는 잊지 않겠네."

코에츠는 갑자기 소리내어 울고 싶었다. 이런 감상은 결코 사소한 감정의 물결이 아니었다. 이 무한히 큰 공간과 무한히 긴 시간 속에서 자기와 카츠시게가 같은 시대, 같은 장소에 함께 살고 있다는 불가사의……그것을 철저하게 느낀 감동이었다.

"한 번뿐인 인연……"

입속으로 중얼거리면서 코에츠는 얼른 입술을 깨물고 웃었다.

11

그로부터 반 각(1시간)쯤 지나 쇼시다이 저택에서 나온 코에츠, 그는 자기의 발이 오미츠가 기다리고 있는 자기 집으로 향하지 않고 스미노쿠라 요이치의 집으로 향하고 있는 데 깜짝 놀랐다.

스미노쿠라 요이치는 본명이 요시다 요이치吉田與市, 엄밀하게 말하면 코에츠에게는 서예의 제자였다. 그것이 어느 틈에 서예에서 벗어나 다도를 통해 취미를 함께하는 친구, 또는 스승처럼 되고 말았다. 세상에서는 요이치를 챠야와 마찬가지로 코에츠의 풍류를 뒷받침하는 후원자로 보고 있는지도 모르지만……

그 스미노쿠라 요이치의 말이 지금 묘하게도 코에츠의 가슴에 차디차게 느껴졌다.

요이치는 평화를 위해 도요토미 가문을 빨리 오사카 성에서 내보내야 한다고 했다…… 그 말과 함께 오늘 뜻밖에도 몇 번이나 화제에 오른 '한 번뿐인 인연'의 마음이 잔잔한 충돌의 파문을 일으켰다.

'스미노쿠라에게 그런 말을 하게 만든 죄는 내게 있다……'

솔직히 코에츠는 좋고 싫은 감정이 격렬한 인간이었다. 극단적으로 타이코를 싫어했고, 심복하고 있는 무장은 이에야스뿐…… 따라서 이에야스를 좋아하는 것이 반대로 타이코를 더욱 싫어하게 한 면도 없지 않았다. 그러나 오늘은 그러한 점이 몹시 마음에 걸렸다.

'나는 아직도 보잘것없는 성품의 인색한 사나이다.'

이 광대한 대우주의 몇 억 년인지 몇 십억 년인지 모를 무한한 시간의 흐름 속에서 같은 시대, 같은 장소에서 우연히 함께 태어난 일본인끼리…… 그런데도 서로 미워하고 미움을 받으며, 싫어하기도 하고 배척을 받기도 하는 것은 얼마나 부끄럽고 옹졸한 일일까……?

'한 번뿐인 인연이라는 다도의 마음을 잊었던 것은 나 자신이었던 모양이다……'

그 영향으로 스미노쿠라 요이치는 그처럼 간단하게 히데요리를 오사카에서 몰아내야 한다고 결정적인 말을 입에 담은 것 같아 여간 신경이 쓰이지 않았다.

'스미노쿠라, 내가 잘못했네. 세상일이란 그렇게 간단하지 않아……'

비록 옳은 주장이라 해도 희생을 무릅쓰고 단행해도 좋을 일은 아닐 것 같다. 만나기 힘든 세상에서 서로 만나게 된 동시대의 인간은 남을 위해서나 자신을 위해서도 서로 진심을 다한다……는 것이 드높은 지혜일 듯.

"나는 말이지, 결코 히데요리 님을 오사카에 두어야 한다는 말은 아니야. 다만, 다만, 냉정하게 내쫓아도 좋을 무책임한 방관자여서는 안 되겠다고 반성한 것이야. 요이치, 제발 부탁일세. 자네에게는 내가 미치지 못하는 연줄도 있을 것…… 어떻게 하면 전란이 일어나지 않고, 어떻게 하면 히데요리 님이 순순히 오사카 성에서 나갈 수 있겠는가…… 큰 마음으로 모두를 위해 생각해주게."

오늘의 코에츠는 그런 말을 하지 않고 자기 집에 돌아간다면 아무래도 불성실하다는 느낌이 들었다. 이타쿠라 카츠시게로부터 '나의 스승……' 운운하는 칭찬을 받은 탓인지도 모른다.

지금 슨푸에서 열심히 '나무아미타불'의 염불을 쓰기 위해 붓을 놀리고 있을 이에야스. 그 또한 한 걸음 한 걸음 대지에 '나무아미타불'의 참된 실천을 새기지 않고는 못 견딜 심정이었다.

'그렇다, 이 역시 한 번뿐인 인연…… 요이치에게 머리숙여 부탁하자. 가련한 히데요리 님을 위해 높은 지혜를 기울여주기 바란다……고.'

반골의 서릿발

1

다테 마사무네가 아사쿠사 병원에서 선교사 소텔을 정식으로 자기 집에 초청해 설교를 듣겠다고 한 것은 그해(케이쵸 17년, 1612) 11월 초 였다. 이유는 자기 딸인 마츠다이라 타다테루 부인이 열심히 권했기 때문……만은 아니었다.

"오고쇼는 잠시도 쉬지 않으시고 염불을 정서하여 벌써 육만 번의 반이 완성되었다."

에도 성에 갔을 때 쇼군 히데타다가 말한 것이 계기가 되었다.

지난해부터 많은 사람이 죽었다. 그래서 이에야스에게 더욱 인생의 무상을 느끼게 한 것인지도 모른다. 사실 지난해 정월부터 마사무네에게도 부고訃告가 잇따랐다고 할 만큼 그칠 사이가 없었다.

유라 쿠니시게由良國繁가 정월 3일.

시마즈 요시히사島津義久가 정월 21일.

총포술의 명인 이나토미 이치무稻富一夢가 2월 6일.

야마시나 토키츠네山科言經가 2월 27일.

이에야스가 쿄토에 올라가 있는 동안에도 잇따라 부고가 왔다.

혼다 야스시게本多康重가 3월 23일.

호죠 우지카츠北條氏勝가 3월 24일.

코토히토 친왕(고미즈노오 천황) 즉위식을 앞두고 4월 7일에는 아사노 나가마사淺野長政가 죽었다. 향년 65세.

'오사카 쪽의 중요한 나무 하나가 말라 쓰러졌다……'

이런 생각을 하면서 마사무네는 이에야스의 양녀와 아들 타다무네忠宗의 혼담을 서둘러 4월 하순에 인연을 맺게 했다.

그뒤 또다시 죽음의 신이 날뛰었다.

사나다 마사유키眞田昌幸가 6월 4일.

호리오 요시하루堀尾吉晴가 6월 17일.

카토 키요마사加藤清正가 6월 24일……

사나다, 호리오, 카토의 연이은 부고를 접하고 그만 마사무네도 소름이 끼치는 느낌이었다. 자기 생명에 대한 공포만이 아니었다. 그것은 역시 도요토미 가문의 운명을 암암리에 연상케 하는 충격이었다.

바로 얼마 전까지 일생 일대의 명연기를 부리겠다고 나고야 성 공사 때 선두에 섰던 그 키요마사의 긴 수염이 사라지고 말았다…… 아니, 그보다 아사노도 사나다도 호리오도 카토도 이를테면 진정한 오사카 편, 지위나 역량의 차이는 있었으나 모두가 당당한 일대의 거물…… 그런데 마치 서로 다투기라도 하듯이 세상을 떠난 사실은 무엇을 암시하는 것일까?

사나다 마사유키는 65세, 호리오 요시하루는 69세이므로 그들은 천수라고 해도 좋다. 그러나 카토 키요마사는 아직 51세 아닌가……

이어서 토쿠나가 나가마사德永壽昌가 7월 10일에 죽고, 그들을 자주 진찰하거나 치료해주던 의사 마나세 쇼린曲直瀨正琳도 8월 9일에 죽었다고 한다…… 그는 아직 47세……

뒤이어 오쿠보 타다치카의 아들 타다츠네忠常가 32세란 젊은 나이로 죽었다. 이 때문에 타다치카는 실의에 빠진 채 인생에 화가 나서 최근에는 좀처럼 등성조차 하지 않는다고 한다……

다테 마사무네가 일부러 소텔을 불러 설교를 듣겠다고 한 것은 그러한 무상無常의 바람을 느꼈기 때문이라는 이유만이 아닌 것은 말할 나위도 없었다……

2

마사무네는 자기 저택으로 소텔을 부르더니 수행원들을 별실에 나누어 옮기도록 한 뒤 가신들에게 접대하게 했다. 그리고 소텔 한 사람만을 자기 거실로 안내하게 했다.

"소텔 님, 처음 만나는군요. 내가 마사무네요, 기억해두시오."

소텔은 잠시 멍한 얼굴로 바라보았다.

물론 두 사람이 정식으로 만나는 것은 이날이 처음이었으나 실은 한두 번의 대면이 아니었다. 눈빛이 다른 소실의 병을 이유로 열 번 이상 만났다.

"알겠습니다. 잘 기억하겠습니다."

잠시 후 소텔은 마른침을 삼키며 고개를 끄덕이고는 스스로도 우스워졌다. 이미 마사무네는 소텔이 보낸 빵의 제조법을 배워 매사냥 때는 이용하고 있다는 말을 들었기 때문이다.

"소텔 님, 귀하는 큰 실수를 저질렀더군요. 비스카이노 장군의 배를 좌초시켰다고요?"

"예, 그것은……"

"변명은 필요치 않소. 쇼군은 심히 노여워하고 있소. 물론 귀하의 속셈을 알고 화를 내신 것…… 그 일을 왜 내게 말하지 않았소?"

소텔의 얼굴이 갑자기 굳어졌다. 그는 아직 이 일을 마사무네와 상의할 필요가 없다고 생각했음이 틀림없다.

분명히 배는 비스카이노의 협박으로 소텔이 일부러 좌초시켰다. 물론 발각되지 않고 끝난다면 그런 무의미한 사건은 아무에게도 말하고 싶지 않다.

적어도 노비스판(멕시코)의 사령관으로서 에스파냐 대왕과 총독 대리를 겸하여 사례하러 온 비스카이노 장군. 그가 실은 황금섬의 발견이 목적인 탐욕스러운 모험가라는 부끄러운 일은 될 수 있는 한 감추고 싶었기 때문이다.

"그럼…… 그 일을 쇼군께서……?"

"내 질문에나 대답하시오. 어째서 사전에 마사무네에게 밝히지 않았느냐는 말이오?"

"비스카이노의 행동이 너무 비열해서 부끄러웠기 때문입니다."

"귀하는 나와 상의하지 않았기 때문에 이 사건이 끌 수 없는 큰 불이 되어가고 있다는 걸 알고 있소?"

"예? 그……그……그것은 아직 전혀."

"그럴 것이오. 그렇지 않다면 내가 부르지 않아도 귀하 쪽에서 먼저 찾아왔을 테지."

실내에는 큰 칼을 받쳐든 소년뿐, 달리 듣는 자도 없었다. 마사무네의 태도는 거칠고, 그 목소리도 방약무인傍若無人한 고성이었다.

"이것 보시오, 소텔 님. 나는 귀하의 설교를 들을 생각은 전혀 없소. 그러나 듣는 체해야 할 정도로 중요한 일이 생겼소. 귀하와 나의 교제를 잘 알고 있는 자가 또 한 사람 쇼군 곁에 있기 때문이오."

"그러면, 그분은?"

"오쿠보 나가야스요!"

마사무네는 내뱉듯이 말했다.

"귀하는 설마 히라도에 오란다와 이기리스 상관이 생긴 사실을 모르지는 않을 것이오. 아니, 그 상관원들이 쇼군이나 오고쇼에게 무슨 말을 하고 있는지도 설마 모르진 않겠지요?"

3

소텔은 차차 침착성을 되찾았다. 다시 본래의 오만한 표정으로 돌아온 그는 고개를 끄덕였다.

물론 히라도에 진출한 오란다 인이나 이기리스 인들의 일을 모를 리 없다. 포르투갈이나 에스파냐 선교사들이 입을 모아 욕을 퍼붓고 있듯이 그들 역시 구교 선교사들은 모두 침략을 위한 펠리페 대왕의 전초병이라 고하고 있을 것이 분명했다.

"그 일을 잘 알고 있기 때문에 오히려 비스카이노 장군의 일을 말하기 거북했습니다."

"잘 알고 있다고?"

"예, 알고 있습니다."

"모르고 있는 거요."

갑자기 마사무네는 사방침을 치면서 꾸짖었다.

"비스카이노가 그 후 무슨 일을 했는지 아시오? 새 선박을 건조할 때까지 귀국을 연기시켜달라고 청원해놓고 안진按針에게서 배를 빌려 에도 만 측량을 시작했단 말이오."

"그러기에 그 모두는 그의 비열한 보물찾기라고……"

"닥치시오. 황금섬이란 원래 없는 것, 그러니 내버려두라는 말이겠지…… 이 사실을 오란다 인이 알고 뭐라고 쇼군에게 보고했는지 아시오? 유럽에서는 타국의, 더구나 군인에게 자기 나라 영해와 해안의 측량을 허락하는 일이 절대로 없다, 그런 일을 허락하면 당장 침략을 받기 때문이다…… 비스카이노가 측량을 시작한 것은 에스파냐 왕에게 일본 침략의 야심이 있고, 그 배가 닿을 장소를 사전에 탐지시키고 있다는 증거, 즉시 그들을 체포하지 않으면 큰일이 난다고 말했단 말이오!"

소텔도 그만 새파랗게 질렸다. 그러나 당황해서 앞뒤 분별을 잃어버릴 소텔도 아니었다.

"당치도 않은 말씀입니다."

그는 우선 한마디로 부정했다.

"비스카이노 장군의 인품에 대해서는 제가 누누이 말씀 드렸습니다. 그렇게 큰 야심을 가졌을 리 없습니다. 증거를 보이라고 하신다면 제가 그 측량도를 빼앗아 쇼군 님께 드릴 수도 있습니다. 앞으로는 쇼군 님도 연안의 해도海圖가 필요하실 것입니다. 그렇다면 오히려 쇼군 님을 위해서도……"

"닥치시오!"

다시 마사무네가 가로막았다.

"그런 잔재주는 더 이상 통하지 않소. 소텔이란 자가 비스카이노와 짜고 일부러 배를 좌초시켜 일본 근해의 측량을 돕다니, 그대로 둘 수 없는 발칙한 자, 빨리 체포해서 진상을 규명하라는 험악한 분위기였단 말이오…… 이 마사무네가 간신히 만류하고 왔소. 그런데도 귀하는 놀라지 않는단 말이오?"

"아니, 이 소텔을 체포하라고……?"

"그렇소. 다른 선교사는 어떨지 모르나 소텔만은 방심할 수 없다, 비스카이노는 에스파냐 사신이므로 쉽게 손을 댈 수 없지만, 소텔만은 체포하여 실토케 해라…… 이렇게 된다는 것을 그대는 여태껏 깨닫지 못했다는 말이오?"

격렬한 어조로 힐문했다. 소텔은 비로소 입을 다물었다. 아마 그 역시 전후 사정이 이렇게까지 자기에게 불리하게 전개되었을 줄은 생각지도 못했을 터. 입가 근육이 씰룩씰룩 경련하기 시작했다.

4

소텔이 사태의 심각성을 깨달았음을 알아차린 다테 마사무네는 태도를 바꾸었다.

소텔의 지혜는 보통이 아니었다. 생각할 기회를 주면 반드시 살아날 길을 찾을 수 있는 사나이라고 마사무네는 생각하고 있었다.

"으음……"

소텔은 푸른 눈동자를 날카롭게 빛내며 중얼거렸다.

"그렇다면 이 소텔은 오쿠보 일파와 혼다 부자의 정쟁政爭에 말려든 셈이군요."

"그렇소."

마사무네는 짤막하게 대답했다.

"나가야스가 혼다 마사즈미 휘하의 도신同心° 오카모토 다이하치를 화형에 처한 사실은 알고 있겠지요?"

"그것은 이미……"

"아리마 슈리노다이부도 영지를 몰수당하고 나가야스에게 연금당한 상태…… 이렇듯 사태는 모두 혼다 부자에게 불리하게 됐소. 귀하는 그 나가야스와 절친한 사이오. 혼다 부자의 미움을 받는다 해도 어쩔 수 없는 일이오."

"그것도 이미 알고 있습니다마는……"

"알고 있었다면 어째서 지금까지 내버려두었소? 나가야스와 절친한 소텔이란 자는 비스카이노와 협력하여 그의 귀국선을 일부러 좌초시켰다. 그리고는 그자를 일본에 머물게 하고, 유럽에서는 결코 허용되지 않는 타국 연안을 측량시키고 있다……"

"으음."

"그뿐 아니라, 파손된 배를 일부러 사카이 항에 갖다대고, 비스카이노를 동반해 오사카의 히데요리를 방문하고는 그 자리에서 만약의 경우에는 언제든지 펠리페 대왕이 대함대를 보내 히데요리를 편들 것이라고 호언장담했다……"

"아니…… 그런 일까지 벌써 쇼군 님의 귀에……?"

"안 들어갈 줄 알았소? 오사카 성에는 도요토미 가문 편과 도쿠가와 가문 편이 반반이란 말이오."

소텔은 그만 얼굴을 옆으로 돌렸다.

그 사실까지 알려졌다면 일이 간단치 않으리라고 깨달은 듯. 깨닫고 나니 소텔은 마사무네의 생각은 별도로 하더라도 스스로 자위책을 강구하지 않으면 안 되었다.

"천천히 생각해보시오. 오카모토 다이하치 사건으로 혼다 부자는 최소한 세상으로부터 오해를 받는 불리한 입장에 처해 있소. 다이하치가 갈취한 은이 너무 많으니까. 과연 다이하치가 혼자 사용했을까……? 이런 의혹이 혼다 부자에게는 견딜 수 없는 일 아니겠소……?"

"……"

"그래서 나가야스와 절친한 귀하를 체포해 이런 자백을 들으려고 하는 거요. 비스카이노를 일본에 머무르게 하여 연안을 측량시킨 것도, 히데요리를 만나게 한 것도 모두 나가야스의 의중에서 나왔다, 나는 부탁을 받았기 때문에 별다른 생각 없이……"

"무츠노카미陸奧守 님."

소텔은 이 정도의 힐문으로 쉽게 손을 들 인물이 아니었다.

"지금 그 말씀을 듣고 보니 이 가문으로서도 큰 사건이 아닐 수 없군요. 오쿠보 나가야스 님은 저 이상으로 귀하와 친교가 깊지 않습니까? 더구나 귀하의 소중한 사위님의 싯세이執政°이기도 합니다. 나가야스 님이 이 일은 무츠노카미 님이나 카즈사노스케 님과도 충분히 상의한 끝에…… 이런 말이라도 하게 되면 어떻게 될까요……? 저는 귀하의 지시에 따르고 싶습니다."

은근히 마사무네를 물고늘어졌다.

5

마사무네가 이처럼 나를 불렀다, 부른 이상 그에게도 어떤 생각이 있을 것…… 소텔은 이렇게 배짱을 굳힌 모양이었다.

그렇다면 먼저 의견을 말해야 할 사람은 소텔이 아니라 마사무네. 우선 마사무네의 의견을 냉정히 분석하여 불충분한 점이 있으면 소텔의 지혜로 보충해나간다……

"쫓기던 새가 품속에 날아들면 사냥꾼도 쏘지 않는다……는 속담이 일본에 있더군요. 소텔은 바로 그 가련한 새입니다. 사실 비스카이노가 오사카 성에서 그런 해괴한 말을 했을 때는 저도 난처했습니다. 이 얼마나 어리석은 자와 동행하게 되었는가…… 그 때문에 나의 고생은 수포로 돌아가지나 않을까…… 하고. 황금에 눈먼 그에게는 통하지 않았습니다. 의기양양하여 사방에 마구 허풍을 떨었습니다. 물론 이 일과 측량을 결부시켜 문책하면, 우리에게 일본 점령의 의도가 있다는 오해를 받아도 변명할 여지가 없습니다. 무츠노카미 님, 이 가련한 새를 구해주십시오."

마사무네는 입술을 일그러뜨리고 혀를 찼다.

물론 마사무네도 처음부터 구할 길이 꽉 막혀 있다고 보았다면 이렇게 나섰을 리 없다. 그에게는 천성적인 반골叛骨 기질과 어떤 경우에도 화를 복으로 전환시킬 만한 자신이 있었다.

"곤란한 사람이로군."

마사무네는 불쑥 말하고 한숨을 쉬면서 ——

"우선 탄원서부터 쓰시오."

엄하게 말했다.

"비스카이노가 귀하를 협박하기 때문에 곤란하다는 점과 그의 정체를 귀하가 먼저 털어놓으라는 것이오. 그를 아무리 나쁘게 말해도 표면상으로 에스파냐 사신이므로 체포당할 우려는 없소. 체포하면 일이 곤란해지니까. 그러니 하루라도 빨리 그를 일본에서 추방해달라고 정중하게 청원을 하는 거요."

"으음……"

"그가 오사카 성을 보고 싶다고 고집해 할 수 없이 동반했더니 방자하게도 이러이러한 실언을 했습니다. 이런 사람을 오랫동안 일본에 머물게 하면 저희 선교사 일동에게 여간 폐가 되지 않습니다. 그의 측량은 황금섬이 목적이지만, 그 측량도가 다른 나라의 손에 넘어간다면 일본에 불리해지므로 제가 목숨을 걸고 빼앗아 쇼군 님께 바치겠습니다, 저는 일본의 은혜에 보답하기 위해 큰 배를 건조하여 교역발전에 미력을 다하고자 합니다……라고."

"그것을 무츠노카미 님이 쇼군에게 보여드리시겠습니까?"

"그럴 수밖에 없지 않겠소? 나도 변호하리라. 소텔은 일본을 위해 없어서는 안 될 귀중한 성자라고 생각하니 비스카이노나 오쿠보 나가야스 같은 자와는 같이 취급하시지 말라고."

"저어, 오쿠보 나가야스 같은 자와는……?"

"그렇소. 혼다 부자가 언짢게 여기는 것은 나가야스와 사가미노카미 相模守(오쿠보 사가미노카미 타다치카)요. 그들과는 부득이하게 교제는 하고 있으나 마음을 터놓을 정도의 친구는 아니다……는 것을 보여주지 않으면 가련한 새가 멀리 날아갈 수 없지 않소?"

이렇게 말하고 마사무네는 다시 침통한 표정이 되어 생각에 잠겼다. 아직도 뭔가 마음에 걸리는 일이 있는 모양이었다.

6

'소텔의 문제는 결코 우리 가문과도 무관하지 않다.'

다시 한 번 마사무네는 처음부터 사건의 과정을 더듬어보았다. 소텔이 좌초시킨 배는 수리가 불가능할 만큼 크게 파손된 것은 아니었다……는 사실이 어떻게 해서 쇼군 히데타다의 귀에 들어갔을까?

마사무네로서는 그것이 몹시 마음에 걸리는 일이었다.

소텔은 비스카이노의 협박을 거절하면 일본의 대사제라는 지위에 오르려는 그의 야심이 좌절될 것이 두려워 복종했다……고 마사무네 자신은 생각하고 있었다. 그러나 이 일은 해상의 사건, 육지에 있는 자에게 누설될 리 없었다. 그런데도 쇼군은 알고 있었다.

"소텔이라는 자는 방심할 수 없는 괴한인 모양이오. 자기 말로는 일본의 교역을 넓히기 위해서는 노비스판만이 아니라 에스파냐 본국이나 로마에까지 사신으로 가겠다……고 하면서도 실은 일본을 떠날 마음이 없는 모양이오."

그 말을 들었을 때 마사무네는 오싹 소름이 끼쳤다.

분명히 그렇다……고 마사무네도 생각했다. 소텔은 정말 일본에 정착하고 싶어했다. 그것도 모든 신도들의 위대한 지배자로서……

"그 배는 수리가 불가능할 만큼 파손되지는 않았다고 하오…… 그런 데도 일부러 사카이 앞바다에 침몰시켰다고 하더군요. 그것도 오사카 성으로 히데요리 님을 방문하고 나서…… 무츠노카미 님도 조심해야 할 것이오."

쇼군 히데타다에게 이런 주의를 받았다는 것은 이미 히데타다가 다테 가문과 소텔의 관계를 잘 알고 있다는 증거였다. 소텔은 마츠다이라 가문에 출입하면서 타다테루 부인의 사부가 되었다. 게다가 오쿠보 나가야스와 친교를 맺고 있고 마사무네와도 만나고 있다……고 주목하고 있을지도 모른다.

그때 마사무네는 태연하게 대답했다.

"그러면 소텔을 집으로 초대하여 설교를 듣는다는 형식으로 슬쩍 그의 야심을 떠보기로 하지요."

오늘 이처럼 마사무네와 소텔이 대면하고 있는 사실은 이미 쇼군도 알고 있다.

"소텔 님, 그 탄원서에 대한 일은 그 정도로 하면 되겠는데, 또 한 가지 납득이 안 가는 것이 있어요. 설마 귀하는 이 마사무네를 속일 생각은 아니겠지요?"

"천만의 말씀입니다. 어째서 무츠노카미 님을?"

"그렇다면 묻겠소…… 쇼군 님은 어떻게 배가 대파되지 않았다는 것을 알았을까요? 누구에게 그 사실을 확인시켰다고 생각하시오?"

소텔은 천천히 고개를 갸웃거렸다.

"어쩌면…… 우리가 오사카에 가 있는 동안에 사카이 선원들이 가까이 가서 확인한 것이 아닐까 하는데요……"

"타지 못할 만큼 대파됐다면 어째서 사카이에 도착했을 때 침몰시키지 않았소?"

가벼운 어조였으나 질문받은 소텔의 표정은 미묘하게 흐려졌다.

"무슨 일에나 사려 깊기로는 나보다 뛰어난 귀하가 아니오? 그러한 사람이 즉시 침몰시키지 않았다는 데는 이유가 있을 것이오. 그 이유가 알고 싶군요."

소텔은 시선을 다른 데로 돌리고 잠시 침묵했다. 무언가 밝히기 어려운 사정이 숨겨져 있는 모양······이라고 마사무네는 판단했다.

7

"실은······"

잠시 사이를 두고 소텔은 가만히 사방을 둘러보았다.

"그 배를 침몰시킬 수 없는 사정이 있었습니다."

"침몰시킬 수 없는 사정이······ 귀하에게 말이오?"

마사무네는 점잖게 반문했다.

"예······ 몰래 다른 곳으로 옮겨 그대로 이용할 수 있게 했으면······ 아니, 그렇게 해줄 수 없겠느냐고 은밀히 말한 사람이 있었습니다."

"허어······ 그가 누구요?"

"그것까지······ 말씀 드려야 하겠습니까?"

"아니, 귀하의 자유요. 다만 내게도 말할 수 없다······면 나의 협력도 자연히 한계가 생길 것이오. 그렇지 않겠소?"

소텔은 두 손을 앞으로 내밀고 아주 난처하다는 듯이 그 손을 맞잡았다.

"말씀 드리지요. 무츠노카미 님의 소중한 사위이신 카즈사노스케 타다테루 님과 연고가 있는 분입니다."

"으음, 그렇다면 오쿠보 나가야스요?"

"예. 저는 이와미노카미 님에게 비스카이노 장군에게 협박받았다는 사실을 말했습니다. 그 무렵에 부탁을 받았습니다."

마사무네는 조금 다가앉듯이 가만히 사방침을 앞으로 내밀었다.

"이와미노카미 나가야스가 무슨 목적으로 그런 부탁을 했다고 생각하시오?"

"카즈사노스케 님을 받들어 세계의 바다로 진출하기 위해……"

"카즈사노스케를 받들다니?"

"쇼군 님은 무슨 일이든지 오고쇼 님의 의견에 따라 움직이십니다. 그러나 오고쇼 님도 이제는 연세가 연세인 만큼 언제 돌아가실지 모릅니다. 그때는 카즈사노스케 님을 받들고……"

그토록 대단한 다테 마사무네도 이 말은 더 이상 들을 수가 없었다. 그렇다면 이에야스가 죽은 뒤 쇼군 형제는 어쩔 수 없이 갈등 속으로 뛰어들게 된다.

"이제 알겠소. 그러나 이런 중대한 부탁을 받고도 어째서 오사카에서 돌아와 태워버렸소?"

"오사카에서 비스카이노가 너무나 방자한 말을 했기 때문입니다. 이소텔에게는 오사카와 에도를 싸우게 하거나 쇼군 님과 동생을 다투게할 마음이 추호도 없습니다. 그러나 배를 이와미노카미 님에게 넘겼다는 사실이 알려지면 그런 속셈이 있었다고 간주해도 해명할 수단이 없습니다."

마사무네는 안도하고 두세 번 크게 고개를 끄덕였다.

그 마음이 소텔의 본심인 듯. 그는 교권을 수중에 넣고 싶기는 하나 일본을 다시 전란의 나라로 만들고 싶은 생각은 없을 터였다.

"그렇다면 오사카 성에 갔을 때 어쩌면 에도와 오사카가 싸울지도 모른다고 느꼈다는 말이오?"

"그렇습니다."

소텔은 다시 사방을 가만히 둘러보았다.

"교묘한 선동자가 나타난다면…… 아니, 선동자가 들어갈 틈이 충분히 있다……는 생각이 들었기 때문에 이 소텔은 서둘러 배를 침몰시켰습니다."

마사무네는 고개를 끄덕이는 대신 이번에는 정원으로 시선을 옮겼다. 어느 틈에 밖에서는 찬비가 내리고 있었다.

8

마사무네는 묘하게도 씁쓸한 웃음이 떠올랐다. 그가 보기에 과연 그렇구나 하고 탄복할 만한 '야심'은 아무도 가지고 있지 않았다.

'모두가 어느 정도는 어수룩하다……'

소텔의 속셈은 완전히 간파했고, 오쿠보 나가야스는 마사무네 쪽에서 주의하여 멀리하지 않으면 안 될 만큼 경솔한 일면이 있었다.

나가야스나 그 배후에 있는 오쿠보 타다치카가 무슨 일인지 혼다 부자를 의심하고 있다는 것뿐, 아리마 하루노부 사건도 오카모토 다이하치 사건도 조금도 단서가 잡히지 않았다.

'오사카를 교묘히 선동하는 자가 있다면 전쟁이 벌어질까……?'

소텔의 말 가운데서 약간 관심을 끄는 대목은 이뿐이었다.

경계가 필요한 것은, 소텔마저도 이에야스가 죽은 후 쇼군과 타다테루 형제의 분쟁을 있을 수 있는 일로 생각하고 있다는 점이다. 나가야스의 꿈이 영향을 끼친 것으로, 이런 일은 마사무네의 재량 여하에 따라 이렇게도 저렇게도 할 수 있는 일이었다.

'누군가가 한번 결정적인 소란의 씨를 뿌려주지 않을까……?'

마사무네의 경우 혼아미 코에츠와는 전혀 생각이 달랐다. 자기가 경솔하게 나서서 꼬리를 보일 정도로 어리석지는 않았다. 그러나 남이 시도하는 소동이라면 재미있을 것이라고 생각한다. 물론 그 속에 뛰어들어도 자기만은 손해를 보지 않고 헤엄칠 수 있다는 자신감과 기대가 있기 때문이다.

솔직하게 말해서 마사무네는 소텔에게 사실을 실토하게 하고는 실망했다. 작은 가시가 몇 개 꽂혀 있기는 했다. 그러나 그 이상의 아무것도 아니었다.

'진정한 평화 시대를 건설할 생각이라면 좀더 거센 풍파에 과감하게 부딪쳐보는 것이 좋다……'

마사무네는 술상이 나왔을 때.

"좀 추워졌는데 일본식으로 뱃속부터 따뜻하게 해볼까요?"

소텔에게 붉은 칠을 한 큼직한 잔을 건네고 자신이 먼저 시음했다. 그러면서 또다시 우스운 생각이 들었다. 사람들이 모두 소심해지고 어디를 보나 멍청이뿐이라면 시음할 필요가 없는 세상이 될 터.

'그게 모두가 바라는 평화로운 세상일까. 그렇다면 평화란 그 얼마나 따분하고 멋없는 것일까.'

"그런데 무츠노카미 님은 오사카와 에도 사이에 분쟁이 없을 것으로 보십니까?"

"글쎄요, 어지간한 바보가 나타나지 않는 한 그렇게는 되지 않을 것이오. 무릇 싸움이란 쌍방 모두 이긴다고 판단했을 때에나 일어나는 법이니까."

"저는 반드시 그렇다고는 생각지 않습니다. 그래서 서둘러 배를 침몰시켰습니다만."

"하하하…… 오사카에서는 대등한 싸움을 할 수 있다……고 생각하는 자가 있었다는 말이오?"

"예…… 반수 이상이 그렇게 생각하는 것 같습니다. 그러므로 오란다, 에스파냐 등 선동자가 나타난다면 결국은……"

"그만 됐소. 그렇게는 안 될 것이오, 되지 않아요. 쇼군 님에게는 내가 한 번 더 중재하겠으니 아까 말한 탄원서를 잊지 마시오……"

내뱉듯이 말한 마사무네는 불쾌함을 감추기 위해 상 위의 젓가락을 집어들었다.

'이것으로 다시 무사히 평온을 유지할 수 있게 됐어. 오고쇼는 정말 운이 좋은 분이야……'

9

다테 마사무네가 아사쿠사 병원의 성자 소텔을 일부러 집에 초청하여 설교를 들었다는 소문은 얼마 되지 않아 에도 전체에 퍼졌다. 아니, 에도에 있는 여러 다이묘들에 의해 전국으로 퍼졌을 터.

다테 마사무네는 본텐마루梵天丸라고 불리던 여섯 살 때부터 토야마遠山 카쿠한 사覺範寺의 코사이虎哉 선사에게 양육되고 그의 지도로 완성된 호쾌한 무장으로 알려져 있었다.

코사이 선사는 미노美濃의 카타가타고리方縣郡 마바세馬馳 출신으로, 같은 미노 출신인 고승 다이츠치쇼 코쿠시 카이센大通智勝國師快川의 제자이다. 카이센이 코슈의 에린 사惠林寺에서 오다 군에 의하여 절을 소실당할 때 ──

"그 불, 참으로 시원스럽게 타는구나."

소리치고 불 속에 뛰어들어 당시의 무장들을 놀라게 한 일이 있었다. 그 카이센에게 양육되어 스무 살이 넘었을 무렵부터 이미 소년대사라고 불렸을 정도인 수재가 바로 이 코사이 선사다.

다테 마사무네의 아버지 사쿄노다이부 테루무네左京大夫輝宗는 정실 모가미最上 씨와의 사이에 맏아들이 태어나자 본텐마루라는 불교

취향의 이름을 붙이고, 그때부터 교육할 자를 승려 중에서 구했다. 마사무네가 여섯 살 때인 겐키元龜 3년(1572)에 요네자와米澤 근교의 시후쿠 사資福寺에 초청되어 마사무네의 스승이 된 것이 코사이 선사…… 더구나 이 코사이 선사는 그때부터 계속 마사무네의 스승으로 있으면서 여든두 살까지 살았다. 여섯 살의 마사무네가 마흔다섯 살이 될 때까지 가르쳤으니, 39년에 걸쳐 사제관계가 지속된 셈이었다. 이 또한 세상에서 모르는 사람이 없었다.

그런 마사무네가 천주교도의 설교를 듣기 시작했다……니 큰 화제였음이 틀림없다. 어떤 자는 딸인 타다테루 부인의 영향 때문이라고 하고 또 어떤 사람은 오쿠보 타다치카의 권유에 의한 것이 아닐까 하는 소문도 퍼뜨렸다.

물론 이를 그러한 신앙상의 문제로 보지 않는 견해도 없지 않았다. 마사무네는 세상에 흔한 선승禪僧 이상의 무장이었다. 목적은 신앙에 있는 것이 아니라, 결국 다테 마사무네도 천주교를 이용해 해외무역에 나서지 않을까 하는 상당히 비판적인 견해가 그것이었다.

소문이 두 가지로 나누어지면 반드시 그 중간을 취하는 자도 나타난다. 곧 타다테루 부인의 영향도 있고 오쿠보 타다치카나 나가야스의 권고도 있었을지 모른다, 단지 그것만으로 간단히 종교를 바꿀 마사무네는 아니다, 오히려 '이용'을 계산에 넣었다……고.

이럴 때 또 하나 다른 소문이 퍼지기 시작했다. 문제의 소텔이 머지않아 바쿠후에 체포되어 사형을 선고받으리라는 소문이었다.

이 경우 소문은 꽤나 거칠었다. 소텔은 자진하여 비스카이노의 배에 탔으면서도 주의 부족으로 항해를 그르쳐 조난 끝에 침몰하게 했다. 그래서 쇼군 히데타다는 —

"……공연히 말만 앞세우는 자."

이렇게 격분하고 있다고. 주위 사람들이 여러 가지로 해명했으나 그

분노가 커 무사할 것 같지 않다, 그러므로 곧 체포될 것……이라는 무시무시한 소문이었다.

10

소문이란 고금을 통해 그야말로 이상한 힘을 가지고 인심을 마구 휘젓는 괴물이었다. 어떤 때는 이 소문이 뜻밖에도 바른 여론의 근원이 되기도 하지만, 어떤 경우에는 손을 쓸 수 없는 폭동이나 폭행의 원인이 되기도 한다.

아사쿠사 병원의 성자 소텔이 체포된다는 소문을 듣고 에도의 천민들이 병원 주위에 떼지어 모여들었다. 만일 관리가 소텔을 체포하러 간다면 포졸과 군중 사이에 싸움이 벌어질 것이다…… 아니, 이 반란과도 같은 소동은 결코 아사쿠사에 국한되지는 않는다. 전국 방방곡곡에 흩어져 있는 천주교 신자들이 이에 호응하여 지난날의 잇코 신도의 반란을 능가하는 전국적인 대소동으로 발전할 것이 분명하다.

실제로 칸다神田 모처에서는 이 소동을 기화로 한 번 더 세상에 나가겠다고 하면서 세키가하라의 잔당인 듯싶은 떠돌이무사가 큰 칼을 메고 행방을 감추었다.

"그 떠돌이무사라면 나도 알고 있다. 매일 아침 태양을 향해 손뼉을 치면서 천하대란, 천하대란…… 하면서 빌고 있던 자야."

어디까지가 진실이고 어디까지가 조작인지는 알 수 없었다. 이 때문에 부교 츠치야 곤에몬 요시마사土屋權右衛門由政는 시중에 첩자를 내보내고 있다고 했다……

그러던 어느 날 다테 마사무네가 등성하여 본성 작은 서원書院에서 쇼군 히데타다와 회담했다.

히데타다는 손위인 마사무네를 전투에서 아버지의 조력자로, 동생 카즈사노스케 타다테루의 장인으로 충분히 경의를 표했으며, 어조도 무척 공손했다.

"그렇다면 소텔은 별로 큰일을 저지르지 못한다고 보셨습니까?"

옆에는 혼다 사도도 도이 토시카츠土井利勝도 없었다. 그 대신 신변 보호를 위해서인지 야규 무네노리柳生宗矩*가 혼자 담담한 표정으로 입구에 앉아 정원의 겨울 풍경을 바라보고 있었다.

"소텔은 탄원서에 있는 바와 같이 비스카이노의 협박에 당황하고 있다……는 정도인 것 같습니다."

"오쿠보 사가미노카미에게도 비스카이노를 데리고 갔었다는 말을 들었는데요."

"그 역시 강요를 받고 마지못해 동행한 것이 아닌가 합니다."

"으음."

쇼군은 다이묘 중에서도 원로인 그에게는 말도 깍듯했으나 감정도 드러내지 않았다. 냉정하고 예의 바르게, 그러나 결코 흉금을 털어놓고 대하는 형식은 취하지 않았다.

한마디 한마디를 깊이 음미하여 반추하고 나서 다음으로 생각을 옮기는 식이었다.

'빈틈없는 사람……'

마사무네는 가끔 쇼군의 그런 모습에 감탄하기도 하고 우스워지기도 했다.

"실은 요즘 오쿠보 사가미노카미가 전혀 등성을 하지 않습니다."

"어디 몸이 불편하기라도……?"

말을 꺼내다가 마사무네는 문득 생각이 났다.

"역시 맏아들 타다츠네 님을 잃었기 때문에…… 그래서 낙심하고 계신 탓이 아닐까요?"

"예, 나도 그렇게 생각합니다. 그런데…… 타다츠네도 독실한 천주
교도라고 들었습니다만."

마사무네는 다시 자신의 생각이 빗나가는 순간 저도 모르게 섬뜩한
생각이 들었다.

'쇼군은 무슨 말을 하려는 것일까……'

11

"타다츠네 님은 분명히 서른두 살이라고 들었습니다마는……"

마사무네는 다시 화제를 오쿠보 타다치카 쪽으로 돌렸다.

"서른두 살이라면 남자로서 한창 나이, 아버지 입장으로 볼 때 견딜
수 없는 타격이겠지요."

"그러기에 마음에 걸립니다. 소텔은 천주교도이므로 다른 신앙은 모
두 사교邪教라고 합니다."

히데타다는 냉정하게 말을 이었다.

"그야…… 그렇겠지요."

"사람은 강하면서도 약합니다. 자식의 죽음을 사교를 신앙했기 때문
이라고 한다면 마음이 흔들릴지도 모르지요."

"죄송합니다마는, 소텔은 그런 사소한 인간의 약점 따위는 찌르지
않으리라 생각합니다."

"가령……"

히데타다는 고개를 갸웃하고 말을 이었다.

"사가미노카미의 불성실한 태도와 각지에 있는 천주교도 반란 소식
이 하나가 된다…… 곧 오쿠보 사가미노카미도 실은 천주교 봉기에 동
조할 마음으로 최근에는 출사도 하지 않는다…… 이렇게 선동하는 자

가 있다면 어떻게 될까요?"

다테 마사무네는 그 말에 일부러 내뱉듯이 대꾸했다.

"그렇다면 출사하도록 엄히 분부를 내리셔야지요."

히데타다는 몇 번이나 가만히 고개를 끄덕였다.

"그러면 소텔에 대한 처리는?"

"주군의 의견부터 먼저 듣고 싶습니다."

"실은……"

히데타다는 다시 화제를 돌렸다.

"오와리尾張 이누야마의 성주 히라이와 치카요시가 나고야 성에서 그만…… 오고쇼 님은 그 일로 몹시 불쾌해하십니다."

"히라이와 님……이라면, 노쇠해서 그런 거지요."

"예, 올해 일흔 살이니……"

"노쇠하지만 먼저 죽는 것은 불충…… 그래서 오고쇼 님은 불쾌하신 것일까요?"

"그렇습니다……"

실은 히라이와 치카요시가 그 무렵 새로 쌓은 나고야 성 둘째 성에서 죽었다.

이에야스가 인질로 슨푸에 있던 타케치요竹千代 시절부터 고락을 함께해온 치카요시, 그는 이에야스의 후계자 히데타다에게는 형인 노부야스를 키우고, 고로타마루 요시나오의 사부로서 이누야마 성주로 있던 도쿠가와 가문의 중신이었다.

히데타다는 일부러 아베 시로고로 마사유키阿部四郎五郎正之를 보내 나고야에서 문병케 했다. 문병 중에 치카요시가 죽었다.

죽은 장소가 새로 지은 나고야 성 안이었다는 일로 문제가 생겼다. 평생을 도쿠가와 가문에 바친 이 노인은 잠시라도 새로운 나고야 성과 그 성주인 고로타마루 요시나오…… 그때는 이미 종3품 우콘에곤노츄

164

죠 산기右近衛權中將參議가 되어 있었으나…… 곁을 떠나고 싶지 않았던지, 끝내 거성인 이누야마 성으로 돌아가지 않고 죽었다.

이 사실을 알고 이에야스는 몹시 불쾌하게 여겼다. 진작부터 이런 사태에 대비해 측근 중에서 나루세 마사나리와 타케코시 마사노부竹腰正信 두 사람을 중신으로 보내놓았다. 정이 들었다는 이유에서 노쇠한 몸으로 나고야에 있을 것이 아니라, 당연히 이누야마 성으로 돌아가 당당하게 죽어야 한다는 것이 이에야스의 의견이었다.

'치카요시 녀석, 망령이 들어서……'

히데타다는 그 일과 현재와 같은 오쿠보 타다치카의 태만을 저울질하며 마사무네에게 묘한 질문을 던졌다……

12

"오고쇼도 꽤나 무리한 말씀을 하시는군요…… 일흔 살이라면 치카요시 님도 천명, 죽지 말라고 해도 이것만은……"

마사무네는 일부러 질문의 과녁에서 벗어나며 웃었다.

히데타다는 웃지 않았다. 신중히 무언가를 마사무네에게 이해시키려 하는 것 같았다.

"아무리 노쇠했다고 하지만, 죽음 직전에 이성을 잃는다면 수양이 부족하다고 하시더군요."

"하하하…… 이것 참, 과하신 말씀을. 하기야 카이센 대사는 불조차도 시원하다고 하시며 앉은 채 돌아가시고, 저의 스승 코사이 스님도 같은 말씀을 하시며 이 마사무네를 꾸짖었습니다마는……"

"무츠노카미 님, 나는 오고쇼 님의 그런 말씀이 무리하다고는 생각지 않습니다."

"당연한 일입니다."

"천하를 담당할 만한 자가 수양에 부족함이 있어서는 안 된다, 그러므로 이 히데타다도 만일의 경우 언제 목숨을 잃는다 해도 후회하지 않을 준비는 늘 하고 있어야 한다고 생각합니다."

"황송합니다. 그 마음가짐이 있으시기에 쇼군이지요."

"그건 그렇고, 소텔 말씀입니다마는……"

히데타다는 이렇게 말하고 옷매무새를 바로 잡았다.

"역시 일단 체포하는 것이 좋으리라 생각되는데 어떨까요?"

마사무네는 흠칫했다. 그가 생각하던 것보다 한층 더 히데타다는 꼼꼼한 성격을 노골적으로 드러냈다.

"물론 주군이 그렇게 생각하신다면 마사무네로서는 아무런 이의도 없습니다."

"그렇게 간단히 단안을 내리면 사려가 깊지 못하다는 비웃음을 사겠지요. 실제로 무츠노카미 님 같은 노련하신 분이 이렇게 탄원서까지 전해주시니…… 그럴 만한 이유가 있지 않겠습니까?"

마사무네의 겨드랑이에서 땀이 흘러내렸다. 뜻밖에도 히데타다는 날카롭게 나왔다.

"하하하……"

이렇게 되면 마사무네도 좀더 사나운 본성을 드러내어 대할 수밖에 없었다.

"그럼 주군은 마사무네가 탄원서를 가져온 것은 구명운동……이라고 보시는군요."

"그렇지 않습니다. 소텔은 남만인, 남만인의 습성을 히데타다는 잘 알지 못합니다. 그러므로 체포하여 근거 없는 소리를 들어 세상을 시끄럽게 하는 일이 있어서는 안 된다는 생각에서 그러는 것이지요."

"소텔은 제 사위인 마츠다이라 타다테루의 내전에도 출입하고 또한

166

오쿠보 사가미노카미, 오쿠보 이와미노카미에게도 설교하러 온다고 듣고 있습니다. 그러므로 어쩌면 구명을 위해 이상한 소리를 할지도 모르겠군요."

"무츠노카미 님."

"예."

"이 히데타다는 지금 그런 소문을 문제삼으려는 게 아닙니다."

"허어……"

"무츠노카미 님에게 소텔을 구하려는 생각이 있으신지를 알고 싶습니다."

또다시 급소를 찔렀다. 마사무네의 외눈이 무섭게 빛났다. 불쾌했다. 하는 말마다 조리가 서 있었다. 그런 만큼 불쾌감이 겹쳤다.

'큰그릇이 아니다. 하찮은 자의 날카로움에 불과하다.'

13

"주군, 참으로 이상한 말씀을 하시는군요."

마사무네는 일부러 상반신을 앞으로 내밀었다.

"어쩐지 이야기가 거꾸로 되는 것 같습니다."

"그럴까요……?"

"거꾸로지요. 이 마사무네는 젊었을 때부터 오고쇼를 따르고 지금은 이중으로 인척, 그 인연을 망각하고 있는 자가 아닙니다."

"무슨 말씀을 하십니까…… 그러기에 이 히데타다도 이처럼 마음을 열고……"

"주군!"

이번에는 마사무네가 목소리를 높였다.

"어째서 소텔을 체포할 테니, 그 후에 구명을 하라든가 구명해서는 안 된다고 확실히 말씀하시지 않습니까?"

"허어……"

"마사무네는 주군과 일심동체, 주군의 생각대로 행동합니다. 주군은 쇼군이십니다."

"……"

"어째서 이 마사무네를 꺼리십니까? 마사무네가 이 탄원서를 가져 온 것은 세상일을 조금이라도 더 널리 아시게 하려는 뜻에서입니다. 도 둑에게도 때로는 할말이 있다는 속담도 있습니다…… 측근의 의견만 듣고 있으면 자신도 모르는 사이에 몹시 시야가 좁아집니다. 이는 오고 쇼 님이 잠시도 잊지 않으시던 교훈…… 결단은 언제나 주군이 내리실 일, 저는 그 명을 받들어 잘못이 없도록 하는 것만이 중요한 일입니다. 그리고 그것이 각자의 본분이라고 생각합니다."

히데타다는 조용히 고개를 끄덕이면서 눈을 감았다.

'이 하찮은 녀석……'

마사무네는 다시 마음이 초조해졌다.

'더 이상 강하게 나가서는 안 된다……'

그래서는 자신이 상대에게 느끼는 불쾌감이 그대로 전해진다.

"그렇군요……"

잠시 후 히데타다가 눈을 떴다.

"그럼, 이렇게 합시다. 소텔은 일단 체포해야 합니다. 오고쇼나 나의 명으로 출항시킨 배를 고의로 침몰시켰으니까요. 아니, 고의가 아니라 실수였다……고 해도 일단 체포는 합니다."

"물론입니다."

"체포는 하지만 조사는 하지 않겠습니다."

"허어."

"쓸데없는 말을 하게 한들 무슨 소용이 있겠습니까. 그러니 무츠노카미 님이 즉시 구명을 청하도록 하십시오."

"구명을……? 알겠습니다."

"다른 분도 아닌 무츠노카미 님의 구명청원이므로 신병을 일단 맡기겠습니다. 그러나 물론 에도에 머물게 할 수는 없습니다."

"으음."

"소텔의 신병은 곧 영지로 옮기십시오."

마사무네가 처음부터 생각하고 있던 것과 똑같은 조처였다.

'이 하찮은 녀석이 실컷 골탕을 먹이더니 이쪽 생각대로 하는군.'

이렇게 생각하고 마사무네는 거창하게 허리를 구부렸다.

"놀라우신 결단! 마사무네는 정말 탄복했습니다."

14

말이란 묘한 것이다. 상대가 만일 이에야스였다면 마사무네도 이처럼 속이 들여다보이는 인사는 하지 못했을 터였다. 말 안에 상대의 역량이 잘 드러나 있기 때문이다. 그러나 상대가 하찮은 미숙자…… 아니, 미숙하다고까지는 할 수 없더라도 자기와는 아직 격차가 있다…… 고 생각될 때는 태연히 마음에도 없는 말을 할 수 있다.

'어차피 알지 못한다……'

이러한 멸시가 사람을 거짓말쟁이로 만든다. 세상에서는 이를 두고 '손바닥 위에서 가지고 논다' 고 하는지도 모른다.

히데타다는 안도했다는 듯이 가만히 한숨을 쉬었다. 소텔을 구명하여 인수하라는 말을 할 때까지 몹시 신경을 썼기 때문이다.

"그럼, 도이 오이土井大炊에게 명해 그렇게 하겠으니 부탁합니다."

"잘 알겠습니다. 결코 심려를 헛되게 하지 않겠습니다. 소텔을 즉시 영지로 보내 그가 침몰시킨 배보다 몇 배나 훌륭한 배를 만들게 하겠습니다."

"으음, 그렇게 해서 속죄를 시키려고요?"

"예. 인간의 능력을 썩이는 것은 손해. 선박 책임자인 무카이 쇼겐向 井將監 등과 상의하여 반드시 주군의 함선에 훌륭한 군선軍船을 추가할 수 있도록 활용방안을 강구하겠습니다."

"그것 참, 좋은 생각이오."

히데타다는 또 손쉽게 마사무네의 덫에 걸려들었다. 요즘 쇼군의 막료들은 제후들이 만드는 '거선巨船'에 공연히 신경질이 나 있었다. 마사무네는 지체 없이 거선의 건조를 쇼군에게 승인시킨 셈이었다. 히데타다는 그 사실을 깨닫지 못했다.

"주군은 소텔이 일본에 머물기를 획책한 그 진의를 아십니까?"

"일본이 지금 세계에서 보기 드물게 평화로운 나라가 되었기 때문이란 말이오?"

"아니, 그렇지 않습니다. 그자는 일본과 명나라를 포함한 아시아 전체의 대사교가 되고 싶기 때문입니다."

"대사교……?"

"예. 천주교의 대승관大僧官이라고나 할까, 그 대본산은 로마에 있다고 합니다."

"으음."

"그러므로 주군이 찬성해주신다면, 이 마사무네가 또 한 가지 소텔의 용도를 마련하겠습니다."

"군선의 건조 말고도 또 이용할 길이 있다는 말이오?"

"그렇습니다! 소텔을 일본 사신으로 삼아 로마에 파견한다…… 그렇게 되면 그도 적극적으로 찬성할 것입니다. 일본에서 잔재주를 부리기보다 직접 대본산에 가서 대사교의 인가를 얻을 수 있을 테니까 요…… 물론 이것은 그의 이익, 주군의 이득은 따로 있습니다. 유럽에서 로마에 이르기까지 일본의 교역권을 넓힐 수 있는 상당한 인물을 딸려보내면 소텔도 충분히 만리창파萬里滄派를 건너 이용할 길이 있을 것으로 생각합니다."

마사무네는 태연하게 말하고 문득 말을 돌렸다.

"오오, 너무 오래 지체했습니다. 벌써 이럭저럭 일곱 점(오후 4시), 정무에 방해가 될 것 같으니 이만 실례하겠습니다."

다시 한 번 정중히 두 손을 짚었다.

쐐기벌레의 목숨

1

케이쵸 18년(1613) 봄에 이르러 오쿠보 나가야스는 문득 자신의 건강에 위기를 느끼게 되었다. 지난해의 사건과 잇따른 주위 사람들의 죽음으로 어지간히 자신만만한 나가야스도 숙취와는 다른 구토증을 느끼기 시작했다.

오카모토 다이하치를 아베 강변에서 화형에 처했을 무렵만 해도 나가야스는 아직 생명의 위기 같은 것과는 전혀 인연이 없다고 생각하며 기고만장했다. 그런데 자신에게 맡겨진 아리마 하루노부에게 할복명령이 내려진 무렵부터 왠지 모르게 자신감이 흔들렸다.

아리마 하루노부는 아직 46세였다. 나가야스는 일단 자기가 맡아놓았다가 기회를 보아 다시 한 번 세상에 내보낼 작정이었다.

세상에서 누가 뭐라고 하든 오쿠보 타다치카는 아직 막강한 실력을 가지고 있었다. 결코 혼다 부자의 전횡에 밀려 사라질 존재가 아니었다…… 물론 그 밖에 나가야스 자신에 대한 이에야스의 신임……이라는 자신감도 있었다.

아리마 하루노부는 다이하치가 처형된 지 두어 달 가량 지나 느닷없이 '할복'이 결정되어 여지없이 처형되고 말았다. 바로 그 뒤를 이어 젊은 시절부터 잘 알고 있는 코노에 사키히사近衛前久 경이 77세로, 또 이에야스의 사위 가모 히데유키蒲生秀行가 겨우 30세 나이로 연이어 세상을 떠났다.

코노에 공은 나가야스가 사루가쿠猿樂° 배우 시절부터 신분과 환경을 초월하여 교제하던 상대로 77세로 죽었으니 그의 죽음뿐이라면 별로 동요되지 않았을 터. 그런데 이에야스의 사위인 30세의 가모 히데유키의 죽음과 겹쳐 묘하게도 기분이 울적했다.

'죽음은 늙은이와 젊은이를 차별하지 않는다……'

문득 이런 생각을 했을 때 오기마치 스에히데正親町季秀가 죽고 또한 오토모 요시노리大友義乘, 나이토 노부나리內藤信成 등 친교를 맺었던 사람들이 이 세상에서 사라졌다.

케이쵸 18년(1613)이 되어 죽음의 신은 다시 그 주위에까지 손을 뻗치기 시작했다.

정월 25일 처가의 일족인 이케다 테루마사가 50세로 죽고, 그의 직책상 상관으로 특히 관계가 깊었던 아마노 야스카게天野康景가 2월 중순에 죽었다. 전 칸토關東 부교로 역시 인척인 아오야마 타다나리青山忠成가 잇따라 죽고, 오사카의 코이데 요시마사小出吉政도 49세로 죽었다는 소식이 왔다.

아무리 불사조 같은 나가야스도 나이를 생각하지 않을 수 없었다.

'그렇다, 나도 벌써 예순아홉……'

세상에서 그를 60대로 보는 사람은 거의 없었다. 그러나 나이로 보아 죽음의 신이 서서히 찾아올 때가 되어 있었다.

그날 나가야스는 정원 벚나무에 달라붙은 쐐기벌레를 불태웠다.

젊은 시녀 세 사람에게 대나무꼬챙이 끝에 헝겊을 매어 기름을 묻히게 하고 자기가 직접 앞장서서 쐐기벌레를 찾아다녔다. 그리고 애벌레 무더기를 발견해 불을 붙였을 때 문득 오코 생각이 떠올랐다.

'오코의 뼈는 지금쯤 어느 강바닥에 가라앉아 있을까……'

그렇게 생각한 순간 문득 현기증을 느꼈다.

2

"아……"

한 시녀가 불이 붙은 꼬챙이를 땅바닥에 내던지고 나가야스의 몸을 부축했다.

"위험해! 그런 곳에 불을 던져 불이라도 나면 어떻게 하겠어."

나가야스는 왼손으로 늙은 벚나무에 의지하며 꾸짖었다. 그러나 시녀는 나가야스에게서 손을 떼려 하지 않았다.

"누구 없나요. 주인님이……"

나가야스는 눈을 부라리며 제지했다.

"쉿, 큰 소리를 내면 안 돼. 내가 어쨌다는 거야?"

시녀들이 당황하며 달려와 불이 붙은 지면을 밟아 끄고 나가야스 곁으로 모였다. 나가야스는 그때 벚나무에 상반신을 기댄 채 눈을 감고 있었다.

'대수롭지 않은 현기증 따위에 왜 이다지도 수선을 떨까……'

자기는 아직도 건강한 줄로 알고 있었는데, 여자들의 눈에는 몹시 위태로워 보인 것일까……?

"아니, 이제 괜찮아. 그런데 어째서 그렇게 크게 소릴 지르느냐. 도리어 내가 깜짝 놀랐어."

여자들은 얼굴을 마주보고 의논이라도 한 듯 안도의 숨을 쉬었다.

"난 말이다, 아직은 끄떡도 없어. 젊어서부터 산에 오르며 단련한 몸, 요즘 젊은이들과는 달라. 앞으로도 함부로 큰 소리로 사람을 불러서는 안 된다. 부르고 싶을 때는 내가 명하겠어."

여자들은 다시 얼굴을 마주보고 묘한 시선을 교환했다.

"걱정되느냐? 왜 그래, 무슨 일이 있었느냐?"

"예, 저어……"

조금 떨어진 곳에 움츠리고 있던 여자가 대답했다.

"요즘 이 부근에 유령이 나타난다고 합니다."

"뭐, 유령이……? 하하하…… 지금은 대낮이야. 정신나간 소리는 그만둬."

"예…… 예."

"누가 그런 헛것을 보았다고 하는 게냐?"

다른 여자가 겁먹은 얼굴을 들고 말했다.

"저도 보았습니다."

"그대는 이케다 마님의 시녀가 아니었느냐? 대낮부터 분명히 보이더라는 말이냐?"

"아니, 저녁 무렵이었습니다. 이 나무 근처에 서서 저를 손짓해 불렀습니다."

"그 유령이 말이냐……? 하하하…… 그게 누구 유령이더냐?"

"그것이……"

시녀는 잠시 머뭇거리다가 말했다.

"오코 부인 같았습니다."

"뭐, 오코의……?"

말하는 순간 나가야스의 얼굴이 대번에 창백해졌다.

"그대들이 밤잠을 자지 않아 조는 바람에 헛것을 본 거야. 나는 이만 돌아가겠다."

나가야스는 시녀의 부축을 받고 걷기 시작했다. 그런데 이상하게도 발이 휘청거렸다. 여자들의 유령 이야기 따위를 믿을 만큼 분별 없는 나가야스가 아니었다. 그러나 자기가 조금 전에 문득 떠올린 여자와 시녀들이 본 유령이 똑같은 오코였다는 것이 뭐라고 할 수 없을 만큼 불쾌한 뒷맛을 남겼다.

3

'사람에게 혼령이 있다면 오코와 같은 여자는 유령이 되어 나타날지도 모른다……'

쐐기벌레의 애벌레 태우기는 일단 중지하고 부축을 받으며 거실로 들어가면서 나가야스는 이런 느낌이 들었다.

"아니, 오코라면 나타나는 것이 좋아. 말상대가 없어서 지루하던 참이니까."

"예, 뭐라고 하셨습니까?"

어깨 밑에서 시녀가 물었다.

"내, 내가 뭐라고 했느냐?"

"예. 말상대로 누구를 부르라고 하시지 않았습니까……?"

"아, 내가 그런 말을 했던가. 좋아, 불러오너라. 내가 명복을 빌어주지. 내가 명복을 빌지 않으면 성불하지 못할 여자인지도 몰라."

순간 시녀는 온몸이 굳어졌다.

"저어…… 오코 부인을…… 부르라고 하셨습니까?"

"그래. 한곤코反魂香란 것이 있어. 그 향을 태우면 유령이 나온다고 하더군."

"어머…… 그 향은 어……어……어디에 있습니까?"

"하하하…… 있다면 벌써 내가 태웠을 거야. 그런 것은 없어. 없으니까 유령도 나오지 않는다."

그런 뒤 나가야스는 다시 시녀의 귀에 대고 속삭였다.

"알겠지, 이런 말은 하는 게 아니야."

"예…… 예."

"유령이 나왔다는 얘기도, 내가 휘청거렸다는 말도."

시녀는 잠자코 나가야스를 마루에서 부축하여 방으로 들어가 사방침 앞에 앉혔다.

"자리를 펼까요?"

"무엇 때문에?"

"그래도 상태가……"

"난 병자가 아니야. 자, 내가 바라보고 있을 테니 한 번 더 벌레 태울 준비를 하여라. 해가 상당히 기울었으나…… 벌레란 놈은 하루 동안에도 부쩍 자라게 마련이야."

"예……"

"불을 조심해. 벌레 원혼이 집을 불태웠다……는 소문으로 웃음거리가 되면 안 돼."

나가야스는 새삼스럽게 벌레에 구애받는 자신이 약간 우스워졌다. 이것은 묘한 '고집'의 발로였는지도 모른다. 시작한 일은 절대로 물러서지 않는다…… 나가야스의 기질이었으나 굳이 쐐기벌레 따위에게 구애받을 일은 아니었다.

여자들은 나가야스의 몸에 별 이상이 없음을 확인하고는 시키는 대로 일단 껐던 불을 헝겊에 다시 붙이고 정원으로 나갔다.

나가야스에게는 그 불빛이 아까보다 훨씬 더 선명하게 보였다. 그만큼 정원이 어두워져 있는 탓인지도 모른다.

"제법 재미있는 구경거리로군."

화재 염려만 없다면 밤이 되어 이런 벌레잡이를 시키는 것도 전혀 무의미하지는 않았다.

저택 안에서는 물론 위험하지만 울타리 밖 매화 숲에서 해보면 어떨까……? 빨갛게 불을 켜들고 나무 사이를 누비며 다니는 여자들의 모습은 왠지 모르게 괴기怪奇를 느끼게 하는 아름다움……

이런 생각을 했을 때 기분 나쁜 냄새가 나가야스의 코를 찔렀다. 벌레 타는 냄새였다. 이와 비슷한 냄새를 나가야스는 떠올렸다.

오카모토 다이하치를 화형에 처하던 때의 냄새……

4

나가야스는 고개를 흔들었다. 그는 코를 누르려고 손을 들었다가 그만두었다.

"겨우 이 정도의 냄새를 가지고……"

오카모토 다이하치는 쐐기벌레와 같은 자라고 생각했다. 그런 자를 태운 게 뭐가 그리 나쁘단 말인가…… 오쿠보 나가야스는 언제나 올바르고 언제나 당당하게 살아왔다.

'이 나이가 되어 후회할 정도로 대강 살아온 사나이가 아니다.'

이때 집안에 있던 시녀가 차 대신 약탕을 받쳐들고 왔다.

"약을 드십시오."

"누가 가져가라고 지시했느냐?"

"도련님과 마님입니다."

"뭐, 마님이……? 나는 병자가 아냐. 마님에게는 이리 오지 말라고 일러라."

부인은 이케다 테루마사 일족으로 혼간 사本願寺의 켄뇨顯如 스님

밑에 있는 중신 이케다 요리타츠池田賴龍의 딸이었다. 그 부인은 무슨 바람이 불었는지 열렬한 천주교 신자가 되었다. 물론 장남 토쥬로藤十郎의 생모는 아니었다. 훨씬 나중에 나가야스가 출세하고 나서 맞은 아내로 용모는 아름다웠으나, 첫째도 둘째도 천주님이어서 도저히 나가야스의 술상대가 될 만한 여자는 아니었다.

자식은 어린것이 둘. 그녀에게서 세례를 권유받으면 —

'죽어서 염할 때나 해라.'

요즘에는 귀찮아 가까이 오지도 못하게 했다.

그 부인이 아들 토쥬로와 같이 몹시 나가야스의 건강을 염려하고 있다……고. 그런데 이들도 남자와 여자. 나이는 나가야스보다 그 두 사람이 훨씬 더 어울렸다. 어쩌면 어머니와 아들이라는 감정이 아니라 다른 의미에서 서로 가까이하고 있는지도 모른다.

'며느리는 너무 무른 편이야.'

토쥬로의 아내도 역시 나가야스가 출세의 발판으로 삼기 위해서 신슈信州 후카시深志(마츠모토松本) 성주 이시카와 야스나가石川康長의 딸을 오쿠보 타다치카의 주선으로 맞이하게 했다. 바로 이시카와 카즈마사石川數正의 손녀였다. 그녀도 지금은 부인의 권고로 열렬한 천주교 신자가 되어 있었다…… 자기가 순진한 만큼 시어머니도 깨끗한 신앙인으로 믿고 있었다.

나가야스는 시녀가 두고 간 약을 마시고 얼굴을 찌푸렸다. 겨우 이질풀을 달인 것 아닌가.

"나를 어지간히 뱃속 나쁜 사나이로 알고 있군."

나가야스는 한 모금 마시고 나서 그 자리에 놓고는 흘끗 정원을 바라보다가 나직하게 신음했다.

"으음, 분명히 오코로군. 오코, 그런 데서 뭘 하고 있나?"

깨닫고 보니 날이 완전히 저물어 정원은 칠흑 같은 어둠의 장막을 펼

치고 있었다. 지금은 누구도 벌레를 태우고 있지 않았다.

'어느 틈에 이렇게 됐을까……'

벌레를 태우던 시녀들은 헝겊조각에 묻힌 기름이 다 탔기 때문에 모두 물러갔는지도 모른다……

"오코, 이리 오라고 했는데 못 들었나?"

그 어둠 속에서 오코가 서 있는 곳만이 어렴풋이 밝았다. 뒤쪽의 나무가 잿빛으로 보였다.

"과연, 정말 나타났군. 난 그대가 나타나기를 기다리고 있었어…… 좋아, 그럼 그리로 가겠어."

나가야스는 사방침에 손을 짚고 일어나려다 털썩 앞으로 쓰러졌다. 그러나 자신은 쓰러진 것을 깨닫지 못했다……

5

나가야스의 몸은 사방침에 배를 대고 둘로 꺾였다. 그는 나직하게 신음하고 있었다. 그러나 맥박은 아직 뛰고 있었고, 의지와 기억도 활동을 계속하고 있었다.

만약 영혼에 빛깔이 있다면 나가야스의 몸이 둘로 꺾였을 때 그것만은 아무런 저항도 없이 육체를 떠나 둥둥 떠서 정원으로 나가는 것이 보였을 터였다.

"오코, 그대는 어디서 죽었나?"

오코는 대답이 없었다. 대답 대신 손을 내밀어 나가야스의 손을 잡았다. 차지도 않고 따뜻하지도 않은 바람 같은 손이었다.

"그대는 언제나 웃음이 없는 여자였어…… 그래, 기쁠수록 더욱 웃지 않는 여자였지."

나가야스는 오코에게 손을 잡힌 채 그대로 조용히 잔디 위를 걷기 시작했다. 사방은 차차 잿빛으로 변하면서 푸른 기가 곁들여왔다.

'어딘가에 달이 뜬 모양이군.'

나가야스는 문득 그렇게 생각했다. 그러나 주위가 너무 고요하여 생각만 했을 뿐 말은 나오지 않았다.

"쐐기벌레를 무척 많이 죽였군요."

걸으면서 갑자기 오코가 말했다.

"그래. 쐐기벌레란 놈은 그냥 내버려두면 모처럼 보는 푸른 잎을 다 망쳐놓으니까."

"저런 냄새가 좋으시지요?"

나가야스는 코를 벌름거렸으나 아무 냄새도 없었다.

"오코, 어디 가는 거야?"

"쿠로카와 골짜기로."

"쿠로카와 골짜기……라면 임자가 떨어진 곳 말인가?"

"아니에요. 떨어뜨려진 곳이에요."

"그래. 내가 보았을 때는 떨어진 곳…… 그대는 떨어뜨려진 곳."

"지금부터 여행이 길어질 거예요."

"길어도 좋아. 그대가 있으니까."

"하지만 저는 도중에 사라질 거예요."

"도중에…… 도중이라니, 어디란 말인가?"

"쿠로카와 골짜기에서 쐐기벌레처럼 태워진 곳."

"아, 강물에 떠내려온 시체 말인가? 거기에 그대도 섞여 있었군."

"떠내려와서 불에 태워진 뒤 묻혔어요. 검은 진달래꽃 밑에……"

"그럼, 그대는 계속 거기에 있었나?"

"예. 다시 그리로 가서 잠을 자야 해요. 그러므로 거기서부터는 혼자 가셔야만……"

"오코, 아무리 가도 똑같은 잿빛 잔디만 있군. 혹시 이건……"

"호호호…… 겨우 깨달으셨군요. 황천길이에요. 먼 길이지요."

나가야스는 갑자기 오코의 손을 뿌리쳤다.

"게 누구 없느냐! 오코가 죽음의 신이 됐어. 오코가, 오코가 나를 마중하러 왔어."

그때 나가야스의 몸은 당황하여 달려온 사람들에 의해 하얀 침구에 뉘어져 있었다. 그리고 세 사람의 의사가 맥을 짚기도 하고 눈꺼풀을 뒤집어보기도 했다.

머리맡에는 장남 토쥬로가 도자기 같은 표정으로 앉아 있고, 그 뒤에서 부인이 눈을 감은 채 가슴에 십자가를 긋고 있었다.

"뇌졸중입니다. 애석하오나 중태입니다."

의사의 말이 미처 끝나기도 전에 토쥬로가 찢어지는 듯한 소리로 부르짖었다.

"아버님! 아버님!"

6

인간이 삶에서 죽음으로 여행할 때 어떤 길을 걷고 무엇을 보느냐 하는 것은 살아 있을 동안에는 알 수 없다. 이 여행길에서 한 순간이나마 되돌아오는 경우가 있다.

이 사람들의 술회에는 한 가지 공통점이라 할 수 있는 것이 있다. 쓸쓸하고 넓은 광야를 걷는다는 것. 그러나 이 광야에 가득한 빛깔은 사람에 따라 다른 것 같다. 어떤 사람은 다만 잿빛뿐이었다고 하고, 또 어떤 사람은 끝없는 초록색이었다고. 그리고 어떤 사람은 연보랏빛으로 가득하다고도 했다.

무슨 목적으로 어디에 가는 것일까를 생각해보았다는 사람의 술회는 아직 들은 적이 없다.

무엇 때문에 이런 광야에 왔을까…… 문득 이런 생각을 했을 때는 누군가 뒤에서 자기를 부르고 있었다…… 그래서 얼른 되돌아왔을 때는 다시 한 번 이승에 와 있었다……는 것이 그러한 경험을 한 사람들의 일치된 이야기였다.

나가야스도 그랬다.

"아버님, 아버님!"

이렇게 부르는 사람이 토쥬로인지 차남인 게키外記°인지, 아니면 아오야마 나리시게靑山成重에게 양자로 보낸 셋째아들이었는지 잘 알 수 없었다.

그러나 어쨌든 그는 다시 한 번 떠났던 여행에서 되돌아와—

"아, 의식을 회복하셨습니다."

이렇게 말하는 의사의 말을 들을 수 있었다.

"내가 어쨌다는 말이냐, 이렇게들 모두 모여서?"

나가야스는 벌써 오코의 손을 뿌리치고 돌아온 일은 잊고 있었다. 긴박한 머리맡의 공기가 수상하여 힐책하려 했으나 이때는 이미 뜻대로 입을 놀릴 수 없었다.

앞서 뇌졸중 흉내를 내며 쿠로카와 골짜기의 비밀을 숨긴 오쿠보 나가야스, 이번에는 정말 뇌졸중으로 쓰러졌다. 어쩌면 언젠가는 이 병으로 목숨을 잃을 것이라는 잠재의식이 전에 그런 흉내를 내게 했는지도 모른다.

나가야스가 뜻대로 말을 못하게 된 줄 알고 몸부림치며 무언가 호소하려 한다고 토쥬로는 생각했다. 이에 당황하며 두 손을 내밀었으나 그 손도 벌써 무섭게 떨리기만 할 뿐 움직이지 않았다.

"오쿠보 나가야스가 또다시 발작을 일으켜 쓰러졌다."

이런 통지가 에도의 마츠다이라 타다테루 저택에 도착한 것은 그 다음날…… 4월 21일의 일이었다. 그때 타다테루는 에치고의 후쿠시마 성福島城에 가 있었기 때문에 에도에는 없었다.

에도에서 즉시 에치고로 사자가 달려갔다. 나가야스 말고는 아무도 모르는 가문의 일이 여러 가지 있었기 때문이다.

나가야스 자신은 그런 일을 알 까닭이 없다. 말을 못하고 필담도 할 수 없게 된 나가야스는 반나절 정도 다시 의식을 잃고 혼수상태에 빠졌다. 혼수상태에 빠지는 것과 동시에 취기와 피곤으로 녹초가 되어 잠들었을 때와도 같이 무섭게 코를 골기 시작했다.

"아버님…… 아버님……"

마츠다이라 가문뿐만 아니라 오쿠보 가문으로서도 알아놓아야 할 일이 산더미처럼 있었다. 장남과 차남, 삼남이 잇따라 불러보았으나, 나가야스의 의식은 좀처럼 되살아나지 않았다……

7

오쿠보 나가야스에게는 이곳저곳의 산에 남긴 어린 자식들까지 합하면 7남 2녀…… 장남 토쥬로가 알고 있는 숫자가 그러할 뿐 사실은 얼마나 되는지 그로서도 전혀 짐작을 하지 못했다.

그는 자신이 쌓은 이치리즈카―里塚°처럼 가는 곳마다 여자가 있고, 가는 곳마다 씨를 뿌렸기 때문에 그 두 배는 되지 않을까…… 그래서 이것만이라도 물어보려 했으나 그마저 불가능했다.

나가야스는 나흘 낮 사흘 밤을 계속 코를 골면서 삶의 집념을 보이다가 25일 해질 무렵에는 그것조차 멈추었다. 코 고는 것을 멈춘 게 아니라 숨이 멎었기 때문에 코 고는 소리도 자연히 끊어졌다.

"임종이십니다."

말하지 않아도 누구나 알 수 있는 일이었다.

머리맡에는 7남 2녀 중에서 5남 1녀, 부인과 소실 두 사람, 12명의 시녀가 자리를 지키고 있었으나 별로 우는 사람은 없었다. 나흘 낮 사흘 밤의 간호로 임종은 시간 문제…… 울 사람은 이미 다 울어버렸기 때문이다.

토쥬로와 게키도 그저 망연해 있을 뿐이었다. 사실 망연해질 수밖에 없는 나가야스의 생애였다.

이케다 요리타츠의 딸이었던 부인과 두 명의 소실뿐이라면 모르나, 숨을 거둘 때 모인 12명의 시녀 중에서 몇 사람이나 나가야스가 손을 댔는지 이 역시 토쥬로로서는 짐작이 가지 않았다.

어쩌면 12명 모두가 저마다 기억이 있어서 왔는지 모른다.

무엇보다 난처한 것은 하나부터 열까지 모두 아들에게는 말하지 않고 초인적인 정력으로 일을 수행해왔다. 그래서 토쥬로나 게키로서는 아버지의 교우관계도 모르고 있었다. 맨 먼저 마츠다이라 가문과 오쿠보 타다치카에게 알려야 했다. 그러나 그 밖에 누구에게 먼저 알려야 좋을지 그것도 알 수 없었다.

그러는 동안 여자들 사이에서는 나가야스의 나이가 화제에 오르기 시작했다.

"어쨌건 예순아홉까지 사셨으니까……"

누군가가 탄식 섞인 소리로 말한 것을 시작으로──

"예순아홉이 아니라 예순다섯입니다."

다른 사람이 정정했다.

"모두 틀렸어요. 제가 직접 들었는데 쉰여덟입니다."

토쥬로와 게키는 어이가 없어 잠시 잠자코 있었다.

쉰여덟에서 예순아홉까지, 취하기만 하면 내키는 대로 여자들에게 말을 한 모양이었다.

"쉰여덟이 틀림없어요. 너무 젊으면 총감독으로서 제후들에게 멸시를 당한다, 그래서 예순다섯이라고 했다……고 직접 말씀하셨어요."

토쥬로와 게키는 우선 유해를 병풍을 거꾸로 쳐서 북쪽으로 향하게 하도록 하고 별실로 들어갔다.

"지금쯤 어디를 걷고 계실까……"

불쑥 이렇게 말하는 게키에게 ──

"우선 사후처리부터 서둘러야 해. 마츠다이라 가문과 오쿠보 본가는 알고 있으니 다음은 어디에 알릴까?"

"먼저 친척들에게 알려야겠지. 신슈의 이시카와 가문, 비젠備前의 이케다 가문, 에도의 아오야마 가문…… 그리고 슨푸에는……"

말하다 말고 게키는 문득 놀라는 얼굴이 되었다.

8

"제일 먼저 슨푸에 보고해야 하지 않나?"

게키가 말했다. 게키의 아내는 오카야마岡山에 있는 이케다 테루마사의 셋째딸. 이케다 테루마사는 올 정월 25일 한발 앞서 50세로 죽어 지금은 아직 상중이었다. 그 이케다 가문에 '부음'을 하고 생각하다가 게키는 문득 슨푸의 오고쇼를 떠올렸다.

테루마사는 이에야스의 손자사위이다. 그리고 그의 아내는…… 당연히 외할아버지인 이에야스를 생각하지 않을 수 없다.

"역시 먼저 쇼군 님께 보고를 한 후 다음 일을 해야 하지 않을까?"

장남 토쥬로가 망설이던 끝에 작은 소리로 말했다.

"아니, 그렇지 않아. 아버님의 출세는 오고쇼 님 덕분…… 만사를 제쳐놓고 맨 먼저 보고하지 않으면 안 될 거야."

"그럴까…… 그럼, 누구를 보내지? 나는 상주라 외출할 수 없고."

"물론 나도 마찬가지. 핫토리에게 부탁하면 어떨까."

"그래, 핫토리 마사시게服部正重에게 부탁하는 것이 좋겠군."

핫토리 마사시게는 이가모노伊賀者°의 우두머리인 핫토리 한조 마사나리服部半藏正成의 차남이었다. 마사시게에게 나가야스는 맏딸을 출가시켰다. 말할 나위도 없이 빈틈없는 그의 계산에 따른 것으로, 일본 전국의 정보를 정확하게 파악하여 행동하기 위해서는 이러한 인척이 필요했다.

핫토리 마사시게의 아내는 에도에서 이틀 전에 와 있었다. 그리고 아버지가 숨을 거둘 때는 간호하느라 지쳐 내전의 한 방에서 쉬고 있었다. 게키는 곧 그 방으로 누이를 찾아가 자형 마사시게를 슨푸에 보내 달라고 부탁했다.

물론 이의가 있을 리 없었다. 걸음을 잘 걷는 젊은 무사가 그날 밤 안으로 하치오지를 떠났다.

오쿠보 형제는 이 인선으로 마음이 놓였다. 그렇기는 했으나 그들은 아버지의 생각과는 너무나도 동떨어진 곳에 있었다. 이 일은 마츠다이라 타다테루에게 사자를 정해달라고 했어야 옳았다.

마츠다이라 타다테루의 생모 챠아茶阿 부인은 아직도 이에야스의 측근에 있으면서 신변의 잡무를 보고 있었다. 우선 마츠다이라 가문에서 챠아 부인을 통해 알렸다면 이에야스의 귀에 그 죽음만이 차분히 보고되었을 것이다.

그러나 오쿠보 형제는 그렇게 하지 않고 자형, 곧 사위를 보냈다. 그 사위는 보통 사위가 아니었다. 전국의 정보에 날카롭게 귀를 곤두세우고 어떠한 사건이라도 냄새를 맡는 핫토리 일당이었다.

그는 사자의 역할을 거절하지 않았다. 거절도 하지 않았으나 전혀 다른 경계망을 펴는 일도 잊지 않았다.

"그렇구나, 드디어 돌아가셨구나."

죽고 나면 당연히 혼다 부자의 공격이 시작될 터…… 그렇게 되었을 때 나가야스의 사위인 자신의 입장은 어떻게 될 것인가?

그는 오쿠보 타다치카와 혼다 부자가 불화하게 된 원인을 또 다른 각도에서 보고 있었다.

쇼군 히데타다가 후계자로 결정되던 때의 일. 혼다 부자는 현재의 쇼군인 히데타다를 밀고, 오쿠보 타다치카는 에치젠의 히데야스秀康를 밀었다. 그때부터 양파 사이에는 하나의 숙원宿怨이 싹텄다…… 핫토리 마사시게는 그렇게 생각하는 인물이었다.

불 뿜는 화산

1

핫토리 마사시게는 26일 에도를 출발해 28일 밤 슨푸에 도착했다. 그리고 이에야스 앞에 나가기 전에 혼다 마사즈미의 저택을 찾았다.

"밤중이지만 중요한 용무로 핫토리 마사나리의 차남이 뵙고자 왔으니 안내를 부탁합니다."

이러한 전언에 이미 잠자리에 들었던지 마사즈미가 잠옷 위에 겉옷을 걸치고 자기 방으로 들어오게 했다. 물론 사람을 물린 뒤였다.

"분명히 마사시게라고 했지?"

"예……"

마사시게는 부드럽게 미소지은 얼굴로 ─

"핫토리의 아들이 무슨 일로 왔는지 아시겠습니까?"

질문을 던졌다. 혼다 마사즈미는 약간 불쾌한 듯 미간을 찌푸리고 작은 목소리로 물었다.

"그대의 장인이 돌아가셨나?"

"그렇습니다. 이 일은 맨 먼저 코즈케노스케上野介 님에게 전해드려야 할 것 같아서.”

“나가야스도 여한이 많겠어.”

“무슨 말씀인지요……?”

“핫토리를 비롯하여 비젠의 이케다 님까지 인척을 삼았으면서도 유언 한마디도 남기지 못하고 세상을 떠나다니.”

“그 일에 대해…… 이와미노카미에 대한 좋지 못한 평, 그것도 들으셨습니까?”

“좋지 못한 평……이라니?”

“쇼시다이 님이 이와미노카미의 소행에 몹시 불안감을 가지고 계셨다는데요.”

“아, 그것이라면 알고 있네.”

마사즈미는 가볍게 대답하고 희미하게 웃어 보였다.

“그대도 사위이므로 무척 마음을 써야겠지.”

“예. 그러나 핫토리 무리에게는 충성은 있어도 인척에 대한 의리는 없습니다.”

“그래……? 아니, 그럴 테지. 그래서 묻는데 이와미노카미가 거액의 금은을 은닉하고 부정을 저지른다는 세상의 소문…… 그대는 이것을 어떻게 생각하나?”

“그 일은 이미 오고쇼 님도 알고 계시겠지요?”

“그렇지 않다면 묻어두고 싶다……고 생각하나?”

“아닙니다. 그 소문은 저도 들어 알고 있습니다. 그러나 은닉장소는 모릅니다. 저택 안인지, 아니면 어느 광산에 있는 집인지.”

“사방에 은닉했을 것……이라는 소문이 있네.”

“그 소문이 정말일까요?”

틈을 주지 않고 마사시게가 물고늘어졌다. 마사즈미는 다시 희미하게 웃었다.

"마사시게, 그건 내가 묻고 싶은 말일세. 이야기가 거꾸로 되는군."

"예…… 아니, 황송합니다. 실은 그 일에 대해서는 쇼시다이께서 무언가 정보를 가지고 계신 것 같습니다. 그래서 그 일을……"

"이타쿠라 카츠시게가 말이지?"

"예. 분명하지는 않습니다만, 그 금은 외에 연판장이 있을지도 모른다고……"

"하하하……"

"왜 웃으십니까?"

"거기까지 알고 있다면 아내와 이혼하는 것이 좋을 거야. 핫토리 가문의 충성에 대해선 아무도 의심하는 자가 없어."

마사즈미는 진지한 얼굴로 시선을 돌렸다.

2

마사시게는 저도 모르게 배에 힘을 주었다.

'이로써 모든 것이 분명해졌다.'

누군가 먼저 오쿠보 나가야스의 죽음을 혼다 마사즈미에게 알린 자가 있었는지도 모른다. 없다고 해도 뇌졸중으로 쓰러져 이미 재기불능이라는 사실은 확실히 알고 있다. 그뿐만 아니라 마사즈미는 벌써 오쿠보 나가야스에게 비리가 있다는 소문을 믿고 이에 대해 손을 써야 한다고 결심한 모양이다.

'그렇다고 서둘러 아내와 이혼하라니 이 얼마나 섬뜩한 말인가.'

그 말은 이미 부정과 횡령사실이 있는지도 모른다……는 단계를 넘어서 있었다. 그러한 사실을 확신하고 다치지 않도록 사전조치를 해두는 것이 좋다는 충고였다.

"으음."

마사시게는 넋을 잃고 신음했다.

"알겠나?"

마사즈미가 다시 가볍게 말했다.

"핫토리 일족을 다치게 하고 싶지는 않아. 그리고 다치는 사람을 생기게 해서는 결코 좋은 일도 아니야."

"예…… 예."

"오고쇼 님은 노령이시니 더 늦기 전에 이 마사즈미가 대청소를 해야겠어. 이와미노카미는 아주 무엄한 자였어."

핫토리 마사시게는 숨이 막힐 것 같았다. 그가 예상하고 있던 것보다 몇 배나 더 강한 원한을 혼다 마사즈미는 마음에 품고 있었던 듯. 마사즈미로서는 결코 사사로운 원한이 아니었다. 그에게는 신념이 있었고, 그 신념 앞에서 오쿠보 나가야스는 용납할 수 없는 괴이한 인물이었음이 분명하다.

"이 이야기는 그대가 일부러 알리러 온 호의를 생각하고 한 말일세. 그렇게 알고 다른 말은 하지 말게."

"예."

"그대만이 가슴에 간직하고 어떻게 할 것인지 깊이 생각하게. 안 될 일을 억지로 하려고 들면 못써."

"그 점은 잘 알고 있습니다."

"나가야스는 옳지 못한 교역에까지 이것저것 손을 대고 있었어. 이 일은 오고쇼 님도 알고 계신다…… 나보다 한술 더 뜰 셈이었던가 하시며 쓴웃음을 지으시더군."

"그러면 그 아리마 하루노부의……?"

"그래. 남몰래 연락해. 그것도 오고쇼 님이 가장 싫어하시는 물건을 팔아 큰돈을 벌려고 했어."

"그러니까, 저어 금은과 무기 따위로?"

마사시게가 성급하게 물었다. 마사즈미는 그 말에는 직접 대답하지 않았다.

"그뿐 아니야. 수상한 선교사들과 왕래하고 또 천주교 다이묘들과도 모의하여 무언가를 꾀하고 있었어. 아니, 그뿐이라면 모르는 체하고 있을 생각이었지. 그러나 가신들에게 파벌을 만들게 하여 분열시키려 한 일은 그냥 둘 수 없어. 도요토미 타이코 때의 이시다 미츠나리처럼 해로운 존재가 될지도 모르니까."

마사시게는 잠시 고개를 갸웃거렸으나 얼른 정색을 하고 고개를 끄덕였다. 도요토미 타이코 때의 이시다 미츠나리…… 혼다 코즈케노스케 마사즈미야말로 맨 먼저 미츠나리를 떠올리게 하는 인물로 생각되었기 때문이다.

"알겠나? 나는 그대를 위해 조언한 것이야. 깊이 명심하게."

마사즈미는 다시 한 번 다짐하고 손을 내밀어 촛대의 불똥을 잘랐다.

3

핫토리 마사시게는 거의 넋을 잃은 사람처럼 무릎걸음으로 한발 다가앉았다.

"그대는 속히 하치오지로 돌아가 될 수 있는 대로 부녀자들이 목숨을 건질 수 있도록 손을 쓰는 데 협력을 아끼지 않아야 해."

벌써 그런 일까지 결정되어 있었는가 하고 마사시게는 마른침을 삼켰다.

"자식들은 무사하지 못할 테지만 아녀자들까지 처벌하진 않는다…… 고 생각하지만, 이것도 그대들의 협력 여하에 달려 있어……"

"예…… 예."

"다른 가문에 출가한 자들은 이혼하게 한 후 각각의 가문에 연금하고…… 어린 자들은 광산이나 쇼시다이 관사에 은밀히 보내게 된다. 물론 나도 그늘에서 돕겠어. 그 일에는 그대의 공이 필요해."

솔직히 말해 그 말을 들었을 때 마사시게는 그 말의 뜻을 아직 잘 납득하지 못했다.

"그 일에 제 공이……?"

"그래. 알겠거든 오늘밤은 이 집에서 자도록 하게. 내일 아침 일찍 그대로부터 보고가 있었다고 오고쇼 님께 말씀 드려놓겠어. 먼길에 수고가 많았어…… 자세한 일은 가는 도중에 생각하기로 하고 우선 쉬도록 하게."

마사즈미는 손뼉을 쳐서 젊은 무사를 불러 그를 별실로 안내하게 했다. 마사시게가 혼다 마사즈미의 말을 확실히 이해한 것은 별실에서 밤 늦게 상을 받고 식사를 끝낸 뒤였다.

"앗! 그렇구나……"

마사시게는 깔아놓은 침구에 들어가다 말고 문득 그 말의 수수께끼를 깨달았다.

"그렇구나, 그랬었구나……"

조사나 수색하는 일에 명령자의 의지를 추측하는 것은 금물. 아무리 불쾌한 의도에서 나온 것이라 해도 순순히 따르는 수밖에 없다. 그러나 명령받은 일의 성질만은 확실히 파악하고 있어야 그렇지 않으면 헛수고일 뿐 아니라 잘못하면 목이 달아나는 결과가 된다.

'그렇구나…… 마사즈미는 나더러 장인이 저지른 비리의 증거를 찾으라는 것이구나.'

그렇게 하면 아녀자들에게만은 정상을 참작하겠다는 말.

마사즈미가 말한 내용을 깨닫는 순간 마사시게도 잠을 이루지 못했다. 우선 하치오지에 돌아가 아내에게 설명해야 한다. 이혼한 것으로 하고 저택에 몰래 남아 있게 할 수 있다. 그러나 토쥬로와 게키를 비롯해 하치오지에 있는 아들 일곱 명은 구할 수 없을지 모른다.

나가야스는 유사시에 대비하여 자기까지 사위로 삼았다. 그러나 그 사위가 지금은 장인을 옭아맬 증거를 찾아야 하다니……

전쟁은 없어졌으나 인간과 인간의 싸움은 없어지지 않은 모양. 과연 혼다 마사즈미는 오쿠보 나가야스라는 정적을 어떤 죄명으로 곤경에 빠뜨리려는 것일까?

마사즈미의 말은 이미 예사롭지 않았다. 눈을 감은 사람이기 때문에 할복을 명한다 해도 아무 의미가 없다. 자식을 추방한다……는 정도로 해결할 셈이라면 자기에게 아내와 이혼하라고 할 리 없다.

'아무래도 피를 보게 될 모양이다……'

솔직히 죄명이나 증거 따위는 그럴 생각만 있다면 어디서든지 주워모을 수 있지 않은가……

결국 마사시게는 날이 훤히 밝을 때까지 잠을 이루지 못했다.

4

마사시게가 일어났을 때 마사즈미는 이미 등성한 후였다. 아직 물어볼 말이 태산 같았다. 그러나 그 이상 출발을 지연시켜서는 마사즈미의 의혹을 사게 될지도 모른다. 마사즈미가 말한 대로 이런저런 일은 도중에 생각하기로 하고, 마사시게는 하치오지를 향해 출발했다.

한편 혼다 마사즈미는 아침 일찍 등성하여 이에야스에게 오쿠보 나가야스의 사망을 알렸다. 이에야스의 표정이 흐려졌다.

"챠아, 향을 피우도록."

그리고 입으로 염불을 외우면서 일과로 쓰던 붓을 놓고 마사즈미에게로 향했다.

"후계자 문제에 대해 아무 말도 없었다고 하던가?"

"예."

마사즈미는 굳은 목소리로 대답했다.

"사람을 물리쳐주십시오."

"뭐라고, 여기에는 챠아와 시녀밖에 없는데……?"

말을 하다 말고 고개를 끄덕였다.

"모두 자리를 비우도록. 코즈케 님이 긴히 할말이 있는 모양이야."

요즘 이에야스는 의식적으로 남 앞에서는 마사즈미에게 '님' 자를 붙이거나 경어를 썼다. 근신과 시녀들은 우스운 듯이 고개를 떨구었으나 이에야스는 매우 진지했다. 언젠가 자기가 죽은 후에는 최고 원로로서 제후들을 대한다…… 마사즈미에게 무게를 더해주려 하는 것도 후일을 위한 대비의 하나인 듯.

사실 마사즈미에 대한 이에야스의 신뢰는 이례적이었다. 지금도 그의 아버지 마사노부에게는 '그대' 라거나 '사도' 라고 마구 부르는 일이 있었으나 마사즈미에게는 그렇게 하지 않았다.

그런 의미에서는 도요토미 타이코가 말년에 이시다 미츠나리를 대하던 비중과 같았다. 어쩌면 미츠나리의 전철을 밟지 않기 위해 말씨 하나에도 스스로 경계하고 있는지도 모른다.

"핫토리 마사시게가 뭐라고 하던가?"

두 사람만 남았을 때 이에야스의 어조는 평소의 것으로 돌아갔다.

"오고쇼 님, 쇼시다이 이타쿠라 님이나 나루세, 안도도 모두 우려하고 있던 일입니다만, 이와미노카미의 소문이 너무 좋지 않습니다."

"그래서……?"

이에야스는 여전히 내키지 않는 표정이었다.

"무슨 증거라도 있나?"

"아직 증거는 없습니다. 쇼시다이에게 혼아미 코에츠가 묘한 것을 가지고 온 모양입니다."

"아니, 코에츠가……"

"예. 쿄토의 화공인 소타츠宗達의 그림과 비슷한 가을 풀 그림을 그리고 초록빛 보석을 박아 장식한 작은 상자라고 합니다."

"허어…… 그 작은 상자가 어떻다는 말인가?"

"그 작은 상자 속에 이와미노카미의 소실이 쓴 이상한 문서가 감추어져 있었다는 것입니다."

"참으로 묘한 것이 나왔군. 그 문서가 나가야스의 비리와 관계가 있다는 말인가?"

"예. 그와 똑같은 상자가 또 하나 이와미노카미에게도 있다, 그 속에는 가공할 연판장이 봉해져 있을 것……이라고."

"연판장이라니…… 어떤 연판장인가?"

이에야스의 물음에 혼다 마사즈미는 지체 없이 대답했다.

"마츠다이라 카즈사노스케 님이 오사카의 히데요리 님을 비롯하여 천주교 다이묘들과 모의하여 쇼군 님과 대결한다…… 이를 위한 연판장이라고 그 소실이 기록해놓았다고 합니다."

5

사건이 사건인 만큼 마사즈미는 필요 이상 담담한 어조로 말했다. 아무리 담담함을 가장해도 이에야스가 놀라지 않을 리 없다. 놀란 뒤 어떻게 될 것인가, 마사즈미로서 여간 두려운 일이 아니었다.

"땅 땅 땅……"

홍모인이 선사한 시계가 선반 앞에서 울기 시작했다. 그 소리가 끝나기를 기다렸다가——

"마사즈미."

"예."

"한 번 더 천천히 말해보게. 내 귀가 좀 어두워졌는지도 몰라."

"예…… 마츠다이라 카즈사노스케 님이 오사카의 히데요리 님을 비롯하여 천주교 다이묘들과 모의하여 쇼군 님과 대결한다…… 이를 위한 연판장이 또 하나의 초록색 상자에 넣어져 하치오지 저택 어딘가에 숨겨져 있을 것……이라는 글이 씌어 있다고 합니다."

"마츠다이라 카즈사노스케가……"

이에야스는 가만히 사방침에 몸을 의지했다.

"그 연판장에 서명한 자들의 이름은?"

"거기까지는 알 수 없습니다. 아직 발견되지 않았기 때문에."

"으음, 그래? 그 이상의 것은 그 서면에도 씌어 있지 않았군."

"그렇습니다."

"그런데 마사즈미, 자네는…… 아니, 이타쿠라도 안도도 나루세도 알고 있다고 했지? 그래서…… 자네들은 그 서면의 진위를 조사해볼 필요가 있다…… 그 말인가?

"소문이 너무 엄청난 것이기 때문에."

"나가야스가 카즈사노스케를 선동하여 모반을 꾀하고 있었다……고 하면 과연 예삿일이 아니지. 그런데 이 일을 무츠노카미는…… 마사무네는 모른다고 하던가?"

"거기까지는 아직……"

"좋아. 아직은 뜬소문에 지나지 않는다…… 쇼군은 어떤가? 도이 토시카츠는 알고 있나……?"

"아직 말씀 드리지 않았습니다. 그리고 말씀 드려서도 안 될 일입니다. 어쩌면 아니 땐 굴뚝에서 나는 연기……인지도 모르니까요."

"으음……"

"이와미노카미는 상당히 많은 적을 만들고 있습니다. 혹시 그 글을 쓴 소실이 사사로운 원한으로 광기를 부려 있지도 않은 일을 써서 남겼는지도 모릅니다."

"으음."

"오쿠보 나가야스는 금광 감독관이란 직책을 등에 업고 돈을 물 쓰듯 했다, 여자들을 광산촌에 데려다놓고 차마 눈 뜨고는 볼 수 없는 난행을 했다…… 이런 소문이 있었습니다. 그래서 여자들의 원한을 샀을 것……이라고 생각합니다."

마사즈미는 더욱 담담하게 말을 계속했다.

"앞서 할복을 명령받은 아리마 하루노부가 실은 이와미노카미의 은밀한 청탁으로 무기와 금은을 수출했다는 부정도 자백했으니까요."

"마사즈미!"

"예."

"자네는 언제부터 그렇게 말을 돌려 하는 버릇이 생겼나?"

이에야스는 갑자기 엄한 어조가 되었다.

"어째서 하치오지 저택을 조사하겠다고 말하지 못하는가? 자네는 나가야스를 용서할 수 없는 자라고 마음속에 정해놓고 있지 않은가!"

6

보기 드물게 이에야스의 꾸중을 듣고도 혼다 마사즈미는 여느 때처럼 죄송스러워하지 않았다. 그는 오히려 꼿꼿이 상체를 세우고 이에야스를 향해 ―

"뜻밖의 말씀을 하시는군요! 저는 원래 오쿠보 나가야스와는 사이가 나쁘다고 소문난 자입니다."

"그래서 빙빙 말을 돌리고 있는가? 그래 가지고야 어떻게 천하의 후견인이 될 수 있겠나!"

"그런 생각을 않기 때문에 말을 돌렸습니다. 조금이라도 저 자신의 증오심이 개입된다면 이 마사즈미의 말은 모함이 됩니다. 그렇게 된다면 큰일, 오고쇼 님께 올바른 판단을 청하기 위해서 그러는 것입니다…… 저는 나가야스의 집을 조사할 생각은 없습니다. 따라서 그것이 오고쇼 님의 말씀이라면 앞으로는 아예 나가야스의 일에 대해서는 입을 다물겠습니다."

"무엄하다!"

이에야스는 얼굴을 붉히고 소리질렀다.

"자신을 속이는 경거망동은 하지 마라. 물러가라! 물러가서 다음 명을 기다려라."

순간 마사즈미의 눈썹이 곤두섰다. 그러나 분노는 말로 나타내지 않았다.

"예."

한발 물러나 엎드려 절하고 창백한 얼굴로 자리를 뜨려 했다.

"기다려!"

이에야스는 부르르 떨고 있었다. 세키가하라 전투 이후 누구에게도 보이지 않았던 격렬한 감정의 노출이었다. 엎드려 있는 마사즈미를 잠시 노려보다가 다시 말했다.

"그래, 물러가라. 물러가도 좋다."

마사즈미가 물러갔다. 이에야스는 탁자 위에 쓰던 채로 놓아둔 6만 번의 '나무아미타불'이란 글씨를 다시 한참 동안 시무룩한 표정으로 바라보고 있었다.

"챠아를 불러라."

이렇게 말한 것은 그로부터 4반각(30분)이나 지나서였다.

그동안 마사즈미나 나가야스의 일만 생각했던 것은 아닌 듯. 카즈사노스케 타다테루, 우다이진 히데요리…… 센히메, 요도 부인…… 아니, 타다테루를 낳은 챠아 부인의 일까지도 여러모로 생각했을 것이 틀림없다.

"부르셨습니까?"

다시 부인이 들어왔을 때 이에야스는 울 것만 같은 얼굴로 등을 구부리고 있었다.

"누구든 사람을 보내 라잔羅山 선생과 에도에서 온 야규 마타에몬柳生又右衛門을 부르도록."

"라잔 선생과 야규 님을……?"

"그래. 젊은이의 의견을 듣고 싶어. 마음을 비우고 말이야. 그렇다고 내게 생각이 없는 것은 아니지만."

"무언가 마음에 걸리시는 일이라도……?"

"그대에게 말해야 소용없는 일. 아니, 염려할 것은 없어."

그런 뒤 다시 한마디 덧붙였다.

"나가야스 녀석은 적당한 때 죽었는지도 몰라."

이에야스도 오쿠보 타다치카와 혼다 부자의 반목은 어느 정도 알고 있었다. 그리고 이 반목의 직접적인 원인은 타다치카보다 오히려 타다치카가 내세운 나가야스에게 있다는 것도 알고 있었다.

'나가야스 녀석, 다소의 부정은 있었겠지.'

금광의 일이란 것 자체가 일종의 청부업, 그렇게 하지 않으면 광맥을 은폐할 우려가 있다는 생각에서 알고도 모르는 체하고 있었다. 그러나 그러한 점이 결백한 마사즈미에게는 도저히 용서할 수 없는 비리로 보였던 모양이다……

7

챠아 부인의 부름을 받고 라잔 하야시 도슌林道春이 왔을 때 이에야스는 이미 평소의 모습으로 돌아와 있었다.

도슌이 에도에서 슨푸로 이주를 명령받은 것은 지난해 12월 9일로, 이 역시 이에야스가 자신의 사후를 대비하기 위한 준비의 하나였다. 불법이 횡행하던 난세의 유풍은 차차 개혁되어가고 있었으나, 아직은 인류의 도의가 확립되어 널리 행해진다고는 할 수 없었다.

"세상을 바로잡을 것은 교학敎學……"

그 필요성을 알고 있으면서도 어떠한 구상으로 교육의 터전을 넓혀갈 것인가 하는 복안은 아직 충분하지 못했다. 그래서 도슌을 자기 곁에 불러놓고 조석으로 상의할 생각으로 있었다. 이번 일에 대해서도 그의 의견을 물어보려고 했다.

그러나 도슌이 왔을 때는 생각이 달라져 있었다.

'어디까지나 정치적인 문제……'

그런 생각이기도 했고, 이런 소동은 밖으로 누설하고 싶지 않다는 생각이기도 했다. 그래서 각 한藩°에 하나씩 학교를 세웠으면…… 하는 도슌의 의견을 듣기만 하고 그대로 물러나게 했다.

다음에 불려온 야규 마타에몬 무네노리와는 단둘이 1각(2시간) 가까이 밀담을 나누었다.

"마타에몬, 실은 오쿠보 나가야스가 죽었네."

무네노리는 이미 그 소식을 들은 모양인지 이에야스의 그 한마디에 착잡한 표정을 지었다.

"나가야스의 평판이 별로 좋지 않아, 코즈케노스케가 가택을 조사하고 싶다고 하는데……"

"그래서…… 허락하셨습니까?"

"아니, 꾸짖어 보냈어. 코즈케노스케가 손을 대면 혼다 부자와 오쿠보 사가미노카미의 다툼으로 보일 것 아닌가."

"그렇습니다."

"지금 가문에 당파 같은 것이 생긴다면 후일이 걱정스러워."

"그럼, 조사는 중지하시겠습니까?"

이에야스는 천천히 고개를 저었다.

"이제 와서는 그럴 수도 없게 됐어. 글쎄, 카즈사노스케와 우다이진의 이름까지 올라 있는 실정이야. 진위는 아직 알 수 없지만, 내버려둘 수 없어. 그래서 자네에게 부탁하려는 거야."

"예."

"코즈케노스케에게도 조사를 명할 수 없고 부교에게도 조사시킬 수 없다, 그렇다면 이 이에야스가 조사해야 하지 않겠나. 과연 소문이 사실인지 아닌지…… 자네가 극비리에 조사해주었으면 좋겠네."

그런 뒤 이에야스는 마사즈미가 한 말을 빠뜨리지 않고 마타에몬에게 자세하게 이야기했다. 야규 마타에몬은 이에야스가 무슨 말을 해도 놀라지 않았다.

현재 그의 표면적인 직책은 '쇼군의 무술사범'이라 불리는 병법의 전수자였다. 물론 이에야스의 눈에 들어 히데타다에게 보내졌는데, 그 예민한 두뇌의 움직임은 그의 검술보다 한층 더 무게가 있었다.

마타에몬이 무슨 말을 들어도 놀라지 않는다……는 것은 어쩌면 그런 소문이 이미 쇼군의 귀에 들어가지 않았는가……? 하는 의문을 이에야스가 품게 만들었다.

그렇다면 이에야스의 입장은 더욱 난처하게 된다. 타다테루와 나가야스……라고 하면 다테 마사무네도 관계가 없지는 않은데, 그들의 분수에 맞지 않은 행동과 풍문을 히데타다가 태연히 들어넘기고 있다.

"모든 것은 아버님께 일임……"

히데타다의 태도가 그러하다면 지금이야말로 이에야스는 과감한 단안을 내리지 않으면 안 된다.

8

일단 용무를 끝낸 이에야스는 슬쩍 마타에몬 무네노리의 마음을 떠볼 생각이 들었다.

"쇼군은 무언가 소문을 들은 것 같지 않던가?"

전혀 아무렇지도 않은 듯한 질문이었다. 그러나 이 한마디로 마타에몬의 표정이 갑자기 굳어졌다.

"예, 다테 무츠노카미가 소텔의 구명을 청했을 때……"

"으음, 어느 정도로 이야기가 오고갔나?"

"나가야스와 소텔은 친교가 있었던 것 같으나 쌍방 모두 상대를 별로 신뢰하지 않는 듯하다고…… 쇼군 님이 말씀하셨습니다."

"으음…… 쌍방이 서로 믿지 않는다는 말이지?"

"죄송합니다마는, 그 이상의 말씀은 이 마타에몬도 들을 기회가 없었습니다."

"하하하…… 여전히 조심성이 많군, 자네는…… 좋아, 그 이상 듣지 않은 게 다행이야. 쇼군에게는 나도 글을 보내겠어. 백지로…… 전혀 편견 없이 자신의 생각에 따라 조사하도록, 다만……"

말하다 말고 이에야스는 고개를 갸웃거렸다.

"혼아미 코에츠, 챠야 시로지로, 그리고 참고가 된다면 쇼시다이, 후시미 부교, 또 이시카와 죠잔石川丈山 등을 만나보는 것도 좋겠지. 그러나 은밀하게 접촉해야 하네. 지금 천하를 소란케 만들어서는 그야말로 모든 게 다 수포로 돌아가는 거야."

야규 마타에몬은 그 말만으로도 이에야스의 마음을 충분히 짐작한 모양이었다. 다소 굳어진 표정으로 간단하게 대답하고 가만히 고개를 숙였다.

"자, 그만 됐으니 술이라도 나누세. 실없는 소문이 세상에 퍼지기 전에 잘 부탁하겠어."

다시 다짐한 이에야스는 챠아 부인을 불렀다. 그리고는 술상을 가져오게 했다.

문제가 묘하게 되었기 때문에 이에야스가 새삼스럽게 부인의 시선을 피하는 것 같아 마타에몬은 숨이 막힐 지경이었다.

부인에게서 태어난 여섯째아들 마츠다이라 카즈사노스케 타다테루가 묘하게도 소문의 중심인물이 되었으므로 이에야스로서도 괴로운 일일 터였다. 안타깝게도 이 소문은 고의이든 우연이든 이에야스의 말년을 크게 뒤흔드는 일이었다.

사실 에치젠의 히데야스가 죽었을 때도 이와 비슷한 소문이 일부에서는 퍼지고 있었다. 세상에는 그런 파란이 화제로서는 흥미를 돋우는 일면이 있기 때문인지도 모른다…… 그때 히데야스가 이에야스의 밀명으로 독살되었다는 소문이 퍼졌다. 그 이유는 히데야스가 이에야스의 뜻에 반하여 히데요리 편을 지나치게 들기 때문……이라는 어이없는 것이었다.

히데야스는 소년시절에 히데요시의 양자가 되어 그 후 유키 가문을 계승하였다. 따라서 히데요시의 외아들인 히데요리는 히데야스에게 의붓동생이 된다. 그가 사사건건 의붓동생의 편을 들었기 때문에 도쿠가와 가문의 이단자로서 이에야스에게 주목을 받고 있었다는 것이다.

히데야스의 가신 중에는 혹시 그와 같은 피해망상을 품고 있던 자가 있었는지 모른다. 그러나 야규 마타에몬 무네노리는 공연한 소문이라고 일소에 부치고 잊어버리고 있었다.

이번의 소문은 그것보다 더욱 악질적이고, 더구나 철저하게 구상한 줄거리로 되어 있었다.

'어쩌면 크게 소란이 벌어질지도 모른다……'

야규 마타에몬 무네노리는 왠지 모르게 소름이 끼치는 것을 느끼면서 챠아 부인의 잔을 받았다.

야규의 뿌리

1

야규 마타에몬 무네노리는 그날 밤 안으로 에도에 돌아갔다.

세키가하라 전투를 전후하여 이에야스 곁에서 중요한 때마다 츠카이반使番°으로 일해온 마타에몬 무네노리는 이에야스의 생각을 속속들이 잘 알고 있었다. 물론 이에야스도 그를 신뢰했고, 그 역시 이에야스를 존경하고 있었다. 다만 나루세 마사나리나 안도 나오츠구의 충성심과 그의 존경은 질을 달리하는 점이 있었다.

나루세 마사나리나 안도 나오츠구는 어디까지나 이에야스의 뛰어난 '가신'이었다. 그러나 마타에몬 무네노리는 결코 '가신'이 되고 싶지는 않았다. 그는 냉정한 비판자가 되려고 했다. 과거에도 그랬고 지금도 그렇게 되려고 노력하고 있었다.

이러한 그의 마음은 아버지 세키슈사이石舟齋의 '칼을 쓰지 않고 이기는 비법'이라는 비원에 그 뿌리가 있었다. 칼을 쓰지 않고 이기는 비법이란 말할 것도 없이 불살不殺의 대승적大乘的인 검도劍道를 말한다. 언제나 대우주와 더불어 있으며, 결코 권력자에게 아부하거나 섬기거나 하는 것이 아니었다. '쇼군의 수련'은 가신이 아니라 '무술사범'이 담당해야 한다는 긍지와 자계自戒를 가지고 있었다.

안타깝게도 지금 세상에서는 이를 정면으로 내세우고 살 수는 없었다. 만일 그 신념을 입에 올린다면 그 자체만으로도 오만불손, 용서할 수 없는 자라 하여 팔방으로 적을 만나게 될 뿐.

마타에몬 무네노리는 야규 가문의 옛 영지 3,000석을 이어받게 된 후에는 어떠한 영지도 받기를 거절했다.

"이 정도만 있으면 살아가는 데 부족하지 않습니다."

히데타다는 단순한 사양으로 알고 하다못해 조금만이라도 받아들이라고 했다. 그때 마타에몬 무네노리는 웃으며 대답했다.

"그렇게 하면 오고쇼 님의 가르침에 어긋납니다."

세상의 재물뿐만 아니라 목숨까지도 모두 신불이 맡긴 것……이라는 불교의 진리를 내세운 그의 대답이었다. 그러나 그 대답은 처음에는 히데타다에게 통하지 않았다.

이 일이 뒤에 이에야스의 귀에 들어갔을 때 이에야스는 무릎을 치며 감탄했다.

"그 사람이야말로 정말 스승이 될 만하다."

그러한 마타에몬이 이에야스로부터 한 가지 비밀을 조사하라는 부탁을 받았다……

물론 여기에는 그럴 만한 이유가 있었다. 코카甲賀, 이가의 무리는 말할 것도 없고, 천하의 제후 중에 어떤 형식으로라도 야규의 병법을 배우지 않은 자가 없다고 해도 좋았다. 이를 종교에 비유한다면 야규 세키슈사이를 교주로 하는 선종禪宗 일파라고 해도 좋을 만큼 깊이 뿌리를 내리고 있었다.

에도 성 정문 앞에 배당된 집으로 돌아온 마타에몬 무네노리는 우선 일족 중에서 에도에 있는 사람들을 모아 밀담을 나누었다.

센다이에서는 맏형 요시카츠嚴勝의 셋째아들 곤에몬權右衛門이 사범으로 있기 때문에 그에게 연락을 명하고, 비슈尾州에서 사범으로 있는 효고노스케 토시요시兵庫介利嚴에게도 연락을 취했다. 비젠의 이케다 가문에도 역시 형 류조인 토쿠사이龍藏院德齋가 몸을 의탁하고 있기 때문에 정보망을 폈으며, 또한 효고노스케가 잠시 히고의 카토 가문에 가 있던 일이 있으므로 그 방면에도 손을 뻗쳤다.

그리고 스스로 나가야스를 조문한다는 명목으로 하치오지로 말을 달린 것은 4월 30일이었다.

2

야규 마타에몬 무네노리가 하치오지의 집에 도착했을 때 맨 먼저 그를 마중한 것은 나가야스의 사위 핫토리 마사시게였다. 마사시게의 얼굴빛은 흐렸다.

이가 일파의 우두머리 핫토리 가문과 야규 가문은 인연이 없지 않았다. 핫토리 일족도 또한 야규 세키슈사이를 스승의 예로 대하면서 정보를 교환하는 사이였다. 더구나 마사시게는 무네노리의 기량과 신망을 잘 알고 있었고, 무네노리 쪽에서도 역시 마사시게의 인물됨은 훤히 알고 있었다.

마타에몬은 마사시게의 안내로 불전에 나가 그곳을 지키고 있는 토쥬로 등과 인사를 나누었다. 그동안 핫토리 마사시게는 푹 고개를 숙인 채 떨고 있는 것 같았다.

유해는 보존이 잘 되었는지 상당히 더운 날씨인데도 불구하고 부패하는 냄새는 전혀 느껴지지 않았다.

'마사시게 녀석, 검시에 대비하여 조심하고 있구나.'

이런 생각을 하며 야규 마타에몬도 토쥬로 옆에 나란히 앉아 있는 어린것들의 얼굴을 보기가 괴로웠다.

'꽤나 많은 일을 한 나가야스였는데……'

이렇듯 안타까운 처지에 빠지는 것도 약간의 부족한 마음가짐 때문……이라고 마타에몬은 생각했다.

새삼 돌아보니 야규 마타에몬과 오쿠보 나가야스는 전혀 반대의 길을 걸어왔다. 나가야스는 꿈과 야심의 자제를 잊고 일본을 물질적으로 풍요하게 했고 자신도 한밑천 차지했다. 마타에몬은 그 반대로 정신면의 개발을 지향하여 엄격히 물욕을 억제하며 살아왔다.

'눈을 감고 나면 어떠한 재물도 나가야스의 것이 아닌데……'

조문을 끝낸 뒤 곧 마사시게가 다가왔다.

"별실에서 휴식을."

그리고는 안내에 나섰다.

벌써 마사시게는 야규 마타에몬이 무엇 때문에 왔는지 민감하게 눈치 챈 듯. 별실에서 마주앉자마자 마사시게가 먼저 입을 열었다.

"야규 님, 에도의 바람에 대해 말씀 들으셨습니까?"

"에도의 바람……이라니요?"

"이와미노카미 님이 돌아가시고 난 뒤 에도에 당장 폭풍우가 휘몰아친다…… 참 묘한 일입니다."

이렇게 말하고 마사시게는 시녀가 들고 온 다과를 받아 마타에몬 앞에 놓았다.

"에도에서 천주교 신자들이 동요하기 시작했다고 합니다."

"그런 소식이 벌써 들어왔나요?"

"예. 이와미노카미가 쓰러졌다……는 사실을 안 순간부터 손을 썼기 때문에…… 아무래도 이 소동은 쉽게 끝날 것 같지 않습니다."

"허어……"

마타에몬 무네노리는 조용히 응하면서도 마사시게가 무엇을 말하려는지 어렴풋이 알았다.

"어째서 하필 에도에서 소란을……?"

"구교 신도들은 이 일로 기둥을 잃어버린 셈입니다. 이제부터는 미우라 안진三浦按針의 독무대…… 머지않아 포르투갈, 에스파냐 선교사들도 일본에서 추방된다고 보고, 오사카 성에 들어가게 해달라고 떠드는 것 같습니다."

"허어, 묘하게 되었군요."

"원인이 있는 모양입니다. 이것을 보십시오."

마사시게가 꺼낸 것은 마타에몬도 이야기를 들었던 그 연판장이었다. 아니, 연판장의 실물이 아니라 그 사본이었다.

마타에몬의 낯빛이 변했다.

'실물은 어떻게 되었을까……'

3

연판장의 사본이 있다는 것은 바로 초록빛 작은 상자가 마사시게의 손에 의해 집안 어디선가 발견되었다고 보아야 한다.

마타에몬 무네노리는 숨이 막힐 것 같은 답답함을 느끼면서 연판장을 읽었다.

"일본을 세계 제일의 나라로 만들기 위해 유지들이 다음과 같이 연판한다."

서두에 기록된 것은 이와미노카미의 필적뿐이었다. 물론 바쿠후 전복을 위한 어마어마한 음모일 리는 없었다. 오쿠보 나가야스가 그 장기인 허풍으로 궤변을 늘어놓는 바람에 말려들어, 교역에 곁눈질을 하던 자들이 장난삼아 이름을 나란히 기입했는지도 모른다.

그러나 이런 사정을 전혀 모르는 사람의 눈에는 이 연판장이 어떻게 비쳐질 것인가……?

맨 먼저 마츠다이라 타다테루가 서명하고 다음에는 오쿠보 사가미노카미 타다치카의 이름이 있었다. 발기인이 오쿠보 나가야스, 두 사람의 이름이 앞에 나와도 전혀 이상할 것 없었다. 그러나 다음부터는 보는 사람에 따라서는 정말 심상치 않은 의미를 가질 만했다.

에치젠의 마츠다이라 히데야스松平秀康, 오사카 성의 도요토미 히데요리, 이어서 이케다 테루마사, 마에다 토시나가의 이름이 있고, 죽은 코바야카와 히데아키, 아사노 요시나가, 카토 키요마사, 후쿠시마 마사노리 등의 이름이 이어져 있었다.

아리마 하루노부의 이름도 있었고, 나가야스와 인척이 된 이시카와 야스나가의 이름도 있었다.

오쿠보 타다스케大久保忠佐, 사토미 타다요리里見忠賴, 토미타 노부타카富田信高, 타카하시 모토타네高橋元種, 이시카와 카즈노리石川數矩, 사노 마사츠나佐野政綱 등의 이름 사이에는 오다 우라쿠사이, 오노 슈리노스케, 카타기리 카츠모토 등 히데요리의 측근과 카가에 맡겨져 있는 타카야마 우콘노다유, 코니시 죠안小西如安 등의 이름까지도 섞여 있었다. 또 그 사이사이에 공경, 승려, 선교사를 비롯하여 거상의 이름까지도 가끔 보였다.

오쿠보 나가야스를 잘 알고 있는 자가 보았다면 웃음을 터뜨렸을지도 모른다. 음모라기보다 나가야스라는 낙천적이고 허세를 좋아하는 사나이의 일생에 걸친 '교우록'임을 알 수 있을 것이기 때문이다.

그런데 안타깝게도 약간 입장을 바꿔보면 참으로 이상한 의미를 지닐 수도 있었다. 이 서명 가운데는 세상에서 누구나 인정하고 있는 혼다 부자 쪽 사람이나 쇼군 히데타다, 오고쇼 이에야스 등의 쟁쟁한 측근의 이름은 하나도 없었다.

그 이유에 대해 야규 마타에몬으로서는 충분히 이해할 수 있었다. 요컨대 그들 모두는 엄격해서 자수성가한 나가야스의 허풍에는 눈살만 찌푸릴 뿐……이라고 나가야스 쪽에서 미리 알고 있었기 때문에 가까이하지 않았던 것.

뜬소문은 실로 그 허점을 교묘히 찌르고 있었다.

혼다 부자가 이것을 본다면 ——

'나가야스 놈, 우리를 짓밟으려고……'

그렇게 볼 수밖에 없는 면모들이 되고 말았다.

"이건 사본이군요, 마사시게 님. 실물을 보고 싶은데요."

마타에몬은 연판장을 말면서 가장 마음에 걸리는 일을 거론했다.

"예, 그것은 벌써 이 집에는 없습니다. 슨푸의 혼다 코즈케노스케 님에게 제출했습니다."

마사시게는 당연한 일인 것처럼 대답했다.

4

"아니, 벌써 슨푸에 제출했다고요?"

그렇게 되지 않을까 하고 마타에몬이 우려했던 불안과 예감이 그대로 적중했다.

마사시게는 그 말에도 담담하게 대답했다.

"야규 님, 이해해주십시오. 이처럼 소란의 불씨가 될 수 있는 것을 제가 가지고 있어도 좋다고는 생각되지 않습니다. 더구나 저는 사위의 몸이기 때문에……"

"마사시게 님…… 설마 이 사본을 다른 사람에게는 아직 보이지 않

214

았겠지요?"

핫토리 마사시게는 그 말에도 역시 조용히 머리를 저었다.

"저는 쇼군 님의 가신이라……"

"그러면 쇼군 님에게도……?"

"그렇습니다. 실물은 슴푸로, 사본 한 통은 쇼군 님에게…… 그 밖에는 물론 누설하지 않았습니다."

마타에몬 무네노리는 그만 저도 모르게 크게 탄식했다.

'늦었구나!'

슴푸로 보낸 것은 극비리에 오고쇼의 손에 넘어간다. 이에야스는 마사즈미에게 사건처리의 복안이 설 때까지는 누구에게도 누설하지 말라고 엄명을 내렸을 것이 틀림없다.

그러나 사본이 에도에 제출되었다면 사정은 전혀 달라진다. 고지식한 히데타다는 당연히 이것은 아버지가 보낸 혼다 마사노부나 도이 토시카츠에게 보여 선후책을 협의해야 마땅하다……고 생각할 것이 틀림없다. 그리고 중신들과 협의한 끝에 ―

"오고쇼의 지시를."

이렇게 결정하고 에도에서 슴푸로 사자가 달려갈 터.

그렇게 되면 이에야스도 혼자 마음에 담아둘 수 없게 된다.

"벌써 에도에도…… 그랬군요……"

마사시게는 전혀 다른 생각을 하고 있는지 슬쩍 말했다.

"연판장이 은닉되었던 곳으로 안내해드릴까요? 거기에는 정말 뜻밖의 것이 있습니다."

"뜻밖의 것이라면……?"

"금괴입니다. 정말 놀랐습니다. 마루 밑이 모두 황금입니다."

"으음."

"야규 님은 오고쇼 님이 직접 보내신 분이어서 낱낱이 비리를 보고

하고, 저는 에도로 돌아가 근신하려고……"

이미 마사시게는 자기 입으로 '비리'라 말하고도 전혀 부자연스러움을 느끼지 않았다. 무리가 아니었다. 핫토리 마사시게의 기량에 비해 이 사건은 너무나 크고 너무나 어려운 문제였다.

"그렇게는 안 됩니다."

마타에몬은 비로소 엄하게 마사시게의 말을 제지했다.

"나는 단지 조문객으로 왔을 뿐, 일이 이렇게 되었으니 귀하는 어떤 처분이 내릴 때까지 여기서 감시를 맡아야 할 것이오."

"그렇다면 야규 님은 이제부터……"

"우선 에도로 가겠소. 귀하의 입장과 고충을 쇼군 님께 보고 드리고 슨푸로 가겠소…… 그러나저러나 일이 어려워졌군요."

마사시게는 다시 생각난 듯이 소름 끼치는 질문을 던져왔다.

"야규님, 만일 오사카 성에 키나이畿內, 킨키의 천주교도들이 구원을 청하며 몰려든다……면 어떻게 될까요?"

5

솔직히 말해서 야규 마타에몬 무네노리는 핫토리 마사시게의 상상이 어째서 이처럼 오사카로 비약하는지 그 이유를 아직 잘 몰랐다. 그러나 그럴 만한 이유가 있었다……

나가야스의 정실이 열렬한 구교 신자였다는 사실은 이미 말한 바 있다. 그 감화로 이시카와 야스나가의 딸인 장남 토쥬로의 아내도, 이케다 테루마사의 3녀인 차남 게키의 아내도, 핫토리 마사시게의 아내인 나가야스의 장녀도 모두 굳은 신앙을 가지고 있어 지금은 하치오지가 전국 신자들의 사실상의 성지가 되어 있었다.

"하치오지와 연관을 맺으면 히데요시 시대처럼 박해는 당하지 않을 수 있다."

이런 마음은 나가야스 세력에 의지하려는 헛된 소망에서 비롯된 것. 나가야스라면 미우라 안진이 아무리 홍모인이 신봉하는 신교 편을 든다 해도 이에야스의 신뢰를 바탕으로 천주교도들을 비호해줄 것이다…… 남자들이 마에다 가문의 객장客將으로 있는 타카야마 우콘노다유 나가후사나 코니시 죠안에게 마음을 보내고 있는 것처럼 여인들은 무슨 일이든 하치오지를 의지하며 연락을 취하고 있었다.

이러한 사정을 핫토리 마사시게는 잘 알고 있었다. 그래서 나가야스가 죽은 것을 알면 킨키 지방의 신자들은 다음에 올 탄압이 두려워 오사카 성을 의지할 수밖에 없을 것으로 보고 있었는데, 이 사실을 마타에몬은 알지 못했다.

"마사시게 님, 어째서 그리 쉽게 오사카를 입에 올립니까?"

"그렇지만 남만, 홍모의 불신감은 이와미노카미에 의해 완화되어 있었으나 이제 그 둑이 터지고 말았으니……"

핫토리 마사시게는 입술을 일그러뜨리며 쓴웃음을 지었다.

"우스운 일입니다. 정도가 지나친 이와미노카미의 여성편력이 이 집 여자들을 열렬한 천주교 신자로 만들고…… 그 여자들의 신앙이 지금까지 신자들의 폭발을 막는 둑이 되어 있었거든요."

"이상한 말을 듣게 되는군요. 그럼 이와미노카미가 세상을 떠났다…… 둑이 터졌으므로 신자들이 폭발한다……고 본다는 말이오?"

"예, 그렇게 되지 않으면 다행이라고."

"더더욱 알 수 없는 말을……"

약간 흥분되어 말하다가 마타에몬은 말을 삼갔다. 지금 여기서 마사시게를 힐책하는 것은 잔인하다……고 반성했기 때문이다.

그러나 이 말을 그대로 듣고 흘려버려도 될 일은 아니었다. 오쿠보 나가야스의 죽음이 천주교 신자들에게 그토록 큰 의미를 갖는다면 그 부정이나 비리로 유족을 처벌할 경우 어떻게 될 것인가……?

'홍모인인 미우라 안진의 음모로 착각하여 더욱더 폭발의 힘이 커질 것 아닌가……'

핫토리 마사시게의 생각도 거기까지는 미치지 못한 듯.

"마사시게 님, 그러면 이 집 여자들에게 온 신자들의 서신 등을 조사했겠군요?"

"그렇습니다. 실은 그것도 연판장의 사본과 함께 쇼군 님에게."

역시 마사시게의 계획은 모두 마타에몬의 생각과는 달랐다.

6

"마지막으로 한두 가지 더 물어본 뒤 에도로 떠나겠소."

마타에몬은 애써 태연한 어조로 물었다.

"귀하는 어느 틈에 여자들의 서신까지 쇼군에게 건넸군요. 만일 오쿠보 이와미노카미의 비리가 용서받을 길 없는 것이므로 유족 전부를 극형에 처함이 마땅하다……고 결정되었을 때도 귀하는 구명을 하지 않을 생각이오?"

"예…… 이 일은 저의 손이 미칠 수 없는 사건입니다."

핫토리 마사시게는 얼굴이 창백해져 대답했다.

"으음."

마타에몬은 사위인 마사시게가 이미 장인의 부정을 확고부동한 것으로 믿고 있음을 확인하고 화제를 바꾸었다.

"이 문제에 다테 무츠노카미가 도와주리라고는 생각지 않소? 무츠노카미는 소텔마저 구명하여 영지로 데려갔는데……"

"그것도 희망이 없지 않을까 생각합니다."

"이유는?"

"그 연판장에는 다테 님의 서명이 없습니다. 처음부터 다테 님은 이와미노카미를 소홀히 여겼다…… 아니, 경원했다고 해석됩니다."

"으음, 무츠노카미는 신중하신 분이니까."

"그리고 다테 님은 당분간 영지에서 떠나지 않으리라 생각합니다."

"어째서 그럴까요?"

"소텔을 데리고 간 것도, 그곳에서 비스카이노 장군을 환대한 것도 모두 오늘을 대비한 경계심…… 저는 그렇게 생각합니다."

"허어……"

"지금 영지에서는 모노우고리桃生郡의 오가츠雄勝 해변에서 쇼군 님의 조선 책임자인 무카이 쇼겐과 협력하여 목수 팔백 명, 철공鐵工 칠백 명에 일꾼 삼천 명이 쿠로후네黑船를 만들고 있습니다. 그것은 이 사건이 완전히 해결될 때까지 에도에 오지 않을 구실이 될 것이기 때문입니다."

"그렇다면 귀하는 장인 이와미노카미에게 마츠다이라 카즈사노스케를 받들고 쇼군에게 모반할 생각이 정말 있었다고 생각하오?"

태연하게 사건의 핵심을 찔러 물었다. 그 물음에 핫토리 마사시게는 지체 없이 대답했다.

"쇼군 님 자신이 판단하실 일. 저는 그 판단에 자료가 될 증거를 수집할 뿐입니다."

"알겠소."

마타에몬 무네노리는 고개를 끄덕였다.

"귀하는 그 증거를 이미 에도에 제출했소. 그것으로 충분한 대답이 되오. 그럼, 이만 실례하겠소."

"아무쪼록 잘 부탁합니다."

"알겠소."

마타에몬 무네노리는 일어나 불쑥 한마디 수수께끼를 남긴 채 그대로 마사시게와 헤어졌다.

"어린것들은 되도록 도와주고 싶지만."

마사시게는 일어나서 전송하려고도 하지 않았다. 입과 마음 사이에 큰 모순이 가로막고 있었기 때문인지도 모른다.

'어떻게 이와미노카미가 그처럼 엄청난 악인일 수 있는가……'

이렇게 생각하는 점에서는 사위 역시 마타에몬 무네노리와 큰 차이가 있을 리 없었다. 그런데도 마사시게는 불길에 오히려 부채질을 해버렸는데, 그건 어찌 된 일인가……?

7

에도에 도착한 마타에몬 무네노리는 깜짝 놀랐다. 그의 생각보다 엄청나게 큰불이 되어 있었기 때문이다.

나쁠 때는 나쁜 일이 겹치게 마련, 핫토리 마사시게의 보고로—

"오쿠보 이와미노카미에게 반심이 있었다."

이러한 소문은 이미 중신들 사이에서 움직일 수 없는 '진실'이 되어 있었다.

"사위가 그렇다고 했으니 거짓이 아니다."

"좌우간 사가미노카미를 소환해야 한다. 사가미노카미가 연판장에 서명한 이상 당연히 진상을 규명할 필요가 있다."

히데타다 측근에는 아무래도 반反오쿠보의 색채가 짙었다. 그래서 도이 토시카츠의 이름으로 오쿠보 타다치카에게 등성을 명했으나 사정을 모르는 타다치카는 이를 거부했다.

"늙은 몸이라 거동하기 불편하므로 볼일이 있거든 사자를 병상으로 보내주시오."

요즘 맏아들 타다츠네의 죽음으로 깊이 상심하여 거의 등성하지 않고 있는 타다치카였다. 물론 혼다 마사노부가 측근에 있으면서 히데타다를 움직이고 있는 사실이 불쾌한 원인의 하나이기도 했다. 더구나 오쿠보 나가야스가 죽었다는 보고까지 들어왔다. 실망스러운 마음으로 그가 병석에 누운 것도 전혀 이상한 일이 아니었다.

성안에 있는 측근들의 반응은 이와는 아주 달랐다.

"사건이 탄로난 줄 알고 등성하지 않는다. 이렇게 된 이상 상대에게 준비할 틈을 주지 말고 즉시 오다와라小田原를 급습해야 한다."

이러한 눈으로 보면 핫토리 마사시게가 보내온 연판장의 사본도, 여자들의 서신도 움직일 수 없는 큰 의미를 갖는다.

연판장에 서명한 에치젠의 히데야스는 죽었지만 쇼군의 아우 카즈사노스케 타다테루는 한창 나이의 무장으로 그 기량을 높이 평가받기 시작했다. 지난해 니죠 성에서 이에야스와 대면한 도요토미 히데요리 또한 이에야스가 눈을 가늘게 뜨고 기뻐했을 정도로 6척이 넘는 늠름한 대장부가 되어 있었다.

그들이 가신 중에서도 원로인 오쿠보 사가미노카미 타다치카와 모의하여 쇼군 타도를 위해 비밀리에 도당을 조직하고 있다…… 이보다 더 무서운 사건도 없었다.

야규 마타에몬 무네노리가 에도에 도착했을 때는 이 사건에 대한 슨푸의 지시를 받으려고 도이 토시카츠가 가게 되어 그 의논이 한창이었다. 히데타다는 그 중신회의에 마타에몬을 참석시키지 않았다. 그는 회의를 중단시키고 본성 자기 거실로 마타에몬을 불렀다.

"오고쇼의 특명으로 하치오지에 갔었다지?"

언제나 무표정에 가까운 냉정을 잃지 않는 히데타다였으나 이때만은 얼굴이 붉어져 있었다.

"예. 이와미노카미에게 비리가 있다……는 소문이 널리 유포되어 있어 이를 보고 오라는 분부가 있었습니다."

"그래, 부정이 있던가?"

"전혀 없지도 않습니다. 원래 오랫동안 금광 감독을 지냈으므로."

"금은에 비리가 있었다……는 말이로군."

"예. 그 이외에는 이렇다 할……"

"연판장이 나왔다는 말은 듣지 못했는가?"

히데타다는 아무렇지 않게 말할 셈이었으나 심하게 기침이 났다.

무리가 아니었다. 동생과 더불어 이와미노카미가 자기 목숨을 노리고 있었다……고 해석되는 연판장이 나타났기 때문에……

8

사건의 중대성을 생각할 때 마타에몬은 쉽게 대답할 수 없었다.

섣불리 대답하여 히데타다의 마음에 '타다테루 모반'이란 인상을 강하게 낙인찍는다면? 타다테루로서는 히데타다 이상의 수난이 될는지도 모른다.

오쿠보 나가야스를 싯세이로 삼고 다테 마사무네를 장인으로 가진 타다테루는 히데요리가 후시미 성으로 초대받고도 거절했을 때 쇼군 대리로 일부러 오사카 성을 방문한 일이 있었다. 그 타다테루가 형인 히데타다의 정치에 불만을 품고 오사카의 히데요리와 결탁하여 그를 물리칠 음모를 꾸미고 있었다……고 하면, 그렇지 않아도 도요토미 쪽에 대하여 좋지 않은 생각을 가진 가신들은 두말없이 ─

"있을 법한 일!"

주장하며 들고일어날 것이 틀림없다. 그렇게 되면 천하의 동란이 되기 전에 먼저 도쿠가와 가문 내부의 '집안 소동'으로서 마무리할 수 없는 큰불이 된다.

"어떻게 된 것인가 무네노리, 연판장에 대한 말은 듣지 못했나?"

"죄송합니다마는……"

마타에몬은 짐짓 태연을 가장했다.

"그 말을 듣기는 했습니다마는, 다소 지나친 것 같습니다."

"허어, 지나쳤다면 위조된 문서는 아니지만 믿을 수 없다는 건가?"

"그렇습니다. 지금 세상을 가만히 살펴보면 대체로 세 가지 바람이 불고 있는 것 같습니다."

"으음…… 그 세 가지를 말해보게."

"첫째는 남만과 홍모의 종파 싸움입니다."

"그러나 아직 홍모인은 종파를……"

"물론 종파와 종파가 피를 흘리는 충돌은 아직 없습니다. 남만 쪽에서는 언젠가 쇼군 님에 의해 일본에서 추방될 것이 아닌가 하는 불안으로 떨고 있습니다."

"마른 억새풀을 유령으로 알고 있다는 말이지?"

마타에몬은 그 말에는 대답하지 않았다.

"둘째는 세키가하라 전투 이래 수많은 떠돌이무사들이 초조해하고 있다는 점입니다. 그들은 이대로 평화가 지속되면 자신이 출세할 기회는 영원히 없으리라고 칼을 갈고 가슴을 쓰다듬으면서 소란의 재발을 기대하고 있습니다."

"으음, 그것은 나도 충분히 알고 있으나……"

"셋째는 도요토미 가문과 도쿠가와 가문 후다이들 사이의 반목, 차차 완화되어가고는 있으나 어떤 원인으로 불이 붙는다면 아직도 충분히 불길이 되살아날 가능성이 있습니다. 이 연판장은 세 가지 바람이 모두 바라고 있는 바로 그 불씨…… 연판장의 진위 여부를 가리기에 앞서 그 점에 대해 충분한 고려가 필요하디고 생각합니다마는."

"으음. 그러면 연판장이 진짜가 아니라도 신중하게 다루어야 한다는 말이군."

"저는……"

마타에몬은 양미간을 모으고 딱 잘라 말했다.

"쇼군 님에게 모반할 뜻으로 작성된 것이 아니라 오쿠보 나가야스의 분별없는 행동 때문에 남게 된 것이라고 봅니다마는, 어떠신지요?"

9

이번에는 히데타다 쪽에서 입을 다물었다.

히데타다로서도 그렇다는 생각이 없지 않았다.

'오쿠보 나가야스는 쾌활하고 경박한 면이 있었다.'

만약 천하를 뒤엎을 만한 음모였다면 서명한 사람들이 좀더 조심했을 것이라는 생각이 들었다……

"으음. 그렇다면 어떤 의미의 것이었다고 생각하나, 마타에몬?"

"서두에 기록한 것처럼, 오쿠보 나가야스는 평소에 입버릇처럼 말하던 꿈을 이야기했다…… 세계의 바다로 진출하여 함께 일본을 번영시키자는 정도의……"

"그러면 누가 서명했다고 해도 수상하지 않다……고 해석하는가?"

"예."

"그러나 서명한 자 가운데 가까운 다테 마사무네의 이름은 없어."

마타에몬은 조용히 웃었다.

"쇼군께서는 무츠노카미의 이름이 없다, 그러므로 음모가 있었다고 생각하십니까?"

히데타다는 주의 깊게 그 말을 음미했다.

"좋아. 그럼 자네 의견을 묻겠네. 자네라면 어떻게 하겠나?"

"예…… 우선 오쿠보 나가야스는 금은에 부정이 있었다고 하여 처벌 하겠습니다."

"으음……"

"그 이유는, 이렇게 소문이 시끄러워졌으므로 그냥 둘 수 없기 때문 입니다. 어떤 음모가 있었다고 할 경우, 처벌이 없다면 오히려 그들은 분별없이 움직일지도 모릅니다."

"그렇군. 금은의 부정…… 그것만으로 처벌한다는 말이지."

"그리고 이 연판장에 대해서는 일체 극비로 할 것…… 될 수 있으면 소각하는 것이 마땅하다고 생각합니다."

"으음."

"그렇게 하여 사건이 종결되었다는 생각을 갖도록 하는 것이 소요의 뿌리를 뽑는 정치의 신의가 아닌가 합니다."

"가령……"

이번에는 히데타다가 생각에 잠기면서 입을 열었다.

"종결되었다고 하면 야심을 가진 무리들은 도리어 안심하고 꼬리를 내보인다…… 이렇게 될지도 몰라."

그 중얼거림에도 마타에몬은 대답하지 않았다. 어쩌면 히데타다의 말이 옳을지 모른다. 그러나 쇼군 가의 '무술사범'이라는 자신의 긍지 로 볼 때 입밖에 낼 수 있는 일이 아니었다.

"으음."

다시 한 번 히데타다는 신음하고—

"그럼, 자네가 즉시 슨푸에 가겠나?"

"예. 보고 드리지 않으면 안 되겠습니다."

"도이 토시카츠는 좀더 여기 머물게 하겠네. 자네는 가서 오고쇼 님에게 이렇게 말하게. 오쿠보 나가야스에게는 비리가 있었습니다, 그러므로 곧 유족을 체포해서 처벌하겠습니다……고."

"그럼, 연판장에 대해서는?"

"묵묵히 지시를 기다리는 거야. 이쪽에서는 한마디도 하지 않은 것으로 해주지 않겠나?"

"으음."

"이 문제는 카즈사노스케와 관계 있는 일, 연로하신 아버님에게 형제간에 불화가 있음을 이 히데타다가 풍기면 효도에 어긋난다…… 자네 말을 듣고 있는 동안 나도 절실하게 이 점을 깨달았네."

마타에몬은 말없이 그 자리에 엎드렸다. 역시 히데타다는 엄격하고 고지식한 자계自戒의 선이 그어져 있었다……

10

"정확을 기하기 위해 이 무네노리가 다시 한 번 되풀이하겠습니다. 쇼군께서는 오쿠보 나가야스에게 직무상의 비리가 있었으므로 조사한다……고 말씀하셨습니다. 그 비리는……"

마타에몬이 말을 계속하려 하자 히데타다가 바로 그 뒤를 이었다.

"금광 감독으로서 채굴량에 부정이 있었다. 그러므로 가산은 몰수, 가족은 추방…… 이것만으로는 해결이 안 돼. 그렇게 하면 연판장의 일이 세상에 새나가게 되니까. 새나간다면 자네가 말하는 소각의 뜻이 없어져."

마타에몬 무네노리는 다시 한 번 정중히 머리를 숙였다.

"가족으로 말하면 아들들은 이미 건장한 성인들. 아비의 비리를 알면서도 이를 제지하지 않았음은 발칙하기 짝이 없는 일, 공모하여 범행한 것으로 말씀 드리겠습니다."

히데타다는 이에 대해서는 대답이 없었다. 마타에몬은 이 말만을 하고 자리를 떴다. 갑자기 사방의 소음이 모두 사라지고 칼날 위에 올라선 것 같은 싸늘한 기분이 되었다.

'이런 때 망설이면 안 된다!'

베어야 할 것은 일도양단—刀兩斷, 하늘을 의지한 칼날의 처절함 또한 피해서는 안 될 우리 집안의 가풍……

긴 복도를 지나 정면 현관에 이르렀을 무렵에는 온몸이 땀으로 흠뻑 젖어 있었다.

'살갗이 계절을 느끼는 것일까……'

마타에몬에게 지금은 겨우 칼을 뽑을까 말까 하고 있는 상태.

히데타다는 마음에 의혹을 남기면서도 타다테루의 일은 이에야스의 처단에 맡길 생각인 듯했다. 그러나 이미 연판장이 제출되어 이를 본 이에야스는 무엇을 생각하고 있을까? 아직 마타에몬으로서는 이에야스의 심경은 짐작도 할 수 없었다.

마타에몬은 세키가하라 전투 무렵까지만 해도 이에야스를 존경하기는 했으나 두려워하는 마음은 그다지 없었다. 그러나 요즘에는 그렇지 않았다.

'적으로 돌리면 이처럼 두려운 분도 달리 없을 터……'

적으로 돌린다는 것은 이미 있을 수 없는 망상이라 알고 있으면서도 온몸이 죄어드는 느낌. 신앙을 가진 사람이 신불 앞에서 저절로 옷자락을 여미게 되는 그 불가사의한 두려움인지도 모른다. 어디서 바라보거나 추호의 빈틈도 느낄 수 없는 그 완벽함이 그대로 생활화된 사람에 대한 위축감—

그 이에야스의 완벽한 생애가 바야흐로 막을 내리려 할 때 이 사건이 터졌다. 이 세상에 완벽함이란 있을 수 없다는 신불의 조소와 증오이기도 한 것 같은 사건이었다.

'지금까지 오고쇼는 평화로운 세계를 이룩하기 위해 온갖 노력을 다 기울였다……'

그러나 공교롭게도 함정은 그 발 밑에 깊이 파여 있었다……

'내 자식이 오사카 성과 손을 잡고 아비의 죽음을 기다리고 형을 없애려고 시도하고 있다.'

이렇게 받아들일 수도 있는 무엄한 덫……

'그런 이에야스를 지금부터 만나야 한다……'

정문 앞의 말 매는 곳에 나왔을 때는 빗방울이 뚝뚝 떨어지기 시작했다. 마타에몬은 또다시 날씨나 계절도 잊은 사람이 되었다.

'이에야스는 이 일을 어떻게 처리할까……'

11

이에야스는 자기가 보이지 않는 존재로부터 위탁받은 태평 시대의 창건자이며 부흥자……라는 엄숙한 자신감에 지탱되어 살아오고 있다. 이러한 큰 자신감이 이에야스 그 자체라고 해도 좋다.

그것이 발 밑에서부터 허물어지기 시작했다. 아니, 그렇게 느껴지고 있다면 그때는……?

자신감을 잃고 우왕좌왕하는 이에야스를 마타에몬 무네노리로서는 상상할 수 없었다. 세상을 떠난 아버지 세키슈사이가 병법을 통해 절대의 경지에 도달한 것처럼 위정자로서 이에야스의 지위도 절대적인 존재처럼 마타에몬은 생각하고 있었다.

'그것이 무너진다……'

아니, 객관적으로…… 이에야스가 하나씩 조약돌을 쌓아가고 있는 그 뒤에서 실은 허물어지고 있었다……고도 할 수 있는 상황——

이에야스는 무력으로 이리 떼의 울부짖음을 잠재울 수 있었다. 도요토미 타이코의 실책이었던 조선 침략의 후유증도 수습되었고, 그 뒤의 분규도 세키가하라에서 종식시켰다.

그런 뒤 교학敎學의 수립, 교역에 의한 부국책, 계급제도에 의한 민치民治의 균형…… 이렇게 모든 면에서 업적을 올렸다. 남만인과 홍모인까지 세계에서 보기 드문 질서가 잡힌 평화로운 나라라고 감탄할 정도로 국가건설에 성공했다.

마침내 크게 이루고 조용히 '나무아미타불'을 6만 번이나 쓰면서 다가올 죽음을 맞이하려는 때 발 밑이 허물어지는, 전혀 생각지도 못했던 사태에 맞닥뜨렸다.

'돌아가신 아버지 세키슈사이가, 자신이 창안한 검법을 산산이 부수는 새 병법에 봉착했다면 어떻게 되었을까……'

자기 집에 돌아와 슨푸로 떠날 준비를 하면서 야규 마타에몬 무네노리는 온몸이 떨리는 감정의 휘둘림을 겪고 있었다.

살아 있는 인간의 세계에는 영원히 '안심'이란 없다는 말인가?

늘 흐름을 멈추지 않는 시간 속에는 끊임없이 인간을 위협하는 숙명의 싹이라도 있다는 말인가……?

오쿠보 나가야스에게 이에야스를 곤경에 빠뜨려 복수하겠다는 악의가 있었다고는 생각되지 않았다.

분고豊後 해변에 표류하여, 이에야스를 본국인 이기리스의 엘리자베스 여왕과 똑같이 여기며, 자기 목숨의 큰 은인으로 알고 있는 미우라 안진도 마찬가지였다. 자신의 존재가 구교도 전체로부터 어떠한 원한을 이에야스에게 전가시키고 있는지 상상조차 못할 것이다.

오사카의 히데요리나 지금 에치고에 있는 타다테루는 더더구나 악의 같은 것은 전혀 품을 필요가 없는 환경에서 자란 사람들이었다.

약간의 문제가 있다면 혼다 마사노부, 마사즈미 부자와 오쿠보 타다치카의 파벌, 그러나 이 모두 도쿠가와 가문을 위해 힘을 다하겠다는 생각에서 온 사소한 견해 차이였다.

이들의 선의에서 나온 충돌이 원인이 되고 또는 결과가 되어 이에야스의 노후를 순식간에 불행한 탁류 속으로 내던지려 하고 있다……

'이 무슨 날벼락이란 말인가……'

마타에몬은 창을 든 자와 말구종 두 사람과 함께 그날 밤 안으로 에도를 떠나 슨푸로 향했다.

떨어지는 벼락

1

혼다 마사즈미가 핫토리 마사시게로부터 받은 오쿠보 나가야스의 연판장을 들고 찾아갔을 때, 이에야스는 거실에서 애지중지하는 돋보기를 낀 채 정신 없이 염불 정서에 몰두하고 있었다.

느닷없이 마사즈미가 연판장을 내밀어도 그것이 어떤 뜻을 지닌 폭탄인지도 모르고 ——

"밤중에 수고가 많군, 코즈케노스케 님."

이에야스는 버릇이 된 존칭으로 마사즈미를 부르면서 안경을 벗고 등불을 가까이 당겼다.

"비가 내린 탓인지 좀 후텁지근하군. 몸을 조심해야 하네."

마사즈미는 묵묵히 머리를 숙였을 뿐이다.

그는 연판장에 대해서는 일체 설명을 하지 않을 생각으로 찾아왔다. 아무 말 하지 않더라도 이에야스가 놀라 먼저 질문한다. 그러면 극히 냉정하게 어떤 감정도 섞지 않고 알고 있는 사실만 대답한다…… 그렇게 하면 이 일 처리는 이에야스가 결정할 것이다.

'이 일은 오고쇼 님 마음속 거울에 비친 대로 처리해야 할 일.'

그러한 신뢰감에서 온 생각이었으며, 동시에 말할 수 없는 공포에서 온 생각이기도 했다.

"허어, 이렇게 큰 글자라도 역시 안경이 있어야겠군."

일단 벗었던 안경을 다시 쓴 이에야스의 얼굴이 금세 굳었다.

"코즈케노스케 님, 연판장인 것 같군."

"그렇습니다."

"누가 가지고 있던 것인가?"

"오쿠보 나가야스 집 마루 밑…… 그것도 황금을 깔아놓은 마루 밑에서 나왔다고 나가야스의 사위 핫토리 마사시게가 제출했습니다."

"핫토리 마사시게……라면 한조 마사나리의 아들 아닌가?"

"예. 둘째아들입니다."

"마루 밑에 황금이 깔려 있었다고?"

"예. 막대한 황금, 상상을 초월하는 양이라고 했습니다만, 아직 정식으로 압수하지 않았습니다. 그 총량은 나중에……"

"으음, 역시 나가야스 녀석에게는 비리가 있었구나."

이에야스는 묵묵히 그 연판장의 서명을 끝까지 살펴보았다.

"코즈케노스케 님."

"예."

"이것을 내게 보이는 이상 당연히 자네에게도 생각이 있겠지?"

마사즈미는 머리를 크게 흔들며 대답했다.

"단지 놀라울 뿐…… 아무 생각도 떠오르지 않아 그냥 급히 달려왔습니다."

"으음, 자네로서는 처리할 수 없다……는 말인가?"

"그렇습니다."

"자세히 보니 서명한 사람들은 천주교도가 많은 것 같군."

"예."

"쇼시다이는 뭐라고 하던가? 천주교도들이 소란을 일으킨 일이 있었던 것 같은데."

마사즈미는 대답하지 않았다. 섣불리 대답하여 이에야스의 판단을 흐리게 해서는 안 된다……는 염려보다, 그의 판단을 그릇되지 않게 하려는 조심성 때문이었다.

2

이에야스는 두 번, 세 번 훑어보고 나서 뜻밖에도 차분한 표정으로 연판장을 둘둘 말았다.

"코즈케노스케 님, 자네는 방금 단지 놀라울 뿐……이라고 했지?"

"예. 아무 생각도 떠오르지 않아……"

다시 같은 말을 되풀이하려는 마사즈미를 이에야스가 손을 들어 제지했다.

"세상일에 아무 생각도 떠오르지 않는다……는 일이 있어선 좋지 않아. 사건이 일어났을 때는 어떻게든 그 결말을 지어야 해. 결말을 짓지 못할 것 같으면 직무를 내놓고, 사건이 일어난 원인이 자기 잘못임을 확신했을 때는 사죄하는 방법도 있을 거야."

"예…… 예."

"할복이란 그런 경우를 위해 마련된, 무사가 책임지는 방법일세."

마사즈미는 당황하여 무언가 대답하려다 말았다.

"사건이 일어난 것 자체가 이미 위정자의 책임……"

이렇게 날카롭게 지적한다면, 이 경우 정말 '할복'으로 연결될 수도 있다는 생각 때문이었다.

"으음, 나가야스에게 비리가 있었다는 말이지?"

"죄송하오나 그 연판장에는 저로서는 처리할 수 없는 사람의 이름이 많아, 그만 압도되고 말았습니다."

"타다테루나 히데야스 말인가, 아니면 히데요리 님 말인가?"

"그, 그 모두입니다."

"그렇다면 자네는 이를 쇼군에 대한 모반의 의미가 담긴 동맹으로 본다는 말이로군."

"이……이해해주시기 바랍니다."

"내가 보기에는 별로 우려할 만한 것은 되지 못해."

"예."

"내가 두렵게 생각할 만한 자의 이름이 오히려 여기에는 없네."

"그러니까 다테 무츠노카미 님 말씀입니까?"

"대답은 않겠어. 어쨌든 무츠노카미의 이름은 없네."

"실은 그 점이 납득되지 않습니다. 카즈사노스케 님과 가까운 분들의 격의 없는 연판장이라면 당연히 장인이 되는 다테 무츠노카미의 이름도 있을 법한 일…… 그런데도 없다……는 점에 무언가가 있다고 하면, 지나친 생각일까요?"

"으음, 그렇게도 생각할 수 있겠지. 자네도 나가야스의 기질은 알고 있을 테지?"

"예. 잘…… 알고 있다고 생각합니다마는."

"알고 있다면 다른 뜻이 없다고 볼 수 있지 않을까?"

"오고쇼 님."

마사즈미는 궁지에 몰린 상태에서 대답하지 않을 수 없었다.

"문제는 나가야스에게 깊은 생각이 있었는지 어떤지……가 아닌 것 같습니다."

"으음……"

"이런 엄청난 것이 있었다……고 하는 사실과 여기 서명한 사람들의 심정이 문제 아닐까요?"

"그런 측면도 없지는 않지."

"동요하고 있는 천주교도들이 이것이 있기 때문에 오사카 성에 들어가 곤경을 피하려 하거나 불만을 품은 떠돌이무사들이 봉기할 꿈을 꾸고 있다고 하면, 분명 큰 문제가 되지 않을 수 없습니다. 이 코즈케노스케가 우려하는 점입니다."

이렇게 말하고 마사즈미는 다시 조심스럽게 입을 다물었다.

3

이에야스는 그 말에도 곧 대답하지는 않았다.

마사즈미는 이미 ——

'무언가 있었다……'

생각하고 있는 듯. 마사즈미가 그렇게 생각할 정도면 세상에는 타다테루와 쇼군 형제 간에 불화가 있다는 소문이 나돌고 있는지도 모른다. 물론 그런 일에 대해서는 누구도 이에야스에게 말하지 않을 터.

"으음."

이에야스는 중얼거리듯이 말했다.

"내가 문제를 너무 간단하게 생각했는지 모르겠군. 좋아, 자네가 생각이 미치지 않아 의논하러 왔다는 것을 염두에 두고 나도 다시 한 번 생각해보지. 물러가도 좋네."

"예. 그럼 실례하겠습니다."

이에야스는 일단 자리에서 일어나게 하고 다시 부르는 버릇이 있었다. 오늘도 그렇지 않나 생각했는데 부르는 소리는 없었다.

'역시 타격이 컸다……'

마사즈미는 축축한 밤 공기 속에서 꺼림칙한 마음으로 걸었다.

'나에게는 전혀 의견이 없다……'

이렇게 말한 것은 거짓말이었다.

그는 오쿠보 나가야스를 경솔하고 쾌활한 자로만은 생각할 수 없었다. 그가 순진한 사람이었다고 하더라도——지금의 국내사정으로 그러한 사람이 기량 이상의 지위에 앉아 권력을 휘두른다면 당연히 이를 이용해 일을 꾸미려 하는 온갖 야심가들이 모여들 것……

그러한 사람들을 오쿠보 나가야스는 청탁淸濁을 가리지 않고 접근시켰다. 더구나 그런 위험한 연판장을 만들어 깊이 감추고 있었다는 것은 도저히 납득할 수 없는 일이었다.

'감추었다는 것은 위험한 일임을 알고 있었다는 증거……'

이런 생각이 마사즈미의 뇌리에서 하나의 공포를 형성해갔다.

처음에는 별로 큰 음모가 아니었는지도 모른다. 그러나 자기가 이에야스의 총애를 받게 되고 타다테루 또한 다이묘로 승진하면서 문득 생각이 달라지지 말라는 법도 없다.

'자기 주군을 쇼군으로……'

이러한 막연한 공상이 마침내——

'만들려 하면 못할 것도 없다……'

교만한 생각으로 현실에 접근하게 된다.

사실 타다테루는 이에야스의 여섯째아들로서 다테 마사무네라는 배경과 싯세이인 나가야스에 의해 떠받쳐져 있다. 게다가 에치젠 히데야스라는 편이 있고 히데요리를 끌어들인다면, 이에야스가 죽은 후 충분히 쇼군 히데타다를 안에서 움직일 힘이 될 수 있다.

'그런 생각이 어딘가에 있었다……'

혼다 마사즈미는 나가야스야말로 용서할 수 없는 내부의 위험인물이라고 여겨졌다.

'결코 오카모토 다이하치 사건 따위에 구애받고 있는 게 아니다.'

하고 싶은 말이 없다……는 것은 이에야스가 어떻게 나오는지 그 태도를 보자는 생각일 뿐. 이미 정문은 닫혔기 때문에 마사즈미는 내전의 통용문으로 나와 자기 집을 향해 걸었다.

'이래서는 안 된다. 나도 오늘밤 안으로 허심탄회하게 대책을 생각해두지 않으면……'

마사즈미는 자기 자신을 향해 새삼스럽게 타일렀다.

4

야규 마타에몬이 이에야스의 거실로 불려간 것은 그 이튿날. 에도에서 말을 달려 어젯밤 슨푸에 도착해 미리 연락해놓았기 때문이다.

이에야스의 얼굴빛은 밝지 않았다.

'별로 잠을 이루지 못하셨구나……'

마타에몬은 생각했다. 눈 가장자리의 주름이 늘어져 있고, 얼굴이 다소 부어 있었다.

"수고했네. 어서 이리 가까이."

이에야스는 이미 주위 사람을 물리친 채 기다리고 있었다. 물론 타다테루의 생모 챠아 부인도 자리를 피하고 없었다.

"실은 어젯밤 자네가 도착하기 조금 전에 코즈케가 찾아왔네."

마타에몬은 예기하고 있던 일이어서 눈으로 답했다.

"아무래도 곤란해질 것 같아. 어떤가, 자네가 접촉한 바로는?"

"예. 오늘쯤 에도에서 오쿠보 가문에 대한 조사가 있을 것으로 생각합니다."

"그래? 그러면 쇼군이 분개하고 있는 모양이군."

"그렇게 생각합니다."

"쇼군도 이미 모든 것을 다 알고 있던가?"

"예. 그리고 한 가지 더 큰 오해가 겹쳤습니다."

"오해……라니?"

"오쿠보 사가미노카미에게 등성을 명했는데도 거절했습니다. 제 생각으로는 장남이 죽은 이후 건강이 좋지 않아……서라는 이유가 사실인 것 같습니다만, 측근에서는 그렇게 받아들이지 않는 모양입니다."

"그럼, 어떻게 받아들이고 있다는 것인가?"

"사가미노카미에게 역심이 있다고."

"뭐, 사가미노카미에게?"

마타에몬이 깜짝 놀랄 만큼 날카로운 목소리였다. 이어 나직한 신음소리가 길게 이어졌다.

"마타에몬, 곤란한 일이 생겼군. 코즈케노스케는 복안이 없다고 했으나 속으로는 나의 결단을 바라는 눈치였어."

"속으로……라고 하시면?"

"나를 책하고 있는 거야. 내가 나가야스를 너무 끼고 돌았다. 아니, 노후의 평안을 바란 나머지 마지막 노력을 게을리 했다…… 이렇게 책하는 눈빛이었어."

마타에몬은 잠자코 있었다. 섣불리 대답할 수 있는 일이 아니었다. 그렇지만 자신에게 엄격한 이에야스가 곧 도달할 것 같은 반성이 있은 뒤였다.

"그래? 그럼, 벌써 체포할 군사를 보냈는가……?"

"예. 사위가 되는 핫토리 마사시게가 비리가 있다고 분명하게 단언한 후였습니다."

"그렇다면 어쩔 수 없지. 하지만 그건 금은에 대한 비리겠지?"

"아니, 그렇지 않습니다. 실은 기괴한 연판장이 마루 밑에서 발견되어 그 사본이 벌써 쇼군의 손에……"

그 진본은 이에야스의 손에 넘어가 있다…… 그 사실을 알면서도 이에야스가 아무 말도 하지 않으므로 마타에몬은 이렇게 대답할 수밖에 없었다.

예상했던 대로 이에야스의 입술에서 대번에 핏기가 사라졌다. 이에야스는 사본에 대한 것까지는 몰랐던 듯.

파랗게 질린 입술이 부들부들 떨렸다. 그러면서 이에야스의 얼굴은 무서운 야차夜叉로 보일 만큼 험악한 인상이 되었다.

'이러한 이에야스의 얼굴은 본 적이 없다……'

마타에몬의 온몸에 오싹 소름이 끼쳤다.

5

3분…… 5분, 이에야스는 험악한 얼굴로 침묵을 계속했다.

'무엇을 이처럼 골똘히 생각하고 있을까……'

마타에몬으로서도 쉽게 상상할 수 있는 일이 아니었다.

"마타에몬……"

마타에몬을 부른 것은 이에야스가 10분 가량 허공을 노려본 뒤의 일로, 그 목소리에는 뜻밖일 정도로 힘이 없었다.

"내가 방심하고 있었어. 허를 찔린 거야…… 미숙했어……"

"무슨 말씀인지요?"

"역시 세상을 쉽게 보고 있었다……는 말이 되겠지. 그 책임을 져야만 해."

아직 마타에몬은 이에야스가 무슨 말을 하려는지 전혀 짐작도 할 수 없었다.

세상을 쉽게 보고 있었다……는 술회는 푸념. 그러니 이렇게 하겠다는 것인가, 어떻게 책임을 지겠다는 것인가?

"오쿠보 나가야스의 유족을 체포한다…… 비리가 있지 않았나 하고 세상에서도 의혹을 품고 있는 일인 만큼 이 조처는 그다지 영향이 없으리라고 생각한다."

"예, 저도 그렇게 생각합니다."

"그런데 오쿠보 사가미노카미 모반 운운하게 된다면 가문에 큰 혼란이 생길 것이야."

"예…… 예."

"내 집안과 오쿠보 가문의 관계는 어제오늘의 일이 아니야. 오쿠보 일족의 수는 가문 안에도 많고, 더구나 혼다 부자와 대립하고 있다는 소문도 있어."

야규 마타에몬은 이 이야기를 들으면서 비로소 이에야스의 눈에 반짝이는 것이 맺혀 있음을 보았다.

"부모만큼 자식 생각을 하는 자가 없다는 말이 있듯이…… 쇼군이 연판장을 보았다……는 것이 어쩔 수 없이 무거운 짐이 되는군."

마타에몬은 잠자코 있었다. 그러나 그 말의 뜻은 잘 알 수 있었다.

쇼군 히데타다는 어떤 경우에도 아버지를 거역하지 않는 성실한 사람. 그러나 성실한 사람에게 공통되는 일로 의심의 골도 깊었다. 지금까지 히데타다가 '오고쇼는 절대적'이라고 떠받드는 것은 아버지에 대한 신뢰와 애정이 빈틈없이 자리잡고 있었기 때문이다. 만일 그 믿음이 흔들린다고 느끼면 히데타다는 그 절반도 힘을 발휘하지 못할 것이다. 오쿠보 사가미노카미 타다치카보다도 역시 연판장에 서명한 동생 타다테루의 존재가 히데타다에게는 훨씬 더 비중이 큰 무거운 돌이 될지도 모른다.

'이에야스는 그 점을 생각하고 눈물짓는 모양이다……'

야규 마타에몬은 이에야스를 바라보기가 괴로웠다.

안정되어 있다고 자신했던 자기 집안에 큰 틈이 생기려 하고 있다. 바로 2, 3일 전까지만 해도 이에야스가 상상조차 하지 못했던 일.

"그래, 나가야스에 대한 처리는 잠자코 쇼군에게 맡기기로 하겠어. 마타에몬은 어떻게 생각하나?"

"그렇게 하는 편이 좋다…… 아니, 중신들에게 모두 알려진 일이므로 달리 방법이 없다고 생각합니다."

"그러나 타다테루나 사가미노카미의 일까지 쇼군에게 떠맡길 수는 없겠지. 나가야스 유족에 대한 결말이 나는 대로 내가 에도로 가겠어. 그게 좋지 않을까, 마타에몬?"

마타에몬은 이렇게까지 자신감 없는 이에야스의 모습은 처음이었다.

6

야규 마타에몬은 요즘 이에야스가 일부러 카와고에川越의 키타인喜多院에서 텐카이天海 대사를 초청해 천태종天台宗의 가르침을 듣는다는 표면적인 이유를 내세워, 궁정에 대한 바쿠후 위상을 상세히 자문하고 있는 사실을 잘 알고 있었다.

당시 텐카이는 곤노소죠權僧正에서 소죠僧正°에 올라 비샤몬도毘沙門堂° 책임자로서 조정의 큰 신임을 받고 있었다. 이러한 텐카이의 의견을 받아들여 이에야스는 지금 천황에게 1만 석, 그리고 키타인에 2,000석을 바치고, 앞으로 황실의 영원한 안태를 위해 어떤 마음가짐이 필요한지 자세히 의견을 들었다.

물론 자기 가문 일은 완전히 다져졌다고 보고, 이 일을 자기 생애의

마무리로 생각했음이 틀림없다. 그런데 안심했던 가문 일이 별로 견고하지 못했다.

난세의 무질서는 극복했으나, 평화 시대가 되어 차례로 고개를 드는 새로운 문제의 뿌리, 이에야스의 경험만으로는 처리할 수 없는 문제가 있었다…… 지금의 상황에서 이에야스가 반성하고 당황한다면 앞으로의 일은, 미래는……?

세월의 배가 평온한 바다로 막 항해하기 시작했는데…… 하는 생각과 함께 마타에몬은 다시 등골이 오싹해졌다.

결코 이에야스나 히데타다만의 문제가 아니었다. 언제나 스승이고 인도자이기를 바라는 야규 일족의 이상理想 또한 이를 계기로 큰 벽에 부딪치고 마는 것은 아닌가……

"마타에몬, 나는 다섯 자루의 칼에 둘러싸인 것 같아."

갑자기 이에야스가 말했다.

"이제는 나를 노릴 적이 없다고 여겨 안심하고 눈을 감으려 생각하고 있던 참인데."

"다섯 자루의 칼……이라고 하시면?"

"그 한 자루는 집안의 대립, 또 한 자루는 천주교도, 다음 두 자루는 소란이 일어나기를 바라는 떠돌이무사와 오사카의 존재, 그리고 마지막 한 자루는 내 자신의 나이일세."

야규 마타에몬은 이 말에도 대답하지 못했다.

이에야스가 말한 다섯 자루의 칼이라고 한 가운데 몇 자루는 예상할 수 있었다. 그러나 집안의 대립이나 나이까지도 이에야스에게 이런 고배를 마시게 할 줄은 마타에몬도 상상해보지 못했던 문제였다.

"그러니까 조금 더 젊으셨다면…… 하는 말씀입니까?"

"그래. 조금만 더 젊었다면 오쿠보 사가미노카미나 혼다 부자가 파벌을 만들 수 없었을 거야. 막상 이렇게 되니 양자의 대립은 쇼군과 타

다테루의 대립으로 여겨지고, 그게 새로운 소동을 잇따라 부르는 이유
가 되겠지. 이 모두 이에야스가 늙었다……는 어쩔 수 없는 사실에서
출발하고 있어."

이에야스는 이번에는 희미하게 미소를 띠고 탄식했다.

"인간에게 수명이 있다……는 것도 때로는 큰 악이야, 마타에몬."

이미 그때는 이처럼 나약함을 드러내는 이에야스에게 야규 일족으
로서 어떻게 대할 것인가, 마타에몬은 진지하게 생각하고 있었다.

7

결국 오쿠보 나가야스의 비리규명에 대해서는 에도의 태도를 지켜
보자는 것으로 결정을 내렸다. 아니, 그보다 이 사건에 타다테루의 이
름이 거론되었으므로 아버지로서 이에야스는 히데타다의 처리에 참견
할 수 없게 된 상황이었다……

이렇게 결정된 뒤로 이에야스는 더 이상 마음의 혼란을 남에게는 보
이지 않았다.

외교문서의 처리나 궁정, 5대 종문 등의 관계를 담당하도록 슨푸의
콘치인金地院을 맡겼던 스덴崇傳을 불러 머지않아 오게 될 이기리스(영
국)의 사절 세이리스의 접대와 그를 다룰 방법 등의 상담에 몰두하고
있는 것처럼 보였다. 문제의 연판장에 대해서는 엄히 비밀을 지키게 함
으로써 그 존재는 암암리에 파묻혀갔다. 어쩌면 이에야스의 손으로 불
태워졌는지도 모른다.

그동안 야규 마타에몬은 슨푸에 머물러 가문 내부의 분위기를 살피
면서 이에야스와 히데타다 사이의 연락을 담당하고 있었다. 그가 내보
냈던 정보 수집자들의 보고는 속속 슨푸에 있는 그의 수중에 모이기 시

작했다.

맨 먼저 세상을 놀라게 한 것은 역시 죽은 오쿠보 나가야스에 대한 처벌이었다. 표면상의 이유는 '비리非理의 발각'일 뿐이었다. 그러나 그 내용은 마타에몬이 상상하고 있던 대로 온갖 풍문을 낳았다.

무엇보다 히데타다 측근에 있는 중신들을 경악하게 한 것은 나가야스가 숨기고 있던 막대한 황금의 양이었다. 핫토리 마사시게가 이를 충실히 조사하여 결국 쿠로카와 골짜기에 옮겨두었던 것까지 찾아 몰수하고, 이를 에도의 금고로 옮겼다.

"놀라운 일이야. 바쿠후에 납입한 양보다 감추어두었던 양이 훨씬 더 많다더군."

중신들은 아연실색하여 입을 열지 못했다……는 소문이 슨푸에 알려지고, 이어서 유족의 처형 소식이 전해졌다.

바쿠후 금광 감독이 바쿠후에 납입한 것보다 더 많은 양을…… 이러한 소문에는 꼬리가 붙었다.

"역시 나가야스 놈, 반역을 기도하고 있었구나."

중요한 연판장의 존재를 암흑 속으로 파묻으려 하면 할수록 이 상상은 커져만 갔다.

"놀라운 일이야. 그 옛날 오가 야시로大賀彌四郎 같은 자가 또 하나 있었어."

"오고쇼는 또다시 기른 개에게 손을 물렸어. 새로운 것을 좋아하고 오래된 사람을 잊어버린 벌이야."

하타모토旗本° 중에서는 그것 보라는 듯이 일부러 크게 말하는 사람이 많았다. 후다이 다이묘 중에서도 모이기만 하면 이 소문이 검은 소용돌이를 일으켰다.

"연판장에 대해 알고 있나?"

"물론 알고 있지. 오사카의 음모라고 하더군."

"오사카의 음모…… 그건 몰랐는데. 어떻게 된 일인가?"

"뻔한 일 아니겠나. 오쿠보 나가야스는 오사카 첩자였던 거야. 그래서 타다테루 님과 천주교도를 포섭하여 오고쇼가 죽기를 기다렸다가 쇼군을 몰아내려 했던 것이지. 그렇지 않다면 어째서 그렇게 막대한 군자금을 숨겨두었겠어."

"으음, 그런 음모가 있었다는 말이군."

이러한 정보를 마타에몬은 냉정하게 수집했다.

8

오쿠보 나가야스의 비리를 도요토미 히데요리의 오사카 성과 결부시킨 소문의 소용돌이는 이상하게도 뿌리가 깊었다.

지난해에 잇따라 죽은 사람들은 이에야스가 니죠 성에서 히데요리와 대면했을 때 독을 먹었기 때문……이라는 등 앞뒤가 맞지 않는 낭설마저 나돌았다. 카토 키요마사, 아사노 요시나가는 물론 이케다 테루마사까지도 그 맹독을 풀지 못하고 세상을 떠났다…… 그때 수행하지 않았던 후쿠시마 마사노리는 놀라운 견식을 가진 자였다고.

아니, 소문은 비약하여 그 위에 더욱 낭설을 쌓아나갔다. 나가야스의 사망으로 이에야스는 마침내 크게 화를 내어 머지않아 대군을 동원해서 오사카 성을 공격할 것이다…… 이 소문은 야규 마타에몬도 그만 이에야스에게 보고할 마음이 나지 않았다.

'떠돌이무사들이 어디까지 장난을 칠 작정일까……'

그런 소문을 퍼뜨리는 것은 싸움말고는 달리 생활수단을 갖지 못한 자들의 소행…… 이렇게 단순하게 믿고 있었기 때문이다.

이런 소문의 물결이 파도치고 있는 가운데 더욱 큰 물결을 일으키는 다른 사건이 겹쳤다.

다름 아니라, 유럽 신흥국가로서 에스파냐의 큰 적인 이기리스에서 국왕 제임스 1세의 국서를 가지고 온 이기리스 배 사령관 존 세이리스가 히라도를 출발하여 슨푸와 에도를 향해 여행을 시작했다는 사건이었다.

존 세이리스는 지난 연말(양력으로 올해 정월 14일), 일본을 향해 자바(인도 자바섬) 반탐 항을 출발했다. 그 배는 클로버 호로, 사령관 세이리스 외에 이기리스 인 74명, 에스파냐인 1명, 일본인 1명, 흑인 5명 등 모두 82명이었다. 이 배가 에도에 도착한 것은 오쿠보 나가야스의 유해가 아직 하치오지 저택에 그대로 있던 5월 4일.

세이리스…… 아니, 이기리스 국영 동인도 회사가 황금섬 지팡구라는 이름으로 알려진 동양의 일본을 그 세력권의 교역상대로 삼고자 결의한 것은 2년 전인 케이쵸 16년(1611) 3월. 그해 9월 세이리스는 이미 '영일 국교개시 전권위원' 자격으로 런던 템즈 강에서 출항했다.

세이리스는 히라도에 도착하여 영주 마츠라 호인松浦法印°과 그 손자 이키노카미 타카노부壹岐守隆信를 만나고 나서 즉시 같은 이기리스인이며 이에야스 측근이기도 한 미우라 안진과 연락을 취할 수 있도록 의뢰했다. 마츠라 호인은 미우라 안진인 윌리엄 아담스에게 이기리스 배가 도착했으니 시급히 히라도로 오라는 사자를 보냈다.

이 사자는 처음부터 육로를 택했다. 우선 미우라 반도에 있는 안진의 영지로 가서 그의 부인 마고메馬込 씨를 만나, 안진이 이미 그가 지나온 슨푸에 가 있다는 사실을 알게 되었다. 그래서 다시 슨푸 성으로 돌아왔으며, 거기서 안진을 만나 그와 함께 히라도로 향했다.

이 사건이 세이리스의 슨푸 예방 소문 이상으로 이기리스 배가 마침내 일본에 왔다는 소문을 전국에 크게 퍼뜨리는 결과가 되었다……

'하필 이럴 때 곤란한 자가 왔어……'

그렇다고는 하지만 마타에몬으로서는 어떻게도 할 수 없는 일.

<h1 style="text-align:center">9</h1>

야규 마타에몬도 처음에는 천주교 신도들이 동요하게 된 원인이 오쿠보 나가야스의 죽음에 있다고 가볍게 생각했다. 그러나 이기리스 왕 제임스 1세 사절의 일본 도착이 훨씬 큰 풍파의 원인이었음을 알게 되어 새삼스럽게 세밀하게 정보망을 폈다.

그 뒤 마타에몬이 새로 알게 된 사실은, 히라도에 있는 세이리스가 슨푸에 보낸 사자가 늦어져 매우 불쾌해한다는 것이었다. 그 불쾌감이 일부러 그를 맞이하기 위해 히라도까지 간 미우라 안진과 세이리스를 잘 어울리지 못하게 만들었다. 그것이 안진이 다시는 고향 땅을 밟지 못하고 일본에서 생애를 마치는 원인이 되기도 했다……

히라도에서 만난 두 이기리스 인은 6월 25일 함께 히라도를 떠나 슨푸로 향했다. 오쿠보 나가야스의 죽음으로 당장 무슨 일이라도 일어날 듯 불온한 공기에 휩싸여 있는 일본에, 그 파도를 드높이는 역할을 하면서 이것 보라는 듯이 당당하게 횡단한 셈……

야규 마타에몬이 수집한 정보에 따르면 ——

"세이리스는 이기리스 인 열 명에 창을 가진 일본인 한 사람을 거느리고, 별도로 자바에서 데려온 통역 한 명, 마츠라 호인이 딸려준 경호무사 세 명, 미우라 안진과 그 가신인 창잡이 한 명, 기타 네 명 등 모두 스물두 명이 일본 배를 타고 히라도를 떠났다……"

지금까지 남만인은 가끔 보아왔다. 그런데 그들보다 더욱 붉은 털과 새파란 눈의 홍모인이 열한 명이나 지나가게 되었다. 그것만으로도 신기한 것을 좋아하는 사람들의 호기심을 더욱 부채질할 터.

'되도록 여러 곳에 배를 대지 않고 왔으면 좋으련만……'

이러한 마타에몬의 우려는 2년 이상을 소비하여 처음으로 황금의 섬 지팡구 땅을 밟은 이기리스 국왕의 사절에게 통할 리 없었다.

세이리스는 다른 남만인이나 홍모인과 마찬가지로 상세히 일기를 쓰면서 이틀 만에 하카타에 상륙하여 순풍을 기다렸다. 이윽고 시모노세키下關 해협을 지나 하필이면 오사카에 상륙했다……

당시 오사카는 세이리스의 눈에도 이상한 흥분을 이면에 숨기고 있는 것처럼 보였다. 그는 이 성이 견고하고 거대한 데 감탄하면서 지나치는 한 상인에게 말을 걸었다.

"이곳 성주는 행복합니까?"

자바에서 데려온 일본인이 통역했다. 오사카의 상인은 질린 듯이 머리를 흔들었다.

"천만에요. 세상이 세상이라서…… 이쪽이 타이코 님의 아들이자 주인인데도 지금은 에도에 눌려 쓸쓸하게 지내고 있습니다."

미우라 안진은 오사카 상인들에게 물으면 모두 그렇게 대답할 것이라고 말하려다 그만두었다.

세이리스는 몹시 위세등등했다. 무장으로 귀족 취미를 가진 그는 소박한 옛 무사 같은 미우라 안진의 옷차림부터 마음에 들지 않았다.

"그래 가지고는 이곳 사람들 멸시를 받게 될 텐데, 어디 대영제국의 체면이 서겠습니까?"

이런 말을 들은 안진은 세이리스를 마음으로 경멸하고 있었다……

10

이기리스 왕 제임스 1세의 사절 존 세이리스는 오사카에서 후시미로

갔다. 때마침 후시미 위병들이 교대하고 있는 중이었다. 그 행렬의 아름다움에 세이리스는 눈이 휘둥그레졌다.

"위병 삼천을 거느린 위풍에는 놀라울 뿐이다."

그는 일기에 이렇게 기록하고 있다.

꽤나 일본의 풍토가 마음에 들었던 듯. 그런 뒤 토카이도 각 역참에서 받은 융숭한 대우에 만족해하면서 육로여행을 계속했다.

마침내 8월 4일 이에야스를 접견했는데, 그때의 일기에는 이 광경이 다음과 같이 기록되어 있다.

나는 선물을 가진 자를 앞세우고 가마로 오고쇼 거처인 슨푸 성으로 갔다. 성에 들어가 세 개의 도개교를 지났다. 각각의 도개교에는 한 무리의 병사들이 있었다. 훌륭한 돌계단을 올라가자 위엄을 갖춘 두 사람이 나를 맞이하더니 다다미疊°가 깔린 화려한 방으로 안내하여 책상다리를 하고 앉도록 했다. 그 중 한 사람은 오고쇼의 서기장 코즈케 님, 또 한 사람은 선박 사령관인 효고 님이었다.

잠시 후 그들은 나를 일으켜 오고쇼가 있는 곳으로 인도하여 절을 시켰다. 그 자리는 높이 다섯 자, 금실로 짠 천으로 덮여 있었고, 등 뒤와 양쪽에도 훌륭한 장식이 있었다. 위에는 천개天蓋가 없었다. 그 후 아까 그 자리로 돌아가 15분 가량 기다렸을 때 오고쇼가 나오신다는 통지가 있었다. 오고쇼 자리가 있는 곳 입구까지 인도하여 안으로 들어가게 했는데, 그들은 감히 안을 들여다보지도 못했다. 국왕의 선물과 내가 바친 물건은 오고쇼가 나오기 전에 방의 다다미 위에 나란히 놓여졌다.

이 양자의 대면은 그 후의 일. 야규 마타에몬이 뜻하지 않은 정보에 경악한 것은 이기리스 사절단 일행이 후시미에서 오미지近江路에 접어들 무렵이었다.

"천주교 신도가 소요를 일으킬 우려가 있다. 신도의 밀사가 오사카에서 사방으로 달려갔다."

이러한 정보 때문이었다.

이기리스 사절단 일행이 슨푸에 도착했을 때 이에야스의 구교금지 선포가 있을 것이다…… 이것이 오쿠보 나가야스가 죽은 후 천주교 신도들이 분석한 정세판단이었다. 그것뿐이면 그다지 놀랄 일이 아니었다. 그들은 바쿠후 탄압이 타이코 시대 이상의 극형과 학살로 이어진다고 생각한 듯. 이에 대한 대항책은 난공불락의 오사카 성에 근거하여, 옛날의 잇코 신도 반란을 본떠 바쿠후에 대항할 수밖에 없다는 절박한 결론을 내린 모양이었다.

지금의 오사카 성은 옛날의 이시야마石山 혼간 사. 잇코 종은 혼간 사에서 버티며 노부나가의 용맹을 10여 년에 걸쳐 봉쇄하지 않았는가. 지금은 난공불락의 성채로 변했다. 여기에서 전국 천주교 신도가 신부를 옹립하고 농성한다면 3년, 5년으로는 함락되지 않는다. 그동안에 물론 펠리페 3세의 원군도 도착하고, 도쿠가와 바쿠후를 타도해 도요토미 가문의 천하를 회복시킬 수도 있다……

가장 먼저 밀사를 보낸 곳은 카가의 객장으로 있는 타카야마 우콘노다유 나가후사와 코야산高野山 옆 쿠도야마九度山에 은거하며 지금은 사나다 유키무라라고 부르는 사나다 노부시게眞田信繁인 듯.

11

이기리스 사절 일행은 재미있게 여행을 즐겼으나, 실은 그들의 이 여행이 예기치 않은 곳에서 천주교도 소요의 발화점이 될 줄은 아무도 몰랐다…… 물론 그때까지 선교사들은 입을 모아 지나칠 정도로 이기리스와 오란다를 욕했다. 그들이야말로 용서받을 수 없는 유럽의 무뢰한으로 모두가 해적이라고 극단적인 말을 했다.

인간의 심리작용은 미묘한 것, 증오가 격렬하면 할수록 공포의 그림자도 커진다.

'그렇게 미워하고 있는데, 당연히 그쪽에서도 더 큰 복수를 계획하지 않을 수 없을 것이야……'

그 이기리스가 오란다와 함께 드디어 일본 진출의 기회를 잡았다.

"이기리스 사절 존 세이리스는 군함 클로버 호로 히라도에 입항한 즉시 상관으로 사용할 가옥을 마츠라 호인에게 청해 입수했다……"

소문은 마치 그들을 공격하기 위해 이기리스와 오란다 성채가 확보된 것과 같은 착각을 일으키게 했다.

야규 마타에몬은 세이리스와 이에야스의 회견이 끝날 때까지는 이 사실을 알리지 않으려고 덮어놓았다. 이에 앞서 카가의 객장 카타야마 우콘노다유에게는 같은 카가에 의탁하고 있는 혼아미 코에츠를, 사나다 유키무라에게는 형 노부유키를 보내 자중하도록 설득시킬 생각이었다. 일단 생각하면 행동하는 것이 마타에몬의 병법.

세이리스가 이에야스와의 대면장면을 즐겁게 일기에 기록하고 있을 무렵 국내에서는 벌써 격렬한 물결이 소용돌이치기 시작했다고 해도 과언이 아니었다.

나는 이기리스의 예식에 따라 옥좌로 나가 국왕의 친서를 바쳤다. 오고쇼는 이를 손에 들어 이마 높이까지 쳐들고 뒤쪽에 떨어져 앉은 통역(아담스, 미우라 안진)에게 명하여 그를 통해 나의 긴 여행의 노고를 위로했다. 그리고 하루 이틀 휴식하고 있으면 국왕에 대한 답서를 건네겠다고 내게 말하도록 했다.

다음에 에도에 있는 그의 아들(쇼군 히데타다)을 만날 뜻이 있느냐고 물어왔다. 내가 그럴 계획이 있다고 말했다. 오고쇼는 여행에 필요한 사람과 말의 공급을 명령하겠다 했으며, 또 돌아올 때면 서한이 완성되어 있을 것이라고 알려주었다.

자리에서 일어나 입구에 이르렀을 때 서기장(혼다 마사즈미)이 나를 기다렸다가 돌계단까지 전송했다. 나는 그곳에서 가마를 타고 숙소로 돌아왔다……

세이리스 일행은 12일 정오에 슨푸를 떠나 카마쿠라鎌倉와 에노시마江の島를 구경하고 14일 에도로 가서 쇼군 히데타다를 만났다.

그로부터 1주일 동안 에도에 체류하고, 21일에 우라가浦賀로 향했다. 우라가에 있는 미우라 안진의 집에 머물면서 안진의 부인 마고메의 융숭한 대접을 받고 29일 슨푸로 돌아갔다.

자신의 여행이 그대로 무서운 풍파로 변하고 있다는 사실을 전혀 모르고 이에야스의 답서와 선물, 그리고 통상 허가장을 받아 10월 9일 슨푸를 출발, 다시 유유히 쿄토, 오사카를 지나 11월 6일(양력) 히라도에 돌아왔다고 즐거운 듯이 일기에 적어놓았다.

12

세이리스가 즐겁게 일본을 횡단하고 있는 동안, 소요의 싹은 일본에서 움직일 수 없는 것이 되어가고 있었다. 물론 거기에는 차츰 세력을 뻗어오는 이기리스 왕 제임스 1세에 대한 재일在日 선교사의 공포가 있었음은 말할 것도 없었다.

사절 세이리스는 군인이었다. 그가 군함 클로버 호를 타고 와서 먼저 이에야스의 측근이 되어 있는 영국인 미우라 안진과 같이 슨푸와 에도를 방문하여 보기 좋게 조약을 맺고 돌아갔다.

이러한 상황에, 그들을 ——

"용서할 수 없는 무뢰한!"

이렇게 매도해온 구교의 선교사들은 당황했다.

제임스 1세의 서한은 종래의 에스파냐, 포르투갈 등의 외교문서에 비해 장중한 느낌이 드는 것이었다. 종이는 봉서奉書인 납지蠟紙로 가로 두 자, 길이 한 자 반, 가장자리 세 군데는 녹색 테두리가 있었고, 당초무늬가 그려져 있었다. 그것을 세 겹으로 접고 다시 둘로 접어 황금 압정으로 철하고 밀랍으로 봉했다. 물론 제임스 1세의 친서였다. 이 친서는 통역할 수 있는 자가 아무도 없었기 때문에 당연히 미우라 안진이 번역하여 이에야스에게 바쳤다.

제임스 왕이 하늘의 덕으로 대영제국, 프랑스, 오란다 세 나라의 제왕이 된 지 11년이 되었습니다. 그런 가운데 일본 쇼군 님의 위광이 드높아 우리나라에도 잘 알려져 있습니다. 이에 함장 존 세이리스를 대표로 삼아 일본의 쇼군 님께 인사를 드리기 위해 바다를 건너게 했습니다.

모든 일이 뜻대로 이루어져 서로 형편을 알게 되면 우리나라로서도 만족이 적지 않겠습니다. 앞으로 해마다 많은 상선을 항해시켜 쌍방 상인이 친밀해져 서로 원하는 물자를 교류할 수 있기를 바랍니다. 또한 일본 쇼군 님이 친절하시다면 상인을 귀국에 주재토록 허가하시어 양국의 친교와 화목을 도모하게 해주셨으면 합니다. 그렇게 되면 우리나라에도 일본 상인을 자유롭게 오게 해 일본의 진귀한 물건을 구입, 매매할 수 있게 하려 합니다. 그리고 오래오래 일본과 격의 없이 지내려 합니다. 이에 귀국 의향을 묻고자 하는 바입니다.

이때 영국에서 이에야스에게 보낸 선물은 붉은 색 모직 열 필, 활 한 자루와 손잡이가 조각된 총포 두 자루, 길이 한 간인 망원경 하나였다. 이에야스로부터는 금을 입힌 병풍 다섯 벌…… 그리고 양자간에 맺어진 '통상 면허'의 조문까지도 사절의 일본 횡단으로 전국에 자세히 알려졌다.

그 이후 구교측 선교사의 망상은 더욱 커졌다. 그들 쪽에서도 사실은 군인 한 사람이 사자로 와 있었다. 바로 보물찾기를 위해 온 비스카이노 장군. 비스카이노는 오사카 성으로 히데요리를 찾아가 해서는 안 될 방자한 말을 하기도 하고 허가 없이 일본 근해를 측량하는 등 이기리스 사절 세이리스보다는 행실도 좋지 않고 평판도 나빴다.

선교사들도 내심으로 그런 점을 우려하고 있었다.

이런 열등감이 한층 더 그들을 당황하게 만들고 경거망동케 하는 원인이 되기도 했다.

13

이기리스 사절 일행이 히라도에 돌아온 것은 음력으로는 9월 말경. 아직 일행이 미우라 안진과 함께 여행하고 있을 때, 야규 마타에몬을 깜짝 놀라게 한 정보가 또 하나 센다이에서 들어왔다.

센다이에는 야규 마타에몬뿐만 아니라, 핫토리 일족의 눈길도, 혼다 마사즈미의 눈도 끊임없이 번뜩이고 있었다. 아니, 어쩌면 그 이상으로 쇼군 히데타다의 시선도 직접 동생인 타다테루의 장인에게 날카롭게 집중되어 있으리라고 마타에몬은 생각하고 있었다.

마타에몬은 다테 마사무네가 소텔을 쇼군의 손에서 빼내 영지로 데려간 것을 마사무네 나름의 지식욕과 선박건조, 기타 목적에 이용하기 위해서라고 가볍게 보고 있었다.

소텔의 구명운동을 할 무렵에는 마사무네 역시 그것만을 생각했는지도 모른다. 그런데 오쿠보 나가야스의 죽음으로 인한 천주교 신도들의 동요를 보았을 때 그는 이를 이용해 천지가 놀랄 만한 대음모를 꾸미는 악귀가 되어가고 있다는 비밀정보였다.

'어찌 그럴 수가……'

처음에 마타에몬은 이를 믿지 않았다. 그러나 계속해서 들어오는 핫토리 일족의 정보도 이에 부합되는 것이 있어 간단히 흘려듣고 지나치기는 어려웠다.

센다이에서 만난 소텔과 비스카이노 장군이 하나가 되어 영국 사절의 입국에 정면으로 대결할 책략을 세우고, 이를 마사무네에게 선동했을지도 모른다는 것이 첩자의 의견이었다.

마사무네는 소텔을 자기 방으로 불러 설교를 듣는 형식으로 종종 밀담을 나누고 있다고. 그 결과 ──

"나는 친척이나 친지 때문에 세례를 받을 수는 없으나 가신들의 귀의에는 전혀 간섭하지 않겠다."

이렇게 말하고 성안과 접견실에 포교의 자유를 게시했으며, 시중에 교회당을 둘이나 세웠다고 한다. 그뿐 아니라, 마츠시마松島의 즈이간사瑞嚴寺에 있는 많은 석상을 파괴하고 다른 한 절의 불상도 파기하도록 명했다. 물론 승려가 저항했기 때문에 마사무네의 명에 따라 즉시 처형되고, 하세쿠라 츠네나가支倉常長라는 천주교 신도인 가신이 그 절을 불태워버렸다는 정보였다.

이는 보통 결심, 보통 생각으로는 할 수 없는 일이었다.

이에야스에게 신교국인 이기리스 왕 사절이 와서 화친을 맺자고 할 때 그 적대관계에 있는 비스카이노 장군과 소텔을 접근시키고 성안 접견실에까지 포교의 자유를 게시하는 마사무네의 행위는 연극이나 야유치고는 너무 지나쳤다.

마타에몬이 이런 생각을 하고 있을 때 새로운 정보가 들어왔다.

"마사무네는 오가츠 해변에서 밤낮을 가리지 않고 만든 너비 다섯 간, 길이 열여덟 간의 범선에 소텔, 그리고 사원을 불태운 하세쿠라 츠네나가 등을 태우고 음력 구월 십오일에 유럽으로 출항시킬 예정으로 급거 준비중."

그 목적에 대해 연일 소텔과 밀담을 거듭하고 있었는데, 신교국에 점령되어 백만 구교도가 학살당하게 될지 모르니 충분히 유의해달라……는 호소를 위해서라고.

마타에몬이 놀라는 것도 무리가 아니었다.

14

마타에몬은 드디어 다테 마사무네가 이번 사건에 한몫 끼어 움직이기 시작했다고 보았다.

그렇게 결정하게 한 것은 역시 신교에 대한 소텔과 비스카이노 장군의 감정이었다. 물론 마사무네의 신앙이 그토록 순수할 리는 없고, 이 결정의 또 하나의 원인은 나가야스의 죽음에 있다고 마타에몬은 추측할 수밖에 없었다. 아니, 오쿠보 나가야스의 죽음……이라기보다 그 죽음 뒤에 불투명하게 남겨진 쇼군 히데타다와 카즈사노스케 타다테루 형제의 '불화'라고 하는 편이 좋을지 모른다.

원래 파벌싸움이 집안의 불화라는 형태로 표면화될 때는 그 정석定石이 있다. 더구나 이번 경우는 그 한쪽 기둥이었던 나가야스가 땅에 묻혔기 때문에 여파는 집요하게 타다테루에게 향해진다. 이 경우 타다테루까지 한꺼번에 매장하려면 사실이야 어찌 되었건 구실은 '모반'이란 두 글자여야 한다.

상황이 이렇게 변해간다면 다테 마사무네는 방심하고 있는 사이에 꼼짝없이 모반자의 장인으로 몰릴 우려가 있다. 아니, 그렇게 될 것으로 전망했기 때문에 외눈박이 용 마사무네는 서둘러 연극을 꾸미기 시작했다……고 마타에몬은 생각했다.

문제는 '모반'이라는 결정적인 죄명을 쓰게 되면, 해명이나 핑계는 불리함을 더욱 가중시키는 수동적인 대응책이 되기 쉽다. 과연 마사무네는 그러한 병법의 비결을 알고 있기 때문에, 상대가 그런 수법으로 나온다면 이쪽에서는 그대로 '정말 모반자'처럼 되어 대항하겠다는 무시무시한 공세를 취하기 시작했다고도 볼 수 있다.

'이런 사실을 바로 오고쇼에게 말해야 하는가……'

마침 그때 이기리스 사절은 에도에서 미우라 반도로 돌고 있었다.

은밀히 슨푸를 떠난 마타에몬은 에도에 잠입하여 히데타다에게 접견을 청했다. 그 결과 히데타다는 이미 그 사정을 모두 알고 있다는 사실을 알게 되었다. 그러나 쇼군의 관찰내용은 마타에몬의 그것과는 상당한 거리가 있었다.

"무츠노카미는 나가야스나 카즈사노스케의 일로 하여 오해받지 않으려고 계속 내 비위를 맞추려 하고 있다."

히데타다는 이렇게 보고 있었다.

소텔도 그렇고 비스카이노 역시 일본으로서는 그다지 환영할 만한 인물은 못 된다. 그렇다고 그들을 쉽게 추방할 수도 없으므로 다테 마사무네가 일생 일대의 지혜를 짜냈다……고 해석하고 있다.

일본으로서는 달갑지 않은 예수회, 프란시스코회의 선교사들을 모조리 새로 만드는 배에 실어 본토에서 추방한다. 더구나 그 추방에 한 가지 꿈을 더 보탠 것이 마사무네의 탁월한 지혜라고 오히려 감탄하고 있는 것 같았다.

그들에게 속셈이 드러나지 않게 하려고 짐짓 마츠시마 즈이간 사의 석상 등을 파괴하기도 하고 작은 교회당을 세우기도 하여 참으로 열렬한 신도처럼 꾸미고 진짜 신자인 하세쿠라 츠네나가를 딸려 직접 유럽에 무역로를 개척할 수 있는가 없는가 시험해본다. 실패하면 그들은 돌아오지 않는다……는 것이 마사무네의 속셈이라고 히데타다는 생각하고 있었다……

15

야규 마타에몬 무네노리는 쇼군 히데타다의 의견에도 허심탄회하게 귀를 기울였다.

다테 마사무네의 움직임은 실로 허虛와 실實이 혼연일체가 된 이중구조였다.

마츠다이라 타다테루를 모반자로 보고 그 장인인 마사무네에게 압박을 가하려는 자에게 그의 대비는 실로 기분 나쁜 견제였다.

"저렇게 호신책이 교묘한 마사무네가 새삼스럽게 쇼군 히데타다에게 맞서려는 어리석은 일을 할 리 없다."

이렇게 보는 사람들에게는 소텔의 구제 이후 모든 일은 암암리에 히데타다의 양해를 받고 하는 협력처럼 보이기도 했다.

'역시 예사 그릇이 아니다……'

다테 마사무네는 오쿠보 나가야스를 살아 있을 때부터 멀리하고 문제의 연판장에는 서명도 하지 않았다. 에도에 있게 하면 방해가 될 소텔과 비스카이노 장군을 교묘히 센다이로 옮기고, 이제는 마사무네 자신이 개종한 것처럼 보이면서 그들의 지식과 협력으로 새로 만든 배를 진수시키고 있다.

더구나 그 배에 방해가 되는 무리를 태워 모조리 그대로 멕시코나 유럽으로 추방하려 하고 있다. 그 구상은 이에야스의 국가건설 구상 다음 가는 큰 규모의 것이라고 해도 좋았다.

표면상의 이유는 그럴 듯했다. 세례는 받지 않았으나 마음속으로 천주교 신자가 된 마사무네가 소텔에게 ——

"어떻게 하면 일본에 더욱 웅장한 교회당을 세워 포교를 권할 수 있을까?"

이렇게 묻고, 소텔은 ——

"그렇다면 로마 교황의 지도를 받는 것이 좋습니다."

이렇게 대답했다. 그래서 곧 바쿠후의 허가를 받아 배를 보내기로 했다는 형식을 취하고 있었다.

소텔의 말에 따르면 문제의 배는 500톤은 될 것이라고 했다. 앞서 이에야스가 미우라 안진에게 만들게 하여 태평양을 왕복시킨 배는 120톤이었다. 이와 비교해보면 그 크기를 짐작할 수 있을 터.

그 배에는 남만인 약 40명이 비스카이노 장군, 소텔과 두 신부의 인솔로 타기로 했다고. 일본의 정사正使는 일부러 사원을 불질렀던 하세쿠라 츠네나가.

그 츠네나가 밑에 이마이즈미 레이시今泉令史, 마츠키 츄사쿠松木忠作, 타나카 타에몬田中太右衛門, 나이토 한쥬로內藤半十郎 등의 부사副使가 동행한다. 이들 외에 항해술 습득을 위해 바쿠후의 수군水軍 부교 무카이 쇼겐의 부하 10여 명이 가담하고, 상인 희망자 등도 있고 해서 총인원수는 180여 명이 되리라는 것이었다.

이 출항은 쇼군 히데타다뿐만 아니라, 이에야스도 벌써부터 양해하고 있었을지도 모른다.

문제는 다른 데 있었다.

마츠다이라 타다테루는 이미 아사쿠사 다리 밖의 에도 저택에 돌아와 있었다. 이 출항에 대해서는 그에게 장인이 되는 다테 마사무네로부터 반드시 무슨 말이 있을 터였다. 이렇게 생각하고 마타에몬은 이중삼중으로 감시망을 펴두었다.

　마사무네가 사위 타다테루 앞으로 보낸 서신이 마타에몬의 첩보망에 탐지된 것은 출항 예정일인 9월 15일의 8일 전인 9월 7일이었다……

　그 사실을 알아낸 마타에몬은 비로소 깜짝 놀랐다.

　'벼락이 떨어지는구나……'

　마타에몬의 솔직한 심정이었다.

음모 이상陰謀以上

1

다테 마사무네가 사랑하는 사위 마츠다이라 타다테루에게 보낸 서신은 허와 실의 두 가지 모습이기는커녕 팔면육비八面六臂…… 병법으로 말하면 그야말로 사방팔방을 격파하는 자세이며, 칼 없이 이기는 비기秘技를 연상케 하는 놀라운 것이었다. 그는 이 서신을 통해 이에야스가 죽은 후에 일어날 도쿠가와 가문 내부의 분규에 대해 철저하게 분석하고 있었다.

이에야스와 같은 거목이 쓰러지면 어떤 경우에라도 파문은 상하에 미치는 법이다. 그리고 후계자에게 이를 수습할 만한 기량이 없으면 당연히 패업覇業이 전복되어 멸망한다.

오쿠보 나가야스의 죽음과 그 후의 사건은 이 불가피한 분규가 잠재해 있음을 말해주는 작은 예에 지나지 않는다. 더구나 타다테루는 아직 젊으므로 태연하게 있어야 한다.

이번에 마사무네가 쿠로후네黑船를 만들어 오지카고리牡鹿郡의 츠키우라月浦에서 출항시키는 것도 실은 먼 훗날을 고려한 뜻깊은 대비에 지나지 않았다.

기껏 이렇게까지 성장한 일본이 내란이나 외세의 충돌로 좌절되어서야 어디 될 말인가. 그러니 백척간두百尺竿頭에서 한 걸음 더 나아가 일본의 번영에 진정으로 기여하는 자와 그렇지 않은 자를 엄격히 선별하여 제2의 초석을 마련해야 할 때이다.

일본의 발전을 위해서는 남만 쪽인 펠리페 3세가 좋은가, 아니면 홍모인 쪽인 제임스 1세가 좋은가?

아직 누구도 정확하게 조사한 자가 없다. 그래서 마사무네는 만리타국萬里他國에 사절을 보내 직접 조사케 하는 동시에 대대적인 무역로 개척을 명해 소텔과 기타 신부들의 충의심과 실력을 시험해보겠다고 적고 있었다.

실력 없는 자는 다시 일본으로 돌아오지 않는다. 따라서 이번 조치는 나라 안 대청소가 되기도 한다고 씌어 있었다.

멕시코 총독과 종교의 총책임자에게 제시할 각서의 사본도 동봉되어 있었다. 이 대목에서는 마사무네의 복잡한 심정이 오히려 어떤 신적神的인 여운을 풍기며 기록되어 있었다.

일본과 멕시코의 통상이 루손(필리핀)의 마닐라 시에 불리함을 주지 않는다는 것. 이에야스에게는 통상할 뜻만 있을 뿐 침략의 의도는 전혀 없다는 것. 통상이 에스파냐의 이익을 주는 것이라면 당연히 그 나라 계통인 프란시스칸 파는 바쿠후로부터 후한 대우를 받게 되리라는 것 등을 상세하게 기록하고 있었다. 그리고는 야규 마타에몬이 몇 번이나 고개를 갸웃거려도 끝내 그 진의를 알 수 없는 다음의 문장으로 종결되어 있었다.

이 사절을 파견하는 마사무네는 차기 황제가 될 최강의 실력자를 옹호하고 있으며, 더구나 이에야스의 신임이 두텁다. 이번의 사절파견은 이에야스와 그 아들인 쇼군도 결코 불쾌히 여기지 않는다. 따라서 마사무네의 사절을 위해 충분히 편의를 도모해주기 바란다.

이 편의便宜란, 얼마 후 펠리페 3세를 알현할 때 군함 3척을 빨리 일본으로…… 아니, 이에야스가 신임하고 쇼군이 즐겨 협력하고 있는 차기의 황제에게 파견하라는 것…… 실로 복잡한 함축성을 가진 불가사의한 문장이라고밖에 할 수 없었다.

마츠다이라 타다테루는 이 서신을 장인에게 받고도 아무런 의문도 품지 않는다. 만약 '차기 황제'란 자신을 말한 것으로 생각하고 있다면 어떻게 될까……?

2

다테 마사무네가 오쿠보 나가야스를 은근히 멀리한 조심성은 나가야스의 일당……이라고 오해받게 될 것을 경계해서였다. 그처럼 세심한 마사무네가 하세쿠라 츠네나가 등의 유럽 파견을 오고쇼 이에야스나 쇼군 히데타다가 결코 불쾌하게 생각하지 않는다고 명기하고 있는 의미는 잘 알 수 있었다.

두 사람의 승인 없이는 우선 500톤이나 되는 큰 배를 만들 수는 없었을 터. 물론 소텔도 마사무네의 손에 넘어가지는 않았을 터이고, 비스카이노 장군도 일본을 떠날 배가 없어서 난처할 터였다. 마사무네가 은밀히 이에야스나 히데타다에게, '바람직하지 않은 신부나 선교사의 국외추방'을 위해 이 큰 배의 건조를 암암리에 승인케 했다는 사실은 마타에몬이 아니더라도 추측할 수 있는 일이었다.

마사무네는 과연 이러한 필요만으로 즈이간 사의 석불을 파괴하고 접견실에 천주교 신앙을 권장하는 게시를 하는가 하면 작기는 하지만 시내에 두 군데나 교회당을 짓게 했을까……?

'그것만이 아니다……'

마타에몬은 다음의 일들을 생각하지 않을 수 없었다.

'최소한 마사무네는 오쿠보 나가야스가 죽으면 반드시 어떤 사건이 일어난다고 예기하고 있었다……'

그 한쪽 괴수로 지목되는 사태가 두려워 마사무네는 나가야스도 멀리하고 그 연판장 서명도 거부했다.

마사무네가 경계했던 대로 나가야스가 죽었고 사건은 일어났다. 동시에 마사무네의 전망에도 상당히 큰 변경을 가하지 않으면 안 되게 되었다……고 보아야 한다.

나가야스의 죽음은 이기리스 왕 제임스 1세 사절의 도착과 맞물려 사태를 급변시켰다.

전국의 구교도는 타이코 시대의 탄압을 상기하며 동요하기 시작했고, 나가야스의 조심성 없는 연판장이 '타다테루 모반'이란 망상도哀想圖를 유언비어에 실어 전국에 불안을 퍼뜨렸다.

이와 함께 타다테루의 장인으로서 마사무네의 입장도 매우 위험해졌다…… 아니, 다테 마사무네는 그렇게 받아들이고 소텔과 하세쿠라의 유럽 파견을 서두르기 시작했다.

배의 건조는 5월 이래 그야말로 불면불휴不眠不休 주야겸행晝夜兼行의 강행군으로 이루어졌다. 그리고 배가 완성되기 전부터 벌써 출항일을 9월 15일로 결정했다.

이러한 조처는 어느 면으로 보나―

"이미 일 각의 여유도 허용할 수 없는 때!"

사정이 절박함과 정열을 느끼게 하기에 충분했다.

누군가가 책동하여―

"그 배를 출항시켜서는 안 된다!"

이런 말이 나와서는 큰일이라고 여겨 정무 앞과 접견실에 이르기까지 기묘한 게시를 하도록 했다고도 생각할 수 있다.

그뿐 아니라 이 일을 타다테루에게도 억지로 승인시켰다고 보아야만 한다. '차기 황제'라는 기묘한 문자는 말할 나위도 없이 타다테루의 존재를 암시한다. 그 타다테루의 이름으로 펠리페 3세에게 원군을 청한다…… 다테 마사무네의 흉중에는 이미 자신의 입장은 반反오고쇼……가 아니라, 반反히데타다 파 수령으로 궐기하지 않으면 안 된다는 필요성이 자리잡고 있다……

마타에몬의 추리에는 마사무네는 그렇게 예견하고 행동하고 있다는 대답이 나왔다.

3

'다테 마사무네나 되는 인물이 내란의 불가피성을 인정하고 그 준비를 하고 있다……'

그것도 실로 마사무네다운 면밀한 계획과 규모로 이에야스의 사후에 대비하기 시작하였다.

쇼군 히데타다가 신교측인 이기리스, 오란다와 제휴할 것으로 보고, 그는 펠리페 3세와 로마 교황을 이용하려고 손을 쓰기 시작했다. 유럽에까지 손을 뻗칠 정도이니 국내에서도 가세할 수 있는 모든 세력과 은밀히 연결할 것이 틀림없다. 아니, 그 '반反히데타다'라고 마타에몬의 눈에 확실히 비치는 행동이, 조금 각도를 달리하여 바라본다면 모든 일이 '히데타다를 위한 심려'로 보이니 실로 놀라운 마사무네의 구상이며 두뇌였다.

'나 혼자 가슴에 감추고 있어도 될 일이 아니다……'

마타에몬은 이기리스 왕의 사절 세이리스에게 '통상 허가' 각서를 교부하고 마음놓고 있는 이에야스에게 보고하러 갔다.

이에야스는 약간 수척해져 있었다. 그러나 콘치인 스덴이 쓴 각서 사본을 앞에 놓고 있는 그의 기분은 그다지 나빠 보이지 않았다.

"마타에몬, 이기리스가 에도에 집이 필요하다고 하는군. 그래서 원하는 곳에 주기로 했어. 물론 그들이 체류하는 중에는 계속 보호할 생각이네만……"

마타에몬은 이에야스가 어째서 일부러 구교도의 반감을 부추기는 일을 하려고 하는지 알 수 있을 것 같았다.

'그들의 반응을 살필 생각이다……'

사실 이때 이에야스가 맺은 조약은 상대에게 파격적인 특권을 부여한 것이었다. 통상의 자유는 물론 이기리스 인에게 에도 거주를 허락하고 더구나 치외법권도 인정하고 있었다.

"이기리스 인 중에서 범죄자가 발생할 때는 죄과에 따라 그 경중을 이기리스 대장이 임의로 판단할 것."

이 조항은 물론 종래의 남만인에게는 허락되지 않았다.

마타에몬은 일부러 이 일에 대해서는 말하지 않았다.

"다테의 영지 츠키우라에서 새로 만든 쿠로후네가 이달 십오일에 출항한다고 합니다. 그 일에 대해서는 물론 오고쇼 님이 허락하셨을 거라 알고 있습니다."

이에야스는 고개를 끄덕였다.

"무츠노카미가 불순한 자들을 일소하겠다고 해서 말이네."

"그렇다면 오고쇼 님께서는 펠리페 대왕인가에게 보내는 서한의 내용도 알고 계십니까?"

이에야스는 흘끗 마타에몬을 바라보았다.

"출항할 때까지 나는 그냥 둘 생각이야."

"그냥……?"

"그래. 이제 며칠 남지 않았어. 그냥 두는 것이 좋아. 그보다 마타에 몬, 오사카의 일곱 장수가 카가에 사람을 보냈다는데 알고 있나?"

"카가에 사람을 보냈다는…… 말씀입니까?"

"오사카 성을 수리하고 싶다고 말일세. 타카야마 우콘노다유에게 입성을 청했다더군."

"그것을, 그것을…… 오고쇼 님은 어디서……?"

"물론 마에다 토시나가지. 토시나가가 내게 알리지 않을 수 없지."

"으음."

마타에몬은 낮게 신음하면서 저도 모르게 무릎걸음으로 다가갔다.

4

"그럼 오사카의 사자는 하야미 카이였겠군요?"

목소리를 떨군 마타에몬의 질문에 이에야스는 긍정도 부정도 아닌 태도로 말했다.

"히데요리 님 근시가 키슈의 쿠도야마에 갔다더군."

"히데요리 님의 근시가?"

"그래. 이바라키 단죠茨木彈正라는 자가 말일세. 현재 쇼군이나 나의 지휘력과 비길 수 있는 기량을 가진 자는 사나다의 아들뿐이라더군."

"그것은…… 어디서?"

"물론 사나다 본가에서겠지. 일이 묘하게 됐네."

"그렇다면 이 역시 성의 수리를 위해서……겠군요?"

"그래. 타카야마 우콘도 사나다의 아들도 축성에는 천하 제일이라고 해서 말일세. 그건 그렇고 자네가 조사한 무츠노카미 서신이란?"

역시 이에야스는 잊고 있었던 것이 아니다. 그는 스스로 자신의 충격을 줄이려는 듯 일부러 사이를 두고 물었다.

"실은 그 서신에 이상한 말이 있습니다."

"이상한 말……이 있다고?"

"예…… 마사무네는 차기 황제가 될 최강의 실력자를 옹호하고…… 이런 구절입니다. 이에 대해 오고쇼 님은 기억이 없으십니까?"

"뭐, 차기 황제가 될……?"

"예. 차기 황제라 함은 물론 차기 쇼군이겠지만…… 무츠노카미가 옹호하고 있다면, 황송하오나 카즈사노스케 타다테루 님이 아닌가 합니다마는……"

"으음."

이에야스는 애써 태연한 듯 대답했으나 그 마음속의 동요는 감출 수 없었다. 그는 당황하여 안경을 벗었다가 다시 썼다. 그와 함께 시선이 흐릿해져 표정이 불분명했다. 똑바로 바라보는 것이 견딜 수 없이 괴로운 듯한 동작이었다.

"그렇다면 자네는 무츠노카미 마사무네가 소란의 불가피함을 알고 공세를 취하기 시작했다……고 본다는 말인가?"

"예. 이는 구두로 한 지시입니다마는, 소텔과 비스카이노에게도 또 정사인 하세쿠라 로쿠에몬 츠네나가支倉六右衛門常長에게도 시급히 군함의 임대賃貸를 명했다고 합니다."

"마타에몬."

"예."

"나는 그 배가 츠키우라를 출항한 뒤 곧 에도로 갈 생각이야."

"저도 수행하고 싶습니다."

"쇼군과 잘 상의한 다음 타다테루에 대해서는 내가 직접 진상을 규

명하겠어. 과연 형을 가벼이 보는 면이 있는가 없는가…… 그런 뒤 혹
시 자네에게 쿄토에 가도록 명하게 될지도 몰라."

"충분히 각오하고 있습니다."

"타다테루나 히데요리 님은 물론 아무것도 모르고 있을 거야…… 그
러나 난처한 일이야. 모른다는 것이 이런 경우에는 오히려 큰 방해가
돼. 알고 있었다면 움직이지 않을 텐데 모르기 때문에 바람만 불면 움
직이게 될 우려가 있어."

"오고쇼 님의 그 심정, 이해할 수 있습니다."

"아니야, 모든 것이 이 이에야스가 방심한 탓이야. 내 발등에 이런
불이 붙어 있었다니."

이에야스는 얼른 안경을 벗어 알을 닦기 시작했다.

5

분명히 이에야스는 옛날의 이에야스가 아니었다.

"어떤 경우에도 푸념을 하면 안 된다……"

남보다 위에 선 자의 첫번째 마음가짐이라고 하여, 세키가하라 전투
때는 키요스 성淸洲城에서 가벼운 뇌졸중 증세가 있는데도 무리하게
전쟁터로 나가면서 표정 하나 바꾸지 않았던 '철인'이었다……

그러던 이에야스가 야규 마타에몬 앞에서 울고 있다…… 이것은 병
법가인 마타에몬으로서도 이해하기 어려운 혼란으로 보였다.

병법가가 말하는 '불패不敗의 경지'는 관념적이다. 공포를 전혀 모
르는…… 아니 승부조차 잊는 것이 이 경지일 터.

"싸우면 반드시 이긴다!"

이런 절대적인 자신감으로 일관하는 것이 불패의 경지에 선 자의 장

엄한 아름다움이다. 예전의 이에야스에게는 그것이 있었다.

"장수 된 자는 항상 물이 새는 배, 불타는 지붕 밑에 있다는 마음가짐을 잊어서는 안 된다."

이런 말도 자주 했다. 곧 세심한 주의와 병행하는 절대적인 자신감이 이에야스를 떠받치고 있었다. 그 자신감에서 나오는 장엄미가 천하의 제후를 압도했다……고 생각하고 있었다.

그런데 오늘의 이에야스는 어떤가?

문제는 뜻하지 않았던 곳으로 파급되었다. 쇼군 히데타다의 존재에 불만을 품고 그 동생인 카즈사노스케 타다테루가 다테 마사무네와 모의하여 오사카 성의 히데요리와 손잡고 이에 대항하려는 형세가 되었다. 그뿐만이 아니었다. 다테 마사무네는 펠리페 3세에게 자기 야심을 밝히고, 일본의 이기리스 오란다 세력을 쇼군 히데타다 정권의 전복과 결부시켜 성취하려 하고 있다……

이렇게까지 문제가 확대된다면 이에야스의 '불패의 경지'도 과연 무너지기 시작하는 것일까……?

이에야스의 자신감이 무너진다……면 이는 다시 일본에 난세가 찾아온다는 의미가 아니겠는가.

'만일 아버지 세키슈사이가 자신의 창안인, 칼을 쓰지 않고 이기는 비법이 누군가에 의해 허물어졌다면 어떤 말년을 맞았을까……'

그 상상은 병법가인 마타에몬의 가슴에 찬바람이 되어 때때로 스쳐 갔는데, 이에야스에게 지금 그런 일이 일어난 것은 아닐까……

"마타에몬."

이에야스는 몇 번이나 안경과 눈을 닦은 뒤 힘없이 입을 열었다.

"나는 날마다 염불을 정서하는 것 정도로 벌써 극락정토에 도달한 것처럼 마음을 놓고 있었어. 피안彼岸에 배가 닿은 것처럼."

"황송합니다."

"그런데, 그런데 피안은 그렇게 가까운 곳이 아니었어. 나는 지금 내게 남은 체력이 자신의 지혜에 걸맞은 것인지 아닌지…… 큰 혼란의 늪 앞에 서 있어……"

마타에몬은 대답하지 못했다.

'역시 불패의 신념은 이분의 몸에서 체력과 함께 차차 사라져가는 모양이다……'

"우선 에도에서 타다테루를 만나겠어. 은밀히 만나겠어…… 그런 뒤 악귀가 될 것인가 보살이 될 것인가를 결정해야겠어. 나의 신앙에 얼마나 효력이 있었는지……를 깨닫게 될 테지. 자네도 그렇게 알고 내게 힘을 빌려주어야 해……"

6

마타에몬은 어떻게든 적절한 말로 이에야스를 위로하고 싶었다.

누군가가 치밀하게 음모를 꾸며 이 때문에 전운戰雲이 짙어졌다……고 하면 문제는 간단하다. 동서東西의 생각이 복잡하게 얽혔던 세키가하라 전투 때도 처리할 방법이 있었다.

그러나 지금은 그렇지 않다.

이시다 미츠나리와 같은 주모자도 없고, 그 미츠나리를 위해 죽겠다던 오타니 요시츠구大谷吉繼나 나오에 야마시로노카미直江山城守가 있는 것도 아니다. 그런데도 사태는 그 이상의 대란이 될 것 같은 위험성을 내포한 채 진행되고 있다.

'참으로 이상한 난리의 싹도 다 있구나……'

오쿠보 나가야스는 악인도 아니고 주모자도 아니다. 더구나 그는 사후에 재산을 몰수당하고 일곱 명의 아들이 처형되었을 뿐만 아니라, 관계된 것으로 지목된 부하, 하인들이 모두 다이묘에게 맡겨져 그야말로 눈 깜짝할 사이에 사건은 마무리되었다.

다테 마사무네도 물론 주모자나 장본인의 입장이 아니다. 그는 나가야스가 남기고 떠난 바람 때문에 자칫하면 다테 가문의 존망에 관한 일이 될지도 모른다고 보고, 주의 깊게 피동적 자세를 취하고 있는 데 지나지 않는다……

마츠다이라 타다테루의 경우 십중팔구 나가야스의 죽음이 자기와 형인 쇼군 히데타다 사이에 어떤 껄끄러운 공기를 남겼는지조차 모르고 있기가 쉽다.

모른다는 점에서는 오사카 성의 히데요리도 마찬가지. 그는 도대체 일곱 장수나 자신의 근시들이 카가로 달려가고 또 쿠도야마로 사나다 유키무라를 찾아가는 것을 알고나 있을까……?

'아니, 아무것도 모를 터……'

그런데도 쿄토, 오사카로부터의 정보에 따르면 이미 신부 포를로, 토를레스 등에게 선동된 신자들이 갖가지 명목의 고용인 모습으로 연이어 성내에 들어오고 있다.

아카시 카몬明石掃部도 오다 우라쿠사이를 찾아 입성한 것 같고, 타카야마 우콘도 머지않아 카가를 떠나 오사카에 올 것이라는 추측도 있었다. 그렇게 되면 도요토미 가문과의 대립의식을 버리지 못하고 있는 도쿠가와 가문의 하타모토들이 어쩔 수 없이 신경을 곤두세우게 되는 것은 당연한 일이었다.

이 날카로운 공기가 오사카에 대한 것만으로 끝난다면 그래도 간단하다. 그 한쪽에 타다테루의 이름이 있기 때문에 일은 까다롭다.

"설마 카즈사노스케 님이 쇼군과 적대를……?"

이렇게 말하는 부정론자의 앞을 가로막는 다테 마사무네의 존재는 충분히 위력이 있다.

마사무네는 당초부터 카즈사노스케를 포섭하여 천하에 야심을 펼 사위로 삼았다. 그리고 사위 타다테루가 열렬한 천주교 신자인 딸의 포로가 되었을 무렵 드디어 그 이빨을 드러냈다…… 이렇게 밀어붙이면 그 말은 묘하게도 설득력을 가지게 된다.

'이 소요를 끊기 위한 뿌리는 어디에 있을까……'

이런 생각을 하면서 마타에몬은 이에야스의 얼굴을 차마 마주볼 수 없는 마음이었다.

"마타에몬."

이에야스는 다시 사이를 두었다가 불렀다.

"자네는 아직도 솔직한 의견을 내게 말하고 있지 않아. 자네는 예사 병법가가 아니야. 어디서부터 칼을 댈지…… 보고 생각한 바가 있을 것 아닌가?"

마타에몬은 아직 마음을 결정하지 못하고 가만히 있었다.

7

물론 할말이 없을 리 없다.

이번 사건의 주모자는 단순한 정권쟁탈 경쟁을 하는 인간이 아니다. 그 반대로 평화로운 시대의 인심을 누가 더 깊이 장악하는가 하는 '사고방식'의 싸움인 듯했다. 물론 그 이면에는 정권쟁탈 이상의 탐욕이 숨겨져 있지만……

"마타에몬, 자네 의견을 채택하고 않고는 내 마음에 달렸네. 하고 싶은 말만 해보지 않겠나?"

"오고쇼 님!"

마타에몬은 드디어 마음을 정하고 고개를 들었다.

"이 이상 더 잠자코 있으면 불충이 될 것입니다. 지나가는 말처럼 들으신다면 이 마타에몬의 생각을……"

"그래, 말해보게. 듣기로 하겠네."

이에야스가 몸을 내밀었다. 마타에몬은 입을 열었다.

"이번 소요의 뿌리는 사람이 아니고, 천주교 종단입니다."

"으음."

"오란다, 이기리스의 상관을 히라도에 허락하신 이상, 미우라 안진을 측근에서 멀리하심이 선결 문제라고 생각합니다."

이에야스는 마타에몬의 말이 무척 뜻밖인 모양이었다. 나직하게 신음할 뿐 아무 말도 없었다.

"그런 뒤 잘못된 행위를 한 구교 신자들을 즉시 법에 따라 처벌해야 합니다."

"법에 따라……?"

"예. 신앙은 자유, 그렇다고 공연한 소문을 퍼뜨려 세상을 소란케 하는 것은 부당한 일입니다."

"그런가? 그럼 잘못을 저지른 자 가운데는 천주교 다이묘도 상당 수 포함되어 있겠지?"

"그렇습니다! 농민과 상인 신자들은 그들의 유언비어에 따라 움직이는 표면상의 작은 파도에 지나지 않습니다."

"그렇다면 그 처벌은 누가 담당해야겠는가?"

"우선 다테 무츠노카미……가 있습니다. 무츠노카미는 아시는 바와 같이 자기 성 정문에까지 신앙과 가르침을 권장하는 게시문을 붙여 배수진을 쳤습니다. 그렇다면 후다이의 최고 원로인 오쿠보 사가미노카미에게…… 저 같으면 그렇게 명하겠습니다."

"타다치카에게…… 참, 타다치카도 천주교를 믿고 있지?"

"예. 믿고 있기 때문에 사가미노카미의 입을 통해, 오고쇼는 미우라 안진도 멀리하셨다, 신교와 구교 어느 편도 두둔하시지 않는다, 다만 세상을 소란케 하는 자는 불교도이건 신토神道˚ 신자이건 용서치 않겠다고 하여 이치를 밝혀 다독거리겠습니다."

이에야스는 흘끗 마타에몬을 바라보면서 고개를 끄덕였다.

"그러면 천주교 신도는 잠재울 수 있겠지. 다음으로 쇼군과 카즈사노스케 사이의 어색한 분위기는 어떻게 하면 될까?"

"그 일은 다테 무츠노카미에게 맡기는 것이 최선의 방법이라 생각합니다."

"으음."

"무츠노카미 마사무네는 그 점을 이중삼중으로 생각하여 어느 쪽과도 아직 신뢰관계를 끊지 않았습니다. 나쁘게 말해서 양다리, 좋게 말해서 깊은 생각…… 문제는 이 이상 적의를 품지 않게 하는 것이 중요하다고 생각합니다."

이에야스는 다시 가볍게 고개를 끄덕였다.

"나머지는 오사카의 히데요리 님이군. 많은 신자들이 성안으로 들어갔다고 하는데, 이쪽은 어떻게 하지?"

질문을 받고 마타에몬은 무릎걸음으로 다가갔다. 이 물음에는 하고 싶은 말이 많은 마타에몬이었다.

8

"무릇 병법의 종점은 적을 갖지 않는 데 있습니다."

마타에몬 무네노리가 단호하게 말문을 여는 순간 이에야스는 얼른 시선을 피했다.

'그런 강의는 어린아이에게나 하라……'

이러한 불쾌감을 노골적으로 나타내는 얼굴이었다. 그러나 마타에몬은 물러나지 않았다.

"오고쇼 님은 자신의 마음에 적을 만들지 않으면 적 없이 끝날 수 있다고 믿고 방심하셨습니다. 과연 오고쇼 님과 히데요리 님 사이에는 추호도 적의가 없습니다. 그러나 오사카 성은 다릅니다. 이 성은 일본내 어떤 적이 쳐들어와도 요지부동, 처음부터 사방의 적을 의식하고 타이코가 쌓은 위협적인 성이었습니다."

"뭐, 오사카 성이 위협적인 성이라고……?"

"그렇습니다. 사물에는 저마다 마음이 있습니다. 쿄토의 궁전은 전쟁을 도외시하고 세운 건물이므로 그 앞에 서더라도 전의가 불타지 않습니다. 그런데 오사카 성은 다릅니다. 그 앞에 서서 올려다보는 자는 이 성에 머무르며 가증스런 적과 일전을 벌였으면…… 하는 격렬한 전의를 불러일으키게 하는 성채입니다."

"으음."

"그러므로 쫓기고 있는 자나 격렬한 적의를 가진 자, 불만을 품은 자와 야심을 가진 무리들은 모두 어떤 자극을 받는…… 살기의 성, 그래서 비스카이노 장군이 실없는 말을 하기도 하고 천주교 신도들의 망상을 부추기기도 하며, 불만을 품은 떠돌이무사의 야심과 연결되기도 합니다."

"으음."

"오고쇼 님은 그 성에 여전히 히데요리 님을 두셨습니다…… 언젠가 히데요리 님이 일을 저지르게 하여 주벌할 뜻이 계시다면 몰라도. 오고쇼 님은 잔인한 분이라고 마타에몬은 늘 생각했습니다."

"잠깐, 마타에몬."

"예…… 예."

"자네는 내가 젊은 우다이진을 정말 미워한다고 생각하나?"

"그 살기의 성에 그대로 두신다면 결과적으로 그렇게 됩니다."

"그래……? 결과적으로 말이지."

"카즈사노스케 님에 대해서도 같은 말을 할 수 있습니다. 카즈사노스케 님에게는 나고야의 나루세, 스루가의 안도와 같은 명신이 없습니다. 오쿠보 나가야스는 역시 몇 단계 떨어진 인물이었습니다."

"마타에몬."

"예…… 예."

"자네 뜻은 잘 알겠어. 내 생각과 같은 점도 있고 다른 점도 있네. 그러나 만일 내가 아무리 권해도 히데요리 님이 오사카 성에서 나오지 않을 때는 어떻게 하겠는가?"

"그때는 천하의 대란이 될 것입니다."

"그래……? 공연한 걸 물은 것 같군. 그래, 천주교 무리와 일이 벌어지기를 원하는 떠돌이무사들이 마구 입성한다면 내버려둘 수 없지."

"그러나 오고쇼 님은 히데요리 님 한 분만을 공격하실 수는 없을 것이라고……."

"마타에몬, 자네는 그것이 보이나?"

"예…… 그때는 카즈사노스케 타다테루 님과 히데요리 님을 함께 치지 않으면 안 된다…… 그것이 안타깝습니다."

말하고 나서 마타에몬은 섬뜩 놀라 자기 입을 막았다.

9

이에야스의 몸이 꿈틀하고 크게 물결쳤다. 야규 마타에몬의 그 한마디는 이에야스로서도 아직 생각이 미치지 못한 급소였던 듯.

"그래, 히데요리 님에게는 적의가 없다, 그러나 오사카 성과 함께 있으면 큰 잘못의 원인이 된단 말이지……?"

마타에몬은 대답하지 않았다.

'말이 지나쳤는지도 모른다……'

이런 반성과, 아버지 되는 사람에게 한 말의 내용이 너무 잔인했다는 느낌에서 오는 주저였다. 그러나 분명히 자신의 생각을 말한 점에서는 후회가 없었다.

이미 소란의 뿌리는 뻗기 시작했다. 이 뿌리를 미연에 끊기 위해서는 타다테루를 마사무네의 엄한 감시 아래 둠으로써 마사무네의 불안과 야심을 봉쇄하고, 이어서 히데요리를 오사카 성에서 다른 곳으로 옮기게 하는 외에는 다른 방법이 생각나지 않았다.

마사무네는 평범한 장수가 아니었다. 거꾸로 히데타다와 이에야스 두 사람이 —

"타다테루는 젊기 때문에 나가야스에게 속고 있었던 모양이다. 앞날을 그르치지 않도록 엄히 감독해주기 바란다."

이렇게 말한다면 앞뒤 계산을 잘못할 인물이 아니다. 그는 이로써 다테 가문도 평안하리라 보고 야심의 칼을 거둘 것이다. 히데요리도 이제 측근의 중신들은 그대로 오사카 성에 있을 수 있으리라고는 생각지 않고 있다. 따라서 설득 여하에 따라 영지 이전을 할 수 있다고 마타에몬은 생각했다.

'그러나 이것이 안 될 때는……'

그때의 일을 마타에몬은 그만 뜻하지 않게 입밖에 내고 말았다.

'이에야스는 히데요리만 치지는 못한다……'

자기 아들 타다테루와 함께 천하를 어지럽게 하는 자라 하여 처벌할 수밖에 없다. 곧 타이코의 아들인 히데요리도 자기 자식인 타다테루도 함께 쳐서 소란의 뿌리를 끊는다…… 그 정도의 큰 결심이 없어서는 안 되리라는, 실로 소름끼치는 조언이었다.

"마타에몬."

잠시 후 이에야스는 다시 불렀다.

"결단은 말이지, 실은 그다지 어렵지 않아."

"그렇습니다. 그 전의 깊은 사려가 중요하다고 생각합니다."

"물론 기회를 잃는다면 아무 소용도 없어. 자네는 병법가, 이에야스의 처리가 답답하다고 생각하겠지?"

"아닙니다. 결코 그렇지는……"

"나는 아직 체념하지 않아. 츠키우라에서 다테의 배가 출항한다. 그때를 기다렸다가 태연히 슨푸를 출발해 도중에 사가미노카미의 오다와라 성을 점검하면서 에도에 가겠어. 에도에 도착할 때까지는 결심을 해야겠지만, 그때까지 신불에 의지해 자문자답을 되풀이해보겠어."

"예."

"자네는 그동안 내 곁에서 떠나지 말게. 그리고 도중에 들어오는 정보를 나에게 알려주기 바라네."

"알겠습니다."

"마타에몬, 이건 두 사람만의 이야기야, 알겠나? 자네는 내 가마 곁을 떠나지 말게."

"계속 곁에서 경호하겠습니다."

마타에몬은 이에야스가 뭔가 보이지 않는 것을 두려워하는 듯하여 여간 걱정스럽지 않았다.

10

예정대로 이에야스는 9월 17일 슨푸를 떠나 에도로 향했다.

물론 다테 마사무네가 건조한 500톤의 범선은 하세쿠라 츠네나가 등을 태우고 이보다 이틀 전에 오지카 반도의 츠키우라를 떠났다. 고장이 생겨 연기된다면 당연히 미리 통지하도록 혼다 마사즈미에게도 지시해 두었고, 야규 마타에몬과 핫토리 마사시게, 무카이 타다카츠向井忠勝도 제각기 정보망을 펴놓았다.

아무 소식도 없어 출발하기로 했다. 계절은 중추, 백성들의 눈에는 태평스러운 추수의 순시를 겸한 유람으로 보였을 것이다.

가마 옆에 매를 부리는 사람이, 그 뒤에 여자들의 가마 셋이 따르고 있었다. 그 하나에는 타다테루의 생모 챠아 부인이 타고 있었는데, 부인은 아직 자기가 낳은 자식이 지금 아버지 이에야스의 가슴속에서 온갖 생각의 중심이 되어 있다는 사실을 전혀 모르고 있었다.

"에도에 가시면 오랜만에 카즈사 님도 뵙게 되겠군요."

시녀들의 말에 만족한 듯이 고개를 끄덕였다.

일행은 누마즈 성沼津城에서 잠깐 쉬고, 이에야스는 병석에 있는 오쿠보 타다스케를 문병했다.

타다스케는 이때 일흔일곱 살. 재기할 수 없을 정도로 노쇠해 있었으나 대를 이을 자식도 없었다.

"이 성도 곧 돌려드려야겠습니다."

이렇게 말하는 타다스케에게 이에야스는 그때도 눈물을 보였다.

"염려 말게. 나는 자네의 아우 히코자에몬彦左衛門에게 뒤를 잇게 할 생각일세."

타다스케는 몇 번이나 고개를 끄덕이며 ──

"그 비뚤어진 자가 과연 형의 것을 받을지……"

이제는 언제 죽어도 좋다, 주군은 하루라도 더 오래 이 세상의 모습을 보고 나중에 알려달라는 말을 했다.

그 후 일행은 미시마三島로 갔다. 그곳에서 오다와라에 있는 오쿠보 타다치카의 집안에 불온한 공기가 있다는 밀고를 접했다. 오쿠보 나가야스에게 비리가 있는 이상 반드시 혼다 마사즈미 부자의 공격이 있으리라 보고 가신들이 동요하기 시작했다고.

"생각보다 파도가 거세구나."

이에야스는 마타에몬에게 이 말만 했을 뿐, 수행해온 혼다 마사즈미에게는 아무 말도 하지 않았다.

'아직 마음이 결정되지 않은 모양이다……'

미시마에서 일박하고 이튿날 묘진明神 신사에 참배했다. 그 뒤 근시들이 매사냥을 권했으나, 이상하게 망연한 채로 있어 평소의 이에야스 같지 않다는 생각이 들었다.

'혹시 사건이 해결되기 전에 이에야스가 죽지나 않을까……'

마타에몬이 문득 그런 불안에 부딪힌 것은 하코네 관문을 지나 오다와라가 눈 밑에 내려다보였을 때. 그렇지 않아도 건강이 전과 같지 않은 요즘이었다. 아니, 자기 생애의 마무리에 자신감을 가지고 만족하면서 눈을 감으려던 찰나에 일어난 사건이었다. 타격의 정도가 상상 이상임이 틀림없다.

마타에몬은 계속 가마 곁을 떠나지 않았다. 때때로 이에야스는 마타에몬에게 곁을 떠나지 말라고 한 사실조차 잊은 듯 멍하니 무언가를 생각하고 있었다……

거성巨城이 부르는 소리

1

에치고에 있던 마츠다이라 타다테루에게 구교의 각 파 선교사들이 '정보' 라 칭하는 것을 슬그머니 가져오기 시작한 것은 나가야스가 죽은 지 얼마 안 되서부터였다.

타다테루는 그들을 환대했다. 에도를 떠나 무료하게 젊음을 보내고 있던 타다테루에게 그들 내방자가 갖고 오는 세상 이야기가 그의 마음에 '세계의 바람' 을 불어넣는 크고 밝은 창문처럼 여겨졌다.

내방자들은 단순히 세상 이야기뿐만 아니라, 남만에서 새로 건너온 약품, 향료를 비롯하여 천주교 관계의 장신구, 보석 등 진기한 물건들을 가지고 와서 그의 꿈을 부풀게 했다.

그때 장인 다테 마사무네의 서신이 센다이에서 오고 있었다.

처음에는 타다테루도 장인에 대해 별로 흥미를 느끼지 않았다. 양가의 혼인관계가 어떤 의미를 가졌는지는 처음부터 잘 알고 있었으나 마사무네라는 인물을 꿰뚫어보기에는 아직 젊었던 탓이기도 했다.

그런데 소텔을 데리고 센다이에 돌아간 뒤로 마사무네는 타다테루의 가슴에 파고드는 이상한 매력과 영향을 갖기 시작했다. 처형이 결정된 소텔을 구한 뒤, 길이 열여덟 간의 큰 배를 만들어 유럽 정복을 구상하고 있었던 만큼 주목하지 않을 수 없었다.

배의 도면도 물론 보내왔다. 돛대는 두 개였다. 큰 돛대는 열여섯 간남짓, 두번째 돛대도 거의 열 간이나 되었다.

타다테루는 곧 후쿠시마 성의 큰 정원에서 이 배의 모형을 만들게 했다. 모형이라고 해도 실물 크기였다. 배를 올려놓을 낮은 틀을 만들게하고 그 위에 도면과 같은 크기의 선체를 조립시켰다. 유감스럽게도 길이 열 여섯 간이 넘는 큰 돛대의 재목을 영내에서는 구할 수 없었다. 그래서 부득이 기둥을 이어 돛대를 만들었다.

모형의 배가 거의 완성될 무렵부터 그의 마음속에는 지금까지 생각지도 않았던 묘한 불만이 부글부글 끓어올랐다.

바다에 띄울 수도 없는 배를 만들어놓고 좋아하는 것은 어린아이의장난과 같다. 목마를 타고 대군을 지휘할 수 있다는 말인가, 도대체 나는 어른인가 어린아이인가……?

타다테루는 오래 전부터 자신을 반성할 때는 반드시……라고 해도좋을 만큼 오사카 성의 히데요리를 떠올리는 버릇이 생겼다. 이때도 그랬다.

'히데요리도 나처럼 어이없는 일을 하고 있을까……'

문득 히데요리의 모습을 떠올리고는 얼른 모형선에서 내려오고 말았다. 히데요리의 모습 뒤에는 그가 만들게 한 모형선 같은 것은 없고,아직까지 뇌리에 깊이 못 박혀 있는 당당하게 하늘로 치솟은 그 9층이나 되는 오사카 성의 위용이었다.

그 위용에 비하면 타다테루 자신이 사는 후쿠시마 성은 얼마나 빈약하고 초라한가……

더구나 히데요리의 영지는 60여만 석, 자신의 영지는 표면상 그것을 능가하는 70만 석이 아닌가.

'괜히 불쾌한 생각을 떠올렸다.'

그러나 한번 타다테루를 사로잡은 이 두 가지 비교는 그리 쉽게 잊혀질 성질의 것이 아니었다.

2

'히데요리는 도요토미 타이코의 아들이라고는 하나, 센히메의 남편으로 내게는 조카사위가 아닌가……'

이런 생각을 하면 묘하게도 입장이 바뀌었다.

다음에 떠오른 것은 오카메於龜 부인이 낳은 요시나오가 들어간 나고야 성에 대한 소문이었다. 나고야 성은 성곽 그 자체로는 오사카 성만 못할지 모른다. 아직 타다테루는 보지 못했다. 하지만 텐슈카쿠를 장식한 황금 샤치 한 쌍은 세계 제일로, 전대미문前代未聞의 것이라고 찾아오는 사람마다 입에 침이 마르도록 칭찬하고 있었다.

'요시나오는 내 동생인데……'

불만의 싹이란 누구에게나 일단 지상에 얼굴을 내밀면 그리 쉽게 잘라낼 수 없다.

'그렇구나. 나가야스가 한 말은 이것이었구나……'

당연히 타다테루는 나가야스를 상기하게 되었다.

나가야스는 막대한 황금을 숨겨두었다가 모조리 쇼군 히데타다에게 몰수당했다…… 더구나 그 황금은 나가야스 자신의 사욕을 채우기 위해서가 아니라 타다테루의 장래를 위해 열심히 축적해놓은 것이 아니었던가……?

이런 생각은 곧 다른 불만으로 불길이 번져나갔다.

'나도 이제는 어린아이가 아니다!'

어쨌든 지금은 쇼군의 동생. 그래서 아버지도 70만 석이라는 큰 녹봉을 내리지 않을 수 없었을 터였다.

나가야스는 나의 싯세이였다. 그에게 잘못이 있으면 우선 이 타다테루를 불러 의견을 묻는 것이 당연한 순서가 아니었던가……?

'그런데 한마디 상의도 없이 일을 처리하다니……'

타다테루는 거친 걸음으로 본성의 자기 거실로 들어갔다.

"수수께끼가 풀렸다."

마중 나온 이로하히메五郎八姬(고로하치히메)에게 칼을 건네고 거칠어진 호흡을 가라앉혔다.

"아니, 무슨 수수께끼 말씀입니까? 안색이 창백해지셔서……"

"그래, 창백해질 수밖에 없어. 겨우 이해하게 됐어, 이제 수수께끼가 풀렸어."

이로하히메는 걱정스러운 눈으로 남편의 얼굴을 들여다보았다. 타다테루는 차마 그 이상의 설명은 할 수 없었다. 자기는 격의 없이 쇼군인 형을 받들 생각인데도 히데타다는 동생인 나를 미워하고 있다……는 입밖에 낼 수 없는 생각 때문이었다.

'미워하지는 않지만 경계는 하고 있다.'

그렇지 않다면 타다테루를 위해 나가야스가 남긴 막대한 황금까지 아무런 상의도 없이 몰수할 까닭이 없다.

'그렇다, 쇼군은 이 타다테루를 경계하고 두려워하고 있다……'

그래서 덮어놓고 나가야스의 집을 습격하여 타다테루의 손에 넘겨야 할 황금을, 비리를 단죄할 증거로 삼았다. 이 행동은 물론 히데타다 혼자 짜낸 지혜는 아니다. 혼다 부자와 도이 토시카츠도 참여하여 획책했을 것이 틀림없다.

'이런 사실을 안 이상 이 타다테루, 이런 에치고 시골구석에 묵묵히

물러나 있을 수는 없다……'

타다테루는 허공을 노려보며 이로하히메가 건네는 차를 마시기 시
작했다.

3

타다테루가 슨푸로 가겠다는 말을 꺼낸 것은 그 얼마 후였다.

'쇼군이 그럴 생각이라면……'

일단 가슴에 타오른 불만은 여러 가지 모습으로 그의 젊음을 부채질
했다.

우선 히데타다의 성격이 너무 소극적이고 지나치게 음험하다는 생
각이 들었다. 무슨 일에도 아버지의 말을 잘 듣는 것 같았으나, 사실은
좋아하고 싫어하는 감정이 매우 심했다. 일단 이해利害가 대립되면 좀
처럼 상대를 용서하려 하지 않고, 뒤에서 은밀히 함정을 파면서도 표면
적으로는 어디까지나 너그러운 체한다.

이런 예는 오쿠보 나가야스에 대한 처분만이 아니라, 소텔의 처분에
도 분명하게 나타나 있다.

아니, 소텔의 예는 다테 마사무네의 구명요청을 받아들였으므로 그
렇다 하더라도, 에치젠의 형 히데야스를 대하는 데도 어딘가 냉혹하고
음험한 데가 있다고 생각되었다.

히데야스는 케이쵸 12년(1607) 윤4월 8일 키타노쇼 성에서 죽었다.
서른네 살이었다. 그때도 실은 히데야스가 독살된 것이 아닐까 하는 소
문이 나돌았다. 이런 소문이 난 것은 아마도 히데타다의 음험한 성격과
도 관계가 없지 않을 것이다.

히데야스는 생전에 선종禪宗에 귀의했기 때문에 유해가 처음에는 조

동종曹洞宗˚ 산하의 코켄 사孝顯寺에 묻혔다. 그러나 얼마 후 이에야스의 명이라 하여 정토종淨土宗˚ 산하의 유쇼 사運正寺로 이장되고 계명戒名까지 바뀌었다. 처음에는 '코켄지스이케게츠산孝顯寺吹毛月珊'이라 칭했다. 그런데 운쇼 사에 이장된 후 '죠코인신겐도이淨光院森嚴道慰'로 고쳐졌다.

"마츠다이라 집안은 정토종이어야 한다……"

이에야스가 이렇게 말했다고 전해들었던 그때는 그러려니 했다. 그런데 지금에 와서 생각하니 이 역시 히데타다의 음험한 간섭의 하나인 것처럼 여겨졌다.

'형이기는 하나 쇼군의 가신이다.'

이런 무언의 위압을 가하기 위해 혈육인 형의 사후까지 간섭한다. 그것도 신앙이라는 특수한 인간 감정을 무시한 탄압이 아니었을까……이런 생각이 들면서 점점 더 용서할 수 없다는 마음이 되었다.

타다테루 자신은 아마도 천주교 신앙을 가지게 될 터…… 그때도 역시 무리하게 간섭한다면 이를 순순히 따라야 할 것인가……?

'아무래도 아버님을 한번 뵈어야겠다.'

지금 세상은 단지 국내의 여러 다이묘들을 위협하기만 하면 되는 시대가 아니다. 아버지 자신이 교역을 장려하여 200척에 가까운 슈인센들이 세계의 바다로 나가 루손(필리핀)으로부터 안남(베트남), 샴(타이), 자카트라(인도 자카르타) 등에 속속 일본인 마을과 거리가 생겨나고 있는 시대이다.

오쿠보 나가야스도 그 사업을 목표로 자기를 위해 금은을 비축해주었고, 현재 장인인 다테 마사무네는 웅대한 구상으로 유럽 정복을 꿈꾸며 활동을 시작했다.

'형을, 쇼군을 이러한 시대에 걸맞은 인물이라 할 수 있을까……'

타다테루는 자신의 불만을 기탄 없이 아버지 앞에 피력하고 싶어 중신 오구리 타다마사小栗忠政를 슨푸에 보내 이에야스의 뜻을 알아보게 했다. 이에야스는 요즘 바쁘기 때문에 와도 만날 수 없다고 했다. 앞으로 에도에 갈 일이 있으므로 그때까지 기다리라는 대답이었다.

이것도 타다테루로서는 적지않은 불만이었다.

'쇼군이 선수를 쳐서 당분간 나를 만나지 못하도록 잔재주를 부린 것이 아닐까……'

타다테루의 불만은 묘한 형태로 커갔다.

4

어느 시대나 젊은이의 불만은 단순하고 폭발적이다. 그리고 일단 불만에 사로잡히면 외곬으로 흐르게 마련이다.

"이로하히메, 나는 아버님에게 말씀 드릴 구실을 발견했어."

갑자기 말했다.

"예……?"

이로하히메는 놀라며 고개를 들었다.

"나는 에도에 가겠어. 에도에 가서 아버님이 오시기를 기다리겠어."

결심한 듯한 표정으로 말하고 웃었다.

"호호호……"

"무슨 말씀을 하시려고요?"

"그럼, 그대를 아버님으로 알고 말하겠어. 그대가 아버님이 된 입장에서 대답해보도록 해."

"어머! 제가 아버님이 된 입장으로……?"

"그래. 대답이 막히면 아버님이라 해도 그냥 두지 않겠어, 알겠지? 아버님, 타다테루는 쇼군의 바로 밑의 동생이지요?"

"그야 물론…… 소중한 아우님이에요."

"그러면 요시나오는 어떻습니까? 황금 샤치로 장식한 나고야 성의 주인 요시나오는 이 타다테루의 동생 아닙니까?"

"그런데…… 예, 분명히……."

"형님은 쇼군인 동시에 에도 성의 성주, 동생은 천하에 소문이 난 나고야 성의 성주. 그런데도 이 타다테루는 에치고라는 시골의 보잘것없는 후쿠시마 성의 주인…… 이래도 괜찮은 겁니까?"

"어머……."

"하하하…… 타다테루가 결코 무리한 말씀을 드리는 것은 아닙니다. 이 타다테루에게도 신분에 어울리는 성을 주십시오…… 그 성은 다름 아니라, 도요토미 타이코가 쌓은 오사카 성입니다."

이로하히메는 눈을 크게 뜬 채 멍청히 남편을 쳐다보았다.

"무리한 일일까요, 아버님? 오사카 성이라면 나고야에 못지않은 성이라 할 수 있습니다. 이 타다테루는 그 성에 어울리는 아버님의 아들이 되지 못한다는 말씀입니까?"

"어머……."

"하하하하…… 잘 생각해보시고 대답해주십시오."

"그러나…… 그러나…… 오사카 성에는 돌아가신 타이코 전하의 유아이신 히데요리 우다이진 님이 계십니다."

"그렇다면 다른 성으로 옮기면 됩니다. 오쿠보 사가미도 죽은 이와미노카미도 종종 말했습니다. 히데요리 님은 무장으로서가 아니라 공경으로서 존속하는 것이 바람직하다고. 그러기 위해서는 쿄토에 저택을 신축해도 좋고, 고도古都인 나라奈良로 옮겨도 좋습니다. 어디까지나 도요토미 가문의 후사에 걸맞은 성을 세워주시는 것이 아버님이나 형님의 의무입니다."

"……."

"이 타다테루는 오사카 성을 원합니다. 그 성에서 쇼군을 도와 세계로 웅비할 꿈을 펼치겠슈니다. 이는 한발도 물리설 수 없는 타다테루의 염원, 깊이 생각하시고 대답해주십시오."

이렇게 말하고 타다테루는 다시 소리내어 웃었다.

"어때, 이 말에는 아버님도 대답이 궁하시지 않을까? 나는 곰곰이 생각했어. 아버님이 돌아가신 뒤 형님에게 부탁하기는 싫어. 에도에 가서 아버님이 나오시길 기다렸다가 이 말씀을 드리겠어. 그대도 곧 에도로 갈 준비를 하도록 해."

5

이로하히메도 처음에는 웃으면서 맞장구를 쳤다. 그러나 남편의 말이 결코 농담이 아님을 알고 그 눈에 차차 불안의 빛이 짙어졌다.

'남편은 정말 오사카 성이 탐나는 모양이다……'

그 성이 비어 있다면 모르지만 도요토미 타이코의 유아가 있는 성, 더구나 전국의 다이묘들이 큰 관심을 기울이고 있는 성이다. 물론 성을 얻으려는 마음이 천하를 빼앗는 욕망은 아니다. 그러나 그 성은 최고 권좌에 올라 세상을 호령했던 자의 거성, 천하를 압도했던 도요토미 타이코의 정권을 상징하는 성이 아닌가.

분명히 세상사람들은 아직도 ——

"오사카 성이 탐난다!"

이런 말을 들으면 천하가 탐난다는 말을 들은 듯한 착각을 일으킬지도 모른다……

"어때, 그대가 아버님이라면 내 희망이 분에 넘친다고 꾸짖겠나?"

"주군……"

"왜 그래? 히데요리를 다른 곳으로 옮길 수 없단 말인가?"

상대는 농담 비슷하게 물었으나, 이로하히메에게는 그 말이 무서운 야심의 소리로 들렸다.

"그런 말씀은 삼가시는 편이 좋겠어요."

"뭐, 삼가라고……? 그럴 수는 없어. 나는 이번에 이 문제부터 절충하겠어. 물론 이게 마지막 요구사항은 아니야."

"그보다는…… 이 후쿠시마 성을 개축하고 싶다……고 말씀 드리는 것이 순서가 아닐까요?"

"이 성을……?"

"예. 센다이의 친정아버지 말씀으로는, 이곳은 성 위치도 좋지 않으니 타카다高田 부근에 터를 잡아 전하의 거성으로서 나무랄 데 없는 성을 쌓을 것……이라고 하셨습니다."

"하하하…… 역시 그대는 여자로군. 생각하는 범위가 너무 좁아. 이와미노카미가 자주 말하지 않았는가. 앞으로는 일본도 세계를 상대로 해야 한다, 세계를 상대하려는 자가 이렇게 눈만 쌓이는 황량한 고장에 살면서 어찌 발전할 수 있겠는가…… 그러려면 역시 사카이 항구를 현관으로 가진 오사카 성이어야 한다고 생각지 않나?"

"주군! 그런 말씀을 경솔히 하지 마십시오. 오해가 두렵습니다."

"오해…… 오해라니 무슨 소리를 하는 거야. 난 교섭의 실마리라고 말했을 텐데."

"그러나 아버님께서 안 된다고 하시면?"

"하하하…… 그때는 게이슈藝州도 좋고 키슈紀州라도 좋아. 아니, 형과 상의한 후라면 훨씬 더 서쪽으로 내려가 큐슈의 하카타나 나가사키라도 좋다고 받아들일 수 있어. 다만 문제는 이 타다테루가 쇼군의 동생이고 요시나오의 형이며 히데요리의 숙부라는 엄연한 사실을 잊지 말라는 거야."

타다테루는 호탕하게 웃고 나서 다시 심각하게 고개를 갸웃거렸다.

"말은 그렇지만…… 역시 하키타나 나가사키는 곤란해."

"어머……"

"아무래도 오사카라야만 해. 형은 일본의 쇼군이지만, 이 타다테루는 세계의 바다로 진출하여 펠리페 왕이나 제임스 왕과도 대등하게 상대해야 할 몸이야. 그러려면 위치도 중요하고, 거처하는 성의 규모는 더욱 중요해…… 으음, 역시 다른 곳은 안 되겠어."

6

인간의 꿈이나 희망은 불가사의한 곳에서 불가사의한 방향으로 그 꽃을 피워나간다.

타다테루가 처음에 품은 감정은 아버지와 형에 대한 불만이었다. 아직 어린 요시나오의 나고야 성과 눈만 쌓이는 벽지에 있는 초라한 후쿠시마 성의 비교였다. 그런데 오사카 성의 위용을 상기한 순간 그 자신 한번도 생각해보지 않았던 꿈으로, 희망으로 변했다.

물론 이런 희망이 하루아침에 싹튼 것은 아니다. 나가야스의 영향도 있었고, 소텔이나 다테 마사무네에 의해 깨우쳐진 면도 있었다. 아니, 무엇보다 역시 그가 이에야스의 아들이고 쇼군 히데타다의 동생이라는 특수한 환경의 영향이었는지도 모른다.

이로하히메는 여간 마음을 쓰지 않았다. 그러나 급히 에도로 갈 무렵의 타다테루는 자기 자신도 깜짝 놀랄 정도로 희망과 꿈을 크게 부풀리고 있었다. 그 가장 큰 직접적인 원인은 하세쿠라 츠네나가 일행의 츠키우라 출항과 그 사실을 알려온 장인 다테 마사무네의 서신이었다.

타다테루는 에도로 가는 중에도 그 일밖에는 생각하지 않았다.

"이렇게 되면 이 타다테루도 한번 해외를 돌아봐야겠다."

그는 하세쿠라 츠네나가 일행이 멕시코에 갔다가 거기서 대서양을 횡단하여 에스파냐 본국으로 항해한 뒤 다시 로마를 거쳐 귀국할 때까지 얼마나 날짜가 걸리는가는 아예 생각지 않았다.

"그렇다. 배가 돌아오면 다음에는 내가 직접 바다를 건너봐야지. 나는 이기리스도 오란다도 돌아보고 오겠어. 그렇지 않으면 세계와의 경쟁에 뒤떨어질 테니까."

타다테루는 아내 이로하히메에게 거듭 이 말을 했다. 그리고 에도에 도착해서는 곧 서쪽 성으로 찾아가 아직도 무언가 깊은 생각에 잠겨 있는 아버지 이에야스에게 맨 먼저 자신의 희망을 말했다.

오랜만에 만난 이에야스는 눈에 띄게 늙어 있었다. 그가 등성했을 때는 언제나 화로를 둘씩이나 놓고, 두둑한 방석을 마련한다. 이에야스는 그 방석에 앉아 사방침을 끌어당기며 ──

"오오, 카즈사노스케로군……"

그 목소리가 이상할 만큼 부드럽게 들렸다. 그 부드러움이 더욱 타다테루에게 용기를 갖게 했는지도 모른다.

타다테루는 절을 하기가 바쁘게 느닷없이 해외 도항의 필요성을 드러내놓고 역설했다.

"아버님! 역시 하세쿠라 츠네나가 등을 사자로 파견한 것은 잘못이라고, 사실은 아버님의 아들이고 쇼군의 동생인 이 타다테루가 갔어야 한다고 생각합니다."

"허어……"

이에야스는 이때만은 기뻐하는 것 같았다. 어제까지만 해도 어린아이였던 여섯째아들이 국시國是에 대해 말하고 있다.

"다테의 가신 하세쿠라 츠네나가와 쇼군의 동생 마츠다이라 카즈사노스케는 상대방에게 주는 느낌이 다릅니다. 그 배가 돌아오거든 제가 직접 출항하려고 생각합니다."

"으음…… 진두에 서지 않으면 승산이 없다는 말이지?"

"예. 해외에서는 언제나 이 타다테루가 쇼군의 대리로 활동하겠다고…… 이에 대해 청이 있습니다."

타다테루는 잔뜩 흥분하여 무릎걸음으로 다가앉았다.

7

이에야스는 아직 웃고 있었다.

"청이라니?"

타다테루가 쇼군의 대리로 활동한다……는 말에 아직 이렇다 할 의미를 느끼지 못하고 있었다. 그러나 다음 한마디를 듣고는 갑자기 양미간을 찌푸렸다.

"아버님! 이 타다테루에게 오사카 성을 주셨으면 합니다."

이는 이에야스로서도 생각조차 못했던 일.

"뭐…… 오사카 성을?"

"예. 고로타마루의 나고야 성은 오사카 못지않은 훌륭한 성, 더구나 황금 샤치는 전세계에서도 찾아볼 수 없는 명물이라고 들었습니다. 쇼군의 대리로 장차 세계로 나갈 이 타다테루가 겨우 그 초라한 후쿠시마 성의 주인에 지나지 않는다면 멸시를 받습니다. 타다테루는 오사카 성을 원합니다."

이에야스는 대답에 앞서 우선 주위를 둘러보았다. 생모 챠아 부인도 혼다 마사즈미도 없었다. 다만 마사즈미의 아버지 마사노부가 와 있다가 두 눈을 덮어씌운 듯한 하얀 눈썹 밑에서 깜짝 놀란 시선을 돌린다는 것을 깨달았다.

그 외에는 좀 떨어진 곳에서 야규 마타에몬이 이쪽에 등을 돌리고 입구에 대령하고 있었다. 마타에몬의 귀에도 이 말이 틀림없이 들어갔을 것이다. 그 정도로 젊음이 넘쳐흐르는 단호하고 거리낌없는 타다테루의 어조였다.

"아버님!"

타다테루는 아버지가 당황하는 것도 깨닫지 못하고——

"오사카 성주로서 이 타다테루는 펠리페 왕도 제임스 왕도 만나보고 싶습니다. 그 성이라면 그들의 사자들도 얕보지 못합니다."

"그만!"

이에야스가 비로소 격한 목소리로 제지했다.

"누가 그런 일을 너에게 명했느냐? 그런 생각이 떠올랐다 해도 중신들과 협의한 후 우선 쇼군 의향을 알아보는 것이 순서야. 조심해라."

순간 타다테루는 망연해졌다. 그리고 당황하며 동석한 마사노부 쪽을 돌아보았다.

"후우."

얼굴에 핏기가 오르며 긴 숨을 토해냈다.

'아, 마사노부를 꺼리시는구나……'

이렇게 생각한 듯.

마사노부가 천천히 타다테루 쪽으로 향했다.

"카즈사 님, 지금 그 말씀은 좀 경솔하셨습니다."

"뭐, 경솔했다고?"

"그렇습니다. 오사카 성은 주인 없는 성이 아닙니다. 현재 도요토미 타이코의 유아이신 우다이진 님이 계십니다. 그런 일은 경솔하게 말씀하시는 것이 아닙니다."

"무슨 말을 하는가! 물론 다른 자가 동석한 자리라면 삼가겠지만, 여기에는 노인과 아버님뿐이 아닌가. 그러므로 우선 아버님께 여쭈어보았는데 무엇이 나쁜가?"

"입 다물어!"

이에야스가 다시 격한 어조로 제지했다.

"사도는 쇼군 님의 중신, 너의 부하가 아니다. 무례를 범하면 용서치
않을 것이다."

이 질타에 타다테루의 이마에 지렁이 같은 힘줄이 불끈 치솟았다.

8

오랜만의 부자 대면에 타다테루는 너무 많은 기대를 했다. 자기 희망
을 받아들일 수 없다면 최소한 그 사정을 차근차근 설명해줄 아버지를
예상하고 있었다. 그런데 사태는 정반대가 되었다. 실은 아버지 쪽에서
마음이 무거워 도리어 타다테루의 위로가 필요할 만큼 극심한 피로에
빠져 있었다.

"오늘은 그만 물러가거라! 그리고 다음부턴 그런 말, 함부로 입밖에
내지 마라."

이에야스는 위엄 있게 꾸짖었다. 그래도 마음에 걸렸는지 ──

"나중에 오구리 마타이치小栗又―를 통해 연락하겠다. 이제 물러가
있거라."

이렇게 덧붙이고 얼른 시선을 돌렸다.

타다테루는 이를 갈았다. 그리고 불을 뿜을 듯한 눈으로 마사노부를
노려보고는 ──

"그럼."

내뱉듯 중얼거리며 밖으로 나갔다.

"마타에몬, 이리 가까이……"

이에야스가 입구에 대령하고 있는 야규 마타에몬에게 말한 것은 그로부터 5분쯤 지나서였다.

"자네도 들었을 테지. 아까 카즈사가 한 말은…… 듣지 않은 것으로 하게."

"알겠습니다."

마타에몬이 고개를 숙였다.

"정말 난처한 일이야……"

이에야스는 마타에몬에게도 마사노부에게도 아닌 혼잣말을 하고 한숨을 쉬었다.

"오사카 성을 노리는 자는 천주교도나 떠돌이무사들만은 아니었어."

"너무 심려하실 건 없습니다."

혼다 마사노부가 위로하는 표정으로 말했다.

"카즈사 님은 아직 오고쇼 님이 타카다에 축성하실 뜻이 있음을 모르고 계십니다…… 제가 나중에 그 뜻을 설명해드리겠습니다."

이에야스는 그 말을 듣고 있는 것 같지 않았다.

"그 성을 노리는 자는 타다테루만이 아닐지도 몰라. 내가 죽은 후에는 노리는 자가 더 많이 나타날 것만 같다. 안 그런가, 마타에몬?"

마타에몬은 말없이 가볍게 고개를 숙였다.

"아직은 어리지만 성장하면 나가후쿠마루長福丸(뒷날의 키슈 요리노부)가 노릴지도 모르고 츠루치요鶴千代(뒷날의 미토 요리후사水戸賴房)가 노리지 않는다고 장담할 수도 없어."

"황송하지만 그런 일은……"

"아니, 내 생각이 모자랐어…… 비스카이노 장군이 그 성에서 어이없는 호언장담을 했어…… 그 말을 들었을 때 당연히 깨달았어야 하는데. 그 성이……"

말하다 말고 이에야스는 다시 크게 한숨을 쉬었다.

"큰 소리로 불평을 품은 자들을 부르고 있는 거야. 누가 여기 와보지 않겠느냐, 여기는 난공불락의 성이라고……"

혼다 마사노부는 그때 이미 졸기라도 하듯 꼼짝도 않고 있었다. 야규 마타에몬은 이에야스의 비명을 듣는 것만 같아 참을 수 없었다.

"오고쇼 님, 오늘밤 회의는 밤중까지 이어질 것이라 생각합니다. 그 전에 좀 쉬시도록 하시면……?"

이에야스는 이 말도 귀에 들리지 않는 듯했다.

심야회의

1

이에야스를 맞이한 비밀회의는 서쪽 성 서원에서 열렸다.

벌써 추위가 제법 매서웠다. 그러나 사방의 문이 활짝 열려 있고, 복도에서 정원 끝까지 감시병이 배치되었다.

참석자는 오고쇼 이에야스, 쇼군 히데타다 외에 이에야스를 수행해 온 혼다 마사즈미, 안도 나오츠구, 나가이 나오카츠 외에 콘치인 스덴의 참석이 허락되었다.

쇼군 히데타다의 측근에서는 혼다 마사노부, 도이 토시카츠, 사카이 타다요酒井忠世, 미즈노 타다모토水野忠元, 이노우에 마사나리井上正就 등의 중신 외에 야규 마타에몬과 아오야마 타다토시青山忠俊가 경호의 임무를 겸하여 역시 동석이 허락되었다.

그러나 당연히 이 회의에 참석해야 할 최고 원로인 오쿠보 타다치카는 이때도 얼굴을 보이지 않았다.

"이제 모두 모였나?"

이에야스는 불쾌한 듯 좌중을 둘러보았다. 그리고는 히데타다에게 발언을 재촉했다.

"쇼군이 우선 회의의 취지를 밀하도록."

히데타다는 자진하여 발언하려 하지 않았다. 그는 아버지에게 정중하게 절을 한 후 말을 돌렸다.

"아버님께서 먼저……"

순간 이에야스가 일갈했다.

"무슨 소리냐! 이에야스는 이미 일흔두 살, 이 세상에 없는 사람으로 생각하라."

사람들의 간담이 서늘해질 정도로 큰 소리였으며, 처음부터 노기로 압도하는 어조였다.

"예."

히데타다는 작은 소리로 대답하고, 토시카츠를 돌아보았다.

"오쿠보 나가야스를 처형한 후 천하에 불온한 소요의 징조가 보이기 시작했소. 오이노카미大炊頭가 우선 천주교 움직임을 보고하시오."

도이 토시카츠는 이렇게 될 것을 예기하고 있었던 듯 무릎걸음으로 한발 다가앉았다.

"그 일에 대해서는 신자로 알려져 있는 오쿠보 사가미노카미가 설명하는 것이 적임이라 싶습니다마는, 오늘 회의에 출석하지 않았습니다. 그래서 쇼군께서 저를 지명하셨다고 생각합니다. 최근 에도에는 별로 불온한 움직임이 없습니다…… 그것은 부교 시마다 헤이시로島田兵四郎 등이 은밀히 회합을 거듭하던 소텔 병원 관계자들에게 엄히 경고했기 때문입니다. 쿄토, 오사카 방면의 일은 아직 상세히 알 수 없습니다. 천주교 다이묘 중에서 오사카와 은밀히 연락하는 자가 나타나기 시작했고, 카가에 있는 타카야마 미나미보高山南坊에게도 자주 왕래하는 자가 있다……고 들었으므로 그 일에 대해서는 카가 님에게 엄히 감시하라고 말씀 드려놓았습니다."

"오사카 성 상황은? 가장 새로운 정보를……"

"가장 새로운 소식은 포를로, 토를레스 등의 신부가 성내에 출입하며 하야미 카이, 와타나베 쿠라노스케 등과 자주 밀담을 나누고, 또 아카시 카몬이 설교하는 자리에 참석한다는 명목으로 오노 하루나가, 오다 우라쿠사이 등의 집에 머물면서 카가의 미나미보에게 밀사를 보내고 있다 합니다."

그때였다. 이에야스가 사방침을 두드리면서 말을 중단시켰다.

"오이노카미의 말에는 의견이 없어. 불충분해! 그보다도 오쿠보 사가미가 어째서 이 자리에 보이지 않나? 무슨 불만이 있어 참석하지 않은 거야? 그대들은 알고 있을 테니 그것부터 말하도록."

여느 때의 이에야스라고는 생각할 수 없는 성급함이었다.

2

"오쿠보 사가미노카미에 대한 일은 제가……"

사카이 타다요가 입을 열었다.

"사가미노카미는 최근 가까운 지기知己들이 여러 명 세상을 떠나 몹시 낙담하여 은퇴를 청원하려 했습니다. 하필 그때 아들마저 잃어서 크게 충격을 받고 요즘에는 병석에 누워 있습니다."

이에야스는 빤히 타다요를 노려보았다.

"그것뿐인가? 누군가 문병을 갔는가?"

날카로운 목소리로 반문했다.

지금까지 눈을 가늘게 뜨고 조용히 앉아 있던 혼다 마사노부가 손을 들어 사카이를 제지했다.

"이것은 보통 회의가 아니오. 오쿠보 사가미노카미에 대해서는 이

마사노부가 말씀 드리지요. 실은 사가미노카미가 오늘도 우리 부자와 동석하는 것이 불쾌하여 참석하지 않고 집에 있습니다."

분명하게 말하고 이에야스를 쳐다보았다. 이에야스는 혀를 찼다.

"그런 것을 모를 이에야스가 아니야. 어째서 타다치카가 화를 내고 있는지 말하라는 것이야."

"사가미노카미와 저는 어려서부터 사이가 좋지 않았습니다. 그는 강직한 사람, 저는 잇코 신도의 반란 때 일단 도망쳤다가 다시 은혜를 입고 돌아온 불충한 자…… 그런 불충한 자와 그 아들인 코즈케노스케가 쇼군 님과 오고쇼 측근에서 천하 일을 농간한다…… 이를 무엄한 일이라 생각하고 또 그런 말도 하고 있습니다."

이번에는 이에야스가 눈을 감았다. 두 사람의 성격적인 차이는 말하지 않아도 이미 잘 알고 있었다. 눈에는 눈, 코에는 코의 역할이 있게 마련이다. 70이 넘은 나이가 되었는데도 아직 서로의 기질적인 차이를 이해하지 못하다니 이 얼마나 변변치 못한 인생이란 말인가.

"실은 이 일에 대해 저는 크게 부끄러움을 느끼고 어떻게든 그의 마음을 풀려고 노력했습니다마는 끝내 풀지 못한 채 오늘에 이르렀습니다. 최근 그가 가장 분노하는 것은 오쿠보 나가야스 유족에 대한 처형입니다. 비리가 있다면 처벌하는 것은 당연한 일, 그러나 어째서 나와는 한마디 상의도 없이 일을 처리했는가…… 이 분노를 이해하지 못하는 바는 아닙니다. 그러나 주군이 부르셔도 등성하지 않는 것은 그쪽…… 물론 동정할 만한 이유가 있습니다. 앞서 사카이 님이 말씀하셨듯이, 마침 은퇴하려던 참에 아들이 먼저 세상을 떠나 심신이 피로해져 있습니다."

"그런 사정을…… 그런 사정을 그대는 타다치카에게 잘 설명하지 않았는가?"

"예…… 아니, 물론 납득시켜야 할 일이라 여겨 미즈노 타다모토 님에게 어려운 걸음을 부탁했습니다마는, 제 부탁을 받고 왔다는 것을 알고는 병을 이유로 면회조차 사절했습니다. 그렇지요, 미즈노 님?"

"그렇습니다."

타다모토는 고개를 숙여 시인했으나 더 이상 말하지 않았다.

"으음. 타다치카…… 아니, 사가미의 얼굴이 보이지 않는 까닭을 알겠어. 그럼, 이에야스가 불온한 이번 사태의 원인을 어떻게 보는지 말하겠다. 잘못이 있거든 지적하도록. 주저할 것 없어."

여전히 채찍과 같은 어조였다.

3

좌중은 물을 끼얹은 듯 조용해졌다. 군사회의 때의 살기와도 비슷한 투혼鬪魂이 오랜만에 이에야스에게 서리기 시작했다.

"이번 일의 가장 큰 원인은, 목구멍으로 넘어만 가면 뜨거운 걸 모른다는 속담처럼 모두가 평화로운 세상의 고마움을 잊은 데 있어."

이에야스는 이렇게 말하고 참석한 사람들의 얼굴을 하나하나 찬찬히 바라보았다.

"오쿠보 사가미노카미의 고집도 고집이지만, 오쿠보 나가야스의 경거망동도 여기에 뿌리박고 있어. 아니, 처음부터 이 태평스런 세상의 고마움을 깨닫지 못한 채 방심상태로 빠져든 자 또한 적지 않아."

"그 말씀 듣고 보니 부끄러울 따름입니다."

마사노부가 말했다.

"전쟁이 얼마나 비참한지를 모르는 자는 할 수 없어. 세키가하라 이후 정신을 차린 자들 말이야. 내가 살아 있는 한 난세가 어떠한 것인가를 분명히 가르쳐주지 않으면 안 돼. 이러한 의무를 게을리 한 가장 무엄한 자가 누구라고 생각하는가?"

쇼군 히데타다기 맨 먼저 어깨를 꿈틀하고, 이어서 마사노부가 머리를 숙였다.

"황송합니다."

"잠자코 있어!"

"예."

"그 가장 무엄한 자는 이 이에야스야. 이에야스가 소켄總見 공, 도요토미 타이코 이 대의 유지를 받들어 겨우 평화의 꿈을 이룩했으면서도, 작은 성공에 안도하여 우다이진과 카즈사노스케의 교육을 게을리 했어…… 그 방심한 틈에 나가야스의 경거망동과 천주교 신도들의 책동을 초래하는 싹이 텄어."

말석에 앉은 야규 마타에몬만이 희미하게 웃었다.

이 이에야스의 자기 반성이야말로 실은 아버지 세키슈사이가 추구한 무술과도 통하는 병법의 극치라고 생각했다.

틈이 없으면 어떠한 사검邪劍, 요검妖劍도 휘두를 여지가 없다. 따라서 필승의 신념이란——

"틈이 보이거든 덤벼라!"

이러한 자세에 지나지 않는다.

'오고쇼는 다시 용기를 되찾으신 것 같다……'

"나는 나가야스를 너무 믿고 타다테루를 맡겨놓았어. 그 방심이 타다테루를 그르쳤어. 우다이진을 우라쿠나 카타기리, 코이데 등에게 내맡긴 것도 잘못이었어…… 이 두 사람이 정신을 차렸더라면…… 우리야말로 평화로운 세상의 기둥이라고 깊이 자각했더라면…… 천주교도가 책동할 여지가 없었을 텐데…… 마사노부는 알고 있을 거야, 내가 미카와에 있을 때 잇코 신도 폭동을 진압할 수 있었던 힘은 이것이었어. 그들이 모시는 아미타불이 참된 것이냐, 내가 받드는 아미타불이 참된 것이냐? 나의 '흔구정토欣求淨土'의 정신이 폭동을 일으킨 자들을 이겼어…… 이번에는 그 반대…… 나는 방심하고 있다가 허를 찔린 거야. 타다테루는 나가야스와 함께 타락했고, 우다이진은 여자의 성城에서 장식물이 되고 말았어…… 알겠나? 이렇게 되고도 천하가 소란해지지 않는다면 오히려 이상한 일이야…… 가장 부주의했던 자는 바로 이 이에야스였어."

이에야스의 무섭게 빛나는 눈 가장자리가 차차 붉게 물들기 시작하고 있었다.

4

히데타다도, 마사노부와 마사즈미도 의외라는 듯 서로 얼굴을 마주 보았다.

'오고쇼는 무슨 말을 하려는 것일까……'

그들의 예상으로는 몹시 불쾌한 꾸중이 머리 위에 떨어질 줄 알았는데, 이에야스는 먼저 자기 자신을 꾸짖으며 울고 있다.

도이 토시카츠가 조심스럽게 입을 열었다.

"그 말씀을 들으니 쥐구멍이라도 있으면 들어가고 싶은 심정입니다. 오고쇼 님의 방심이 아니라, 모두 저희들의 태만 때문입니다."

이에야스는 다시 한 번 천천히 모두를 돌아보았다.

노하고 있는 것인가 반성하고 있는 것인가, 노하기 위해 우선 자기의 잘못을 내세운 것인가? 도저히 추측할 수 없는 불가사의한 비분의 표정이었다.

"그래, 토시카츠는 그렇게 생각하나?"

"예. 몸 둘 바를 모르겠습니다……"

"알았다면 되풀이하여 말할 것은 없어. 이미 불은 붙었어. 안 그런가, 쇼군?"

"그렇습니다."

"그렇다면 이 불을 어디서부터 끌 것인가…… 어디서부터 손을 댈 것인가…… 어떻게 하면 희생을 최소한으로 줄일 수 있을 것인가? 물론 각자 의견이 있을 테니 우선 연장자인 사도부터 말해보도록."

"말씀 드리겠습니다."

혼다 마사노부는 그때에야 비로소 이에야스의 마음을 알았다. 이에야스가 분노를 억누르고 자신의 방심을 책한 것은 역시 일동의 감정을 계산한 발언이었음을……

"이 마사노부는 우선 우왕좌왕하기 시작한 천주교도의 동요부터 진압해야 한다고 생각합니다. 그러기 위해 사태를 지리상 셋으로 나누어 다루는 것이 중요합니다…… 그 첫째는 오우奧羽 지역. 이는 다테 무츠노카미에게 일임하는 것이 좋을 듯싶습니다. 무츠노카미는 자기 자신이 개종할 의향이 있는 듯 성안에서 성문에 이르기까지 방문을 써붙여 천주교를 장려하고 있다고 합니다. 물론 깊은 생각이 있어서 역공을 가한 것이라 생각합니다."

이에야스는 가볍게 눈을 감은 채 되물었다.

"역공이라니?"

"자기 입장이 불리함을 생각하고 이번 일을 통해 쇼군 님에 대한 충성의 증표를 보이려 합니다. 곧 불온한 천주교도가 있거든 마사무네의 품안으로 들어오라, 같은 신앙을 가진 자이므로 받아주겠다. 그런 뒤 진압하려는 생각인 줄 압니다."

마사노부의 뜻하지 않은 발언으로 좌중이 약간 동요했다. 사카이 타다요나 미즈노 타다모토, 아오야마 타다토시 모두 다테 마사무네를 그처럼 단순하게 보고 있지 않았다. 뿐만 아니라 그들의 마음에는 나가야스를 선동한 것도 타다테루를 떠받든 것도 실은 다테 마사무네가 아닌가 하는 의심이 강하게 남아 있었다.

이에야스가 눈을 감고 듣고 있어 아무도 입을 열지 못했다.

"오우를 무츠노카미에게 일임하면 칸토에서 시나노와 에치젠, 토카이東海에 이르는 곳은 에도에서 충분히 제압할 수 있습니다. 중요한 것은 쿄토와 오사카 방면, 이곳은 보통사람으로서는 제압하기 어렵습니다. 이미 상당수의 신도가 우다이진 히데요리 님 소매에 매달려 획책하기 시작했습니다. 이들을 일소할 만한 무게와 실력을 갖춘 자……는 오쿠보 사가미노카미 외에는 없지 않을까 합니다."

좌중은 다시 소리 없는 경악으로 숨을 죽였다.

5

그렇지 않아도 이번 사건의 배후에는 오쿠보 타다치카와 혼다 마사노부 부자의 파벌싸움이 얽혀 있다……고 보던 때여서 마사노부의 입에서 타다치카의 이름이 나왔으니 놀라는 것도 무리가 아니었다.

그러나 이때도 이에야스는 잠자코 있었다. 그러므로 마사노부의 말을 반박할 수 있는 사람은 없었다.

"제가 사가미노카미를 추천……한 점을 이상하게 생각하실 분이 있을지 모릅니다. 사실 마사노부도 사가미노카미가 최근 취하는 태도는 불쾌하게 생각하고 있습니다. 그렇다고 사사로운 감정과 공적인 일의 혼동은 용서할 수 없는 일. 쿄토, 오사카 방면에 가서 불온한 징조를 보이는 신도나 다이묘들을 꾸짖고, 우다이진 히데요리 님과 정면으로 맞서 포섭된 신부, 선교사, 그리고 은밀히 난을 일으키려는 떠돌이무사 신도들을 실토시켜 화근을 뿌리뽑을 수 있는 사람은 사가미노카미를 빼고는 달리 사람이 있다고 생각지 않습니다."

마사노부는 흘끗 쇼군 히데타다의 일굴을 보았다. 히데타다는 묵묵히 앉아 있기만 했다.

"혹시 마사노부 놈이 또 정적政敵을 함정으로 몰아넣었다……고 수군거릴 소인배들이 있을지도 모릅니다. 그런 악평이 두려워 망설일 때가 아닙니다. 사가미노카미는 다테 무츠노카미와 마찬가지로 신도로여겨지고 있어 그가 하는 말은 설득력이 있습니다. 또 사가미노카미도지금까지의 의혹을 일소시키기 위해 이번 일에 각별한 노력을 기울일것이 틀림없습니다. 따라서 공적으로나 사가미노카미 자신으로서도좋은 일…… 이렇게 일단 불길을 가라앉혀놓고 천천히 후일을 도모함이 순서라고 생각합니다만 어떠할까요?"

이에야스는 여전히 눈을 뜨지 않고 말했다.

"사도의 의견은 잘 알았어. 그럼, 타다요는?"

갑자기 지적을 받고 타다요는——

"동의할 수 없습니다."

우선 단호하게 반대의사부터 밝혔다.

"다테의 근성…… 이 자리에서 논의하지 않기로 한다 하더라도, 오쿠보 사가미노카미를 쿄토, 오사카 방면에 파견하는 일에는 동의할 수없습니다."

"이유는?"

"사가미노카미는 그렇지 않아도 원로인 자기를 소외시킨다고 격분하고 있는 터…… 쿄토, 오사카 방면의 신도 진압을 맡긴다면 사도 님도 말씀하셨듯이 함정에 몰아넣는다고 오해할 수도 있습니다…… 따라서 사가미노카미의 불신감은 점점 깊어집니다. 불신을 품은 자를 보내면 불에 기름을 붓는 결과가 되지 않을 수 없습니다. 차라리 다테 무츠노카미를 보내심이 어떨까 합니다."

"마사즈미는 어떻게 생각하나?"

이에야스는 비로소 눈을 뜨고 이번에는 날카로운 시선을 마사노부의 아들에게 보냈다. 역시 이에야스는 마사즈미의 재능을 높이 평가하고 있었다.

"황송하오나 저 같으면 그 중간을 택하겠습니다."

"중간이라니…… 기탄 없이 말해보라."

"오쿠보 사가미노카미를 그르치게 한 자…… 가장 책임 있는 자는 두말할 것도 없이 오쿠보 나가야스. 그런데 나가야스와 관련된 자가 있습니다…… 이미 나가야스도 벌을 받았으므로 남은 자들의 책임을 엄히 추궁하고 나서 사가미노카미를 쿄토, 오사카에 파견하는 것이 상책이라 생각합니다."

<h1 style="text-align:center">6</h1>

"뭐, 나가야스와 관련된 자가 있다고? 누구인가?"

이에야스는 쉽게 이해할 수 없다는 듯이 고개를 갸웃하고 물었다.

"예. 시나노의 후카시深志(마츠모토) 성주 이시카와 야스나가, 츠쿠마筑摩의 영주 이시카와 야스카츠石川康勝……"

이렇게 말하면서 마사즈미는 품속에서 예의 연판장 사본을 꺼내 이에야스 앞에 펼쳤다.

"보시다시피 이시카와 야스나가와 이시카와 야스카츠, 그리고 우와지마宇和島 성주 토미타 노부타카, 휴가日向의 노베오카延岡 성주 타카하시 모토타네 등이 사가미노카미와 나가야스의 서명에 이어 이름이 올라 있습니다."

이에야스는 씁쓸한 표정을 짓고 연판장에서 고개를 돌렸다.

이시카와 야스나가 형제는 이에야스가 아직도 잊지 못하고 있는 이시카와 카즈마사의 아들이었다. 가즈마사는 도요토미 가문으로 도망친 것으로 꾸미고 이에야스를 위해 계속 활동하다 죽은 중신.

"그대는 아직도 그런 것을 가지고 있었나?"

"예. 이것은 나름대로 우리에게 여러 가지 생각할 자료를 제공해주고 있습니다. 여기 서명한 자들이 나가야스와 가장 친분이 두터웠던 자, 더구나 그들은 표면적으로 모두 열렬한 천주교 신자들입니다."

"그러니까 우선 그들을 벌하라는 말인가?"

"그렇습니다. 이들이야말로 전에 주군을 배신하고 타이코에게 돌아선 미카와 무사의 치욕적인 존재 이시카와 카즈마사의 아들들…… 토미타는 시코쿠에서, 타카하시는 큐슈에서 각각 나가야스의 밀무역 음모에 가담하려던 자들입니다. 이들의 영지를 몰수한 후 사가미노카미를 쿄토, 오사카에 파견하십시오."

이에야스는 망연히 마사즈미의 얼굴을 바라보았다. 이 수재가 너무도 무서운 말을 꺼냈다.

그로서는 이미 오쿠보 나가야스는 움직일 수 없는 역적, 또 오쿠보 타다치카는 그 나가야스에게 이용당한 어리석은 원로라 단정하고 꺼낸 발언이었다. 깊이 생각할 때, 나가야스의 유족을 처형한 이상 그들과 친했던 자를 이 기회에 단호하게 배제하는 것이 도쿠가와 가문을 위해 안전하다는 정치적인 신념인 모양이었다.

"그러면…… 코즈케노스케는 타다치카에게 그의 잘못과 실수를, 주위에 있는 자들을 처벌하는 것으로 자각케 한 뒤 쿄토와 오사카로 보내라는 말인가?"

"그렇습니다. 그렇지 않으면 사가미노카미는 쿄토, 오사카에 오히려 푸념과 불평을 늘어놓으면서 각 지방을 돌아다닐 우려가 있습니다. 나이가 나이인 만큼 그렇게 되면 천하를 위해서도 크게 불리할 뿐 아니라 오쿠보 집안을 위해서도 이익이 되지 않습니다. 아시다시피 사가미노 카미는 이시카와 일족과 특히 친한 사이로서……"

마사즈미는 그만 입을 다물었다. 이런 일은 자기가 설명하지 않아도 이에야스도 잘 알고 있었다.

이에야스는 나직하게 신음하고 다시 눈을 감았다.

과연 오쿠보 타다치카와 이시카와 집안은 조부 키요야스淸康 시대부터 충성을 다해온, 일족과도 같은 친분이 있었다. 타다치카의 부인은 카즈마사의 이종형이 되는 이에나리家成의 손녀, 현재 주군인 야스미치康通의 아들 타다후사忠總는 오쿠보 타다치카의 차남이었다.

이러한 관계가 있으므로 이에나리의 집안은 거론하지 않고 카즈마사의 집안을 엄하게 벌한 후 오쿠보 타다치카를 쿄토, 오사카 방면에 파견하라 하고 있다……

7

생각하기에 따라서는, 혼다 코즈케노스케 마사즈미는 나가야스의 유족을 처벌했으므로 이제는 그들과 연관이 있는 정적 오쿠보 타다치카를 일거에 매장하려는 속셈인지도 몰랐다. 그러기 위해서는 타다치카의 차남이 양자로 들어간 이시카와 이에나리의 집안보다 주군을 배신하고 타이코에게 간 것으로 보이는 이시카와 카즈마사의 아들들을 매장시키는 편이 용이했다. 아직까지도 완고한 하타모토들은——

"이시카와 카즈마사의 배신은 미카와 무사의 치욕이다. 그것만 없었다면 후다이는 예외 없이 충성스런 자들뿐이었을 텐데."

이런 말을 주고받고 있었다.

그럴 때마다 이에야스의 가슴은 몹시 아팠으나, 새삼스레 그것은 나와 상의한 후의 배신이다……고 입밖에 낼 수는 없는 일이었다. 그리고 현재 이시카와 야스나가와 야스키츠가 죽은 나가야스와 특별히 친했던 것은 사실이어서 마사즈미가 말한 대로 문제의 연판장에도 이름이 나란히 적혀 있는 터였다.

"으음, 타다치카는 나이가 들었기 때문에 그렇게 하지 않으면 쿄토, 오사카에 가서 푸념과 불만을 퍼뜨리며 다닐 것이란 말이지?"

"예. 그러나 자기 바로 뒤에 서명한 이시카와 형제와 토미타, 타카하시 등이 영지를 몰수당한 뒤라면 몸을 사리고 일에 임하리라고."

이에야스는 오싹 소름이 끼치는 기분이었다.

과연 마사즈미의 말은 옳았다. 그러나 너무나 냉엄한 정략만이 있을 뿐, 또 한 가지 중요한 '진정'이 있는지 위태롭게 여겨졌다.

'문제는 쇼군이 어떻게 결정하느냐에 달렸다……'

이에야스는 타다치카보다 더 늙었다. 결단하기는 쉽다. 그러나 히데타다의 마음에 드는 방책이 아니면 자기가 죽은 후 커다란 혼란의 씨앗을 뿌리게 될 터.

"그래, 코즈케노스케의 의견은 알겠어. 다른 사람의 의견은?"

말을 끝내기도 전에 사카이 타다요가 나섰다.

"저는 사가미노카미는 적임자가 아니라고 생각합니다."

"그러나……"

마사즈미의 아버지 마사노부가 깊이 생각하는 얼굴로 끼여들었다.

"그렇다면 사가미노카미 처분을 별도로 생각해야 할지 모릅니다."

아들 마사즈미의 말 이상으로 날카로운 일종의 결정타였다.

"그렇소!"

안도 나오츠구가 말하고는 얼른 입을 다물었다.

요즘 타다치카는 쇼군이 불러도 등성조차 게을리 하고 있었다. 이를 그대로 둘 것인가는 바쿠후의 위엄에 관계되는 중요한 일이었다.

이에야스가 다시 한 번 말했다.

"그 외에 다른 의견은?"

이번에는 아무도 발언하려는 자가 없었다. 오쿠보 타다치카를 내심으로는 동정하고 있으나, 아들을 잃은 후의 그의 무엄한 행동은 아무도 변명할 수 없었다.

"좋아, 이 문제에 대한 의견은 더 이상 없는 모양이군."

이에야스는 애써 부드러운 시선을 히데타다에게 보냈다.

"죽은 셈으로 쳐야 할 내가 말한다는 것은 우스운 일. 자, 쇼군의 결단을 듣기로 하세. 쇼군의 결정에는 아무도 이의를 제기하면 안 돼. 다들 알겠나⋯⋯?"

8

주위는 이미 어두워지고 있었다.

야규 마타에몬이 소리 없이 일어나 촛대에 불을 켜고 다시 조용히 말석으로 물러갔다.

바로 그때였다.

"황송하오나 드릴 말씀이 있습니다."

안도 나오츠구가 입을 열었다. 나오츠구는 이미 이에야스가 쇼군에게 결단을 촉구한 뒤여서 말을 해야 할지 몹시 망설인 모양이었다.

"나오츠구, 할말이 있거든 어서 하도록. 주저할 것 없어."

"황송합니다."

나오츠구는 다시 한 번 정중히 이에야스에게 고개를 숙였다.

"여러분의 말씀은 참으로 지당한 의견이나, 가장 중요한 급소를 찌르지 못한 것 같습니다마는, 어떠신지요?"

"뭐, 그럼 이야기가 빗나갔다는 말이지?"

"예, 그렇습니다."

"놀라운 말이로군. 그래, 들어보기로 하세."

"예, 말씀 드리겠습니다. 이 나오츠구도 혼다 부자 님의 말씀대로 오쿠보 사가미노카미를 쿄토, 오사카 방면에 파견하자는 데는 별로 이의가 없습니다. 문제는 단지 누구든 파견하기만 하면 된다……는 데 있습니다. 사가미노카미를 파견해도 소요가 가라앉지 않는다…… 그때는 어떻게 하시겠습니까? 우선 무엇보다도 먼저 그 일을 생각해야 한다고 여겨집니다."

모두 깜짝 놀랐다. 분명 그것은 고려해야 할 핵심이었다. 이에야스는 무슨 생각을 했는지 갑자기 사방침을 탁 치고 꾸짖었다.

"잠자코 있어, 나오츠구!"

"예."

"그런 말을 그대가 하지 않으면 깨닫지 못할 쇼군인 줄 아느냐?"

"황송합니다."

"쇼군은 일본에 관한 일을 모두 저울에 달아, 무엇이 무겁고 가벼운가를 충분히 생각한 후 결단을 내린다. 여기서는 쿄토, 오사카에 누구를 파견하느냐에 국한시켜 의논하고 있는 거야."

거친 소리로 꾸짖고 다시 히데타다를 보았다.

"그러면 결단을."

히데타다는 더 이상 주저하지 않았다. 그는 미리 마사노부와 상의한 대로 마음속으로는 타다치카를 파견하기로 결심하고 있었다. 물론 그 결심에도 강경과 온건의 두 가지 생각이 있었다. 타다치카가 혼신의 노력을 기울인다면 그를 신임할 것이고, 불평하는 기색을 보이면 후다이에 대한 본보기로 읍참마속泣斬馬謖할 생각이었다.

"그러면 쿄토, 오사카에 보낼 중요한 사자는 오쿠보 사가미노카미로 결정하겠소."

그리고는 이에야스를 향했다.

"이 일에 대해 하실 말씀이 계시면 듣고자 합니다."

이에야스는 잠시 슬픈 듯이 미간을 찌푸렸다. 그러나 곧 그 감정을 뿌리치듯이 고개를 흔들었다.

"이제 한 가지는 결정되었어. 쿄토, 오사카에 보낼 사자는 오쿠보 사가미노카미…… 그러나 사가미노카미의 힘이 미치지 못해 소요가 진정되지 않는다…… 그랬을 때는 어떻게 하겠는가? 자, 이번에는 나오츠구부터 의견을 말하게."

심하게 꾸중을 듣고 시무룩하게 입을 다물고 있는 나오츠구를 달래는 듯한 어조였다.

9

"나오츠구, 이번에는 기탄 없이 말해보게. 아까 말로는 그대에게 의견이 있는 것 같으니까."

이에야스의 재촉을 받고 나오츠구는 크게 당황했다. 그는 오쿠보 타다치카를 쿄토, 오사카에 파견해도 이 소요가 가라앉을 것으로 생각지 않고 있었다. 아니, 그만이 그렇게 생각한 것이 아니라, 실은 그러한 점을 가장 잘 알고 있는 사람이 혼다 마사노부 부자였다.

이번 조처로 타다치카는 그 책임을 지고 실각해야만 한다…… 그러면 이 원로의 말로가 너무 가련하므로 파견이 결정되기 전에 반대하려고 했다. 그러나 이에야스에게 저지되어 이미 타다치카의 파견은 결정되고 말았다. 결정된 이상 할말이 있을 리 없었다. 따를 수밖에는 달리 도리가 없었다.

"나오츠구, 왜 잠자코 있는가? 그대는 타다치카의 파견에 반대하는 것이로군."

나오츠구는 잠자코 있었다. 그 사실을 꿰뚫어보고 있으므로 더욱 발언할 수 없었다.

"나오츠구!"

이에야스의 음성이 한층 더 날카로워졌다.

"쇼군의 결정을 반대하면 용서치 않는다고 했지?"

"예."

"이 이에야스조차 따르는데 그대가 반대한다고 해서야 어디 될 말인가? 오쿠보 타다치카의 파견은 이미 결정됐어. 그 타다치카가 진압에 실패했을 때는 어떻게 하겠느냐?"

나오츠구는 불쾌했다. 이런 말을 듣고도 침묵을 지킨다면 비겁하다는 비난을 면치 못할 터였다.

"이미 결정되어 삼가려 했습니다마는, 이 나오츠구는 오쿠보 사가미노카미로는 진압할 수 없다고 생각합니다."

"그럼, 어떻게 하면 진압되겠느냐?"

"황송하오나 우다이진 히데요리 님에게 오사카 성을 비우시도록……그렇게 하지 않고는 처리할 방법이 없는 이번 소요를 여러분들은 잊으신 듯한 모습으로 회의를 계속하고 있습니다. 저로서는 참으로 이해할 수 없습니다."

정곡을 찌르는 바람에 좌중이 갑자기 술렁거렸다.

말석에 있던 마타에몬은 안도의 숨을 내쉬었다. 누가 언제 이 말을 꺼낼까 하고 처음부터 그것만을 기다리고 있었다.

히데요리의 영지이동이 결정되고, 그가 승낙한다면 모여들던 신도나 신부도, 또 떠돌이무사들도 야심과 꿈을 이룰 곳이 없어져 뿔뿔이 흩어질 수밖에 없다. 그들의 야심을 키우는 것은 히데요리라는 인물이 아니라 '오사카 성'이다.

'히데요리에게는 야심 따위는 전혀 없다……'

"으음. 그렇다면 나오츠구는 직접 히데요리를 만나 오사카 성을 비우도록 교섭하라…… 아니, 그 교섭을 할 수 있을 만한 인물이 아니면 파견하는 의미가 없다…… 그런 말인가?"

"그렇습니다."

"그렇다면 묻겠다. 그럴 만한 인물이 있는가? 있다면, 일단 결정된 것은 번복할 수 없으니, 그 인물을 타다치카와는 별도로 파견하면 된다. 그 사자로는 누가 적임이라고 생각하느냐?"

예기치 못한 어려운 질문. 그러나 나오츠구는 물러날 수 없었다.

"말씀 드리겠습니다. 우에스기 가문의 나오에 야마시로나 사나다 마사유키가……"

순간 이에야스는 무섭게 일갈했다.

"멍청이 같으니! 마사유키는 이미 죽었어."

10

인간이란 때때로 말을 하다보면 아주 뜻밖의 말을 내뱉게 된다.

나오츠구는 스스로도 깜짝 놀랐다.

'어째서 나오에 야마시로와 사나다 마사유키의 이름을 꺼냈을까.'

이런 생각을 할 때 이에야스가 그 이유를 꾸짖듯이 설명했다.

"그대는 나오에 야마시로나 사나다 마사유키가 이에야스와 동등하게 싸울 수 있는 인물이라 생각하고 있군. 그렇지?"

"예……?"

"그대가 그렇게 생각하기 때문에 히데요리 모자도 그렇게 생각한다,

따라서 그러한 인물을 사자로 보내…… 싸운다 해도 도저히 승산이 없다, 순순히 성을 내주어라…… 이렇게 설득하라는 말이겠지?"

"예, 그렇습니다."

"그대는 언제부터 그렇게 허둥거리는 자가 되었는가? 나오에 야마시로는 세키가라하 전투 때, 나에게 활을 당긴 우에스기 가문의 중신이야. 아니, 그보다 실은 이시다 지부石田治部와 모의하여 그 사건을 일으켰어. 알겠나?"

"그러기에 그를 보내면……"

"잠자코 있어!"

이에야스는 다시 무섭게 꾸짖었다.

"야마시로나 아와安房(마사유키)와 상의하지 않으면 일을 처리하지 못한다…… 그런 쇼군이라면 비록 히데요리가 순순히 성을 나간다 해도 그 후 천하를 다스릴 수 있겠는가? 일단 경멸당하면 천하는 다스릴 수 없어. 그런 이치도 모르고 어떻게 한단 말이냐."

나오츠구는 새파랗게 질렸다. 그 말을 듣고 나서야 겨우 자기가 무엇을 생각했는지 확실히 알 수 있었다.

이에야스 말대로 그는 현재 전쟁터에서 가장 강한 상대는 나오에 야마시로노카미가 이끄는 우에스기 군 또는 사나다 마사유키 부자의 전술이라 생각하고 있었다. 이런 생각이 머리 한구석에 남아 있었기 때문에 그만 입밖에 나온 모양이었다. 그러나 물론 도쿠가와 가문 내부의 파벌싸움과 얽혀 있는 이번 문제를 토자마 다이묘 가신에게 말해서 좋을 일이 아니었다.

"황송합니다."

"깨달았다면 좋아. 그리고 마사유키는 지난해에 이미 죽었다는 말을 들었어. 그러니 이 의견은 말도 되지 않아. 자, 이번에는 토시카츠의 의견을 들어보세."

이에야스는 곧바로 도이 토시카츠에게 시선을 옮겼다.

토시카츠가 천천히 입을 열었다.

"이 문제는 예삿일이 아닙니다. 오쿠보 사가미노카미로는 감당할 수 없는 일이다. 그로서는 진압할 수 없다……고 하면 천하는 크게 시끄러워질 것입니다."

"새삼스럽게 말할 것도 없는 일, 그래서 의견을 묻는 것이야."

"황송하오나 이 토시카츠에게는 아무런 의견도 없습니다."

"의견이 없다고? 그러고도 쇼군을 보좌할 수 있다고 생각하는가?"

"어떤 꾸중을 내리시건 없는데도 있는 것처럼 말씀 드린다면 이중의 불충…… 지금으로서는 오고쇼 님이나 쇼군 님의 의견을 듣고 그 뜻에 어긋나지 않도록 견마지로犬馬之勞를 다하는 것이 우매한 가신들의 도리인 줄 압니다."

말석에 있던 야규 마타에몬이 다시 웃음을 터뜨릴 뻔했다.

'교활한 사람이야, 오이노카미는……'

11

이에야스는 가만히 한숨을 쉬고 입을 다물었다.

그로서도 모두에게 특별한 의견이 없을 것은 잘 알고 있었다. 안도 나오츠구 같은 고집스러운 탈선은 별문제로 치더라도, 이처럼 뜻하지 않은 사건을 만나 쾌도난마快刀亂麻로 처리할 수 있는 명백한 해결책이 있을 리 없었다.

그러나 여러 사람의 발언으로 이 사건에 대한 각자의 생각만은 어렴풋이 알 수 있었다. 오쿠보 타다치카의 무엄한 행동은 혼다 부자만이 아니라 쇼군 히데타다도 상당히 불쾌감을 느끼고 있는 모양이었다.

'그런 성격이니 타다치카 녀석, 옛날처럼 히데타다를 꾸짖는 듯한 말을 했을지도 모른다.'

어쨌거나 히데타다가 타다치카를 천주교 신자의 억압이라는 묘한 책임을 지워 쿄토, 오사카로 파견할 마음인 것만은 확실해졌다.

"말씀 드립니다."

말석에 물러앉아 있는 마타에몬 곁에서 나가이 나오카츠가 말했다.

"주방에서 식사준비가 되었다고 알려왔습니다마는."

"그래?"

이에야스는 약간 지친 듯—

"그럼, 이 정도로 하고 잠시 숨을 돌리기로 하세."

"알겠습니다. 그럼, 상을 올리도록 하라."

"예."

안도 나오츠구와 야규 마타에몬이 자리에서 일어나 곧 코쇼小姓°들에게 상을 들려 돌아왔다. 그동안 아무도 말을 하는 자가 없었다.

벌써 여섯 점 반(오후 7시)이 지나 정원까지 완전히 어두워졌다.

"이처럼 모두 함께 식사하는 것도 정말 오랜만이군."

이에야스가 수저를 들며 말했다. 그러나 이 말에 여유 있는 대답을 하는 자는 없었다. 모두들 진지하게 오쿠보 타다치카를 파견한 후의 사태에 생각의 초점을 맞추고 있는 것 같았다.

이에야스는 문득 우스운 생각이 들었다. 동시에—

'아직은 죽을 수 없다……'

그런 불안인지 자부심인지 모를 감회가 가슴을 스쳤다.

"하하하…… 마치 초상집에서 밤샘을 하는 것 같군. 좋아, 식사가 끝나거든 야규 마타에몬에게 쿄토, 오사카에 대한 움직임에 대해 이야기를 들어보세……"

마타에몬은 가만히 고개를 숙이고, 이에야스가 드디어 자기 본래의 모습을 되찾은 모양이라고 생각했다.

사실 마타에몬은 이 회의가 시작되는 것과 동시에 발언이 허락될 줄 알고 있었다. 그런데 처음부터 이에야스는 엄격한 자기 반성으로 일동의 간담을 서늘하게 만들고 우선 주제에 주의를 집중시켰다. 그리고 그들의 의견이 고갈되자 이번에는 반대로 텅 빈 두뇌에 정보를 집어넣어 다시 의견을 끄집어내려 한다…… 이것은 세키가하라 전투 때 이에야스가 곧잘 쓴 중지衆智 유발의 전략이었다.

'그렇다면 이에야스의 가슴에는 어떤 책략이 서 있지 않을까?'

이런 생각을 했을 때, 식사가 끝나고 모두의 앞에 차를 나른 코쇼들이 물러났다.

"이제 됐지? 자, 마타에몬…… 쿄토의 혼아미 코에츠가 무슨 말을 전해왔다고?"

이에야스는 의치를 이쑤시개로 쑤시면서 재촉했다.

12

"코에츠 노인은 사태가 심상치 않다……고 생각하는 모양입니다."

야규 마타에몬은 이야기 내용이 내용인 만큼 애써 험악한 느낌을 주지 않으려고 온화한 어조로 말했다.

"허어, 내버려둘 수 없다는 말이지?"

이에야스는 맞장구를 쳤다.

"어떤 점에서 그렇게 보았을까, 원래 고지식하고 고집불통이어서."

"이미 오사카에서는 세 번이나 사자를 카가로 보냈다 합니다…… 물론 타카야마 우콘노다유를 유인하기 위해서입니다. 곧 성을 개축하고 싶으니 오사카에 와서 공사 감독을 맡아달라고."

"그래서, 타카야마 미나미보는 뭐라고 했다던가?"

곧바로 반문한 것은 혼다 마사노부였다.

이 사정을 그의 아들 마사즈미는 이미 알고 있는 듯, 별로 흥미 있는 표정이 아니었다.

"예. 우콘노다유는 즉시 카가의 토시나가 님에게 말한 모양입니다. 토시나가 님은 만류하셨지요. 다시 두 번, 세 번 사자가 오는 바람에 요즘 우콘노다유는 망설이고 있다는 것입니다. 카가 영주에 대한 의리와 오사카 성 신도나 신부에 대한 의리의 틈바구니에 끼여…… 역시 신앙쪽이 강해 그를 움직이게 될 것이라고……"

"허어, 그렇다면 미나미보는 카가를 떠난다…… 그런 말이지?"

"코에츠 노인도 일부러 카가까지 가서 토시나가 님, 요코야마 님과 그 밖의 중신들도 만나고 돌아왔다 합니다…… 그런 후의 추측이니 어느 정도 믿어도 좋으리라 생각합니다."

이에야스는 이미 그 보고를 들었기 때문에 알고 있었다. 그러나 마치 처음 듣는 듯한 표정으로 고개를 끄덕였다.

"그러면 오사카 쪽에서 유인해내려는 장본인은 누구인가?"

"확실하게 알지는 못하나……"

마타에몬은 일부러 말꼬리를 흐렸다.

"다만 오사카 성에는 이쪽에서 생각지도 못한 소문이 요즘 깊이 뿌리내리려 하고 있습니다."

"허어, 어떤 소문이?"

"앞서 오쿠보 나가야스가 성안에서 가지고 돌아다닌 연판장은 오늘이 있을 것을 예견하고, 이에 대비하여 만든 순교殉敎를 위한 혈맹血盟이었다는 소문입니다."

"뭣이, 순교를 위한?"

이번에는 먼저 히데타다가 몸을 앞으로 내밀었다.

"예. 그 소문은 성에 들어가 있는 신부들인지, 아카시 카몬이나 하야미 카이인지…… 누가 생각했건 방심할 수 없는 책략의 냄새가 풍깁니다. 나가야스는 언젠가는 바쿠후가 오사카를 뒤엎는다…… 움직일 수 없는 정책임을 알고 있었다…… 이렇게 말했다고들 합니다."

마타에몬은 깜짝 놀라 서로 마주보는 중신들을 의식하면서 더욱 부드럽게 말을 계속했다.

"나가야스는 원래 도요토미 가문의 부하가 아니다, 그러나 천주님을 배신할 신도도 아니다, 그래서 오고쇼 님 측근에 미우라 안진이 왔을 때부터 오늘날과 같은 구교의 위기를 예상하고, 황송하오나 에치젠의 히데야스 님과도 상의하고 타다테루 님까지 편을 들게 만들었다…… 고 하고 있습니다."

13

마타에몬의 말이 너무도 담담하게 깊은 곳까지 찔렀기 때문에 일동은 얼어붙은 듯이 입을 다물고 있었다.

"이 소문을 퍼뜨린 자는 여간 뻔뻔스러운 성품이 아니라 생각합니다. 나가야스가 과연 무엇을 생각하고 있었을까……? 나가야스는 이미 죽었습니다. 에치젠 님도 마찬가지입니다…… 죽은 사람은 말을 못한다…… 이를 계산에 넣고 연판장을 교묘히 이용하고 있습니다. 이런 말을 들으면 누구나 요술에라도 걸린 듯한 느낌이 듭니다."

"그래서……"

이에야스가 재촉했다.

"그 소문이 뿌리를 내리면 어떻게 될 것 같나, 마타에몬?"

"물론 오사카는 모반하지 않을 수 없는 궁지로 몰렸다……는 착각에 빠지게 됩니다."

"이야기가 좀 비약하는군. 그것은 또 어째서인가?"

"이미 나가야스는 죽고 오고쇼 님 측근은 미우라 안진의 독무대가
되었다…… 그 증거로 이기리스, 오란다 사절이 당당하게 일본의 곳곳
을 활보하고 에도에 저택까지 얻게 되었다…… 아니 그뿐이라면 천주
교의 위기이기는 해도 오사카의 위기는 되지 않습니다. 그러므로 다시
연판장을 내세우는데…… 오쿠보 나가야스는 오늘이 있을 것을 예상
하고 그 혈맹을 맺어두었다. 경솔하게도 히데요리 님을 비롯하여 오사
카 중신들과 측근들도 서명했다. 나가야스의 유족이 처형될 정도이니
당연히 연판장은 쇼군 님이나 오고쇼의 수중에 들어가 있다…… 오늘
의 이 회의만 해도 틀림없이 오사카 정벌의 군사를 일으키기 위한 회의
라는 생각을 갖게 할 구실이 된다고……"

"으음."

"이 소문을 흘린 장본인은 상당히 뻔뻔스런 자로, 뒷날 소동의 뿌리
로 삼으려고 깊이 생각을 거듭했을 것으로 여겨집니다."

마타에몬은 이 말을 듣고 놀라지 않는 사람이 누구인지 그 얼굴만은
기억해둘 생각이었다. 그런데 동요의 기색을 나타내지 않는 얼굴은 유
감스럽게도 이에야스 외에는 한 사람도 없었다. 다만 마사노부만이, 놀
라기는 했으나 그 놀람 속에도 애써 평정을 지키고 있었다.

"으음. 그런데 그 소문이 이미 뿌리를 내렸다는 증거가…… 그 밖에
또 있다고 생각하는가?"

"있습니다."

마타에몬은 일부러 미소를 띠고 말했다.

"키슈의 쿠도야마에 은거하고 있는 사나다 마사유키에게도 사자가
갔습니다. 오노 슈리와 상의해 와타나베 쿠라노스케가 갔다 합니다."

"그러나 마사유키는 이미 죽었을 텐데."

"그렇습니다…… 사자도 깜짝 놀라 급히 돌아와 그 사실을 말하고, 그렇다면 그 아들을 맞이하는 것이 어떻겠느냐는 논의가 현재 진행중인 듯합니다. 아들 유키무라幸村는 미덥지 않다고 하는 자…… 아니, 유키무라야말로 아버지를 능가하는 군사軍師라고 하는 자……"

이때 사카이 타다요가 안색을 바꾸고 마타에몬의 말을 막았다.

"그럼, 오사카 쪽에서는 싸울 준비를 갖추기 시작했단 말이오?"

그 질문이 너무 절박했기 때문에 ——

"그 점은 걱정할 것 없어. 내가 이미 손을 써놓았으니."

이에야스가 가볍게 꾸짖었다.

14

"손을 쓰셨다……고 하시면?"

타다요는 일동의 시선이 모두 자기 질문에 집중되어 있음을 의식하고 이에야스에게 반문했다.

이에야스는 더욱 대수롭지 않다는 듯이 ——

"그 일에 대해서는 이즈노카미伊豆守에게 명했어. 이즈노카미는 동생을 모반에 가담시켜서는 안 될 의리를 우리에게 가지고 있어."

가볍게 대답했다.

이에야스의 말에 타다요도 고개를 끄덕였고, 좌중의 다른 사람들도 납득했다.

신슈의 우에다上田 성주 사나다 이즈노카미 노부유키眞田伊豆守信之는 세키가하라 전투 때 서군의 편을 든 아버지 사나다 아와노카미 마사유키眞田安房守昌幸와 동생 사에몬노스케 노부시게左衛門佐信繁(유키무라)의 구명을 탄원하여 이에야스의 도움을 받았다.

그런 의리가 있기 때문에 이번에는 이에야스가 이즈노카미 노부유키에게 손을 써서 노부시게, 곧 유키무라에게 가볍게 행동하지 말라고 설득케 했다는 의미였다.

사나다 유키무라의 아내는 서군의 모장謀將 오타니 요시츠구大谷吉繼의 딸, 형인 우에다 성주 노부유키의 아내는 도쿠가와 가문의 사천왕四天王 혼다 헤이하치로 타다카츠本多平八郎忠勝의 딸이었다. 그런 면에서도 각별한 사이, 모두 그 일에 대해서는 입을 다물었다.

"어떤가, 그 밖에도 또 새로운 정보가 있었나? 없다면 이제 다시 회의를 시작하기로 하지."

이에야스의 명령으로 상이 물려졌다.

지금까지는 잡담, 이제부터는 회의…… 그 구별을 확실히 짓는다는 의미에서 모두 옷깃을 바로잡았다.

"이제는 오쿠보 나가야스나 천주교 신자의 책모와 관계가 있다고 생각되는 자들은 처분하고 오쿠보 사가미노카미를 쿄토, 오사카 방면으로 보내는 데까지는 결정되었다고 보는데……"

이에야스가 입을 열고, 쇼군 히데타다가 그 뒤를 받았다.

"말씀하신 대로 사가미노카미의 파견은 결정되었습니다. 그러나 사가미노카미에게 어떤 밀명을 내리느냐, 그 내용을 충분히 검토해야 합니다. 우선 사가미노카미를 오사카에 파견할 것인지 아닌지……"

이렇게 말하면서 이에야스 쪽을 힐끗 쳐다보았다.

"그것부터 결정해야 합니다."

이에야스는 크게 고개를 끄덕였다.

"그러면 이에 대해 각자의 의견을…… 오사카에 파견한다는 것은 당연히 우다이진과 만나게 하느냐의 여부를 말하는데, 어떤가 마사노부, 그대의 생각은?"

"저는 아직 히데요리 님과 만나게 할 시기가 아니라고 생각합니다.

그보다는 쇼시다이 이타쿠라와 상의하여 먼저 소요의 근원이 될 신도의 처리……가 중요하다고 생각합니다.”

“소요의 근원이 될 신자들을 말이지?”

“황송하오나 우선 마에다 집안 중신으로 등용되어 노토能登에 삼만 석 가까운 영지를 받고 있는 미나미보 타카야마 우콘노다유와 역시 마에다 가문의 객장客將으로 있는 나이토 히다노카미 죠안內藤飛驒守如安의 추방이 급선무라고 생각합니다.”

“으음.”

“나이토 죠안의 녹봉은 사천 석이라고 들었습니다만, 타카야마의 녹봉을 합하면 사만 석에 가까우므로 비용에는 당연히 부족함이 없을 것…… 그들이 국내 신도들을 규합하는 격문을 돌리면 지난날 잇코 신도의 폭동과 같은 큰일이 벌어질지 모릅니다. 이쪽에서 먼저 손을 써야 할 일이라고 생각합니다.”

침착한 어조로 말하고 히데타다를 흘끗 바라보았다.

15

히데타다는 마사노부로부터 시선으로 재촉받고 이에야스를 보았다. 그러나 이에야스는 아무 말도 하려 하지 않았다. 눈을 감듯이 하고 무릎 앞 사방침에 두 손을 얹은 채 무언가를 생각하고 있었다.

“그러니까 사도의 의견은 타카야마, 나이토 두 사람의 처분을 서두르라는 말이군.”

“그렇습니다.”

“그럼…… 우타노카미雅樂頭는?”

“저도 이의 없습니다.”

"오이노카미는 어떤가?"

도이 토시카츠는 잠시 생각하다가—

"저는 역시 히데요리 공을 직접 만나 우선 소요에 휩쓸리지 않도록 충고한 뒤 다시 영지이동에 대한 것을 넌지시 말씀 드리는 것이 순서가 아닌가 합니다. 그렇지 않으면 타카야마, 나이토의 처분 소식을 듣고 마침내 에도에서 오사카 성 공격을 결의했다고 속단…… 아니 그렇게 말하려는 자들에게 에워싸여 있으므로 도리어 큰일을 초래하지 않을까 합니다마는."

"그 말에도 일리가 있지. 그럼 마사즈미, 그대의 의견을."

히데타다는 때때로 이에야스가 무슨 말을 할지 시선을 보냈으나 여전히 말이 없었기 때문에 마사즈미에게 발언을 재촉했다.

"저도 아버님 사도노카미의 의견에 찬성합니다."

엄숙한 어조로 말하고 무릎걸음으로 한발 다가앉았다.

"황송하오나 히데요리 공은 오사카 성의 장식품에 불과하고, 사실은 여자가 주인공…… 그분에게 영지이동에 대한 것을 섣불리 말하면 그야말로 소동이 커질 것입니다. 오사카 성의 소동은 불가피한 일…… 이렇게 보고 잘라야 할 뿌리를 주위에서부터 자르는 것이 중요하다고 생각합니다…… 이제 와서 모반해본들 아무 소용도 없다……는 생각을 갖게 하지 않으면 순순히 옮기지 않을 것입니다. 그러므로 아까 안도 님이 말씀하신 우에스기 가문의 나오에 야마시로, 쿠도야마의 사나다 사에몬노스케 등에게도 충분히 손을 쓰신 후 천주교도 폭동의 중심 인물을 뿌리째 뽑고…… 오사카 영지이동은 그 뒤에 하는 것이 소동을 줄이는 가장 적당한 방법이 아닐까 합니다."

히데타다는 다시 이에야스 쪽을 흘끗 보았다.

이에야스는 금방이라도 잠들 것같이 조용히 움직이지 않았다. 히데타다는 다시 시신을 좌중으로 돌리고 말했다.

"코즈케노스케의 의견은 알았소. 그 밖의 다른 의견은?"

그러나 아무도 대답하는 사람이 없었다. 역시 이 사건에 자신을 가지고 대처할 만한 자는 달리 없었다.

"아버님."

히데타다는 할 수 없이 이에야스에게 말했다.

"양쪽의 의견은 모두 이치에 맞는다고 생각합니다. 아버님의 의견을 듣고자 합니다."

"오오, 그만 깜빡 잠이 들 뻔했군."

이에야스는 혼잣말처럼 중얼거렸다.

"히데요리에게 말하지 않으면 안 될 일인 것 같아."

"그러시면, 오이노카미의 의견에……?"

"아니, 토시카츠의 의견과는 좀 달라. 나는 지금 신불에게 의견을 여쭙고 있었어. 인간은 모두 신불의 자식, 그런 신불의 자식인 히데요리가 스물한 살이 되었어. 인간은 스무 살이 되면 어엿한 어른이야. 어엿한 어른이라면 어른답게 대우해야만 해. 그런데도 이를 걱정하는 것은 어리석은 어머니의 애정이지."

모두 어안이 벙벙하여 저도 모르게 서로 얼굴을 마주보았다.

16

"그럼, 오쿠보 사가미노카미를 우선 오사카에 보내야 할까요?"

히데타다도 의외인 듯 저도 모르게 높은 목소리로 물었다. 그는 이미 혼다 마사노부와 그 일에 대해 여러 가지 상의를 했던 모양이었다.

"아니, 그렇지도 않아."

이에야스는 천천히 고개를 저었다.

"사가미노카미에게 설득케 하면 실패하기 쉬워. 그러므로 내가 설득하겠어."

"아버님께서 직접?"

"그러나 내가 오사카까지 갈 수는 없어. 그러므로 타다치카를 쿄토, 오사카 방면으로 보내는 동시에 카타기리 이치노카미片桐市正를 슨푸로 부르겠어. 그래서 이치노카미에게 사정을 자세히 설명하면 그 어떤 방법보다도 히데요리에게 진실이 잘 전해질 것이야."

"그러면, 사가미노카미는?"

"그래, 이 일과 병행하여, 쿄토와 오사카의 신도에 대한 처리, 그리고 타카야마와 나이토 등의 일에도 손을 대게 하는 편이 좋겠지."

히데타다는 크게 안도의 숨을 내쉬었다. 아버지가 노련하게 도이 토시카츠의 의견도 받아들이고 혼다 부자의 체면도 세울 수 있는 타협책을 말하고 있다고 생각한 모양이었다.

그런데 이에야스의 생각은 그렇지만은 않았다.

"평화로운 세상을 시끄럽게 해서는 안 돼. 사실 타다치카의 그 성질로는 히데요리를 설득하기 어려울 것이야. 그런 줄 알면서도 타다치카를 보낸다면 내가 신불에게 꾸중을 듣고, 돌아가신 타이코에게도 충실한 게 아냐. 그래서 쇼군에게 부탁이 있는데 들어주겠나?"

히데타다는 깜짝 놀라 고개를 숙였다.

"새삼스럽게 그게 무……무슨 말씀이십니까?"

"다름이 아니라, 카와치河內나 셋츠攝津 중에서 일만 석만 다시 히데요리에게 가봉해줄 수 없을까?"

"일만 석…… 그야 물론…… 그러나 무엇 때문에 그런……?"

"내가 슨푸로 은퇴하여 무일푼이었을 때 오사카로부터 호코 사 수리를 위한 기부를 요청받은 일이 있었어. 돈이 없어 내놓을 수 없다고 거절했지…… 오사카에는 타이코가 남긴 막대한 황금이 있어 거절해도 좋다고 생각했는데, 그때 기부하지 않은 것은 내 실수였어."

"그러면, 지금 대불전의 비용으로?"

"그래. 이제 내가 카타기리를 슨푸로 부르면 분위기가 더욱 날카로워질 것이야…… 언젠가 청한 기부를 깜빡 잊고 있었으니 그것을 주겠다는 이유로 부르려고 해. 그러면 저쪽도 납득하여 공연한 오해는 피할 수 있겠지."

이에야스는 새삼스럽게 일동의 얼굴을 찬찬히 둘러보았다.

"내가 이번 일로 천하를 시끄럽게 하고 싶지 않은 진심이 어떤 것인가…… 그 때문에 나는 쇼군에게까지 무리한 청을 했어. 진심 말일세, 이 마음을 그대들도 결코 잊지 않도록. 그렇지 않으면 소요의 뿌리를 뽑으려다가 오히려 소요를 크게 만들게 돼. 소요가 커지면 고통을 받는 것은 결코 오사카나 에도의 시민만은 아니야."

이에야스는 진지하게 말하고 —

"자, 이제 내 청은 끝났어. 히데요리 쪽은 내가 맡을 테니 타다치카에게 어떤 임무를 맡길 것인지 그 의논을 계속하도록."

다시 가볍게 눈을 감았다.

밤은 더욱 깊어가고 있었다.

— 28권에서 계속

《 주요 등장 인물 》

다테 마사무네伊達政宗

히데요시 사후 이에야스의 아들 타다테루에게 장녀인 이로하히메(고로하치히메)를 시집보낸다. 겉으로는 쇼군 히데타다의 뜻을 충실히 따르는 것처럼 하면서 실제로는 남만인 소텔과 비스카이노 장군 등 남만 세력과 구교도 세력을 이용해 반 쇼군 세력을 결집하려 한다.

도쿠가와 이에야스德川家康

천황 즉위식 참석차 상경하여 히데요리와의 대면을 이루게 되지만, 염원하던 평화는 오쿠보 나가야스의 죽음으로 다시 흔들리기 시작한다. 타다테루와 히데타다 두 아들의 대립이 표면화되고, 가문 내 가신들의 분열도 점점 드러나 노년을 편안하게 보내고자 한 그의 바람은 깨지게 된다.

도쿠가와 히데타다德川秀忠

아명은 나가마츠마루. 이에야스의 셋째아들로, 쇼군으로 군림하지만 중요한 모든 결정은 이에야스의 뜻에 순종한다. 오쿠보 나가야스의 죽음으로 드러난, 동생 타다테루를 둘러싼 반 쇼군의 움직임에 촉각을 곤두세운다.

마츠다이라 타다테루松平忠輝

아명은 타츠치요. 이에야스의 여섯째아들로 다테 마사무네의 장녀 이로하히메와 결혼한다. 어머니는 챠아 부인. 싯세이인 오쿠보 나가야스 사후 연판장이 발견됨으로써, 자신을 중심으로 한 일부 세력의 반 쇼군 움직임이 에도와 슨푸에 알려지지만, 이 사실을 모르고 아버지 이에야스를 찾아가 오사카 성을 달라고 청하여 이에야스의 분노를 산다.

야규 마타에몬 무네노리柳生又右衛門宗矩

표면적인 직책은 '쇼군의 무술사범'이라 불리는 병법의 전수자. 예민한 두뇌의 움직임은 그의 검술보다 한층 더 무게가 있다. 이에야스로부터 오쿠보 나가야스의 비리를 은밀히 내사하라는 명을 받고 정보망을 동원해 오사카와 다테 마사무네 등의 움직임을 세밀하게 조사하여 보고한다. 이에야스의 경호원이자 자문 역할을 한다.

오노 하루나가大野治長

이에야스와 히데요리의 대면을 위해 히데요리를 수행하고 니죠 성으로 가지만 혼다 마사즈미가 하루나가와 요도 부인 사이를 비꼬자 이에 격분하여 요도 부인에게 대면의 자리에 코다이인이 있었고, 오사카 성의 일곱 장수들이 답방차 오는 이에야스의 아들들을 포로로 잡자는 이야기를 했음을 그대로 고하여 요도 부인을 노하게 만든다.

오쿠보 나가야스大久保長安

관직명은 이와미노카미. 사루가쿠 배우 출신으로 이에야스에게 발탁되어 광산 책임자가 되고 이어서 이에야스의 아들 타다테루의 싯세이가 된다. 꿈속에서 귀신이 된 오코를 만난 이후 그대로 혼수상태에 빠져 숨을 거둔다. 이후 나가야스의 비리가 드러나며 에도와 슨푸는 긴장에 휩싸인다.

요도淀 부인

아명은 챠챠. 도요토미 히데요시의 측실로 히데요리의 생모. 히데요리와 이에야스의 대면 자리에 코다이인이 정모正母의 자격으로 참석했다는 사실을 알고 이는 코다이인과 이에야스가 짜고 자신을 오사카 성에서 몰아내려는 수작이라며 분노에 떤다.

카토 키요마사加藤淸正

관직명은 히고노카미. 히데요시의 외가 쪽 친척으로 어렸을 때부터 히데요시를 섬겼다. 나고야 축성에서 대대적인 공연을 하는 등 히데요시 사후 도요토미 가의 안녕을 위해 병든 몸을 이끌고 끊임없이 노력한다. 이에야스와 히데요리의 대면을 보며 감격의 눈물을 흘리지만, 이후 요도 부인의 광기 어린 분노를 접하고 낙담하여 귀향, 사망한다.

혼다 마사즈미本多正純

관직명은 코즈케노스케. 혼다 마사노부의 아들로 뛰어난 지적 능력의 소유자. 이에야스는 젊은 마사즈미의 능력을 높이 평가하고 중용하지만 한편으론 이시다 미츠나리를 떠올리며 경계한다. 오쿠보 집안과의 대립이 표면화되는 가운데 오쿠보 나가야스의 비리를 상세히 밝혀 쇼군 히데타다에게 진언한다.

《 에도 용어 사전 》

게키外記 | 다이죠칸太政官의 직명. 쇼나곤 아래에 있으면서 조칙, 상주문 등을 기초했다.

남만南蠻 | 무로마치室町 시대에서 에도江戸 시대에 이르기까지 해외 무역의 대상이 된 동남아시아나 그곳에 식민지를 가진 포르투갈 · 스페인을 일컫는 말. 또, 그 시대에 건너온 서양 문화(기술, 종교). 네덜란드를 홍모紅毛라고 한 데 대한 말.

니치렌日蓮 | 니치렌 종日蓮宗. 니치렌 선사가 창시한 일본 불교 12대 종파의 하나로 『법화경法華經』을 기본 경전으로 삼는다.

다다미疊 | 일본식 주택의 바닥에 까는 것으로, 짚으로 만든 판에 왕골이나 부들로 만든 돗자리를 붙인 것. 일반적으로 크기는 180×90cm이며, 일본에서는 지금도 방의 크기를 다다미의 장수로 나타내는 경우가 많다.

다이묘大名 | 넓은 영지와 많은 부하를 둔 무사의 우두머리.

도신同心 | 에도 시대에 경찰 업무를 맡던 하급 관리.

바쿠후幕府 | 무신정권 시대에 쇼군이 집무하던 곳, 또는 그 정권.

부교奉行 | 행정, 재판, 사무 등을 담당하는 무사의 직명.

비샤몬도毘沙門堂 | 쿄토에 있는 천태종 계통의 사찰.

사루가쿠猿樂 | 일본의 중세 시대에 행해진 민중 예능. 익살스러운 동작이나 곡예를 주로 하다가 차츰 연극화되어 노와 쿄겐으로 갈라졌다.

샤치鯱 | 머리는 호랑이 같고 등에는 가시가 돋친 물고기 모양의 장식물.

소죠僧正 | 승관 계급의 최고위직. 다이소죠大僧正, 소죠, 곤노소죠權僧正로 나뉜다.

쇼군將軍 | 무력과 정권을 장악한 바쿠후의 실력자. 정식 명칭은 세이이타이쇼군.

쇼시다이所司代 | 에도 시대에 쿄토의 경비와 정무를 맡아보던 사람.

쇼와昭和 시대 | 1926~1989. 일본사의 시대 구분 중 하나. '밝은 평화'라는 뜻의 쇼와는 1926년 왕위에 오른 히로히토裕仁의 연호에서 따온 것이다.

슈인센朱印船 | 쇼군의 주인朱印이 찍힌 해외 도항 허가장을 받아 동남아시아 각지와 통상을 하는 무역선.

신토神道 | 일본 황실의 조상인 아마테라스오미카미天照大神나 국민의 선조를 신으로 숭배하는 일본 민족의 전통적인 신앙.

싯세이執政 | 로쥬老中 또는 카로家老를 이르는 말.

오고쇼大御所 | 은퇴한 쇼군이나 그의 거처.

온나가부키女歌舞伎 | 가부키는 에도 시대에 발달하고 완성된 일본 특유의 민중 연극이며,

온나가부키는 여자가 중심이 되어 연기를 하던 가부키다. 풍기상의 이유로 1629년에 폐지되었다.

우다이진右大臣 | 다이죠칸의 장관. 사다이진 다음의 직위.

이가모노伊賀者 | 이가의 향사鄕士 출신으로 둔갑술에 뛰어난 첩보 담당 무사들.

이치리즈카一里塚 | 가도 양쪽에 10리마다 흙을 높이 쌓아 이정표로 삼는 곳.

인로印籠 | 옛날 허리에 찼던 3단 또는 5단으로 된 작은 약상자. 본래는 도장·인주 등을 넣었다.

잇코一向 신도 반란 | 정토진종 혼간 사本願寺의 신도가 킨키, 토카이, 호쿠리쿠 지방 일대에서 일으킨 반란. 오다 노부나가에게 저항한 이시야마 혼간 사와 이세 나가시마, 도쿠가와 이에야스에게 대항한 미카와 잇코 반란 등 각지에서 다이묘에 대항했다.

정관정요貞觀政要 | 당나라 태종이 군신들과 정치 문제에 대해 문답한 내용을 기록한 책.

정토종淨土宗 | 호넨法然 법사(1132~1212)를 개조로 한다. 이후 제자 신란親鸞(1173~1263)의 출현으로 정토진종淨土眞宗이라는 새로운 종파가 성립되었다. 현재 정토진종은 일본 불교의 최대 종단을 형성하고 있다.

조동종曹洞宗 | 선종禪宗의 한 파. 카마쿠라鎌倉 시대 초기의 중 도겐道元이 송宋나라 여정如淨에게서 법을 배워 일본에 전하였다.

츠카이반使番 | 전시에는 전령, 순찰 등의 역할을 하고, 평상시에는 다이묘나 관원의 동정을 살펴 쇼군에게 보고하는 직책.

칸고勘合 | 명나라 조정이 사무역을 막기 위해서 바쿠후에 내주어 정식 무역선의 증표로 삼게 한 부절符節.

칸파쿠關白 | 천황을 보좌하여 정무를 담당하는 최고위의 대신.

코쇼小姓 | 주군을 측근에서 모시며 잡무를 맡아보는 무사.

타이코太閤 | 본래 섭정攝政 또는 다죠다이진太政大臣의 경칭敬稱. 나중에는 칸파쿠의 직위를 그 자식에게 물려준 사람에 대한 높임말. 여기서는 히데요시를 가리킨다.

테코마이手古舞 | 에도 시대의 제례 때 여흥으로 공연하는 춤.

텐슈카쿠天守閣 | 성의 중심부 아성牙城에 3층 또는 5층으로 쌓아올린 망루.

토자마外樣 | 카마쿠라 시대 이후의 무가 사회에서 쇼군의 일족이나 대대로 봉록을 받아온 가신이 아닌 다이묘나 무사.

하타모토旗本 | (진중에서) 대장이 있는 본영. 또는 그곳을 지키는 무사.

한藩 | 에도 시대, 다이묘가 지배한 영지, 인민, 통치 기구의 총칭.

호인法印 | 호인다이카쇼이法印大和尙位의 준말. 승려의 최고직.

홍모紅毛 | 홍모국紅毛國. 붉은 머리털을 가진 서양인의 나라. 구체적으로는 네덜란드를 가리킨다.

후다이譜代 | 대대로 같은 주군, 집안을 섬기는 일이나 또는 그 사람.

히에이잔比叡山 | 에이잔叡山이라고도 한다. 천태종天台宗의 총본산인 엔랴쿠 사延曆寺가 있는 산.

《 일본의 화폐 》

◈ 일본 화폐의 역사

1. 고대

옛날 일본의 선조가 완전한 자급자족의 생활을 영위하던 무렵에는 화폐(교환의 목적)가 필요하지 않았다. 그러던 것이 물물교환의 시기를 거치면서 임의의 가치를 매길 수 있고, 쉽게 운반, 보존할 수 있는 물건이 화폐로 사용되었다. 이것이 물품화폐로 벼, 화살촉, 사금, 마포 등이 종종 사용되었다.

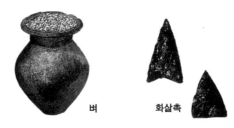

벼   화살촉

2. 초기의 화폐

일본은 8세기 초, 당전唐錢(개원통보)을 모델로 와도카이호和同開寶라는 화폐를 처음 주조했다. 이후 약 250년 간 동화 12종(황조 12전), 은화 2종, 금화 1종이 만들어졌다. 통칭 황조전皇朝錢이라 불린다.

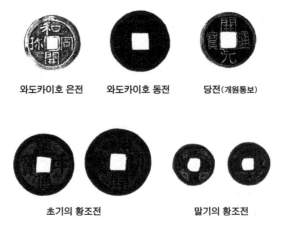

와도카이호 은전   와도카이호 동전   당전(개원통보)

초기의 황조전   말기의 황조전

3. 중세

● 중국전中國錢의 사용

헤이안平安 말기(12세기경) 이후 이모작에 의한 농업 생산의 증대와 수공업의 발달을 배경으로 교환경제가 확대되어 화폐의 수요가 높아졌다. 그러나 10세기 말에 황조전의 주조가 중지되어 이러한 수요는 주로 송나라와의 무역을 통해 유입된 중국전(주로 송전宋錢)으로 충당되었다.

송전(성송원보聖宋元寶)　　송전(원풍통보元豐通寶)　　명전(영락통보永樂通寶)

무로마치室町 시대 이후에도 대량의 동전(주로 명전明錢)이 유입되었지만, 경제의 확대에 맞춘 필요량을 충족시키지 못해 중국전 등을 모방한 사주私鑄 화폐(민간에서 몰래 주조한 화폐)로 부족분을 보충하는 상태가 에도 시대 초기까지 이어졌다.

사주 화폐

4. 근세

센고쿠戰國 후기인 16세기 말 경에는 센고쿠 다이묘의 적극적인 광산 개발에 의해 금, 은의 생산이 비약적으로 확대되어 에도 시대 화폐의 모태라 할 수 있는 금은화가 만들어지게 되었다.

히루모킨蛭藻金

세키슈긴石州銀

타케다 가문에서는 16세기 중엽, 액면 금액을 표시한 금화를 만들어 유통시켰는데, 그 4진법의 화폐 단위중 냥兩, 푼分, 주朱는 에도 시대 회폐 제도의 금화 단위로 사용되었다.

1냥   1푼   1주

코슈킨甲州金

도요토미 히데요시는 무장들의 힘을 억제하기 위해 금은 광산을 몰수하거나 또는 생산된 금은의 일부를 거두어 이것으로 오반大判을 비롯하여 각종 금은화를 제조하였다.

타이코분도킨太閤分銅金   금전   은전   텐쇼히시오반天正菱大判

5. 독자적인 화폐 제도의 성립

세키가하라 전투(1600년)에서 대승한 도쿠가와 이에야스는 화폐 제도의 통일에 착수하여 이듬해 케이쵸 금은화를 발행했다. 동전은 바쿠후가 발행한 칸에이寛永 통보로 통일했다.

케이쵸이치부킨   케이쵸마메이타긴   칸에이 통보   케이쵸고반
慶長一分金   慶長豆板銀   慶長小判
               (에도 시대 콩모양의 은화)

케이쵸쵸긴慶長丁銀
(에도 시대 해삼 모양의 은화)

한편 17세기 초, 이세伊勢 야마다山田 지방에서 상인의 신용을 바탕으로 한 지폐(야마다하가키山田羽書)가 출현하였고, 각 한藩에서도 영내 통용 지폐(한사츠藩札)가 발행되게 되었다.

이로써 바쿠후의 금은동화로 이루어지는 삼화제도三貨制度와 각지방에서 분산 발행되는 지폐들이 병존하여 일본 독자적인 화폐 제도가 성립되었다.

야마다하가키
山田羽書

후쿠이한사츠
福井藩札

와카야마한사츠
和歌山藩札

6. 근현대

● 메이지明治 초기의 화폐 제도

메이지 정부는 구미 선진국에 버금가는 근대국가의 건설을 서둘렀지만, 화폐 제도를 정비할 여유가 없었다. 그래서 바쿠한幕藩 시대의 금은화, 한사츠 등을 그대로 통용시키는 한편, 스스로도 '냥兩' 단위의 화폐, 지폐를 발행하였고, 민간의 부상富商들이 설립한 외환회사를 통해서도 지폐를 발행했다.

도쿄 외환회사 지폐

요코하마 외환회사 지폐

다조칸사츠太政官札(정부 지폐)

● 엔円의 탄생

메이지 4년(1871) 일본 정부는 '신화조례新貨條例'를 제정하여 금 1.5g을 1엔으로 하는 근대적인 신화폐를 발행, 화폐 제도의 통일을 꾀했다.

태평양 주변 지역에서는 무역 결제에 멕시코 1달러 은화가 주로 사용되고 있었기 때문에, 일본도 무역상의 편의를 꾀하기 위해 멕시코 달러 은화와 거의 동일한 품위, 중량의 무역은貿易銀을 만들어 통용시켰다.

'신화조례'에 의해 만들어진 금화와 무역은

구권   신권

국립은행지폐

최초의 일본은행권(1885년 5월 발행)   알루미늄 동전   주석 동전   종전 당시의 일본은행권

현대의 엔

《 도쿠가와 이에야스 관련 연보(1611~1613) 》

◈ ─ 서력의 나이는 도쿠가와 이에야스의 나이

일본 연호		서력	주요 사건
케이쵸 慶長	16	1611 70세	정월 21일, 사츠마 카고시마 성주 시마즈 이에히사의 백부 류하쿠(요시히사)가 사망한다. 향년 79세. 3월 6일, 이에야스가 상경길에 오른다. 17일에 니죠 성으로 들어간다. 3월 27일, 고요제이 천황이 양위하고, 코토히토 친왕이 재위를 받는다. 3월 28일, 이에야스는 니죠 성에서 히데요리와 대면한다. 4월 7일, 키이 사와야마 성주 아사노 요시나가의 아버지 나가마사가 사망한다. 향년 65세. 4월 12일, 고미즈노오 천황(코토히토 친왕) 즉위로, 이에야스가 입궐한다. 같은 날, 이에야스는 법령 3개조를 가까운 영지와 사이고쿠의 여러 다이묘에게 내리고, 이것에 대한 서약서를 제출하게 한다. 6월 초순, 멕시코의 사신 세바스찬 비스카이노가 일본으로 온다. 6월 20일, 이에야스는 슨푸 성에서 비스카이노를 접견한다. 6월 24일, 히고 쿠마모토 성주 카토 키요마사가 사망한다. 향년 50세. 9월 15일, 멕시코의 배가 우라가에 도착하여, 사령관 세바스찬 비스카이노가 이에야스와 히데타다를 알현한다. 12월 30일, 오와리 나고야 성주 도쿠가와 요시나오(요시토시)의 사부인 오와리 이누야마 성주 히라이와 치카요시가 사망한다. 향년 70세.

일본 연호		서력	주요 사건
케이쵸 慶長	17	1612 71세	정월 5일, 바쿠후는 법령 3개조를 선포하고 동북 여러 다이묘들로부터 서약서를 제출하게 한다. 2월 23일, 혼다 마사즈미의 부하 오카모토 다이하치가 히젠 히노 성의 성주 아리마 하루노부를 협박하여 은 6천 냥을 가로챈다. 바쿠후는 하루노부와 다이하치를 대질하고, 다이하치를 옥에 가둔다. 3월 21일, 오카모토 다이하치가 옥중에서 아리마 하루노부의 죄를 고소한다. 바쿠후는 하루노부의 봉지를 몰수하고, 다이하치를 화형에 처한다. 같은 날, 바쿠후는 천주교를 금할 것을 쇼시다이인 이타쿠라 카츠시게에게 명하고, 쿄토의 교회를 부수게 한다. 또한 하타모토 중에서 천주교 신자를 처벌한다. 이달, 쿄토 호코 사의 대불전이 완성된다. 5월 14일, 무츠 아이즈 성주 가모 히데유키가 사망한다. 향년 30세. 이달, 아리마 하루노부가 바쿠후의 명령으로 할복한다. 향년 46세. 9월 29일, 오란다 국왕이 이에야스에게 국서를 보내, 상선을 보호해준 호의를 감사하며, 또 포르투갈에 해외 침략 음모가 있음을 알려온다. 이날 이에야스는 답서를 보낸다. 이해, 바쿠후는 슨푸의 긴자를 에도로 옮긴다.
	18	1613 72세	정월 25일, 하리마 히메지 성주 이케다 테루마사가 사망한다. 향년 50세. 2월 20일, 전 칸토 부교 아오야마 타다나리가 사망한다. 향년 63세. 2월 29일, 이즈미 키시와다 성주 코이데 요시마사가

일본 연호	서력	주요 사건
케이쵸 慶長		사망한다. 향년 49세.
		4월 25일, 사도 부교 오쿠보 나가야스가 사망한다. 향년 69세. 곧이어 이에야스는 나가야스의 죄를 규명하고 그 유산을 몰수, 자식의 할복을 명령한다.
		5월 4일, 존 세이리스 사령관이 이끄는 이기리스 배가 히젠 히라도에 입항한다.
		6월 25일, 존 세이리스가 미우라 안진과 함께 일본 배를 타고 에도를 향해 히라도에서 출발한다.
		8월 4일, 존 세이리스는 슨푸에서 이에야스와 회견하고, 이기리스 국왕 제임스 1세의 국서를 전달한다.
		8월 25일, 키이 와카야마 성주 아사노 요시나가가 사망한다. 향년 38세. 아우 나가아키라가 후사를 잇는다.
		9월 1일, 이에야스는 제임스 1세에게 답서하고, 통상을 허가한다.
		9월 15일, 무츠 센다이 성주 다테 마사무네가 가신 하세쿠라 츠네나가, 선교사 소텔을 사자로 삼아 로마 교황 및 에스파냐 국왕에게 친서를 전달한다. 이날, 두 사자는 무츠 츠키우라에서 출발한다.
		10월 17일, 이에야스가 슨푸를 출발하여 에도로 향한다.
		10월 1일, 코즈케 이타하나의 사토미 타다요리를 처벌한다.
		10월 19일, 바쿠후는 시나노 후카시(마츠모토) 성주 이시카와 야스나가를 오쿠보 나가야스와 결탁한 죄로 처벌한다. 야스나가는 분고 사이키로 유배된다.
		10월 24일, 이요 우와지마 성주 토미타 노부타카, 휴가 노베오카 성주 타카하시 모토타네가 처벌된다.

일본 연호	서력
케이쵸 慶長	12월 3일, 이에야스는 슨푸로 돌아가기 위해 에도를 출발한다. 12월 6일, 이에야스는 사가미 나카하라에 도착한다. 바바 하치자에몬이 오다와라 성주 오쿠보 타다치카가 이심이 있음을 고한다. 이에야스는 나카하라에서 에도로 돌아온다. 12월 19일, 바쿠후는 거듭 천주교를 금지하고 천주교도를 추방한다. 이날, 사가미 오다와라 성주 오쿠보 타다치카를 쿄토로 파견한다. *이해, 러시아에 로마노프 왕조가 성립된다.

옮긴이 **이길진**李吉鎭

1934년 황해도 출생. 1958년 서울대학교 사회학과를 졸업하였다.
일본 문학 작품 및 일본 문화에 관련된 많은 책들을 유려한 우리말로 옮겼다.
주요 역서로는 가와바타 야스나리의 『설국』, 이마이 마사아키의 『카이젠』,
오에 겐자부로의 『사육』, 기쿠치 히데유키의 『요마록』,
야마오카 소하치의 『오다 노부나가』, 『사카모토 료마』 등이 있다.

| 부록의 자료 제공 및 감수는 고려대학교 일어일문학과 최관 교수님께서 해주셨습니다.

도쿠가와 이에야스 제27권

1판 1쇄 발행 2001년 6월 30일
2판 3쇄 발행 2023년 5월 1일

지은이 야마오카 소하치
옮긴이 이길진
펴낸이 임양묵
펴낸곳 솔출판사

주소 서울시 마포구 와우산로29가길 80(서교동)
전화 02-332-1526
팩스 02-332-1529
이메일 solbook@solbook.co.kr
홈페이지 www.solbook.co.kr
출판 등록 1990년 9월 15일 제10-420호

한국어판 ⓒ 솔출판사, 2001
부록 ⓒ 솔출판사, 2001

이 책의 '부록'은 독자들이 일본의 전국시대를 폭넓게 조망할 수 있도록
전공 학자와 편집부가 참여, 오랜 시간과 많은 비용을 들여 작성한 것입니다.
저작권자인 솔출판사의 서면 동의 없이 무단 전재와 무단 복제를 금합니다.

ISBN   979-11-86634-52-3   04830
ISBN   979-11-86634-22-6   (세트)

- 잘못된 책은 구입한 곳에서 바꿔드립니다.
- 책값은 뒤표지에 표시되어 있습니다.

『헤이케 이야기平家物語 병풍도』